ANATOMIE DE L'HORREUR

Stephen King

ANATOMIE
DE L'HORREUR

*

Présenté et annoté par Jean-Pierre Croquet

Traduit de l'américain par Jean-Daniel Brèque

Suspense

ÉDITIONS DU ROCHER
Jean-Paul Bertrand
Éditeur

Il est facile — peut-être trop facile — de rendre hommage aux morts. Ce livre est dédié à six maîtres du macabre qui sont encore en vie* :

ROBERT BLOCH
JORGE LUIS BORGES
RAY BRADBURY
FRANK BELKNAP LONG
DONALD WANDREI
MANLY WADE WELLMAN

*Étranger, pénètre ici à tes risques et périls :
en ce lieu sont des tigres.*

* Cinq de ces « maîtres du macabre » nous ont malheureusement quittés depuis la parution de cet ouvrage : Robert Bloch en 1994, Jorge Luis Borges en 1986, Frank Belknap Long en 1994, Donald Wandrei en 1987 et Manly Wade Wellman en 1986. *(N.d.E.)*

Quelle est la pire chose que tu aies jamais faite ?
Cela, je ne te le dirai pas, mais je te dirai la pire chose qui me soit
jamais arrivée... la chose la plus épouvantable...

PETER STRAUB, *Ghost Story*
(traduction de Frank Straschitz, Éditions Pocket)

Well we'll really have a party but we gotta post a guard outside...
(Ouais, on va vraiment faire la fête mais faut qu'on mette un
garde dehors...)

EDDIE COCHRAN, *Come On Everybody*

PRÉFACE

Stephen King ou le noir paradis
des terreurs enfantines

« La peur et l'horreur sont des émotions aveuglantes qui démantibulent nos échasses d'adulte et nous laissent dans le noir absolu, aussi désemparés que des enfants incapables de trouver l'interrupteur. »
(*Anatomie de l'horreur*, chap. 5)

À l'évidence, la traduction française d'*Anatomie de l'horreur* vient combler un vide, que dis-je, un gouffre ! Et doublement. Car cet ouvrage, dont la publication américaine date de 1981, concerne à la fois l'étude du genre fantastique sous toutes ses formes et dans tous ses prolongements, et la connaissance d'un des écrivains les plus lus dans le monde, maître incontesté du thriller surnaturel.

Comment comprendre, dans ces conditions, qu'il ait fallu attendre quatorze ans avant de le voir enfin proposé au public français ?

À cela, j'avancerai deux raisons.

D'abord, *Anatomie de l'horreur* n'est pas une fiction, mais un essai.

Ensuite, les références que l'auteur suscite sont étrangères pour beaucoup à l'amateur hexagonal.

Ainsi, d'une part, a-t-on estimé que le lecteur de romans d'épouvante ne trouverait pas son content dans un livre de réflexion, même si celui-ci traite d'un sujet qui l'attire, ô combien ! D'autre part, que ce même lecteur risquait d'être déboussolé par des allusions à des auteurs, des films ou des magazines qui lui sont étrangers.

I

Or, ces objections peuvent être facilement écartées. Car à mieux y regarder, si *Anatomie de l'horreur* se présente bien comme un essai, celui-ci n'a heureusement rien d'un exposé pontifiant. Jamais Stephen King ne chausse de « bottes d'égoutier » pour s'enfoncer « dans les terrains bourbeux » de l'analyse didactique.

Comme ses lecteurs, il est avant tout « un fan d'horreur endurci », mais un « fan » qui n'oublie pas, au détour des pages, qu'il est aussi un merveilleux conteur. Les histoires, les souvenirs et les anecdotes fourmillent dans cet essai copieux qui, faisant fi des contraintes du genre, « par sauts et gambades » (comme disait Montaigne qui en matière d'essai en connaissait un rayon !), prend le plus souvent l'aspect d'« une promenade dans le monde du fantastique et de l'horreur ».

Quant à la barrière culturelle censée empêcher le lecteur français d'apprécier le texte de Stephen King à sa juste mesure, nous l'avons levée en pourvoyant notre édition d'un large appareil critique[1] qui non seulement éclaire certaines allusions, mais donnera aussi, je l'espère, références à l'appui, l'envie de lire ou de relire telle ou telle œuvre, de voir ou de revoir tel ou tel film.

À vrai dire, « le livre que vous tenez entre les mains » (pour reprendre l'incipit de l'avant-propos) est unique.

Certes, dans le domaine de la littérature fantastique, les gloses et les études ne manquent pas. En France, Roger Caillois[2], Louis Vax[3]

---

1. Je profite de l'occasion qui m'est donnée pour remercier Jacques Baudou dont la connaissance encyclopédique de l'univers de la radio m'a été d'une aide inestimable dans l'établissement des notes du Chapitre 5, « Radio et réalité ». Ma gratitude va également à Jean-Daniel Brèque. Non seulement, il a su, en tant que traducteur, retranscrire le ton de connivence et d'amicale familiarité que King entretient avec le lecteur, mais surtout, en ce qui me concerne, il a mis à ma disposition sa vaste érudition en matière d'horreur moderne. Ainsi nombre de notes ont été corrigées, voire rédigées par lui.
2. *De la féerie à la science fiction*, Préface à l'*Anthologie du fantastique*, Gallimard, 1966 ; repris dans *Images, images*, Paris, Ed. Corti, 1966 ; voir également l'article « Fantastique » de l'*Encyclopaedia Universalis*.
3. *La Séduction de l'étrange*, PUF, 1965.

ou Tzvetan Todorov[4], pour ne citer que quelques noms, l'ont étudiée — brillamment souvent — et sous des angles divers. Mais leur approche (aucun d'entre eux n'étant un praticien du genre) reste celle de philosophes ou de théoriciens. Par ailleurs, leur corpus se limite la plupart du temps à des œuvres antérieures au début du siècle et ignore par conséquent tout un pan de la production contemporaine.

Mais surtout, la notion de « fantastique » si typiquement française (le mot « fantastique » n'a pas réellement d'équivalent en anglais) que développent Caillois, Vax et Todorov, par le choix même des textes étudiés, se limite à des concepts étroits, à des catégories rigides. Sur des modes divers, leur réflexion s'attache davantage à « l'inquiétante étrangeté » qu'à l'horreur en tant que telle. Et visiblement, c'est l'« intrusion du mystère dans le cadre de la vie réelle » qui constitue leur objet et non « la violation absolue et terrifiante de l'ordre cosmique » que revendiquait H. P. Lovecraft, « ce prince sombre et baroque de l'horreur au XXᵉ siècle ».

Enfin, la littérature que King défend et illustre par sa pratique — et c'est en cela qu'il est *moderne* — prend le risque d'ouvrir la porte, cette porte que l'on laissait jadis fermée, abandonnant au lecteur le soin d'imaginer ce qui se passe derrière. Ainsi quittons-nous, guidés par l'auteur de *ÇA* et de *Misery*, les chemins balisés du fantastique, pour entrer dans un autre domaine, inexploré jusqu'ici, qui est celui de l'horreur.

En fait, le seul livre auquel l'ouvrage de Stephen King pourrait être comparé (quoique très éloigné dans sa conception et dans son approche du genre) est l'essai de H. P. Lovecraft, *Épouvante et surnaturel en littérature*[5]. Dans les deux cas, nous avons affaire à une réflexion de créateur et non pas de pur théoricien ; le genre y est analysé de l'intérieur ; l'accent est mis sur la peur plus que sur l'étrange.

Encore faut-il s'empresser de noter qu'il s'agit, dans le cas de Lovecraft, d'un ouvrage bref et didactique, sorte de précis à la chronologie sévère, dans lequel l'auteur dresse un catalogue

---

4. *Introduction à la littérature fantastique,* Le Seuil, 1970.
5. *Épouvante et surnaturel en littérature* in *Œuvres complètes* de Lovecraft, tome II, Robert Laffont, collection « Bouquins », 1991.

commenté de ses admirations et propose une relecture personnelle et passionnante des grandes œuvres du genre, des origines aux premières décennies du XXᵉ siècle.

Dans cet « exposé sans prétention » selon ses propres termes, Stephen King dresse, comme Lovecraft l'avait fait avant lui (mais avec infiniment plus de liberté et d'humour), l'état de ses préférences littéraires en matière d'horreur, mais il ne s'y cantonne pas. Loin s'en faut.

Dépassant les limites de la littérature, sa descente dans « l'océan mythique où baigne notre inconscient » appréhende toutes les formes de la terreur, ses expressions les plus variées. Que ce soient les *pulps*, ces magazines populaires qui furent le véritable creuset de l'horreur moderne ; les bandes dessinées de la firme EC qui marquèrent au fer rouge aussi bien Steven Spielberg que George Romero ; le théâtre radiophonique « qui rendait réel tout ce qu'il touchait » ; les films d'épouvante, présentés comme autant de « cauchemars de la culture de masse » ; ou la télévision des années 60 qui, avec des séries comme *La Quatrième Dimension* et *Au-delà du réel,* faisait débarquer l'étrange à l'heure des repas.

En un mot, l'horreur est le domaine de Stephen King et rien de ce qui est horrifiant ne lui est étranger ; en cela, réside la totale originalité de sa démarche qui fait d'*Anatomie de l'horreur* un livre sans équivalent.

Ainsi, si l'essai de Stephen King s'avère un ouvrage indispensable pour quiconque s'intéresse à l'horreur moderne envisagée dans ses aspects médiatiques et culturels, sa lecture nous permet également d'approcher ce qu'il est convenu d'appeler le « phénomène King », de pénétrer dans le secret de l'écrivain. Et pour cela, l'auteur nous livre quelques clés fort précieuses.

Né en 1947, Stephen King nous rappelle combien les gens de sa génération, qui grandirent dans la peur d'un conflit atomique et vécurent la paranoïa de la guerre froide, « formaient un terreau idéal pour les graines de l'horreur ». Et cherchant à se définir, il se présente à plusieurs reprises comme un « enfant de la guerre » ou comme un « enfant des médias ». Mais au fil de la lecture, on s'aperçoit bien vite que plus que « guerre » ou « médias », c'est le mot « enfant » qu'il faut isoler au travers de ces expressions récurrentes.

Le lecteur familier de ses œuvres connaît évidemment l'intérêt que l'auteur de *Salem*, de *Shining*, de *Charlie*, de *Cujo*, de *ÇA* ou de la merveilleuse nouvelle de *Différentes Saisons, Le Corps,* porte au monde de l'enfance. Selon son expression, les enfants sont « les jongleurs du monde invisible » et, bien que moins robustes physiquement que les adultes, ils n'ont « aucun mal à soulever le poids de l'incrédulité. »

Mais, ce que le lecteur sait moins, en revanche, et qu'il découvrira en parcourant *Anatomie de l'horreur,* c'est quel enfant fut le jeune Stephen.

Dans le chapitre intitulé « Un irritant intermède autobiographique » (et qui compte parmi ses plus belles pages), l'écrivain se raconte, lève un coin du voile...

Apparaît alors, à la faveur de ces lignes, un des « Sésame ouvre-toi » de son œuvre : la recherche inlassable « du point de vue et des attentes de l'enfant. »

Les frayeurs du jeune âge, le monstre du placard, les squelettes de poulets entrevus dans le grenier, le chat mort pourrissant sur le chemin de l'école, la malle du père absent où il découvre les textes de Lovecraft, toutes ces peurs anciennes, toutes ces terreurs enfouies, King les chérit et les entretient. Elles sont la matière même de ses livres et, si l'enfant qui sommeille en lui se réveille à la lecture d'une histoire d'épouvante ou à la vision d'un film d'horreur, en tant qu'écrivain, son but est de nous « faire retrouver le royaume de l'enfance » de telle sorte que « notre ombre redevienne celle d'un chien, d'une bouche béante ou d'une silhouette sombre qui nous fait signe dans le noir »[6].

Mélange de fiction et de littérature, survol des thèmes du fantastique, de l'horreur et de l'épouvante dans toutes leurs manifesta-

---

6. *Anatomie de l'horreur,* Chapitre 4.

tions, livre de référence et bréviaire de lecture, l'essai de Stephen King, tantôt nostalgique, tantôt facétieux, a surtout le charme d'une « discussion affectueuse », d'une conversation à bâtons rompus, quelques mots « entre vous et moi ». Et cette conversation est d'autant plus captivante voire essentielle qu'elle touche à des sujets dont se nourrit notre part de ténèbres.

Car autrement pourquoi lirions-nous Stephen King ?

Pourquoi paierions-nous pour être effrayés ?

Jean-Pierre Croquet

Compte tenu de l'épaisseur de l'ouvrage — plus d'un million de signes — et de l'importance de l'appareil critique que nous y avons ajouté, nous nous sommes résolus, avec l'accord de l'auteur, à publier *Anatomie de l'horreur* en deux tomes.

Les notes de l'auteur, signalées par un astérisque, figurent en bas de page, tant elles font partie intégrante de son propos. Les notes de l'éditeur, signalées par un chiffre, sont elles renvoyées en fin de volume.

Avant-propos

Le livre que vous tenez entre les mains résulte d'un coup de téléphone que j'ai reçu en novembre 1978. À cette époque, j'enseignais l'écriture et la littérature à l'Université du Maine à Orono tout en travaillant, durant les heures de loisir dont je disposais, à la version définitive d'un roman intitulé *Charlie*, paru depuis quelque temps au moment où vous lisez ces lignes. Mon correspondant n'était autre que Bill Thompson, l'homme qui avait édité mes cinq premiers livres (*Carrie, Salem, Shining, Danse macabre*[1] et *Le Fléau*) entre 1974 et 1978. En outre, Bill Thompson, qui travaillait alors pour Doubleday, avait été le premier représentant du monde de l'édition new-yorkaise à lire mes œuvres de jeunesse avec intérêt et sympathie. Il avait été pour moi ce premier contact que tant d'écrivains débutants espèrent... et trouvent si rarement.

Doubleday et moi nous étions séparés après la publication du *Fléau*, et Bill avait également quitté la maison, devenant responsable éditorial chez Everest House, l'éditeur américain du présent ouvrage. Comme nous nous étions liés d'amitié au fil de nos années de collaboration, nous étions restés en contact, partageant de temps en temps un déjeuner... ou une beuverie. La plus mémorable de celles-ci s'est déroulée en juillet 1978, le soir où nous avons regardé la retransmission télévisée d'une finale de base-ball dans un pub irlandais de New York où la bière coulait à flots. L'enseigne placardée

1

au-dessus du bar proclamait : HAPPY HOUR POUR LES LÈVE-TÔT DE 8 H À 10 H. Durant cette plage horaire, toutes les consommations étaient affichées à 50 *cents*. Quand j'ai demandé au barman quel genre de client pouvait débarquer à huit heures du matin pour boire un rhum collins ou un gin rickey, il m'a regardé d'un œil torve, s'est essuyé les mains à son tablier et m'a répondu : « Des étudiants... comme vous. »

Donc, en ce mois de novembre, peu de temps après Halloween, Bill m'a appelé et m'a dit : « Pourquoi n'écrirais-tu pas un bouquin sur le phénomène de l'horreur tel que tu le perçois ? Les livres, les films, la radio, la télé, tout le bazar. On le fera ensemble si tu veux. »

Cette idée me paraissait à la fois séduisante et terrifiante. Séduisante parce que je ne compte plus les fois où on m'a demandé pourquoi j'écrivais ce genre de bouquins, pourquoi les gens avaient envie de les lire, pourquoi ils allaient voir des films de cet acabit — bref : pourquoi ils étaient prêts à payer pour avoir peur, ce qui semble en effet paradoxal. J'avais consacré à ce sujet pas mal de conférences et pas mal d'essais (y compris une introduction plutôt longuette à mon premier recueil de nouvelles), et l'idée de produire une Déclaration Définitive me paraissait fort attirante. Ensuite, me disais-je, il me suffirait de répondre aux curieux : « Si vous voulez savoir ce que je pense de l'horreur, j'ai pondu un livre là-dessus. Lisez-le. C'est ma Déclaration Définitive sur les mécanismes du genre. »

Terrifiante parce que ce boulot allait sans doute me prendre plusieurs années, voire plusieurs décennies. Si je devais commencer par Grendel[2] et sa maman, et suivre ensuite un plan chronologique, même la version condensée du *Reader's Digest* nécessiterait quatre forts volumes.

Bill me rétorqua que je devais me restreindre aux trente dernières années, tout en me ménageant la possibilité d'explorer les origines du genre. Je vais y réfléchir, lui ai-je dit, et j'y ai réfléchi. J'y ai réféchi un bon moment. Jamais je n'avais tenté d'écrire un livre théorique et cette perspective m'intimidait. L'idée même d'avoir à dire *la vérité* m'intimidait. Une œuvre de fiction, après tout, n'est qu'un catalogue de mensonges... ce qui explique pourquoi les Puritains ne sont jamais parvenus à tolérer la fiction. Quand un romancier se retrouve

2

coincé, il lui suffit d'inventer quelque chose ou de revenir en arrière d'une ou deux pages pour changer autre chose. Mais l'essayiste est obligé de s'assurer de la validité des faits, de la rigueur de la chronologie, de l'orthographe des noms propres... et en plus de ça, le malheureux est contraint de se mettre en avant. Le romancier, lui, peut rester caché ; contrairement à l'acteur ou au musicien, il peut se promener dans la rue sans être reconnu. Telles des marionnettes, ses personnages occupent le devant de la scène pendant qu'il reste peinard en coulisse. L'essayiste n'est malheureusement que trop visible.

Mais cette idée était bougrement séduisante. Je commençais à comprendre ce que ressentent les cinglés qui prêchent dans Hyde Park lorsqu'ils installent leur caisse à savon et se préparent à monter dessus. Je voyais déjà les centaines de pages que j'allais noircir de mes délires passionnés... « Et en plus, on va me *payer* ! » s'exclama-t-il en gloussant et en se frottant les mains. Je préparais déjà pour le semestre suivant un cours intitulé « Les Thèmes de la littérature fantastique ». Et on me donnait l'occasion de parler d'un genre que j'adore, une aubaine qu'on n'offre que rarement aux auteurs de littérature populaire.

À propos de ce cours sur les thèmes de la littérature fantastique : le soir où Bill m'a appelé, j'étais assis à la table de la cuisine, une canette à la main, en train d'essayer d'en rédiger le programme, et confiant à ma femme que j'allais bientôt passer plusieurs heures à parler en public d'un sujet que je n'avais jusque-là abordé que de façon instinctive. Bien que nombre des films et des livres commentés ici fassent désormais l'objet de cours universitaires, je les avais lus, vus et analysés par mes propres moyens, sans le secours de manuels ou de cours polycopiés pour guider mes réflexions. Apparemment, j'allais bientôt avoir l'occasion de découvrir mes pensées pour la première fois.

Cette phrase peut sembler étrange. Un peu plus loin, j'affirme qu'aucun de nous ne sait ce qu'il pense d'un sujet donné tant qu'il n'a pas couché ses idées sur le papier ; de même, je crois sincèrement que nous ne savons pas grand-chose de nos pensées tant que nous ne les avons pas soumises à l'examen de personnes au moins aussi intelligentes que nous. Alors, oui, l'idée de pénétrer dans cette salle de classe de Barrows Hall m'angoissait, et cette année-là, j'ai passé une

3

bonne partie de mes vacances de rêve à Saint-Thomas à réfléchir à l'humour dans le *Dracula* de Bram Stoker et à la paranoïa dans *L'Invasion des profanateurs* de Jack Finney[3].

Durant les jours qui ont suivi l'appel de Bill, je me suis persuadé que si ma série de causeries sur le fantastique (je n'aurais pas l'outre-cuidance de les qualifier de cours magistraux) devait être bien reçue — par les étudiants autant que par moi-même —, alors l'idée d'écrire un bouquin sur le sujet en constituerait un prolongement logique. Finalement, j'ai rappelé Bill et je lui ai dit que j'allais tenter le coup. Et c'est ce que j'ai fait.

Tout ceci pour remercier Bill Thompson, qui a eu l'idée de ce livre. C'était et ça reste une bonne idée. Si vous aimez le bouquin, remerciez Bill, qui l'a imaginé. Si vous ne l'aimez pas, engueulez l'auteur, qui aura tout gâché.

Et je souhaite également remercier la centaine d'étudiants qui m'ont écouté avec patience (et indulgence) pendant que je mettais mes idées en forme. Grâce à ces fameuses causeries, nombre de ces idées ne m'appartiennent plus en propre, car les réactions de mes élèves m'ont parfois incité à les modifier, à les défendre, voire à les abandonner.

Durant l'année universitaire, Burton Hatlen, professeur de litté-rature à l'Université du Maine, nous a rejoints pour venir nous par-ler du *Dracula* de Bram Stoker, et vous constaterez que ce livre doit beaucoup à son concept de l'horreur comme courant de l'océan mythique dans lequel baigne notre inconscient collectif. Merci, Burt.

Mon agent littéraire, Kirby McCauley, fan de fantastique et citoyen du Minnesota, mérite des remerciements pour avoir relu le manuscrit de ce livre, y avoir repéré plusieurs erreurs, disputé plusieurs jugements... et pour avoir passé plusieurs heures au Plaza Hotel de New York en compagnie de votre serviteur afin de dresser la sélection de films d'horreur sortis entre 1950 et 1980 qui forme l'Appendice du Tome I. Je lui dois d'autres remerciements pour bien d'autres raisons, mais ceci est une autre histoire.

En outre, j'ai utilisé durant l'écriture de ce bouquin de nombreux ouvrages de référence que je me suis efforcé de mentionner dans le corps du texte, mais je tiens à souligner que certains d'entre eux m'ont été d'une utilité inestimable : *An Illustrated History of the Horror Film*, l'ouvrage fondateur de Carlos Clarens ; le guide épisode par épisode de *La Quatrième Dimension*, paru dans la revue *Starlog* ; *The Science Fiction Encyclopedia*, dirigée par Peter Nicholls, qui m'a bien aidé à débroussailler (peu ou prou) la bibliographie de Harlan Ellison et les programmes de la série *Au-delà du réel* ; plus d'autres ouvrages moins connus que mes vagabondages théoriques m'ont amené à consulter.

Enfin, je me dois de remercier les écrivains — notamment Ray Bradbury, Harlan Ellison, Richard Matheson, Jack Finney, Peter Straub et Anne Rivers Siddons — qui ont eu l'amabilité de répondre à mes questions et de me donner des informations sur la genèse des œuvres ici abordées. Leurs voix donnent à ce livre une dimension supplémentaire dont l'absence aurait été catastrophique.

Je crois bien que c'est tout... à part une chose : n'allez pas croire que je considère ce livre comme dénué de toute imperfection. Je suis sûr qu'il y reste encore plein de bourdes, en dépit de mes soins vigilants ; espérons seulement qu'elles ne sont ni trop graves ni trop nombreuses. Si vous en repérez une, j'espère que vous m'écrirez un petit mot pour qu'on puisse rectifier les prochaines éditions. Et puis, vous savez, j'espère que vous allez bien vous amuser avec ce bouquin. Lisez-le par bribes ou dévorez-le de la première à la dernière page, mais amusez-vous bien. C'est pour ça que je l'ai écrit, comme j'ai écrit mes romans. Peut-être y trouverez-vous quelque chose qui vous fera réfléchir, rire aux éclats ou entrer dans une colère noire. Toutes ces réactions me paraissent satisfaisantes. Mais si vous vous emmerdez, ça me fera de la peine.

Pour moi, l'écriture de ce livre a été à la fois exaltante et exaspérante, tantôt un plaisir et tantôt une corvée. Par conséquent, si vous décidez de vous promener dans ses pages, vous risquez d'être secoué de temps en temps par les cahots de la route. Mais j'espère que vous constaterez, tout comme moi, que le voyage méritait d'être fait.

STEPHEN KING
Center Lovell, Maine

CHAPITRE 1
4 octobre 1957,
l'invitation à la danse

1

Pour moi, la terreur — la véritable terreur, par opposition aux démons et aux croque-mitaines qui pouvaient vivre dans mon esprit — est née un bel après-midi d'octobre 1957. Je venais d'avoir dix ans. Et, circonstance des plus appropriées, je me trouvais dans une salle de cinéma : le Stratford Theater, situé dans le centre ville de Stratford (Connecticut).

Le film qu'on montrait ce jour-là était et est encore un de mes préférés, et le fait que ce soit lui que j'aie choisi de voir — plutôt qu'un western avec Randolph Scott ou un film de guerre avec John Wayne — n'est pas moins approprié. Ce samedi où naquit la véritable terreur, je regardais *Les soucoupes volantes attaquent*, avec en vedette Hugh Marlowe, un acteur surtout connu à l'époque pour avoir interprété le fiancé xénophobe que Patricia Neal finissait par larguer dans *Le jour où la Terre s'arrêta* — un film de science-fiction un peu plus ancien et beaucoup plus rationnel.

Dans *Le jour où la Terre s'arrêta*, un extraterrestre nommé Klaatu (Michael Rennie dans un survêtement intergalactique d'un blanc

7

étincelant) atterrit en plein centre de Washington à bord de sa soucoupe volante (laquelle, lorsqu'elle est énergisée, brille comme un de ces Jésus en plastique qu'on vous donnait dans le temps au catéchisme pour vous récompenser d'avoir appris par cœur des versets de la Bible). Klaatu descend de sa passerelle et s'immobilise, fixé par plusieurs regards horrifiés et par une bonne centaine d'armes à feu. C'est une scène de tension mémorable, que le souvenir ne fait que rendre plus attachante — le genre de scène qui transforme les gens comme moi en mordus de cinéma. Klaatu commence à tripoter un genre de gadget — si mes souvenirs sont bons, ça ressemblait à une tondeuse à gazon miniature — et un soldat à l'index trop nerveux lui tire une balle dans le bras. Bien entendu, on apprendra par la suite que ce gadget était un cadeau destiné au président. Rien à voir avec un rayon de la mort ; un simple communicateur interstellaire.

C'était en 1951. Mais ce samedi après-midi, six ans plus tard, les occupants des soucoupes volantes étaient nettement moins sympathiques. Là où Michael Rennie composait un Klaatu à la noblesse empreinte de tristesse, ces extraterrestres-là ressemblaient à des arbres vivants extrêmement maléfiques, avec un corps flétri et tortueux et un visage de vieillard irascible.

Plutôt que d'apporter un communicateur au président, comme un ambassadeur entrant dans ses fonctions qui souhaite témoigner de l'estime de sa patrie pour un pays ami, les occupants de ces soucoupes volantes apportent des rayons de la mort, des dégâts considérables et éventuellement la guerre totale. Le tout — et en particulier la destruction de Washington — rendu de façon merveilleusement réaliste par Ray Harryhausen, un technicien des effets spéciaux qui allait au cinéma avec un certain Ray Bradbury quand il était gamin.

Klaatu est venu tendre la main de l'amitié et de la fraternité. Il propose aux peuples de la Terre d'adhérer à un genre d'ONU interstellaire — à condition que nous puissions renoncer à la fâcheuse habitude que nous avons de nous exterminer les uns les autres. Les extraterrestres des *Soucoupes volantes attaquent* n'ont qu'un seul but : la conquête ; ils forment la dernière armada d'une planète mourante, incroyablement vieille et avide, et ils ne sont pas en quête de paix mais de pillage.

Le jour où la Terre s'arrêta est un oiseau rare : c'est un authentique film de science-fiction. Les créatures millénaires des *Soucoupes volantes attaquent* sont les émissaires d'une espèce cinématographique bien plus répandue : le film d'horreur. Pas question pour eux de proférer des stupidités du genre : « C'était un cadeau pour votre président » ; ces types-là descendent sur Cap Canaveral où Hugh Marlowe dirige le Projet Skyhook et commencent à foutre la merde.

Je pense que c'est dans le fossé séparant ces deux philosophies qu'a été semée la graine de la terreur. S'il existe une ligne de force entre ces idées diamétralement opposées, c'est presque certainement là que la terreur a germé.

Car soudain, alors qu'arrivait la dernière bobine du film et que les soucoupes se préparaient à attaquer la Capitale de notre Grande Nation, tout s'est arrêté. L'écran est devenu noir. La salle était pleine de gosses, mais presque personne n'a protesté. Si vous n'avez pas oublié les séances de cinéma de votre folle jeunesse, vous savez qu'une bande de gamins dispose d'un abondant répertoire pour exprimer son désagrément lorsque le film est interrompu ou tarde à démarrer : on tape des mains ; on entonne un des célèbres chants tribaux de l'enfance : « On-veut-le-*film* ! On-veut-le-*film* ! On-veut-le-*film* ! » ; on lance des paquets de bonbons sur l'écran ; on transforme les boîtes de pop-corn en clairons. Si un des petits monstres a gardé des pétards de la dernière fête nationale, il saisira l'occasion pour les sortir de sa poche, les soumettre à l'approbation admirative de ses copains, puis il les allumera et les jettera dans l'assistance.

Il ne s'est rien produit de tel cet après-midi d'octobre. Le film n'était pas cassé ; on avait tout simplement éteint le projecteur. Puis les lumières se sont allumées dans la salle, ce qui était tout bonnement inouï. Et nous avons tous regardé autour de nous, clignant des yeux comme des taupes subitement exposées à la lumière du jour.

Le gérant de la salle est apparu sur la scène et a levé les mains pour demander le silence — un geste parfaitement superflu. Six ans plus tard, en 1963, j'ai repensé à cette scène lorsque, un vendredi de novembre, le chauffeur de notre car scolaire nous a dit que le président venait d'être abattu à Dallas.

2

S'il y a bien une vérité concernant la danse macabre, c'est la suivante : les romans, les films, les dramatiques télé et radio — et même les bandes dessinées — qui relèvent de l'horreur fonctionnent toujours sur deux niveaux.

Le premier est celui du haut-le-cœur pur et simple : quand Regan vomit sur le visage du prêtre ou se masturbe avec un crucifix dans *L'Exorciste*, ou quand l'horrible monstre aux allures d'écorché de *Prophecy*, le film de John Frankenheimer, mord à belles dents dans la tête du pilote d'hélicoptère. Cette tactique peut être employée avec divers degrés de finesse artistique, mais elle est toujours présente.

Mais il existe un autre niveau, beaucoup plus puissant, où l'horreur peut être comparée à une danse — une quête dynamique et cadencée. Et l'objet de cette quête, c'est le lieu où vous-même, lecteur ou spectateur, vivez à votre niveau le plus primitif. L'œuvre d'horreur ne s'intéresse pas aux meubles civilisés de notre vie. Elle traverse en dansant les pièces que nous avons soigneusement meublées et décorées, et dont chaque élément exprime — du moins l'espérons-nous — notre personnalité socialement acceptable et plaisamment éclairée. L'œuvre d'horreur cherche un autre lieu, une pièce qui ressemble tantôt à la tanière secrète d'un gentleman victorien, tantôt à la salle des tortures de l'Inquisition espagnole... mais peut-être plus fréquemment à la caverne fruste et mal dégrossie d'un homme de l'Âge de pierre.

L'œuvre d'horreur est-elle une œuvre d'art ? Lorsqu'elle fonctionne à ce second niveau, elle n'est jamais autre chose ; elle accède au statut d'œuvre d'art tout simplement parce qu'elle est en quête de quelque chose qui transcende l'art, qui est antérieur à l'art : ce que j'appellerais des points de pression phobiques. Un bon récit d'horreur vous atteindra au centre même de votre vie et trouvera la porte secrète de la pièce que vous croyiez être le seul à connaître — comme nous l'ont fait remarquer Albert Camus et Billy Joel, l'Étranger nous met mal à l'aise... mais nous adorons revêtir son visage en secret.

Les araignées vous font peur ? Bien. On va vous en donner, des araignées, comme dans *Tarantula, L'Homme qui rétrécit* et *L'Horrible Invasion*. Et les rats ? Dans le roman de James Herbert qui porte ce titre[1], vous les sentirez ramper sur vous... et vous dévorer vivant. Et quel effet vous font les serpents ? Ou les espaces clos ? Les hauteurs ? Ou... tout ce que vous voudrez.

Les livres et les films étant des mass-médias, le domaine de l'horreur a eu souvent l'occasion de se montrer plus efficace que ces phobies au cours des trente dernières années. Durant cette période (et, à un moindre degré, durant les soixante-dix ans et quelque qui l'ont précédée), l'horreur est souvent parvenue à localiser des points de pression phobiques à l'échelon national, et les livres et les films qui ont connu le plus de réussite semblent presque toujours exprimer des peurs qui sont partagées par un vaste échantillon de la population. De telles peurs, qui relèvent plus souvent de la politique, de l'économie et de la psychologie que du surnaturel, donnent aux meilleures œuvres d'horreur une touche plaisamment allégorique — d'un type d'allégorie qui semble particulièrement convenir à la plupart des cinéastes. Peut-être parce qu'ils savent que, si la situation commence à devenir vraiment trop désespérée, ils ont toujours la possibilité de faire sortir le monstre des ténèbres où il se tapissait.

Nous n'allons pas tarder à retrouver Stratford (Connecticut) en 1957, mais avant ça, permettez-moi de suggérer que, parmi les films des trois dernières décennies à s'être montrés les plus habiles à localiser un point de pression, figure *L'Invasion des profanateurs de sépultures* de Don Siegel. Un peu plus loin, nous parlerons du roman dont il est tiré — et Jack Finney, son auteur, aura aussi son mot à dire —, mais pour l'instant, jetons un bref coup d'œil au film.

11

On ne trouve rien de vraiment horrible dans *L'Invasion des profanateurs de sépultures* de Don Siegel* ; on n'y voit aucun extraterrestre flétri et maléfique, aucune monstruosité dissimulée sous le masque de la banalité. Les hommes-cosses sont juste un peu différents, voilà tout. Un peu distraits. Un peu négligés. Bien que Finney n'insiste guère sur ce point dans son livre, il suggère néanmoins que ce qu'il y a de plus horrible chez « eux », c'est qu'il sont dépourvus du sens esthétique le plus élémentaire. Peu importe que ces usurpateurs extraterrestres ne soient pas en mesure d'apprécier *La Traviata* ou *Moby Dick*, ni même une belle peinture de Norman Rockwell en couverture du *Saturday Evening Post*. Bien sûr, c'est un peu inquiétant, mais — mon Dieu ! — ils ne daignent même pas tondre la pelouse, ni remplacer le carreau que le gamin des voisins a cassé en jouant au base-ball. Ils ne repeignent pas leur maison quand la peinture commence à s'écailler. Les routes menant à Mill Valley, nous dit-on, sont tellement infestées d'ornières et de nids-de-poule que les commerçants qui approvisionnent la ville — qui insufflent à ses poumons municipaux l'atmosphère bienfaisante du capitalisme, pourrait-on dire — ne prendront bientôt plus la peine de s'y rendre.

Le premier niveau, celui du haut-le-cœur, est efficace, mais c'est ce second niveau de l'horreur qui nous permet souvent de ressentir cette vague angoisse qui déclenche la chair de poule. Au fil des ans, *L'Invasion des profanateurs de sépultures* a donné la chair de poule à pas mal de gens, et on a attribué toutes sortes de significations profondes au film de Siegel. On l'a considéré comme une œuvre anti-maccarthyste jusqu'au jour où quelqu'un a fait remarquer que les opinions politiques de Siegel ne pouvaient guère être qualifiées

---

* Mais on ne peut pas en dire autant du remake signé par Philip Kaufman. Il y a dans ce film une scène positivement répugnante. C'est celle où Donald Sutherland défonce à coups de râteau le visage d'une cosse presque formée. Ledit visage se fend avec une facilité écœurante, comme un fruit pourri, déclenchant une explosion de sang factice — le sang factice le plus réaliste que j'aie jamais vu dans un film en couleurs. Lorsque j'ai vu cette scène, j'ai grimacé, je me suis plaqué la main sur la bouche… et je me suis demandé comment le film avait évité l'interdiction aux mineurs.

de gauchisantes. Puis on l'a vu comme une illustration du slogan « Plutôt mort que rouge ». À mon humble avis, cette interprétation colle davantage au film, à la fin duquel on voit Kevin McCarthy en plein milieu d'une autoroute, en train de crier : « Ils arrivent ! Ils arrivent ! » à des automobilistes qui foncent sans lui prêter attention. Mais, franchement, je ne pense pas que Siegel ait eu des intentions politiques quand il a tourné son film (et vous verrez un peu plus loin que Jack Finney partage mon avis) ; je crois qu'il l'a tourné pour s'amuser, tout simplement, et que cette signification sous-jacente... est arrivée toute seule.

Ce qui ne signifie pas pour autant que *L'Invasion des profanateurs de sépultures* soit dénuée de tout élément allégorique ; je souhaite simplement suggérer que ces points de pression, ces terminaux de la peur, sont si profondément enfouis et cependant si vitaux que nous y puisons comme à un puits artésien : tout en disant une chose à voix haute, nous en murmurons une autre. La version que Philip Kaufman a donnée du roman de Finney est agréable (quoique, pour être franc, pas tout à fait autant que celle de Siegel), mais la nature de ce murmure a entièrement changé : Kaufman semble vouloir faire une satire féroce de l'égocentrisme des années 70 (« Je suis formidable, tu es formidable, plongeons dans le jacuzzi et massons nos si précieuses consciences »). Tout ceci pour suggérer que, bien que les mauvais rêves du subconscient collectif puissent changer d'une décennie à l'autre, le conduit qui permet de s'alimenter à ce puits onirique jouit d'une vitalité permanente.

Je pense que c'est là qu'est la véritable danse macabre : dans ces moments remarquables où le créateur d'une histoire d'horreur réussit à unir le conscient et le subconscient grâce à une idée puissante. J'estime que Siegel y est parvenu avec plus de succès que Kaufman, mais tous deux n'en ont eu la possibilité que grâce à Jack Finney, qui avait creusé le puits où ils ont trouvé leur eau.

Et on dirait bien que ceci nous ramène à Stratford et à ce bel après-midi d'automne 1957.

13

Nous restions assis comme des mannequins de cire, les yeux fixés sur le gérant. Il avait l'air pâle et angoissé — mais peut-être était-ce dû aux feux de la rampe. On se demandait quel genre de catastrophe avait pu l'obliger à stopper la projection juste au moment où le film atteignait cette apothéose de toute séance du samedi qui se respecte, « le meilleur passage ». Et lorsqu'il prit la parole, ce fut d'une voix tremblante qui n'avait vraiment rien de rassurant.

« Je voulais vous dire, déclara-t-il, que les Russes viennent de placer un satellite spatial en orbite autour de la Terre. Ils l'ont appelé... *Spoutnik*. »

Cette information fut accueillie par un silence absolu, sépulcral. La salle était figée, une salle pleine de gamins et de gamines typiques des années 50, aux cheveux coupés en brosse, réunis en queue de cheval ou gominés dans le style blouson noir, vêtus de tee-shirts, de jupes plissées ou de jeans reprisés, portant parfois au doigt une bague à l'insigne de Captain Midnight ; des gamins et des gamines qui venaient de découvrir Chuck Berry et Little Richard grâce à la seule station radio de New York diffusant du rythm and blues noir, dont on captait les émissions tard le soir comme des messages venus d'une autre planète. Nous avions grandi en regardant *Captain Video*[2] et en lisant *Terry et les pirates*[3]. Les bandes dessinées nous avaient montré Combat Casey en train de casser du Nord-Coréen en quantité invraisemblable. La télévision nous avait montré Richard Carlson en train de capturer des milliers d'espions communistes dans *I Led Three Lives*. On avait dépensé vingt-cinq *cents* pour voir Hugh Marlowe dans *Les soucoupes volantes attaquent* et voilà qu'on recevait cette sinistre nouvelle dans les dents en guise de bonus.

J'ai conservé un vif souvenir de la suite : cet horrible silence fut soudain brisé par une voix suraiguë — garçon ou fille, je l'ignore —, une voix au bord des larmes mais également emplie d'une terrifiante colère : « Oh, montre-nous le film, espèce de menteur ! »

Le gérant ne daigna même pas se tourner vers le fauteuil d'où venait cette voix, et c'était bien le plus horrible de l'histoire. C'était une preuve. Les Russes nous avaient battus dans la course à l'espace. Quelque part au-dessus de nos têtes, émettant son bip-bip triomphant, se trouvait un ballon électronique fabriqué et lancé derrière le Rideau de fer. Ni Captain Midnight[4] ni Richard Carlson[5] (qui, ironie du sort, était aussi la vedette d'un film intitulé *Riders to the Stars*) n'avaient pu l'arrêter. Il était là-haut... et il s'appelait Spoutnik. Le gérant est resté quelques instants planté sur la scène, à nous regarder comme s'il souhaitait nous dire autre chose mais ne trouvait pas ses mots. Puis il est reparti et le film a repris son cours peu après.

4

Et maintenant, une question. Vous vous rappelez ce que vous faisiez quand John Kennedy a été assassiné. Vous vous rappelez où vous étiez lorsque Robert Kennedy a été abattu par un autre dingue dans les cuisines d'un hôtel. Peut-être même vous rappelez-vous ce que vous faisiez lorsque a éclaté la crise de la baie des Cochons.

Mais où étiez-vous le jour où les Russes ont lancé Spoutnik I ?

La terreur — ce que Hunter Thompson appelle « la peur mêlée de répugnance » — trouve souvent son origine dans une profonde sensation de déstabilisation : l'impression que les choses sont en train de se déliter. Si cette impression est soudaine et vous semble personnelle — si elle vous frappe en plein cœur —, elle se grave dans votre mémoire de façon indélébile. Le fait que presque tous mes contemporains se souviennent de ce qu'ils faisaient lorsqu'ils ont appris l'assassinat de Kennedy me paraît presque aussi intéressant que le fait qu'un débile armé d'un fusil acheté par correspondance ait pu changer le cours de l'histoire du monde en quatorze secondes environ. Cet événement tragique et les trois jours de deuil qui l'ont suivi sont sans doute ce qui se rapproche le plus dans l'Histoire d'une période de conscience de masse, d'empathie de masse et — avec le recul — de mémoire de masse : deux cent millions de personnes tétanisées par le choc. Apparemment, l'amour est incapable de déclencher ce genre de réaction évoquant un coup de marteau-pilon. Et c'est bien dommage.

Je ne cherche pas à suggérer que le lancement de Spoutnik a exercé un effet similaire sur la psyché américaine (bien qu'il n'ait pas été sans conséquences : voir le récit amusant qu'en fait Tom Wolfe dans *L'Étoffe des héros*, son excellent livre sur notre programme spatial), mais je pense que pas mal de gamins de mon âge — on nous appelait les « bébés de la guerre » — s'en souviennent aussi bien que moi.

Ma génération formait un terreau idéal pour les graines de l'horreur ; nous avions été élevés dans une étrange atmosphère foraine faite de paranoïa, de patriotisme et d'orgueil national. On nous avait dit que notre nation était la plus grande du monde et que le premier hors-la-loi rouge qui essaierait de sortir son flingue dans le grand saloon de la politique internationale découvrirait à ses dépens qui était le tireur le plus rapide de l'ouest (voir le roman de Pat Frank, *Alas Babylon*, très représentatif de cette époque), mais on nous disait aussi ce qu'il fallait entreposer dans nos abris anti-atomiques et combien de temps on devrait y rester enfermés une fois qu'on aurait gagné la guerre. Notre pays était le mieux alimenté de l'Histoire mais il y avait dans notre lait des traces de strontium 90 dues aux essais nucléaires.

Nos parents avaient gagné une guerre que John Wayne appelait « *the Big One* », et une fois que la poussière s'était dissipée, l'Amérique était le numéro un. Nous avions remplacé l'Angleterre dans le rôle du colosse qui domine le monde. Quand les jeunes hommes et les jeunes femmes de ce pays ont entrepris de concevoir les millions d'enfants qui ont aujourd'hui mon âge, Londres avait été quasiment anéantie par le blitz, le soleil se couchait environ toutes les douze heures sur l'Empire britannique et la Russie avait été presque saignée à blanc par sa guerre contre les Nazis ; durant le siège de Stalingrad, les soldats de l'Armée rouge avaient été obligés de manger les cadavres de leurs camarades pour ne pas mourir de faim. Mais pas une seule bombe n'était tombée sur New York et, de toutes les grandes puissances engagées dans la guerre, l'Amérique était celle qui avait eu à souffrir du pourcentage de pertes le plus faible.

16

En outre, nous avions une formidable Histoire à notre disposition (toutes les Histoires courtes sont formidables), en particulier dans les domaines de l'invention et de l'innovation. Tous les instituteurs de ce pays connaissaient les mots magiques qui enchantaient leurs élèves ; deux mots qui étincelaient comme une splendide enseigne au néon ; deux mots d'une puissance et d'une grâce presque incroyables ; et ces deux mots magiques étaient : ESPRIT PIONNIER. Mes contemporains ont grandi dans la sécurité que conférait l'ESPRIT PIONNIER américain, ils apprenaient par cœur toute une litanie de noms qui en étaient le symbole. Eli Whitney. Samuel Morse. Alexander Graham Bell. Henry Ford. Robert Goddard. Wilbur et Orville Wright. Robert Oppenheimer. Ces hommes, mesdames et messieurs, avaient en commun une grande chose. C'étaient des Américains gorgés d'ESPRIT PIONNIER. Nous étions, nous avions toujours été, les meilleurs d'entre les meilleurs.

Et quel grandiose avenir nous attendait ! Cet avenir était esquissé par les romans de Robert A. Heinlein[6], de Lester del Rey[7], d'Alfred Bester[8], de Stanley Weinbaum[9] et de plusieurs douzaines d'écrivains ! Leurs rêves prenaient forme dans les derniers des magazines de science-fiction, qui commençaient à battre de l'aile en ce mois d'octobre 1957[10]... mais la science-fiction, elle, était encore en pleine forme. L'espace n'allait pas accueillir que des conquérants, nous disaient ces auteurs ; il allait accueillir... il allait accueillir... des PIONNIERS ! Des flèches argentées transperçant le vide, suivies par de puissantes fusées déposant d'énormes cargos sur des mondes inconnus, suivies à leur tour par des colonies fondées par des hommes et des femmes courageux (et *américains*, bien entendu) et gorgés d'ESPRIT PIONNIER. Mars allait devenir notre proche banlieue, une nouvelle ruée vers l'or (ou peut-être bien vers le rhodium) allait se déclencher dans la ceinture des astéroïdes... et au bout du compte, évidemment, les étoiles elles-mêmes nous appartiendraient — quel avenir fabuleux, avec des touristes mitraillant de leur Kodak les six lunes de Procyon IV et une chaîne de montage du Chevrolet JetCar sur Sirius III. La Terre elle-même deviendrait une utopie telle qu'on pouvait en contempler sur les couvertures de *Fantasy & Science Fiction*, d'*Amazing Stories*, de *Galaxy* et d'*Astounding Stories* durant les années 50.

Un avenir gorgé d'ESPRIT PIONNIER ; encore mieux : un avenir gorgé d'ESPRIT PIONNIER *AMÉRICAIN*. Regardez par exemple la couverture de la première édition de poche des *Chroniques martiennes* de Ray Bradbury. Sur cette vision — qui doit tout à l'imagination de l'illustrateur et rien à celle de Bradbury ; il n'y a rien d'aussi stupidement ethnocentrique dans ce classique de la littérature de l'imaginaire —, les astronautes posant le pied sur Mars ressemblent curieusement aux Marines déferlant sur la plage de Saipan ou de Tarawa. Derrière eux, on aperçoit une fusée plutôt qu'une barge, mais leur commandant à la mâchoire carrée brandissant un pistolaser semble tout droit sorti d'un film de John Wayne : « Dépêchez-vous, bande de bleus, vous avez peur de mourir ? Où est passé votre ESPRIT PIONNIER ? »

Tel fut le berceau de théorie politique élémentaire et de rêverie technologique qui a protégé mes contemporains et moi-même jusqu'à ce jour d'octobre 1957, où le berceau est tombé par terre et où nous en sommes tous sortis pour de bon. Pour moi, ce fut la fin d'un doux rêve... et le commencement d'un cauchemar.

Les enfants comprirent aussi vite que quiconque les implications de l'exploit des Russes — en tout cas aussi vite que les politiciens qui se mettaient en quatre pour ramasser les débris de nos espoirs et tenter de les remettre sur pied.

En 1957, les gigantesques bombardiers qui avaient démoli Berlin et Hambourg lors de la Seconde Guerre mondiale commençaient déjà à être dépassés. Un nouveau sigle sinistre venait de faire son entrée dans le vocabulaire de la terreur : ICBM. Les ICBM, nous disait-on, n'étaient qu'une version améliorée des V2 allemandes. Ils étaient capables de transporter une énorme charge de mort et de destruction atomique, et si les Russkofs faisaient les malins, on allait les faire disparaître de la surface de la Terre. Fais gaffe, Moscou ! Voilà une bonne dose bien chaude d'ESPRIT PIONNIER, bande de jobards !

Sauf que, incroyable mais vrai, les Russes se débrouillaient drôlement bien rayon ICBM. Après tout, les ICBM ne sont que de grosses fusées, et les Cocos n'avaient sûrement pas mis Spoutnik en orbite grâce à un chauffe-bain.

Et c'est dans ce contexte que le film a repris son cours à Stratford, et nous avons entendu résonner le sinistre écho de la voix des extra-terrestres : *Surveillez votre ciel... un avertissement viendra du ciel... surveillez votre ciel.*

5

Ce livre est une étude informelle de l'histoire de l'horreur durant les trente dernières années et non une autobiographie de votre serviteur. L'autobiographie d'un père de famille, romancier et ancien prof de lycée n'aurait rien de passionnant, croyez-moi. J'exerce le métier d'écrivain, ce qui veut dire que ce qui m'est arrivé de plus intéressant m'est arrivé dans mes rêves.

Mais comme je suis un romancier d'horreur et un enfant de mon époque, et comme je crois sincèrement que le lecteur ou le specta-teur n'est horrifié que lorsqu'il est personnellement touché, vous trouverez dans ces pages une foule d'éléments autobiographiques. Dans la vie réelle, l'horreur est une émotion que l'on doit affronter en solitaire — comme il m'a fallu affronter le fait que les Russes nous avaient battus dans la course à l'espace. C'est un combat que l'on livre au plus profond de son cœur.

Je crois sincèrement que nous sommes tous seuls et que tout contact humain, si profond et si durable soit-il, n'est rien de mieux qu'une illusion nécessaire — mais au moins les sentiments que nous considérons comme « positifs » et « constructifs » représentent-ils de notre part une tentative pour toucher notre prochain, pour entrer en contact avec lui et établir une sorte de communication. L'amour et la tendresse, la capacité d'empathie, sont tout ce que nous connaissons de la lumière.

Ce sont autant d'efforts pour former un lien entre nous ; ce sont des émotions qui nous rassemblent, sinon en réalité du moins dans

19

le cadre d'une illusion réconfortante qui allège notre fardeau de mortalité.

L'horreur, la terreur, la peur, la panique : ces émotions-là élèvent des barrières entre nous, nous séparent de notre prochain, font de nous des êtres isolés. Il est paradoxal que des sentiments et des émotions que nous associons avec « l'instinct de la foule » exercent un tel effet, mais on se sent bien solitaire dans une foule, paraît-il : une foule n'est qu'une masse de gens sans amour pour les réunir. Les mélodies de l'horreur sont simples et répétitives, et ce sont des mélodies de la déstabilisation, de la désintégration... mais, autre paradoxe, l'expression rituelle de ces émotions semble ramener les choses à un état plus stable et plus constructif. Demandez à un psychiatre ce qui se passe lorsque son patient s'étend sur le divan et lui parle de ce qui l'empêche de dormir et de ce qu'il voit dans ses rêves. Que vois-tu quand tu éteins la lumière ? demandent les Beatles dans *With A Little Help From My Friends* ; réponse : Je ne peux pas te le dire, mais je sais que c'est à moi.

Le genre dont nous parlons, qu'il s'exprime dans les livres, au cinéma ou à la télé, n'a qu'un seul but : nous montrer des horreurs inventées. Et parmi les questions qu'on me pose le plus souvent, notamment les personnes qui ont appréhendé ce paradoxe (mais ne l'ont peut-être pas encore parfaitement assimilé), il y a celle-ci : Pourquoi donc inventez-vous de telles horreurs alors que la réalité en est déjà pleine ?

La réponse est apparemment la suivante : nous inventons des horreurs pour nous aider à supporter les vraies horreurs. Armés de la formidable capacité d'invention de l'esprit humain, nous agrippons les choses qui nous divisent et nous détruisent et tentons de les transformer en outils — dans le but de les démonter. Le terme de *catharsis* est aussi ancien que la tragédie grecque, et certains de mes confrères ont tendance à l'utiliser un peu trop facilement pour justifier leur activité, mais il nous est quand même ici d'une relative utilité. Le rêve d'horreur est en lui-même un défoulement et une thérapie... et peut-être bien que le rêve d'horreur reconverti en mass-média est parfois en mesure de devenir un divan à l'échelle nationale.

Revenons une dernière fois à ce mois d'octobre 1957. Aussi absurde que cela puisse paraître, *Les soucoupes volantes attaquent* ont bel et bien acquis une signification politique. Derrière cette histoire mélodramatique d'invasion spatiale, nous trouvons un avant-goût de la guerre ultime. Les monstres avides et flétris qui pilotent ces soucoupes sont en réalité les Russes ; la destruction du Monument de Washington, du Dôme du Capitole et de la Cour suprême — rendue crédible par les extraordinaires effets spéciaux de Ray Harryhausen — est exactement identique à celle que nous nous attendons à contempler le jour où les bombes A nous tomberont sur la tête.

Puis arrive la fin du film. La dernière soucoupe a été abattue par l'arme secrète de Hugh Marlowe, un fusil à ultrasons qui dérègle les moteurs électromagnétiques des astronefs, ou une stupidité attendrissante de ce genre. Dans toutes les rues de Washington, des haut-parleurs beuglent le message suivant : « *Tout danger est écarté... pour le moment. Tout danger est écarté... pour le moment. Tout danger est écarté pour le moment.* » La caméra nous montre un ciel dégagé. Les monstres millénaires au rictus sinistre et au visage de vieillard ont été vaincus. *Cut* sur une plage californienne, déserte comme par magie, où se promènent Hugh Marlowe et sa toute nouvelle épouse (bien entendu, il s'agit de la fille du Vieux Militaire Bougon Mort pour la Patrie) ; ils sont en pleine lune de miel.

« Russ, lui demande-t-elle, est-ce qu'ils reviendront un jour ? »

Marlowe contemple sagement le ciel, puis se tourne vers sa femme. « Pas par une aussi belle journée, dit-il d'une voix apaisante. Et pas dans un monde aussi beau. »

Main dans la main, ils courent vers les vagues, et apparaît le générique de fin.

Pendant un instant — rien qu'un instant —, le paradoxe a joué. Nous avons empoigné l'horreur et nous nous en sommes servis pour la détruire, une prouesse analogue à celle qui consiste à monter dans les airs en se hissant par les pieds. L'espace de quelques secondes, notre peur la plus profonde — le Spoutnik russe et ses implications — a été excisée de notre esprit. Elle finira par refaire surface, mais à chaque jour suffit sa peine. Pour le moment, nous avons affronté le pire, et le pire n'était pas si grave. La fin du film nous a apporté un instant magique de réintégration et d'apaisement, une sensation similaire à celle que vous éprouvez sur les montagnes russes, quand le wagonnet s'arrête en fin de course et que vous en descendez avec votre petite amie, sains et saufs tous les deux.

Je crois sincèrement que c'est cette sensation de réintégration, suscitée par un genre spécialisé dans la mort, la peur et la monstruosité, qui fait de la danse macabre quelque chose de gratifiant et de magique... sans oublier l'incroyable capacité d'invention de l'esprit humain, qui arrive à créer une quantité infinie d'univers oniriques et à en faire bon usage. C'est un univers de ce type qui a permis à la grande poétesse Anne Sexton de trouver « la santé mentale par l'écriture ». Grâce aux poèmes où elle décrivait sa descente dans le maelström de la folie, elle a recouvré sa capacité à affronter le monde, du moins pour un temps[11]... et peut-être a-t-elle rendu le même service à certains de ses lecteurs. Ce qui ne veut pas dire que l'écriture doive trouver sa justification par une quelconque utilité sociale ; le simple plaisir du lecteur est déjà bien suffisant, n'est-ce pas ?

C'est dans un tel univers que j'ai choisi de vivre depuis mon enfance, longtemps avant le lancement de Spoutnik I et l'incident de Stratford. Je n'ai pas l'intention de vous faire croire que les Russes, en m'infligeant un traumatisme, m'ont poussé à m'intéresser à la littérature d'horreur, mais de souligner que c'est à cet instant-là que j'ai senti une connexion fort utile entre l'univers du fantastique et les manchettes des journaux. L'objet de ce livre est une promenade dans cet univers, dans les mondes du fantastique et de l'horreur qui m'ont enchanté et terrifié. Le plan en est fort brouillon, et si votre humble guide vous rappelle parfois un chien de chasse à la truffe défaillante qui court dans tous les sens et suit la moindre odeur intéressante qui vient à croiser son chemin, je ne m'en vexerai pas outre mesure.

Mais nous n'allons pas à la chasse. Nous allons danser. Et parfois, on éteint toutes les lumières dans la salle de bal.

Mais nous danserons quand même, vous et moi. Même dans le noir. Surtout dans le noir.

Voulez-vous m'accorder cette danse ?

CHAPITRE 2
Contes du Crochet

1

Quand j'ai découvert *Famous Monsters of Filmland*[1] — la revue joyeusement macabre éditée par Forrest J. Ackerman —, le premier numéro que j'aie jamais acheté contenait un long article érudit de Robert Bloch sur la différence entre les films de science-fiction et les films d'horreur. C'était un article fort intéressant, et bien que j'en aie oublié certains détails au bout de dix-huit ans, je me souviens d'une affirmation de Bloch selon laquelle *La Chose d'un autre monde* (le film de Howard Hawks et Christian Nyby basé sur le court roman de John W. Campbell[2] intitulé *La Bête d'un autre monde*) était un film de science-fiction pure et dure en dépit de ses éléments horrifiques alors que *Des monstres attaquent la ville*, où on voit des fourmis géantes proliférer dans le désert du Nouveau-Mexique (suite à des expériences atomiques, bien entendu), était un film d'horreur pure en dépit de ses éléments de science-fiction.

La frontière entre la science-fiction et le fantastique (en ce qui me concerne, le fantastique est ce qu'il est ; l'horreur n'en est qu'un sous-genre) est un sujet que l'on aborde inévitablement dans toutes les conventions de fantastique ou de science-fiction (et pour ceux d'entre vous qui ignorent tout de cette subculture, il s'en tient plusieurs centaines chaque année). Si on m'avait donné cinq *cents* chaque fois qu'une lettre sur la différence entre fantastique et science-fiction était publiée dans une revue spécialisée, amateur ou professionnelle, j'aurais pu m'acheter l'archipel des Bermudes.

C'est un piège, cette histoire de définition, et c'est aussi le plus barbant des sujets universitaires. Tout comme le débat sur le rythme dans la poésie moderne ou le rôle de la ponctuation dans la nouvelle, celui-ci a autant d'intérêt que la célèbre controverse sur le nombre d'anges pouvant danser sur une tête d'épingle, et il n'attire que les pochards et les étudiants en première année de lettres — deux catégories d'individus du même niveau d'incompétence. Je me contenterai donc d'énoncer des évidences : le fantastique et la science-fiction relèvent tous deux de la littérature de l'imaginaire, et tous deux tentent de créer des univers qui n'existent pas, qui ne peuvent pas exister, ou qui n'existent pas encore. Il y a une différence, bien entendu, mais je vous laisse le soin de tracer vos propres frontières si ça vous amuse — et vous constaterez alors qu'elles ne sont guère imperméables. *Alien*, par exemple, est un film d'horreur, et ce bien qu'il soit basé sur des prospectives scientifiques plus sérieuses que *La Guerre des étoiles*. Ce dernier film relève de la science-fiction, bien qu'il nous faille admettre qu'il s'agit là d'une SF primitive dans la veine de Murray Leinster[3] et de EE. « Doc » Smith[4] : un western d'outre-espace ruisselant d'ESPRIT PIONNIER.

Quelque part entre ces deux films se trouve une zone-tampon que le cinéma n'a guère exploitée, et qui est peuplée de films mélangeant science-fiction et fantastique d'une façon qui n'a rien d'horrifique — *Rencontres du troisième type*, par exemple.

Vu le nombre de sous-genres répertoriés (et n'importe quel fan de science-fiction ou de fantastique pourrait vous en réciter une bonne douzaine, de l'Utopie à la Dystopie[5], de l'Histoire du Futur[6] à l'Heroic-Fantasy en passant par la Sword and Sorcery[7], et cetera, *ad nauseam*), vous comprendrez que je ne souhaite pas ouvrir le débat plus qu'il n'est strictement nécessaire.

Au lieu de vous sortir des définitions, permettez-moi plutôt de vous offrir quelques exemples, et après on pourra passer à la suite

24

— et pourrait-on rêver meilleur exemple que *Le Cerveau du nabab* ?

L'horreur n'est pas nécessairement dénuée d'argument scientifique. *Le Cerveau du nabab*, le roman de Curt Siodmak[8], part d'un postulat scientifique pour déboucher sur l'horreur pure (tout comme *Alien*). Il a fait l'objet de deux adaptations cinématographiques[9], qui ont connu toutes deux un certain succès populaire. Le personnage principal du roman comme des deux films est un savant qui, quoique pas tout à fait fou, opère de toute évidence à l'extrême limite du rationalisme. Nous pouvons donc le considérer comme un authentique descendant de Victor Frankenstein,* le propriétaire du premier Labo de Cinglé. Cet homme de science travaille sur une technique destinée à maintenir le cerveau en activité après la mort de l'organisme — pour être plus précis, en le plaçant dans un aquarium empli d'une solution saline électriquement chargée.

Dans le roman, l'avion privé de W. D. Donovan, un millionnaire à forte personnalité, s'écrase dans le désert non loin du labo de notre savant. Saisissant l'occasion qui se présente à lui, celui-ci décalotte le crâne du millionnaire mourant et plonge le cerveau du nabab dans son aquarium.

Jusqu'ici, rien à signaler. Une histoire relevant à la fois de l'horreur et de la science-fiction ; elle pourrait évoluer dans l'une ou l'autre de ces deux directions, suivant la façon dont Siodmak va décider de traiter son sujet. La première adaptation cinématographique abat ses cartes presque tout de suite : l'opération chirurgicale se déroule en plein milieu d'une tempête et le laboratoire du savant ressemble au manoir des Baskerville. Et aucun des deux films n'est à la hauteur du terrifiant récit que Siodmak compose au moyen d'une prose sobre et rationnelle. L'opération est un succès. Le cerveau a survécu et peut-être même qu'il continue de penser dans son aquarium empli de liquide trouble. Le problème est maintenant de communiquer avec lui. Le savant essaie tout d'abord de le

---

* Et de Faust ? De Dédale ? De Prométhée ? De Pandore ? Voilà une généalogie qui remonte tout droit aux portes de l'enfer !

contacter par télépathie... et finit par réussir. À moitié en état de transe, il gribouille le nom de *W. D. Donovan* sur un bout de papier, et une comparaison graphologique montre que cette signature est impossible à distinguer de celle du nabab.

Mais le cerveau de Donovan commence à s'altérer et à muter dans son aquarium. Sa force s'accroît et il devient capable de dominer mentalement notre jeune héros. Celui-ci obéit sans discuter aux ordres du millionnaire, des ordres dictés par un souci obsessionnel de trouver un héritier convenable. Le savant commence à souffrir des infirmités qui affligeaient le corps de Donovan (lequel pourrit en paix dans une tombe anonyme) : mal de dos et patte folle. Alors que le récit approche de sa conclusion, Donovan tente de se servir du savant pour éliminer une petite fille dont l'existence est un obstacle à ses monstrueux desseins.

Dans l'une des deux adaptations cinématographiques, la Belle et Jeune Épouse (qui brille par son absence dans le roman de Siodmak) fait bouillir le cerveau dans son aquarium avec l'aide d'un paratonnerre. À la fin du livre, le savant attaque l'aquarium à coups de hache, résistant aux assauts mentaux de Donovan grâce à une phrase mnémonique toute simple mais mémorable : *He thrusts his fists against the posts and still insists he sees the ghosts*[10]. Le verre se brise, la solution saline se déverse sur le sol, et l'horrible cerveau encore palpitant meurt comme une limace sur le carreau.

Siodmak est un écrivain à l'intelligence remarquable et au style efficace. Le flot de spéculation du *Cerveau du nabab* est aussi excitant à suivre que dans un roman d'Isaac Asimov, d'Arthur C. Clarke ou du regretté John Wyndham[11], un de mes auteurs préférés dans ce domaine. Mais aucun de ces trois gentlemen n'a écrit un roman qui ressemble au *Cerveau du nabab*... Il s'agit en fait d'une œuvre unique.

L'épisode le plus surprenant se situe à la fin du livre, lorsque le neveu de Donovan (ou peut-être était-ce son fils illégitime, du diable si je m'en souviens) est pendu pour meurtre.* La trappe de

* On comprend que Donovan l'ait aimé au point de vouloir en faire son héritier. Il avait de qui tenir.

l'échafaud refuse de s'ouvrir à trois reprises lorsqu'on abaisse la manette qui l'actionne, et le narrateur émet l'hypothèse que l'esprit de Donovan est encore vivant, indomptable, implacable... et affamé.

En dépit de ses ingrédients scientifiques, *Le Cerveau du nabab* relève de l'horreur tout autant que *Sortilège*, le conte classique de M. R. James[12], ou encore *La Couleur tombée du ciel*[13], le court roman de H. P. Lovecraft que certains ont pu rattacher à la science-fiction.

Maintenant, passons à une autre histoire, un récit oral qu'il a toujours été inutile de transcrire. Ce conte se transmet en général de bouche de scout à oreille de scout, autour d'un feu de camp, quand le soleil s'est couché, quand les marshmallows cuisent au-dessus des braises[14]. Vous le connaissez sûrement, mais plutôt que de le résumer je préfère le raconter tel que je l'ai entendu pour la première fois, muet de terreur, alors que le soleil se couchait derrière le terrain vague de Stratford où on improvisait des matches de base-ball quand on avait assez de monde pour former deux équipes. Voici l'histoire d'horreur la plus basique que je connaisse :

C'est un type et sa copine qui sortent le soir, d'accord ? Et ils vont se garer sur le Sentier des Amoureux. Et pendant qu'ils y vont, la radio interrompt son programme pour diffuser un message. Un dangereux maniaque surnommé le Crochet vient de s'évader de l'Asile d'aliénés de Sunnyvale. On l'appelle le Crochet parce qu'il en a un à la place de la main droite, un crochet tranchant comme un rasoir, et avant d'être interné, il traînait tout le temps autour du Sentier des Amoureux, et quand il tombait sur un mec et une fille en train de se peloter, il leur coupait la tête avec son crochet. C'est parce que le crochet était vraiment tranchant qu'il en était capable, tu vois, et quand les flics l'ont capturé, ils ont trouvé une vingtaine de têtes coupées dans son frigo. Alors le speaker dit aux auditeurs qu'ils doivent faire gaffe s'ils voient un type avec un crochet à la place de la main droite, et il leur dit aussi de rester à l'écart des endroits sombres et isolés où les jeunes gens vont faire ce que tu devines.

Alors la fille dit : Rentrons à la maison, d'accord ? Et le mec — c'est un mec vraiment balèse, tu vois, avec des muscles partout —, il dit : Ce type ne me fait pas peur, et de toute façon, il est sans doute déjà loin. Alors la fille insiste : Écoute, Louie, j'ai vraiment la trouille. L'Asile de Sunnyvale est tout près d'ici. Rentrons chez moi. Je vais te préparer du popcorn et on regardera la télé.

Mais le mec ne veut rien savoir, et ils arrivent bientôt sur le Belvédère, ils se garent au bout de la route et ils commencent à se faire des mamours. Mais elle n'arrête pas de dire qu'elle veut rentrer chez elle parce qu'il n'y a pas d'autre voiture dans les parages, tu vois ? L'histoire du Crochet a foutu la frousse à tout le monde. Mais lui, il lui dit : Allez, n'aie pas peur comme ça, tu n'as aucune raison d'avoir peur, et puis je suis là pour te protéger — ce genre de baratin.

Alors ils continuent à se peloter, et puis soudain elle entend un bruit — une branche qui se brise ou quelque chose comme ça. Comme s'il y avait quelqu'un dans le bois, quelqu'un qui s'approchait en douce. Alors elle commence vraiment à s'affoler, la crise d'hystérie, les larmes et tout le reste, comme une fille qu'elle est. Elle supplie son copain de la ramener chez elle. Le mec lui dit et lui répète qu'il n'a rien entendu, rien du tout, mais elle jette un coup d'œil dans le rétro et elle croit voir quelqu'un tapi derrière la voiture, quelqu'un qui les regarde avec un sourire sinistre. Alors elle dit au mec que s'il ne la ramène pas chez elle, elle ne sortira plus jamais avec lui, un point c'est tout. Finalement, il démarre et il fonce à toute berzingue tellement il est furieux contre elle. En fait, il manque même de se payer un arbre.

Bref, les voilà revenus chez elle, tu vois, et le mec descend pour aller ouvrir la porte à la fille, et quand il a fait le tour de la voiture, il reste planté là, il est blanc comme un linge et il a des yeux comme des soucoupes. Elle lui dit : Qu'est-ce qu'il y a, Louie ? Et il tombe dans les pommes, là, sur le trottoir.

Elle descend de la voiture pour voir ce qui se passe, et quand elle referme la portière, elle entend un drôle de cliquetis et elle se retourne pour voir ce que c'est. Et là, pendu à la poignée, il y a un crochet tranchant comme un rasoir.

L'histoire du Crochet est un classique de l'horreur, un récit simple et brutal. Elle est totalement dépourvue d'analyse psychologique, de thème et de style ; elle ne se propose pas de décliner un symbole esthétique ni de témoigner de la condition humaine ou des mœurs du temps. De telles ambitions sont le propre de la « littérature » — voir par exemple la nouvelle de Flannery O'Connor[15], *Les braves gens ne courent pas les rues,* qui ressemble beaucoup à l'histoire du Crochet par son intrigue et sa construction. Non, cette histoire existe pour une raison et une seule : foutre la trouille aux petits enfants quand le soleil s'est couché.

On pourrait l'enjoliver en faisant du Crochet un monstre venu de l'espace, et sa capacité à se transporter instantanément en se jouant des parsecs s'expliquerait alors par la propulsion photonique ou encore l'hyper-espace ; on pourrait également en faire une créature venue d'un univers parallèle, comme dans les bouquins de Clifford D. Simak[16]. Mais aucune de ces conventions SF ne transformerait l'histoire du Crochet en récit de science-fiction. Il s'agit d'un conte de terreur, un point c'est tout, et sa narration linéaire, sa brièveté et le caractère primordial de sa chute le rendent remarquablement similaire à *La Nuit des masques* (alias *Halloween I*) de John Carpenter (« *C'était* le croque-mitaine, déclare Jamie Lee Curtis à la fin de ce film. — Oui, répond Donald Pleasence à voix basse. En fait, c'était bien lui. »), ou encore à son *Fog*. Ces deux films sont extrêmement terrifiants, mais l'histoire du Crochet leur est bien antérieure.

C'est là que je veux en venir : l'horreur *est*, indépendamment de toute définition et de toute rationalisation. Dans un article paru dans *Newsweek*, qui avait titré sa couverture : « Hollywood : l'été de la terreur » (en cet été 1979 étaient sortis *Phantasm, Prophecy, Zombie, Morsures* et *Alien*), un journaliste remarquait que les scènes les plus impressionnantes d'*Alien* semblaient arracher aux spectateurs des gémissements de révulsion plutôt que des cris de terreur. Difficile de contester cette observation ; le spectacle d'une sorte de crabe gélatineux collé au visage d'un homme est déjà peu ragoûtant, mais la célèbre scène d'expectoration qui suit représente un saut quantique dans le domaine du répugnant... et en plus, ça se passe à table. De quoi vous dégoûter du pop-corn.

En guise de définition ou de rationalisation, permettez-moi quand même de suggérer que le genre se manifeste sur trois niveaux

29

différents, par ordre décroissant de finesse. Au sommet se trouve la terreur, cette émotion que suscite l'histoire du Crochet ainsi qu'un vieux classique intitulé *La Patte de singe*, de W. W. Jacobs[17]. Nous ne voyons *rien* de déplaisant dans chacune de ces deux histoires ; dans la première, nous avons le crochet pendu à la portière, et dans la seconde cette fameuse patte qui, bien que sèche et momifiée, n'est pas plus terrifiante qu'une crotte de chien en plastique comme on en trouve dans les magasins de farces et attrapes. C'est le travail de l'imagination qui fait de ces histoires des classiques de la terreur. Les spéculations déplaisantes auxquelles se livre le lecteur de Jacobs quand on frappe à la porte et que la vieille dame endeuillée se précipite pour ouvrir. Et lorsqu'elle réussit à ouvrir la porte, il n'y a rien sur le seuil excepté le vent... mais qu'aurait-elle découvert si son mari avait un peu lambiné avant de formuler son troisième souhait ?

Quand j'étais gamin, j'ai découvert l'horreur grâce aux EC Comics[18] de William M. Gaines — *Weird Science, Tales From the Crypt, The Vault of Horror* — et à tous leurs imitateurs (mais à l'instar d'un bon disque d'Elvis Presley, les revues de Gaines étaient souvent imitées mais jamais égalées). Ces BD des années 50 représentent toujours pour moi le comble de l'horreur, cette émotion teintée de peur qui sous-tend la terreur, une émotion légèrement moins raffinée parce qu'elle ne participe pas uniquement de l'esprit. L'horreur entraîne également une réaction physique en nous montrant quelque chose de physiquement anormal.

Voici le résumé d'une histoire typique des EC Comics : la femme du héros et l'amant de celle-ci décident de l'éliminer afin de pouvoir filer le parfait amour. Dans toutes les BD d'horreur des années 50, les femmes apparaissent comme des créatures charnelles, séduisantes, épanouies, mais fondamentalement maléfiques : des salopes castratrices qui, telle la veuve noire, semblent instinctivement vouloir prolonger l'acte d'amour par une séance de cannibalisme. Nos deux sinistres méchants, qui pourraient sortir des pages d'un roman de James M. Cain[19], emmènent le pauvre mari faire un tour en voiture, et l'amant lui loge une balle entre les deux yeux. Puis ils lui attachent un bloc de béton aux pieds et le jettent dans une rivière.

Deux ou trois semaines plus tard, notre héros, réduit à l'état de cadavre vivant, émerge de la rivière, à moitié pourri et dévoré par les poissons. Il va alors retrouver sa femme et son assassin... et on a l'impression que ce n'est pas pour leur offrir l'apéritif. Parmi les dialogues de cette histoire, en voici un que je n'ai jamais oublié : « J'arrive, Marie, mais j'arrive lentement... car il ne cesse de tomber des petits bouts de mon corps... »

Dans *La Patte de singe*, l'auteur se contente de stimuler l'imagination du lecteur. À celui-ci de faire le reste du travail. Dans les BD d'horreur (ainsi que dans les *pulps*[20] d'horreur des années 1930-1935), les viscères entrent aussi en jeu. Comme nous l'avons déjà fait remarquer, le vieillard de *La Patte de singe* a le temps de faire disparaître l'horrible apparition avant que sa femme ait ouvert la porte. Dans *Tales From the Crypt*, la Chose venue du tombeau est encore là quand on ouvre la porte, et elle n'est pas belle à voir.

La terreur, c'est le pouls du vieil homme qui continue de battre dans *Le Cœur révélateur*[21] — un bruit saccadé, « semblable à celui que fait une montre enveloppée dans du coton ». L'horreur, c'est le monstre amorphe mais bien concret dans la merveilleuse nouvelle de Joseph Payne Brennan[22], *La Créature de l'abîme*, quand il enveloppe de sa masse un chien hurlant.*

Mais il existe un troisième niveau — celui de la révulsion. C'est apparemment de ce niveau que relève la scène d'expectoration d'*Alien*. Mais pour illustrer mon propos, j'ai préféré choisir comme exemple d'histoire répugnante un des classiques des EC Comics :

---

* Un écrivain du calibre de Kate Wilhelm, acclamée pour ses œuvres de science-fiction et de littérature générale (citons entre autres *Hier les oiseaux* et *The Clewison Test*), a commencé sa carrière avec un roman d'horreur bref mais redoutablement efficace intitulé *The Clone* et écrit en collaboration avec Ted Thomas. Dans ce livre, une créature amorphe presque entièrement composée de protéine pure (il s'agit d'un *blob* plutôt que d'un clone, comme le fait justement remarquer *The Science Fiction Encyclopedia*) se forme dans les égouts d'une grande ville... autour d'un morceau de hamburger à moitié pourri. Elle se met à croître, absorbant au passage plusieurs centaines de personnes. Lors d'une scène mémorable, un petit garçon est absorbé par le bras dans l'évier de la cuisine.

Foul Play, dessiné par Jack Davis et paru dans *The Crypt of Terror*. Et si vous êtes assis dans votre salon, en train de grignoter des chips ou des biscuits tout en bouquinant, je vous conseille de poser votre casse-croûte quelques instants, parce qu'à côté de cette histoire, la scène d'expectoration d'*Alien* ressemble à un extrait de *La Mélodie du bonheur*[23]. Vous remarquerez que cette histoire est totalement exempte de logique, de motivation et d'analyse psychologique, mais tout comme dans l'histoire du Crochet, la ligne narrative est ici un moyen plutôt qu'une fin, le moyen de vous amener aux trois dernières cases de la dernière planche.

Foul Play est l'histoire d'Herbie Satten, lanceur dans l'équipe de base-ball de Bayville. Herbie représente l'apothéose du méchant des EC Comics. Il est totalement négatif, dénué de toute qualité rédemptrice, le Monstre absolu. C'est un être rusé, vindicatif, égocentrique, prêt à commettre toutes les bassesses pour arriver à ses fins. Il éveille l'animal en chacun de nous ; nous serions ravis de le voir pendu au pommier le plus proche, et au diable les droits civiques.

Alors que son équipe mène d'un point dans la dernière manche, Herbie réussit à atteindre la première base en faisant semblant d'être frappé par la balle. En dépit de ses airs de balourd, il fonce vers la deuxième base au coup suivant. Sur ladite deuxième base se trouve le batteur vedette de Central City, Jerry Deegan, un chic type. Deegan, nous dit-on, « est en position de gagner la partie pour son équipe dans la deuxième moitié de la dernière manche ». Le maléfique Herbie Satten effectue un *tackle* meurtrier en atteignant la deuxième base, mais ce brave Jerry tient bon et Satten est retiré.

Jerry a été blessé par les crampons de Satten, mais ses blessures sont sans gravité... du moins en apparence. En fait, Herbie a imbibé ses crampons d'un poison aussi rapide qu'il est fatal. Lorsque commence la deuxième moitié de la dernière manche et que Jerry prend position sur la plaque de but, la partie semble jouée. Les choses s'annoncent bien pour l'équipe de Central City ; malheureusement, Jerry tombe raide mort à l'instant même où l'arbitre siffle la troisième frappe. Un sourire hideux se peint sur les traits maléfiques d'Herbie Satten.

Le soigneur de Central City découvre que Jerry a été empoisonné. « Il faut appeler la police ! » dit l'un des joueurs. Un autre réplique d'une voix glaciale : « Non ! Attendez ! Nous allons nous occuper de lui... à notre façon. »

L'équipe de Central City écrit à Herbie pour l'inviter au stade où lui sera remise une plaque célébrant sa réussite sportive. Herbie, apparemment aussi bête que méchant, tombe dans le panneau, et la scène suivante nous montre les neuf joueurs de Central City sur le terrain. Le soigneur a revêtu une tenue d'arbitre. Il se trouve près de la plaque de but... laquelle ressemble étrangement à un cœur humain. Sur la pelouse, en guise de lignes blanches, on trouve des intestins. Les bases sont constituées à partir de divers morceaux du corps d'Herbie Satten. Dans l'avant-dernière case, nous découvrons que le batteur brandit une jambe coupée en guise de batte. Quant au lanceur, c'est une tête horriblement tuméfiée qu'il se prépare à lancer. Cette tête, où un œil pend horriblement au bout de son nerf optique, semble être déjà entrée en contact avec une batte, mais vu la façon dont Davis l'a dessinée (ses fans de l'époque le surnommaient le « Jovial Jack Davis » ; ces temps-ci, il dessine parfois la couverture de *TV Guide*), elle ne tiendra plus le coup très longtemps. Comme on dit dans le jargon du base-ball, c'est une « balle morte ».

La Vieille Sorcière[24] apporte à cette scène macabre la conclusion suivante, qui débute par l'immortel gloussement qui était la marque de fabrique des EC Comics : « Hé, hé ! Ainsi s'achèvent les pages sportives de ce magazine, mes enfants. C'est ainsi qu'Herbie le lanceur a perdu la tête et s'est retrouvé hors-jeu... pour la vie... »

Comme on le voit, *La Patte de singe* et *Foul Play* sont toutes deux des histoires d'horreur, mais plusieurs années de lumière séparent leurs stratégies et leurs effets respectifs. On comprendra également pour quelle raison les éditeurs de BD américains ont procédé à un nettoyage en règle au début des années 50... avant que le sénat se décide à le faire à leur place.

Résumons-nous : la terreur au sommet, l'horreur en dessous, et la révulsion tout à fait en bas. En tant qu'écrivain ayant déjà sévi dans le domaine de l'horreur, ma philosophie me pousse à reconnaître ces distinctions parce qu'elles peuvent parfois s'avérer utiles mais à éviter de préférer une émotion à l'autre par seul souci de la qualité de l'effet obtenu. Le problème avec les définitions, c'est qu'elles ont tendance à se transformer en outils critiques — et ce genre de critique, que j'appellerai la critique-par-cœur, me semble inutilement restrictif voire dangereux. Je reconnais que la terreur est la plus raffinée de ces trois émotions (un usage presque parfait en est fait par Robert Wise dans son film *La Maison du diable* où, comme dans *La Patte de singe,* on ne nous laisse jamais voir ce qu'il y a derrière la porte) et je m'efforce donc de terrifier le lecteur. Mais si je me rends compte que je n'arrive pas à le terrifier, j'essaie alors de l'horrifier ; et si ça ne marche pas non plus, je suis bien décidé à le faire vomir. Je n'ai aucune fierté.

Quand j'ai conçu l'histoire de vampires qui est devenue *Salem,* j'ai décidé de faire en partie de mon roman un hommage littéraire (tout comme Peter Straub l'a fait avec *Ghost Story*[25], travaillant dans la tradition de spécialistes « classiques » de l'histoire de fantôme tels que Henry James[26], M. R. James[27] et Nathaniel Hawthorne[28]). Si bien que mon roman présente des ressemblances intéressantes avec le *Dracula* de Bram Stoker, et au bout d'un certain temps, j'avais la sensation de jouer une intéressante — du moins l'était-elle pour moi — partie de squash littéraire : *Salem* était la balle et *Dracula* le mur sur lequel je la lançais sans me lasser, attendant de voir de quelle façon elle allait rebondir. En fait, certains des rebonds ont été des plus passionnants, et j'attribue cette réussite au fait que, bien que ma balle ait été fabriquée au XXe siècle, le mur sur lequel je la lançais était un pur produit du XIXe siècle[29]. En même temps, comme le vampire était un habitué des EC Comics qui m'avaient tant marqué dans ma jeunesse, j'ai décidé d'intégrer aussi à mon roman cet aspect de l'histoire d'horreur.*

* La scène de *Salem* la plus digne de la tradition EC — du moins à mon humble avis — est celle où Charlie Rhodes, le chauffeur du car scolaire (un méchant typique à la hauteur de ce cher Herbie Satten), est réveillé à minuit par le bruit de son klaxon. Après que les portes du car se sont définitivement refermées derrière lui, il découvre que les sièges sont pleins d'enfants, comme prêts à partir

Parmi les scènes de *Salem* présentant des parallèles avec des scènes de *Dracula*, on trouve celle où Susan Norton est tuée à coups de pieu (un sort correspondant à celui que Stoker inflige à Lucy Westenra), celle où le père Callahan boit le sang du vampire (dans *Dracula*, c'est Mina Murray Harker qui est obligée de célébrer cette perverse communion avec le Comte, qui prononce à cette occasion ces mots glaçants : « Ma source de vie, pour un temps... »), celle où la main de Callahan prend feu alors qu'il tente d'entrer dans son église pour y recevoir l'absolution (lorsque, dans *Dracula*, Van Helsing pose une hostie consacrée sur le front de Mina pour la purifier du contact impie du Comte, l'hostie s'enflamme en laissant une horrible cicatrice), et, bien entendu, le groupe d'Intrépides Chasseurs de Vampires qui se forme dans les deux livres.

Les scènes de *Dracula* que j'ai choisi d'adapter pour mon usage personnel sont celles qui m'avaient le plus impressionné, celles que Stoker semble avoir écrites dans un état de fièvre. Il y en a bien d'autres, mais le seul élément du livre de Stoker qui a disparu de la version définitive du mien, ce sont les rats. Dans *Dracula*, les Intrépides Chasseurs de Vampires — Van Helsing, Jonathan Harker, le Dr Seward, Lord Godalming et Quincey Morris — pénètrent dans le sous-sol de Carfax, la demeure anglaise du Comte. Celui-ci a vidé les lieux depuis belle lurette, mais il y a laissé certains de ses cercueils de voyage (des boîtes emplies de sa terre natale), ainsi que d'autres surprises désagréables. Peu de temps après l'arrivée des ICV, le sous-sol grouille de rats. À en croire le folklore (et dans ce long roman, Stoker exploite à fond le folklore vampirique), le vampire a le pouvoir de dominer les animaux infé-rieurs — les chats, les rats, les fouines (et peut-être même les Républicains, ha-ha). C'est Dracula qui a envoyé ces rongeurs pour embêter nos héros.

pour l'école... sauf que ce sont tous des vampires. Charlie se met à hurler, et peut-être que le lecteur se demande pourquoi ; après tout, ils sont seulement venus boire un coup.

Hé, hé.

Mais Lord Godalming avait prévu le coup. Il donne un coup de sifflet, et surgissent alors deux ou trois terriers qui ont vite fait de se débarrasser des rats du Comte. J'ai donc décidé que Barlow — mon équivalent du Comte Dracula — enrôlerait aussi les rats à son service, et pour ce faire j'ai doté la bonne ville de Jerusalem's Lot d'une immense décharge publique peuplée de rats.

J'ai joué sur leur présence à plusieurs reprises durant les deux cents premières pages du roman, et je reçois encore aujourd'hui des lettres de lecteurs intrigués me demandant si je les ai tout simplement oubliés, s'ils ne m'ont servi qu'à créer une atmosphère ou que sais-je encore.

En fait, je les ai utilisés pour écrire une scène si répugnante que mon directeur littéraire de l'époque (le même Bill Thompson qui apparaît dans l'avant-propos de ce livre) m'a vivement conseillé de la supprimer pour la remplacer par une autre. Après avoir râlé pour la forme, j'ai exaucé son souhait. Si bien que dans *Salem* tel qu'il est sorti en librairie, Jimmy Cody, le médecin de la ville, et Mark Petrie, le jeune garçon qui l'accompagne, découvrent que l'empereur des vampires — pour reprendre le titre ronflant que lui donne Stoker — s'est presque certainement terré dans la cave d'une pension de famille. Jimmy descend donc au sous-sol de ladite pension, mais les marches de l'escalier ont été sciées et le sol criblé de couteaux au fil acéré. Jimmy Cody périt empalé lors d'une scène que j'estime relever de l'« horreur » — plutôt que de la « terreur » ou de la « révulsion », bref le juste milieu.

Mais dans la première version du manuscrit, Jimmy arrivait indemne au pied des marches et découvrait — trop tard — que Barlow avait fait venir dans la cave de la pension d'Eva Miller tous les rats de la décharge. Suit alors un véritable banquet dont Jimmy Cody est le plat de résistance. Les rats attaquent par centaines, et le lecteur se voit alors offrir (si je peux dire) le spectacle du bon docteur rampant sur les marches sous une masse de rongeurs. Ils se faufilent sous sa chemise, grouillent dans ses cheveux, le mordent au cou et aux bras. Lorsqu'il ouvre la bouche pour lancer un avertissement à Mark, un rat se précipite dans son palais et s'y niche douillettement sans cesser de gigoter.

J'étais enchanté de cette scène, car elle me permettait de rendre simultanément hommage à *Dracula* et aux EC Comics. Malheureusement, mon directeur littéraire a estimé que j'allais trop loin, et j'ai fini par en convenir. Peut-être même qu'il avait raison.*

Je me suis efforcé de souligner certaines des différences entre la science-fiction et l'horreur, la science-fiction et le fantastique, la terreur et l'horreur, l'horreur et la révulsion, en faisant appel à des exemples plutôt qu'à des définitions. Ce qui est fort bien, mais peut-être devrions-nous examiner un peu plus en détail cette émotion qu'est l'horreur — en nous intéressant à ses effets plutôt qu'à la définition qu'on peut en donner. Que fait l'horreur ? Pourquoi les gens ont-il envie d'être horrifiés... pourquoi *paient-ils* pour être horrifiés ? Pourquoi existe-t-il des films comme *L'Exorciste* ? Ou *Les Dents de la mer* ? Ou encore *Alien* ?

Mais avant de nous demander pourquoi notre prochain recherche avidement cette sensation, peut-être devrions-nous réfléchir un moment aux éléments de ladite sensation — et même si nous choisissons de ne pas définir l'horreur, nous pouvons au moins examiner les éléments qui la composent, ce qui nous permettra peut-être de tirer quelques conclusions.

---

* Les rats sont des bestioles charmantes, pas vrai ? Quatre ans avant de publier *Salem*, j'ai écrit une histoire de rats intitulée *Poste de nuit*[30] — c'était en fait ma troisième nouvelle publiée —, et j'étais un peu gêné par la ressemblance entre les rats planqués dans la vieille usine de *Poste de nuit* et les rats planqués dans la pension de famille de *Salem*. Lorsqu'un écrivain approche de la fin d'un roman, la fatigue le rend sujet à toutes sortes de tentations — et je pense que j'ai en partie succombé à celle de l'autoplagiat. Finalement, au risque de décevoir les amateurs de rats, je suis bien obligé de conclure que Bill Thompson a pris une sage décision en faisant disparaître les rats de *Salem*.

Les romans et les films d'horreur ont toujours joui d'une certaine popularité, mais cette popularité semble atteindre des sommets tous les vingt ou trente ans environ. Ces périodes de succès correspondent apparemment à des périodes de crise politique et/ou économique, et les livres et les films semblent refléter l'angoisse diffuse (faute d'un terme plus approprié) qui accompagne ces troubles sérieux quoique pas tout à fait mortels.

L'horreur a connu un boom durant les années 30. Lorsque les victimes de la Dépression ne faisaient pas la queue devant le guichet du cinéma local pour voir la dernière production de Busby Berkeley où plusieurs centaines de girls dansaient sur des chansons comme *We're in the Money*, peut-être se défoulaient-elles d'une autre façon, en regardant Boris Karloff[31] errer dans la lande comme une âme en peine dans *Frankenstein* ou Bela Lugosi[32] s'avancer furtivement dans les ténèbres en levant sa cape dans *Dracula*. Les années 30 virent également le succès de ce qu'on appelait les « Shudder Pulps », toute la gamme des frissons de *Weird Tales*[33] à *Black Mask*[34].

Rares sont les romans et les films d'horreur d'une quelconque importance datant des années 40, et le seul grand magazine fantastique de la décennie, *Unknown*[35], ne survécut pas très longtemps. Les grands monstres créés par Universal durant la Dépression — le Monstre de Frankenstein, le Loup-Garou, la Momie et le Comte — avaient alors à souffrir du type d'agonie douloureuse et embarrassante que le cinéma semble réserver aux malades incurables ; au lieu de leur accorder une retraite honorable et de les enterrer décemment dans le sol moisi de leurs cimetières européens, Hollywood décida d'en tirer des effets comiques, exploitant les pauvres créatures jusqu'à la moelle avant de les laisser mourir de leur belle mort. Si bien qu'Abbott et Costello[36], ces deux nigauds, ont rencontré les monstres, ainsi que les Bowery Boys et ces adorables gaffeurs que sont les Three Stooges. Et les monstres eux-mêmes sont devenus des clowns. Plusieurs années plus tard, après une autre guerre, Mel

Brooks devait nous donner *Frankenstein Junior*[37] — Gene Wilder et Marty Feldman se substituant à Bud Abbott et Lou Costello.

L'éclipse de la littérature d'horreur qui a débuté en 1940 a duré vingt-cinq ans. Certes, on pouvait lire de temps en temps un roman exceptionnel, tels *L'Homme qui rétrécit* de Richard Matheson[38] et *La Rive incertaine* de William Sloane[39], qui nous rappelait que le genre était toujours vivant (bien que le livre de Matheson ait été étiqueté Science-Fiction, alors que cette lutte d'un homme contre une araignée géante relève bel et bien de l'horreur), mais l'idée même d'un best-seller d'horreur aurait fait éclater de rire le monde de l'édition dans son ensemble.

Tout comme au cinéma, l'âge d'or de la littérature du bizarre avait pris fin durant les années 30, une époque où *Weird Tales* était à l'apogée de son influence et de sa qualité (sans parler de ses tirages) et publiait les œuvres de Clark Ashton Smith[40], du jeune Robert Bloch[41], du Dr David H. Keller[42] et, bien entendu, celles de H. P. Lovecraft, le prince sombre et baroque de l'horreur du XXe siècle. Ce serait faire injure aux amateurs de longue date que de suggérer que l'horreur a disparu durant les années 40 ; loin de moi cette idée. Arkham House venait d'être fondée par feu August Derleth, et cette maison d'édition a publié ce que je considère comme ses ouvrages les plus importants durant la période 1939-1950 — des recueils de nouvelles tels que *The Outsider* et *Beyond the Wall of Sleep* de H. P. Lovecraft[43], *Jumbee* de Henry S. Whitehead[44], *The Opener of the Way* et *Pleasant Dreams* de Robert Bloch... et *Dark Carnival* de Ray Bradbury, un florilège merveilleux et terrifiant venu d'un monde de ténèbres situé juste au-delà du seuil de celui-ci.

Mais Lovecraft était mort bien avant Pearl Harbor ; Bradbury commençait à se tourner vers un mélange lyrique de fantastique et de science-fiction (et c'est seulement quand il a adopté cette direction que lui ont été ouvertes les portes de magazines prestigieux comme *Collier's* et *The Saturday Evening Post*) ; Robert Bloch commençait à se consacrer au suspense[45], utilisant l'expérience acquise durant ses vingt années de carrière pour écrire une série de romans hors du commun que surpassent seulement ceux de William Irish.

Durant les années qui précédèrent et suivirent la guerre, l'horreur était en plein déclin. L'époque ne s'y prêtait pas. C'était une époque de rationalisme et de progrès scientifique — deux phénomènes qui s'accommodent fort bien d'une atmosphère belliqueuse, merci pour eux — que les tenants du genre s'accordent aujourd'hui pour appeler « l'âge d'or de la science-fiction ». Pendant que *Weird Tales* battait de l'aile, tenant le coup avec courage mais perdant régulièrement des lecteurs (la mort viendrait pour elle en 1954, après qu'un changement de format se fut révélé impuissant à redresser des ventes défaillantes), le marché de la S.-F. était en pleine expansion, donnant naissance à une douzaine de magazines dont le souvenir perdure jusqu'à aujourd'hui et faisant d'écrivains tels que Heinlein, Asimov, Campbell et del Rey sinon des vedettes de l'édition du moins les idoles d'une vaste communauté de fans, tous farouches partisans des fusées lunaires, des stations spatiales et de ce cher vieux rayon de la mort.

Ainsi donc, l'horreur s'est languie dans les oubliettes jusqu'en 1955 environ, agitant parfois ses chaînes mais échouant à séduire les foules. C'est à peu près à ce moment-là que deux hommes nommés Samuel Z. Arkoff et James H. Nicholson sont descendus faire un tour dans les oubliettes et y ont découvert une machine à faire de l'argent que l'on laissait jusque-là rouiller en paix. Arkoff et Nicholson étaient à l'origine distributeurs de films et, ayant constaté la pénurie de séries B au début des années 50, ils décidèrent de produire les leurs.

Les gens bien informés leur ont aussitôt prédit une ruine imminente. Ils allaient s'embarquer dans un navire faisant eau de toutes parts ; cette époque était celle de la télé. Les gens bien informés avaient eu un aperçu de l'avenir, et l'avenir appartenait à des personnages comme Dagmar et Richard Diamond, détective privé. Parmi les personnes qui se souciaient de leur sort (et elles étaient rares), c'était l'unanimité : Arkoff et Nicholson couraient à la catastrophe.

Mais durant les vingt-cinq ans d'existence de leur compagnie, American-International Pictures[46] (Arkoff préside désormais seul à ses destinées, Nicholson étant décédé il y a plusieurs années), ce fut la seule firme cinématographique américaine d'importance à présenter tous les ans un exercice comptable positif. AIP a produit des films de tous les genres, mais chaque fois en ciblant un public jeune ; à son répertoire figurent des classiques douteux comme *Bertha Boxcar, Bloody Mama, Dragstrip Girl, The Trip, Dillinger* et l'immortel *Beach Blanket Bingo*. Mais leurs plus gros succès furent des films d'horreur.

Quels sont les éléments qui font des films d'AIP des classiques ringards ? Ils sont simplistes, tournés à la va-vite, avec un amateurisme si flagrant qu'on aperçoit souvent sur l'écran l'ombre d'un micro ou une bouteille d'oxygène sous le costume d'un monstre aquatique (comme dans *The Attack of the Giant Leeches*). Arkoff lui-même se souvient que le tournage commençait souvent sans le bénéfice d'un scénario achevé, voire d'un synopsis cohérent ; le feu vert était fréquemment donné à la seule vue d'un titre potentiellement commercial, comme *Terror From the Year 5000* ou *The Brain Eaters*, un titre qui donnerait naissance à une affiche accrocheuse.

Mais quels que fussent ces éléments, ils étaient efficaces.

3

Mais changeons de sujet quelques instants. Parlons un peu des monstres.

Qu'est-ce exactement qu'un monstre ?

Commençons par supposer que le conte de terreur, si primitif soit-il, est de par sa nature même une œuvre allégorique ; symbolique. Supposons que, tel un patient sur le divan du psychanalyste, il nous parle d'une chose tout en voulant en exprimer une autre. Je ne veux pas dire que l'horreur est *consciemment* allégorique ou symbolique ; ce serait supposer l'existence chez la majorité des écrivains et des cinéastes d'horreur d'une ambition à laquelle ils n'aspirent guère. Récemment (en 1979), un cinéma de New York a proposé à son public une rétrospective des films produits par AIP, et qui dit rétrospective dit art, mais ces films relèvent au mieux de l'art brut. Leur

41

intérêt nostalgique est indéniable, mais ils risquent de salement décevoir les amateurs de culture. Il est absurde de suggérer que Roger Corman faisait inconsciemment œuvre artistique en troussant des films en douze jours avec un budget de quatre-vingt mille dollars.

Si l'élément allégorique est là, c'est parce qu'il est inné, donné, inévitable. Si l'horreur nous séduit, c'est parce qu'elle nous dit, de façon symbolique, des choses que nous aurions peur de dire à haute voix ; elle nous donne l'occasion d'exercer (j'ai bien dit *exercer* et non *exorciser*) des émotions que la société nous demande de brider. Le film d'horreur nous invite à adopter par procuration un comportement déviant, antisocial — à commettre des actes de violence gratuite, à satisfaire nos désirs infantiles de puissance, à succomber à nos peurs les plus abjectes. Et, ce qui est peut-être le plus important, le film et le récit d'horreur nous déclarent que nous avons le droit de rejoindre la foule, de redevenir un être tribal, de détruire l'étranger. Le meilleur exemple, et le plus littéral, de ce phénomène se trouve dans la nouvelle de Shirley Jackson intitulée *La Loterie*[47], où le concept d'étrangeté se manifeste sous la seule forme d'un cercle noir dessiné sur un bout de papier. Mais il n'y a rien de symbolique dans la grêle de pierres qui conclut ce récit ; alors que sa propre fille lance à son tour un caillou, l'héroïne meurt en s'écriant : « C'est pas juste ! C'est pas juste ! »

Et ce n'est pas par accident que la plupart des histoires d'horreur s'achèvent par un retournement de situation à la O. Henry qui débouche droit sur l'abîme. Quand nous nous tournons vers un film ou un roman à faire peur, ce n'est pas pour nous entendre dire : « Tout va pour le mieux dans le meilleur des mondes possibles. » Nous attendons une révélation qui ne nous surprend guère : tout va mal. Dans la plupart des cas, l'histoire d'horreur nous le prouve sans l'ombre d'un doute, et je ne pense pas que nous ayons été surpris de voir Katharine Ross tomber dans le piège qui lui était tendu à la fin de *The Stepford Wives*[48] ni de voir le Noir héroïque se faire descendre par les hommes du shérif débile à la fin de *La Nuit des morts-vivants*. Ça fait partie du jeu, comme on dit.

Et la monstruosité ? C'est aussi une partie du jeu. Que pouvons-nous en dire ? Si nous ne souhaitons pas la définir, pouvons-nous au moins en trouver des exemples ? Voilà un sujet explosif, mes amis.

Prenons les phénomènes de foire. Ces aberrations de fête foraine que l'on peut examiner à la lueur d'ampoules de cent watts. Vous rappelez-vous Cheng et Eng, les célèbres Frères siamois ? À l'époque de leur célébrité, la majorité des gens les considéraient comme des êtres monstrueux, et le fait que tous deux aient eu une vie conjugale n'arrangeait pas les choses. Le dessinateur humoristique le plus mordant — et parfois le plus drôle — d'Amérique, un type du nom de Rodrigues, a exploité le thème des frères siamois dans une bande dessinée intitulée *The Aesop Brothers* et publiée par *The National Lampoon*. Il nous y expose sans pudeur toutes les bizarreries de l'existence chez les êtres joints par la chair : leur vie sexuelle, leur toilette, leur vie amoureuse, leurs maladies. Rodrigues vous apprend tout ce que vous avez toujours voulu savoir sur les frères siamois... et confirme vos pires craintes. Il n'est pas inexact de crier au mauvais goût, mais ce genre de critique demeure futile et sans effet — à ses débuts, *The National Enquirer* publiait des photos de victimes d'accidents de voiture et de chiens mâchant paisiblement des têtes tranchées, mais ce journal à sensation a connu des ventes phénoménales avant de décider d'édulcorer quelque peu son contenu.*

Et les autres phénomènes ? Peut-on les classer dans la catégorie des monstruosités ? Les nains ? La femme à barbe ? La femme la plus grosse du monde ? L'homme-squelette ? À un moment donné de notre vie, nous nous sommes tous retrouvés là, dans le champ de foire, un hot-dog ou une barbe à papa à la main, pendant que l'aboyeur nous servait son boniment, en général flanqué d'une de ces

---

* Mais ce vieil *Enquirer* n'a pas dit son dernier mot. Je l'achète encore quand il contient un article juteux sur les OVNI ou sur Bigfoot, mais la plupart du temps, je me contente de le feuilleter rapidement en faisant la queue au supermarché, en quête de rechutes dans le mauvais goût dignes de la photo de Lee Harvey Oswald pendant son autopsie ou de celle d'Elvis Presley dans son cercueil. Mais l'heureuse époque des manchettes du genre UNE MÈRE DE FAMILLE FAIT CUIRE SON CHIEN ET LE FAIT MANGER À SES ENFANTS est hélas révolue.

erreurs de la nature destinée à illustrer son propos — la femme la plus grosse du monde dans son petit tutu rose, l'homme tatoué avec autour du cou un dragon évoquant une fabuleuse corde de chanvre, ou l'homme qui dévore des clous, des ampoules et des bouts de métal. Peut-être ne sommes-nous que quelques-uns à avoir payé notre ticket pour aller les voir de plus près, ainsi que d'autres spécimens comme la vache à deux têtes ou le bébé dans la bouteille (j'écris des histoires d'horreur depuis l'âge de huit ans, mais jamais je ne suis entré dans ce type d'attraction foraine), mais la plupart d'entre nous en ont sûrement eu envie. Et dans certaines foires, le monstre le plus terrible de tous est relégué dans une fosse, au fond de la tente, dans le coin le plus sombre, comme s'il s'agissait d'un damné venu du Neuvième Cercle de l'Enfer, et une loi datant de 1910 lui interdit expressément de faire son numéro. On l'appelle le *geek*, et si vous êtes prêt à payer un supplément d'un dollar, vous le verrez arracher d'un coup de dents la tête d'un poulet encore vivant et l'avaler alors même que l'oiseau décapité tressaille encore dans ses mains.

Les phénomènes de foire sont en même temps si séduisants et si répugnants que le seul film d'horreur à avoir tenté d'utiliser leur potentiel est devenu un film maudit. Il s'agit de *Freaks — La Monstrueuse Parade*, que Tod Browning a réalisé en 1932 pour le compte de la MGM.

Freaks raconte l'histoire de Cléopâtre, la belle acrobate de cirque qui épouse un nain. Dans la meilleure tradition des EC Comics (lesquels ne seraient créés que vingt ans plus tard), elle a un cœur aussi noir qu'une mine de charbon à minuit. Ce n'est pas le nain qui l'intéresse, c'est sa fortune. À l'instar de ces veuves noires qui devaient grouiller dans les futures BD d'horreur, Cléo se trouve bientôt un autre homme ; il s'agit ici d'Hercule, hercule de foire de son état, comme son nom l'indique. Hercule est à peu près aussi recommandable que Cléopâtre, et notre sympathie est acquise aux phénomènes de foire. Nos deux scélérats entreprennent bientôt d'empoisonner le mari de Cléopâtre. Les autres phénomènes s'en rendent compte et exercent sur le couple maudit une vengeance quasiment indicible. Hercule est tué (à en croire une rumeur persistante, il était castré dans la première version du scénario), et la

44

belle Cléopâtre est transformée en femme-oiseau, avec des plumes sur le corps et une paire de jambes en moins.

Browning a commis l'erreur d'engager comme acteurs d'authentiques phénomènes de foire. Peut-être ne supportons-nous un film d'horreur que parce que nous apercevons de temps en temps une fermeture à glissière sur le costume du monstre, parce que nous comprenons que nous avons affaire à une illusion. La dernière scène de *Freaks*, où on voit l'Homme-Tronc, l'Homme sans bras et les Sœurs Hilton — des siamoises — courir et ramper à la poursuite de Cleopâtre, est tout bonnement insoutenable. Même certains des exploitants salariés par la MGM ont refusé de projeter le film, et Carlos Clarens rapporte dans son livre *Illustrated History of the Horror Film* (Capricorn Books, 1968) que lors d'une avant-première à San Diego « une femme est sortie du cinéma en hurlant ». Le film a fini par être montré — pourrait-on dire — dans une version si sévèrement tronquée qu'un critique a protesté qu'il n'avait aucune idée de ce qu'il avait pu voir. Clarens souligne en outre que ce film a été interdit pendant trente ans au Royaume-Uni, un pays qui a offert au monde, entre autres joyeusetés, Johnny Rotten, Sid Vicious, The Snivelling Shits et la ratonnade de Pakistanais.

Freaks est parfois diffusé sur les chaînes de télévision payantes, et peut-être même est-il, à l'heure où j'écris ces lignes, disponible en vidéocassette. Mais aujourd'hui encore, il demeure une source de discussions passionnées, de commentaires et de conjectures parmi les fans d'horreur — et bien que nombre de ceux-ci en aient entendu parler, rares sont ceux qui l'ont effectivement vu.

4

En laissant de côté les phénomènes de foire, quelles créatures considérons-nous comme assez horribles pour leur infliger ce qui est sans doute le plus ancien des adjectifs péjoratifs ? Eh bien, nous pourrions mentionner les criminels bizarres qui affrontent Dick

Tracy[49], dont le plus surprenant est sans doute Flyface, ainsi que le Scorpion, l'adversaire numéro un de Don Winslow, dont le visage était si horrible qu'il devait le dissimuler en permanence (il lui arrivait cependant parfois de le dévoiler quand un de ses complices avait commis une bourde ou une autre — ledit complice tombait alors raide mort, littéralement mort de peur). Pour autant que je le sache, on n'a jamais découvert (gag) l'horrible secret de la physionomie du Scorpion, mais l'intrépide Don Winslow a réussi un jour à démasquer la fille du Scorpion, qui était dotée du visage mort et flasque d'un cadavre. Le lecteur captivé recevait d'ailleurs cette information en italiques — *le visage mort et flasque d'un cadavre !* — afin qu'il l'assimile comme elle le méritait.

Les meilleurs représentants de la « nouvelle génération » des monstres de BD se trouvent sans doute parmi ceux créés par Stan Lee pour les Marvel Comics où, pour chaque super-héros comme Spider-Man[50] et Captain America[51], on trouve une douzaine d'aberrations monstrueuses : le Docteur Octopus (connu de millions d'enfants sous l'affectueux surnom de Doc Ock), dont les bras ont été remplacés par des bouquets meurtriers de tuyaux d'aspirateur ; l'Homme-Sable, qui ressemble grosso modo à une dune douée de mobilité ; le Vautour ; Stegron ; le Lézard ; et le plus redoutable d'entre tous, le Docteur Fatalis, qui a été si affecté par sa Quête Perverse de Connaissances Interdites qu'il est devenu une sorte de cyborg cliquetant, pourvu d'une cape verte, de deux meurtrières médiévales devant les yeux et d'une armure qui semble transpirer des rivets. Les super-héros dont l'anatomie présente des éléments monstrueux semblent beaucoup moins durables. Mon préféré, Plastic Man[52] (qui était toujours accompagné d'un comparse loufoque et grassouillet, Woozy Winks), n'a jamais vraiment connu le succès. Reed Richards, le chef des Quatre Fantastiques, est un sosie de Plastic Man, et son compagnon Ben Grimm (alias la Chose) ressemble à un flot de lave pétrifié, mais ils font partie des exceptions qui confirment la règle.

Jusqu'ici, nous avons évoqué les phénomènes de foire et les caricatures que nous trouvons parfois dans les BD, mais tournons-nous à présent vers la vie quotidienne. Quel genre de personnes considérez-vous comme vraiment monstrueuses parmi celles que vous croisez chaque jour ? Vous êtes dispensé de cette question si vous êtes médecin ou infirmière ; ce type de professionnel a une longue habitude des aberrations physiques, et on peut en dire autant des policiers et des barmans.

Mais *quid* du reste d'entre nous ?

Prenez les gros. Combien de kilos doit peser un homme ou une femme avant de pénétrer dans un domaine où les perversions de la forme humaine sont suffisamment graves pour être qualifiées de monstruosités ? On ne peut certes pas ranger dans cette catégorie les personnes qui s'habillent au rayon « grandes tailles » des magasins de vêtements... n'est-ce pas ? Un obèse devient-il monstrueux lorsqu'il lui est impossible d'entrer dans un cinéma ou une salle de concert parce que ses fesses sont trop larges pour se loger entre les deux accoudoirs d'un siège ?

Comprenez bien que je ne souhaite pas ici remettre en question le droit d'avoir des kilos en trop, d'un point de vue médical ou esthétique ; je ne critique pas cette dame que vous avez aperçue un jour d'été en train de lever son courrier, son gigantesque postérieur boudiné dans un pantalon noir, sa chair agitée de tremblements, son ventre dépassant tel un sac de farine sous les pans de son chemisier ; je veux parler d'un point où la simple obésité a dépassé les dernières frontières admises de la normalité pour devenir un phénomène qui, en dehors de toute considération morale, attire inévitablement les regards. Quelles peuvent être vos réactions — ou les miennes — devant un être humain si énorme qu'on ne peut s'empêcher de se demander comment il accomplit des actes qui nous paraissent aller de soi : passer une porte, s'asseoir dans une voiture, entrer dans une cabine téléphonique, se pencher pour lacer des souliers, prendre une douche.

Vous allez me dire : Steve, on est repartis chez les phénomènes de foire — la femme la plus grosse du monde dans son tutu rose, ou encore ces jumeaux immortalisés par *Le Livre Guinness des records*, où une photo les montrait de dos juchés sur des petits scooters, leurs fesses flottant dans les airs comme un rêve d'apesanteur. Mais le fait est que je ne veux pas parler de ces gens-là, qui existent après tout dans un monde où une autre échelle est imposée au concept de normalité ; un homme pesant deux cent cinquante kilos peut-il se sentir monstrueux en compagnie de l'Homme-Tronc ou des Frères siamois ? La normalité est un concept sociologique. Ce qui me rappelle une vieille histoire drôle. Deux chefs d'état africains regagnent leurs pays à l'issue d'une visite officielle en Amérique où ils ont rencontré le président des États-Unis. « Kennedy ! s'émerveille l'un d'eux. Quel drôle de nom ! » Dans le même registre, il y a l'épisode de *La Quatrième Dimension*[53] intitulé *L'Œil de l'admirateur*[54], dont l'héroïne est une femme extraordinairement laide dont la énième opération de chirurgie esthétique vient hélas d'échouer... et ce n'est qu'à la fin de l'épisode que nous apprenons qu'elle vit dans un futur où tout le monde ressemble à une sorte de cochon humanoïde. Selon nos critères, cette femme laide est d'une beauté à couper le souffle.

Non, je veux parler de l'obèse dans notre société — l'homme d'affaires pesant deux cents kilos, par exemple — qui a l'habitude de réserver deux sièges quand il prend l'avion et de relever l'accoudoir qui les sépare avant d'y prendre place. Je veux parler de la femme qui se fait cuire quatre hamburgers pour déjeuner, les mange avec huit tranches de pain, poursuit son repas avec une salade de pommes de terre assaisonnée à la crème fraîche et le conclut par une tarte aux pommes recouverte d'une épaisse couche de crème chantilly.

En 1976, alors que je m'étais rendu à New York pour affaires, j'ai vu un homme corpulent pris au piège dans la porte tournante de la Librairie Doubleday sur la 5e Avenue. Gigantesque et suant dans son costume bleu, il ressemblait à une masse de gélatine que l'on aurait versée entre deux battants. Le vigile de la librairie et le policier qui était venu lui prêter main forte durent batailler un long moment avec la porte avant de parvenir à la débloquer. Finalement, le gentleman put être dégagé. Je me suis demandé alors, et je me demande encore, si les badauds qui s'étaient rassemblés pour observer ce sauvetage étaient différents de ceux qui se massent devant l'aboyeur de foire quand il entame son boniment... ou des spectateurs qui se ruaient jadis dans les salles de cinéma pour voir le monstre de

Frankenstein se lever lentement et faire ses premiers pas dans le laboratoire de son créateur.

Les gros sont-ils monstrueux ? Et que dire des personnes affligées d'un bec-de-lièvre ou d'une tache de vin sur le visage ? Jamais une foire digne de ce nom n'accepterait de les exhiber — désolé, c'est trop banal. Et les personnes dotées de six doigts à une main, ou au deux, ou encore de trois orteils à chaque pied ? Elles sont loin d'être aussi rares que vous le croyez. Ou encore, pour se rapprocher un peu plus de chez vous, que dire d'une personne affligée d'acné ?

Bien entendu, les points noirs ordinaires n'ont aucun caractère de gravité ; même la plus mignonne des pom-pom girls est susceptible d'en attraper un sur le front où à la commissure de ses lèvres charmantes, mais la surcharge pondérale n'a pas non plus de caractère de gravité — je veux parler d'une acné ayant atteint un développement considérable, d'un visage ressemblant à celui d'une créature dans un film d'horreur japonais, des comédons par milliers, rouges et suppurants pour la plupart.

Tout comme la scène d'expectoration d'*Alien*, il y a de quoi vous dégoûter du pop-corn... sauf que c'est *pour de vrai*.

Peut-être n'ai-je pas encore touché du doigt l'idée que vous vous faites de la monstruosité, et peut-être que je n'y arriverai pas, mais considérez un instant le cas pourtant bien ordinaire des gauchers. Bien entendu, la discrimination à l'égard des gauchers est un phénomène évident. Si vous avez fréquenté un collège ou un lycée américain doté de bureaux de type moderne, vous savez déjà que la plupart d'entre eux sont conçus pour un monde exclusivement peuplé de droitiers. La plupart des établissement scolaires s'équipent pour la forme de quelques bureaux pour gauchers, mais c'est à peu près tout. Et durant les interrogations écrites et les examens, les gauchers sont généralement parqués dans un coin de la salle afin qu'ils ne donnent pas de coups de coude à leurs condisciples dits normaux.

Cela va plus loin qu'une simple discrimination. La discrimination a de profondes racines, mais celles de la monstruosité sont plus profondes encore. Dans l'univers du base-ball, les joueurs gauchers sont considérés comme un peu dingues, même lorsque tel n'est pas le cas.* En vieux français, gauche se disait *senestre*, et c'est de là que l'adjectif *sinistre* tire son origine. Si l'on en croit une ancienne superstition, votre moitié droite appartient à Dieu et la gauche à son Adversaire. Les gauchers ont toujours été suspects. Ma mère était gauchère, et elle m'a raconté que, lorsqu'elle était écolière, l'institutrice avait l'habitude de lui donner un coup de règle sur la main gauche pour qu'elle change de main quand elle écrivait. Elle s'empressait de reprendre son stylo de la main gauche dès que sa tortionnaire avait le dos tourné, car sa main droite n'était capable de produire que des gribouillis — ce qui est le cas de la plupart d'entre nous lorsque nous essayons d'écrire avec ce que les habitants de la Nouvelle-Angleterre appellent « la main stupide ». Quelques êtres d'exception, tel Branwell Brontë (le frère si doué de Charlotte et d'Emily), peuvent écrire indifféremment des deux mains. En fait, Branwell Brontë était si ambidextre qu'il arrivait à écrire *en même temps* deux lettres destinées à deux personnes différentes. On peut raisonnablement se demander si une telle aptitude tient de la monstruosité... ou du génie.

En fait, toutes les aberrations humaines, physiques ou mentales, ont été à un moment ou à un autre de l'histoire, voire encore aujourd'hui, considérées comme monstrueuses — une liste complète comprendrait la pointe de cheveux sur le front (jadis tenue pour le signe distinctif d'un sorcier), les grains de beauté du corps féminin (des tétons de sorcière) et la schizophrénie terminale, qui a parfois valu aux personnes ainsi affligées d'être canonisées par telle ou telle église.

Si la monstruosité nous fascine, c'est parce qu'elle séduit le conservateur en costume trois-pièces qui sommeille en chacun de

---

* Voir par exemple Bill Lee, qui joue à présent chez les Expos de Montréal après s'être illustré aux Red Sox de Boston. Ses équipiers l'avaient surnommé « L'Homme de l'espace », et les fans n'ont pas oublié ce jour de 1976 où, à l'issue d'une fête célébrant la victoire de l'équipe en finale, Lee les a exhortés à ramasser leurs déchets avant de quitter le stade. Sa bizarrerie s'est manifestée avec le plus d'éclat le jour où il a qualifié Don Zimmer, le manager des Red Sox, de « hamster de service ». Peu de temps après, il était transféré à Montréal...

nous. Si nous aimons tant le concept de monstruosité, si nous en avons tellement besoin, c'est parce qu'il réaffirme l'idée d'ordre qui nous est si nécessaire... et permettez-moi en outre de suggérer que ce n'est pas l'aberration mentale ou physique qui nous horrifie mais plutôt l'absence d'ordre qu'elle semble impliquer.

Le regretté John Wyndham, qui est sans doute le meilleur écrivain de science-fiction que l'Angleterre ait jamais produit, a tiré le meilleur parti de cette idée dans son roman *Les Chrysalides* (également connu sous le titre *Les Transformés*). À mon humble avis, jamais on n'a écrit depuis la Seconde Guerre mondiale une variation plus brillante sur l'idée de mutation et de déviation. Dans la maison du jeune protagoniste se trouve une série d'écriteaux couverts de préceptes rigoureux : SEUL L'HOMME EST L'IMAGE DE DIEU ; LE TROUPEAU DE DIEU DOIT RESTER PUR ; LE SALUT EST DANS LA PURETÉ ; BÉNIE SOIT LA NORME ; et le plus révélateur d'entre eux : PRENDS GARDE AU MUTANT ! Après tout, en parlant de monstruosité, nous exprimons notre foi et notre croyance en la norme, et nous prenons garde au mutant. L'écrivain d'horreur n'est ni plus ni moins qu'un agent du *statu quo*.

5

Ceci posé, revenons aux films produits par American-International Pictures durant les années 50. Dans quelque temps, nous évoquerons leur qualités allégoriques (vous, là, dans le fond, arrêtez de rire ou je vous expulse du cours), mais concentrons-nous pour l'instant sur l'idée de monstruosité... et si nous abordons le sujet de l'allégorie, ce ne sera que de façon superficielle, en suggérant ce que ces films ne sont pas.

Bien qu'ils soient sortis à l'époque où le rock and roll pulvérisait les barrières raciales, et bien qu'ils aient visé le même public adolescent, il est intéressant de souligner les éléments qui sont absents de ces films... du moins en terme de monstruosité « authentique ».

Nous avons déjà remarqué que les films d'AIP, ainsi que ceux des autres firmes indépendantes qui ont imité AIP, ont nettement revigoré l'industrie cinématographique durant cette période creuse que furent les années 50. Grâce à eux, plusieurs millions de jeunes spectateurs ont trouvé dans les salles obscures la provende que leur refusait la télé, et ils disposaient en plus d'un endroit accueillant où ils pouvaient se peloter en paix. Et ce sont les « indies », comme les appelle le magazine *Variety*, qui ont donné à toute une génération de bébés de la guerre la passion du cinéma, préparant peut-être le succès de films aussi disparates que *Easy Rider*, *Les Dents de la mer*, *Rocky*, *Le Parrain* et *L'Exorciste*.

Mais où sont les monstres ?

Oh, nous avons des faux monstres par douzaines : des hommes-soucoupes, des sangsues géantes, des loups-garous, des hommes-taupes (dans un film Universal) et bien d'autres encore. Mais tout en s'engageant hardiment dans cet océan inconnu et riche de possibilités, AIP s'abstint de montrer ce qui ressemblait à de la *véritable* horreur... *du moins dans l'acception émotionnelle que les bébés de la guerre avaient de ce terme*. C'est là une précision importante, et j'espère que vous conviendrez avec moi qu'elle méritait d'être mise en italique.

Ils étaient — nous étions — des enfants connaissant parfaitement la détresse psychique engendrée par la Bombe mais n'ayant jamais vraiment fait l'expérience du manque ou de la privation. Aucun des jeunes spectateurs de l'époque ne souffrait de malnutrition ou d'infection parasitaire. Quelques-uns avaient perdu un père ou un oncle à la guerre. Pas beaucoup.

Et dans les films eux-mêmes, on ne trouvait aucun gros lard ; aucun gamin affligé de tics ; aucune victime de l'acné ; aucun gamin ayant l'habitude de se curer le nez puis d'essuyer son doigt sur le pare-brise de sa voiture ; aucun gamin souffrant de problèmes sexuels ; aucun gamin affligé d'une difformité visible (même pas un handicap aussi banal qu'une mauvaise vue nécessitant le port de lunettes — tous les jeunes héros des films d'AIP, films d'horreur ou films de distraction, avaient 10/10 à chaque œil). Peut-être apercevait-on parfois un ado un peu louf — du genre de ceux qu'interprêtait Nick Adams —, qui était un peu plus petit que les autres ou avait l'audace de retourner sa casquette sur sa tête à l'instar d'un joueur de base-ball (et que l'on surnommait affectueusement Weirdo, Scooter ou Crazy), mais ça n'allait jamais plus loin.

Le lieu de l'action était toujours une petite ville américaine typique, le contexte le plus aisément identifié par le public... mais toutes ces versions de Notre Ville semblaient avoir reçu la visite d'un commando d'eugénistes la veille du début du tournage, et on en avait éliminé tous les citoyens souffrant d'un cheveu sur la langue, d'une tache de vin, d'une patte folle ou d'un ventre proéminent — bref, tous ceux qui ne ressemblaient pas à Frankie Avalon, Annette Funicello, Robert Young et Jane Wyatt. Certes, Elisha Cook Jr., qui apparaissait dans nombre de ces films, avait toujours eu l'air un peu bizarre, mais comme il se faisait invariablement tuer durant la première bobine, il ne compte pas.

Bien que le rock and roll et les films de jeunes (de *I Was a Teenage Werewolf* à *La Fureur de vivre*[55]) aient simultanément choqué la génération précédente, qui commençait à se remettre de « sa guerre » et se préparait à la transformer en mythe, offrant à ses représentants une surprise aussi déplaisante qu'un voyou leur tombant dessus au coin d'une rue, musique et cinéma n'étaient que les signes avant-coureurs d'un authentique séisme à venir. Little Richard était bel et bien un personnage dérangeant, et Michael Landon — qui respectait si peu son lycée qu'il ne se donnait même pas la peine d'ôter le tee-shirt portant son emblème avant de se métamorphoser en homme-loup — l'était tout autant, mais on était encore loin du « Fish Cheer » de Woodstock et des démonstrations de chirurgie amateur de *Massacre à la tronçonneuse*.

Durant les années 50, tous les parents tremblaient devant le spectre de la délinquance juvénile : l'adolescent un peu vulgaire du mythe, adossé à la porte de l'épicerie de Notre Ville, les cheveux luisants de Vitalis ou de Brylcreem, un paquet de Lucky Strike glissé sous l'épaulette de son blouson noir, un comédon tout frais à la commissure de ses lèvres et un cran d'arrêt tout neuf dans la poche revolver de son blue-jean, dans l'attente d'un gosse à tabasser, d'un parent à harceler, d'une jeune fille à agresser, ou peut-être d'un chien à violer et à tuer... ou vice-versa. Cette image jadis chargée de terreur a subi au fil des ans un processus de mythification et d'homogénéisation ; prenez James Dean ou Vic Morrow, attendez une vingtaine d'années, et hop ! voilà Arthur Fonzarelli. Mais à l'époque, les journaux et les revues populaires voyaient des délinquants juvéniles partout, tout comme ces représentants du Quatrième Pouvoir avaient vu des communistes partout quelques années plus tôt. Leurs santiags et leurs Levis hantaient les rues d'Oakdale, de Pineview et de Centerville ; et celles de Mundamian (Iowa) et de Lewiston (Maine). Et l'ombre du redoutable délinquant juvénile était longue, longue. Marlon Brando avait été le premier à donner une voix à ce nihiliste à la tête vide, dans un film intitulé *L'Équipée sauvage.* « Mais contre quoi te rebelles-tu ? » lui demande la jolie jeune fille. Réponse de Marlon : « Qu'est-ce que t'as à me proposer ? »

Pour les braves gens d'Asher Heights (Caroline du nord) qui avaient survécu à quarante et une missions au-dessus de l'Allemagne dans le ventre d'un bombardier et qui ne souhaitaient plus à présent que vendre plein de Buick à boîte automatique, c'était vraiment une tuile ; ce type-là se fichait complètement des sociétés de bienfaisance et des clubs d'anciens combattants.

Mais tout comme il s'était avéré que les communistes et les agents de la cinquième colonne étaient bien moins nombreux qu'on ne le croyait, la Sinistre Menace du Délinquant Juvénile devait s'avérer quelque peu exagérée. En dernière analyse, les bébés de la guerre voulaient les mêmes choses que leurs parents. Ils voulaient un permis de conduire ; un boulot en ville et une maison en banlieue ; un mari ou une femme ; une bonne assurance ; un bon déodorant pour les aisselles ; des enfants ; des remboursements de crédit qui ne risquaient pas de les ruiner ; des rues propres ; des consciences propres. Ils voulaient être sages. Plusieurs dizaines d'années et plusieurs centaines de kilomètres séparaient le Senior Glee Club et le SLA, Notre Ville et le delta du Mékong ; et le seul exemple de guitare au son distordu de l'industrie du disque résultait d'une erreur technique dans un album de country-music de Marty Robbins. Les jeunes suivaient bien sagement le code vestimentaire de leur école. Les rouflaquettes étaient des objets de dérision dans la plupart des lycées, et un mec surpris à porter des semelles compensées ou un maillot un peu trop moulant se serait fait traiter de tantouze. Eddie Cochran pouvait bien chanter « *those crazy pink pegged slacks* », mais si les gamins achetaient ses disques, ils se gardaient bien de porter le pantalon rose en question. Pour les bébés de la guerre, la norme était bénie. Ils voulaient être sages. Ils prenaient garde au mutant.

Dans les premiers films d'horreur pour jeunes des années 50, on ne se permettait qu'une aberration, qu'une mutation par scénario. C'étaient les parents qui ne croyaient pas à son existence. C'étaient les gamins — qui voulaient être sages — qui montaient la garde (en général en haut de la falaise qui dominait Notre Ville au bout du Sentier des Amoureux) ; c'étaient les gamins qui éliminaient le mutant, et grâce à eux, on pouvait organiser en paix des danses de patronage et des pique-niques sur la plage.

Pour les bébés de la guerre, les horreurs — à l'exception du stress psychique causé par la menace de la Bombe — étaient sans exception des horreurs banales. Et peut-être qu'il est impossible de concevoir une horreur authentique quand on a le ventre plein. Les horreurs des bébés de la guerre étaient des horreurs à petite échelle, et de ce point de vue, les films qui ont vraiment fait décoller AIP, *I Was a Teenage Werewolf* et *I Was a Teenage Frankenstein*, acquièrent un certain intérêt.

Dans *Werewolf*, Michael Landon interprète un lycéen séduisant mais à l'humeur maussade et au tempérament vif. C'est un brave gars, au fond, mais il se retrouve toujours embarqué dans des bagarres (tout comme David Banner, l'*alter ego* de Hulk dans la série télé, ce n'est jamais Landon qui est à l'origine de ces bagarres), à tel point qu'il risque bel et bien d'être renvoyé du lycée. Il va donc consulter un psychiatre (Whit Bissell, qui interprète également le descendant de Victor Frankenstein dans *I Was a Teenage Frankenstein*) qui se révèle être totalement maléfique. Il conclut que Landon représente un stage antérieur du développement humain — disons, en gros, de l'âge des cavernes — et l'hypnotise pour achever de le faire régresser, aggravant son problème plutôt que de lui trouver une solution. Cette idée semble empruntée à un livre qui connaissait à l'époque un succès fabuleux, *À la recherche de Bridey*

Murphy[56], l'histoire (censément authentique mais dénoncée par la suite comme une escroquerie) d'une femme retrouvant sous hypnose des souvenirs d'une vie antérieure.

L'expérience de Bissell réussit au-delà de ses rêves — ou de ses cauchemars — les plus fous, et Landon devient un loup-garou enragé. Aux yeux d'un collégien ou d'un lycéen voyant sa transformation pour la première fois, c'était *grave*. Landon devient la fascinante incarnation de tout ce qu'on ne doit *pas* faire si on veut être sage... si on veut avoir une bonne scolarité, être admis à la National Honor Society, être reçu dans une université de renom, adhérer à une fraternité étudiante et écluser des bières comme l'a fait papa. Landon se retrouve le visage couvert de poils, la mâchoire pleine de dents et les lèvres couvertes d'une substance ressemblant à s'y méprendre à de la crème à raser. Il reluque une fille qui s'est isolée dans le gymnase pour faire des exercices à la barre d'appui, et on l'imagine aisément en train d'exsuder un parfum rappelant celui d'un putois en rut qui vient de se rouler dans une pile de merde de coyote. Ne cherchez pas sur son torse une chemise bon chic bon genre d'aspirant étudiant ; voilà un mec qui n'a strictement rien à foutre des tests d'aptitude à l'enseignement supérieur. L'homme descend du singe, mais lui, il est remonté jusqu'au loup.

Si ce film a connu un tel succès lors de sa sortie, c'est sans aucun doute en partie grâce au sentiment de libération qu'il a suscité chez ces bébés de la guerre qui voulaient tant être sages. Lorsque Landon attaque la jolie gymnaste en justaucorps moulant, il fait une déclaration de nature sociale au nom de ses spectateurs. Mais ceux-ci sont également horrifiés par ses actes, car au niveau psychologique, ce film est une série de préceptes à suivre — depuis « tu te raseras avant d'aller à l'école » jusqu'à « jamais tu ne t'exerceras dans un gymnase vide ».

Après tout, les animaux sont partout.

6

Si *I Was a Teenage Werewolf* représente, du point de vue psycho-logique, l'expression ultime de ce célèbre rêve où votre pantalon vous tombe sur les chevilles alors que vous vous trouvez dans un lieu public — l'étranger velu menaçant les bons élèves du Lycée de Notre Ville —, alors *I Was a Teenage Frankenstein* est une parabole malsaine sur le dérèglement glandulaire total. Ce film est destiné à tous les garçons et les filles de quinze ans qui ont découvert un beau matin dans leur miroir un point noir ayant fait surface durant la nuit et ont compris que même les Stri-Dex Medicated Pads, ces remèdes miracles vantés par Dick Clark, seraient impuissants à résoudre leur problème.

Vous allez me dire que je reviens sans cesse aux comédons. Vous avez raison. Autant l'avouer, je considère les films d'horreur de la fin des années 50 et du début des années 60 — disons jusqu'à *Psychose* — comme des hymnes au pore bouché. J'ai suggéré plus haut que l'horreur était hors de portée des gens au ventre plein. De la même manière, les Américains ont dû sévèrement limiter leur conception de la difformité physique — et c'est pour cette raison que le point noir a joué un rôle important dans le développement psychologique de l'adolescent américain.

Bien sûr, il se trouve probablement parmi mes lecteurs un homme ou une femme, affligé d'un mal congénital, qui est en train de grommeler : « Ne me parle pas de difformité, connard... » et il est exact qu'il existe des Américains au pied-bot, des Américains sans nez, des Américains amputés et des Américains aveugles (je me suis toujours demandé si ces derniers ne se sentaient pas insultés par un des slogans de McDonald's : « Gardez l'œil sur vos frites... »). À côté de ces bourdes cataclysmiques dues à Dieu, à l'homme ou à la nature, les comédons paraissent aussi graves qu'une envie autour de l'ongle. Mais je suis bien obligé de remarquer qu'en Amérique, les bourdes cataclysmiques de ce genre représentent (du moins pour le moment) l'exception plutôt que la règle. Promenez-vous dans une rue américaine ordinaire et comptez les déficiences physiques que vous apercevrez. Si vous en trouvez plus d'une douzaine au bout de cinq kilomètres de marche, vous risquez de faire grimper les statistiques. Cherchez donc des moins de quarante ans aux dents gâtées jusqu'aux gencives, des enfants au ventre gonflé par la malnutrition, des hommes et des femmes au visage grêlé par la petite vérole : vous chercherez en vain. Vous ne trouverez pas non plus de misérables au visage couvert de furoncles suppurants ou aux bras criblés d'ulcères non traités ; si vous visitez un Centre sanitaire, vous apprendrez que sur cent têtes blondes, on n'en trouve au plus que quatre ou cinq grouillantes de poux. Ces phénomènes, ainsi que d'autres aussi graves, sont certes plus fréquents dans les zones rurales ou dans les ghettos des métropoles, mais dans les villes et les banlieues d'Amérique, la plupart des gens se portent bien. La prolifération des manuels de santé, le culte en pleine expansion de l'amélioration personnelle (pour citer Erma Bombeck : « Si ça ne vous dérange pas, j'ai décidé d'être plus résolue ») et le développement foudroyant de l'activité consistant à contempler son nombril prouvent que, pour le moment, une majorité d'Américains a réglé le problème qui se pose de façon criante à une bonne partie du reste du monde : le problème de la survie.

Je n'imagine pas une personne souffrant de malnutrition se plonger dans la lecture d'un livre tel que *I'm OK — You're OK*, ni un père de famille nombreuse cherchant désespérément à joindre les deux bouts se passionner pour les théories de Werner Erhard sur les séminaires d'entreprise. De telles choses ressortissent du domaine réservé des riches. Joan Didion a récemment publié un livre intitulé *The White Album* où elle raconte la façon dont elle a vécu les années 60. Je suppose que c'est un bouquin passionnant — si on est millionnaire : l'histoire d'une femme blanche et riche qui pouvait se permettre d'aller faire sa dépression à Hawaii — l'équivalent des points noirs pour les années 70.

Lorsque l'horizon de l'existence humaine se réduit à la survie au jour le jour, les perspectives s'altèrent. Pour les bébés de la guerre, qui vivaient dans un monde douillet (mais n'oublions pas la Bombe) de visites médicales régulières, de pénicilline et de soins dentaires permanents, le comédon est devenu la difformité physique la plus

importante parce que la plus visible ; la plupart des autres déficiences avaient été éradiquées. Et comme j'ai évoqué les soins
dentaires, je me dois de préciser que la plupart des gosses qui ont dû
porter un appareil durant ces années où la pression sociale est quasiment étouffante le vivaient souvent comme une difformité — on
entendait parfois résonner dans la cour de l'école les mots : « Hé !
gueule d'acier ! » Mais la plupart des gens considéraient l'appareil
dentaire comme une forme de traitement, guère plus remarquable
que le bras en écharpe d'une jolie lycéenne ou le pansement sur le
genou d'une vedette de l'équipe de foot.

Mais le point noir n'a pas de remède.

Et voici donc *I Was a Teenage Frankenstein*. Dans ce film, Whit
Bissell assemble la créature, interprétée par Gary Conway, à partir
des cadavres de jeunes chauffards. Les parties non utilisées sont
livrées en pâture à des alligators planqués sous sa maison — bien
entendu, nous devinons assez vite que Bissell lui-même finira dans
la gueule d'un alligator, et nous ne sommes pas déçus. Dans ce film,
Bissell est un méchant de la plus belle eau, atteignant des sommets
existentiels dans le mal : « Il pleure, même les glandes lacrymales
fonctionnent !... Réponds-moi, tu as une langue dans la tête. Je le
sais, c'est moi qui l'ai cousue. »* Mais c'est le malheureux Conway
qui attire l'œil du spectateur et porte le film sur ses épaules. Tout
comme la méchanceté de Bissell, la difformité de Conway est si
horrible qu'elle en devient presque absurde... et il ressemble à s'y
méprendre à un lycéen dont l'acné a atteint des proportions cataclysmiques. Son visage évoque la carte en relief d'un massif monta-
gneux d'où émerge un œil injecté de sang.

Et pourtant... et pourtant... cette créature balourde et répugnante aime le rock and roll, alors elle ne peut pas être totalement
mauvaise, n'est-ce pas ? Nous avons rencontré le monstre, et comme
Peter Straub le fait remarquer dans *Ghost Story*, le monstre, c'est
nous-mêmes.

---

* Cité dans *An Illustrated History of the Horror Film*, op. cit.

Nous aurons à nouveau l'occasion d'évoquer la monstruosité, et
— espérons-le — d'en tirer des réflexions plus profondes que celles
que peuvent nous inspirer *I Was a Teenage Werewolf* et *I Was a
Teenage Frankenstein*, mais je pense qu'il est important de souligner
le fait que, même à leur niveau le plus simple, ces Contes du Crochet
accomplissent un certain nombre de prouesses sans même l'avoir
voulu. On y trouve allégorie et catharsis, mais c'est seulement parce
que le créateur d'horreur est avant tout un agent de la norme. Cela
est vrai de l'horreur à caractère physique, et nous verrons que tel est
aussi le cas des œuvres plus consciemment ambitieuses, même si,
lorsque nous nous intéresserons aux qualités mythologiques de
l'horreur et de la terreur, nous risquerons de découvrir des associa-
tions plus troublantes et plus énigmatiques. Mais avant d'en arriver
là, nous devons quitter le domaine cinématographique, du moins
pour un temps, et nous intéresser à trois romans qui forment la
majeure partie des fondations sur lesquelles a été bâtie l'horreur
moderne.

CHAPITRE 3
Contes du Tarot

1

Le thème de l'immortalité est un des plus connus de la littérature fantastique. « La chose qui ne veut pas mourir » est un des fleurons du genre, et on la retrouve dans Beowulf, dans les contes d'Edgar Poe (*La Vérité sur le cas de M. Valdemar* et *Le Cœur révélateur*[1]), ainsi que dans les œuvres de Lovecraft (notamment *Air froid*[2]), de William Peter Blatty[3], et même — Dieu ait pitié de nous ! — de John Saul[4].

Les trois romans dont je compte discuter dans ce chapitre semblent bel et bien avoir conquis une telle immortalité, et j'estime qu'il est impossible de traiter sérieusement l'histoire de l'horreur entre 1950 et 1980 sans les avoir analysés au préalable. Ces trois livres jouissent d'une existence prolongée tout en étant tenus à l'écart du cercle sélect des « classiques » reconnus de la littérature anglaise, et peut-être n'est-ce pas sans raison. *Le Cas étrange du Dr Jekyll et de M. Hyde* fut écrit en trois jours par un Robert Louis Stevenson en état de fièvre créatrice. Sa femme fut si horrifiée par le manuscrit que Stevenson le brûla dans sa cheminée[5]... pour le réécrire aussitôt, encore une fois en trois jours. *Dracula* est un mélodrame sans complexes rédigé sous la forme d'un roman épistolaire — une convention littéraire qui était déjà à l'article de la mort vingt ans avant sa parution, lorsque Wilkie Collins[6] écrivait les derniers de ses fabuleux romans de mystère et de suspense. *Frankenstein*[7], le plus célèbre de cette trinité, fut rédigé par une jeune fille de dix-neuf ans, et bien que ce soit le mieux écrit des trois, c'est aussi le moins lu, et son auteur ne devait plus jamais écrire avec une telle rapidité, un tel talent, une telle réussite... et une telle audace.

Si on les examine d'un œil critique, ces trois œuvres apparaissent comme des romans populaires typiques de leur époque, que peu de choses distinguent de livres vaguement similaires — *Le Moine*[8] de M. G. Lewis, par exemple, ou encore *Armadale*[9] de Collins —, des livres en grande partie oubliés, sauf par les professeurs de littérature gothique qui en imposent parfois la lecture à leurs élèves, lesquels les abordent avec méfiance... pour les dévorer ensuite avec passion.

Mais ces trois romans-là sortent de l'ordinaire. Ils forment les fondations d'un gratte-ciel de livres et de films — ces œuvres gothiques du XXᵉ siècle que l'on regroupe sous l'étiquette d'« horreur moderne ». En outre, chacun d'eux recèle en son cœur un monstre qui a rejoint et enrichi ce que Burton Hatlen appelle « l'océan mythique » — un ensemble d'œuvres de fiction dans lequel nous nous sommes tous baignés, même si nous n'avons ni lu le livre ni vu le film. Tout comme des cartes de tarot représentant des images séduisantes de notre conception du mal, on peut les abattre de façon spectaculaire : le Vampire, le Loup-Garou et la Chose sans nom.

J'ai exclu de cette main *Le Tour d'écrou* de Henry James[10], un des grands romans de la littérature fantastique, alors qu'il l'aurait complétée de façon satisfaisante en y ajoutant la figure mythique la plus connue du surnaturel, celle du Fantôme. J'ai agi ainsi pour deux raisons : premièrement, parce que *Le Tour d'écrou*, avec son style élégant et posé, sa logique psychologique irréprochable, n'a exercé qu'une faible influence sur la culture populaire américaine. Si on souhaite s'intéresser à cet archétype, autant le faire par le biais de la bande dessinée *Casper le fantôme*. Deuxièmement, le fantôme est un archétype qui, contrairement à ceux représentés par le monstre de Frankenstein, Dracula et Edward Hyde, couvre un champ trop vaste pour qu'on limite son étude à un seul roman, si extraordinaire soit-il. Le Fantôme est, après tout, le Mississippi de la littérature surnaturelle, et bien que nous comptions l'étudier le moment venu, nous ne nous limiterons pas pour cela à une seule œuvre.

Tous ces livres (*Le Tour d'écrou* y compris) ont certaines choses en commun, et tous s'intéressent au fondement même de l'histoire d'horreur : des secrets qu'il vaut mieux taire et des choses qu'il vaut mieux ne pas dire. Et pourtant, Stevenson, Shelley et Stoker (sans oublier James) promettent tous de nous révéler un secret. Ils le font avec des effets différents et des degrés de réussite variables... mais aucun d'eux ne peut être accusé d'avoir entièrement échoué. Peut-être est-ce pour cette raison que leurs œuvres restent vivantes. Quoi qu'il en soit, elles sont là, et il me paraît impossible d'écrire un livre tel que celui-ci sans faire *quelque chose* d'elles. C'est une question de racines. Peut-être vous fichez-vous de savoir que votre grand-père aimait s'asseoir en bras de chemise sur le perron de sa maison pour fumer une bonne pipe après le souper, mais il vous est sans doute utile de savoir qu'il a quitté sa Pologne natale en 1888 et qu'il a participé à la construction du métro de New York. Au moins verrez-vous ledit métro d'un autre œil quand vous le prendrez le matin pour aller au boulot. De la même manière, il est difficile d'analyser l'interprétation de Dracula par Christopher Lee sans parler d'un Irlandais rouquin du nom d'Abraham Stoker.

Par conséquent... parlons racines.

2

Frankenstein a probablement suscité plus d'adaptations cinématographiques que toutes les autres œuvres de l'histoire de la littérature, y compris la Bible. Parmi elles figurent *Frankenstein*, *La Fiancée de Frankenstein*, *Frankenstein rencontre le loup-garou*, *La Revanche de Frankenstein*, *Blackenstein* et *Frankenstein 1970*, pour ne citer que ces quelques films. Ceci posé, il semblerait superflu de résumer une telle œuvre, mais comme nous l'avons remarqué plus haut, *Frankenstein* n'est guère lu de nos jours. Des millions d'Américains connaissent ce nom (certes, ils sont beaucoup plus à connaître celui de Ronald McDonald ; en voilà un héros de la culture), mais la plupart d'entre eux ignorent que le nom de Frankenstein désigne le créateur du monstre et non le monstre lui-même, ce qui, contrairement à ce que l'on pourrait croire, tend à prouver que ce livre a bel et bien rejoint l'océan mythique américain conceptualisé par Hatlen. Les historiens ont démontré que Billy the Kid n'était qu'un pied-tendre fraîchement débarqué de New York, coiffé d'un chapeau melon, atteint de la syphilis et susceptible d'abattre ses adversaires dans le dos. De tels faits intéressent bien sûr le commun des mortels, mais il sait au fond de lui qu'ils n'ont plus grande importance... si tant est qu'ils en aient jamais eu. Si l'art est une force digne de respect, même aux yeux de ceux qui ne s'y intéressent pas, c'est en partie à cause de la facilité avec laquelle le mythe avale la vérité... sans le moindre rot d'indigestion.

Le roman de Mary Shelley est un mélodrame plutôt lent et bavard, dont le thème est brossé à coups de pinceaux un tantinet grossiers. Un peu à la façon dont un étudiant brillant mais encore peu expérimenté développerait les points saillants de son argumentation. À l'inverse des films qu'il a inspirés, il ne contient que peu de scènes de violence, et à l'inverse du monstre créé par Universal (dans les « Karloffilms », comme dit Forry Ackerman), la créature de Shelley s'exprime dans une langue châtiée digne d'un lord débattant à la Chambre ou de William F. Buckley échangeant des propos avec Dick Cavett à la télévision. C'est un être cérébral, l'exact contraire du monstre campé par Karloff, dont le front est démesuré et le regard éclairé d'une sournoise stupidité ; et le livre ne contient aucune réplique aussi glaçante que celle que Karloff prononce dans *La Fiancée de Frankenstein* de sa lente voix de ténor enroué : « Oui... mort... j'aime... mort. »

Le roman de Mrs. Shelley est sous-titré « Le Prométhée moderne », et le Prométhée en question n'est autre que Victor Frankenstein. Il quitte son doux foyer pour aller étudier à l'université d'Ingoldstadt (et nous entendons déjà l'auteur fourbir son argument, un des arguments les plus célèbres de la littérature d'horreur : *Il est des choses que l'humanité n'aurait jamais dû connaître*), où on lui bourre le crâne d'idées folles — et dangereuses — sur le galvanisme et l'alchimie. Le résultat inévitable, bien entendu, est la création d'un monstre à partir d'un ensemble de pièces détachées digne d'un catalogue d'entretien automobile. Frankenstein accomplit son œuvre au cours d'une longue et délirante poussée de fièvre créatrice — et c'est dans ces scènes que Shelley nous gratifie de sa prose la plus vigoureuse.

Sur la profanation de sépultures nécessaire au processus :

> Qui donc pourrait concevoir l'horreur de mon travail poursuivi en secret, pataugeant dans la profondeur humide des caveaux ou torturant un animal vivant pour tenter d'animer la matière inerte ? D'y penser me donne maintenant le vertige et fait trembler mes membres. [...] Je collectais des os dans les charniers, et je violais, de mes doigts profanes, les secrets extraordinaires de l'organisme humain. J'avais installé un atelier, ou plutôt une cellule, destinée à mon immonde création. [...] J'avais l'impression que les yeux me sortaient des orbites, lorsque je me livrais à mes odieuses manipulations[11].

Sur le rêve qui suit l'accomplissement de l'expérience :

> Je voyais Elisabeth, radieuse de santé, cheminer dans les rues d'Ingoldstadt. Surpris et charmé, je l'enlaçais, mais tandis que je posais mon premier baiser sur ses lèvres, elles devinrent livides comme celles d'une morte. Ses traits semblèrent se décomposer, et j'eus l'impression de tenir dans mes bras le cadavre de ma défunte mère. Un linceul l'enveloppait, et dans les plis du drap, je voyais grouiller des vers. Je me réveillai, frissonnant d'effroi. Une sueur froide me mouillait le front, mes dents claquaient et des frémissements secouaient mes membres. À la lueur jaunâtre des rayons lunaires qui filtraient par les fentes des volets, j'aperçus soudain le misérable, le monstre que j'avais créé. Il avait soulevé la tenture de mon lit, et ses yeux — si l'on peut leur donner ce nom — étaient fixés sur moi. Il ouvrit la bouche et laissa échapper des sons inarticulés ; une horrible grimace lui plissait les joues[12].

Victor réagit à cette vision comme n'importe quel homme sain d'esprit ; il s'enfuit en hurlant dans la nuit. Le reste de l'histoire imaginée par Mrs. Shelley est une authentique tragédie shakespearienne, dont l'unité classique n'est entamée que par l'incertitude dans laquelle se trouve son auteur quant à la nature exacte de la faute commise — est-ce l'*hubris* (usurpation d'un pouvoir exclusivement divin) de Victor ou sa renonciation à toute responsabilité envers la créature qu'il a douée de vie ?

Le monstre entame sa vengeance en tuant William, le petit frère de Frankenstein. Un meurtre qui n'inspire au lecteur qu'un chagrin relatif ; lorsque le monstre essaie de se lier d'amitié avec le petit garçon, celui-ci réplique : « Hideux monstre ! Lâchez-moi ! Mon papa est syndic, c'est M. Frankenstein ; il vous punira. Vous n'ose-riez pas me garder ! » Cette tirade d'enfant gâté est la dernière que déclame Willy ; lorsque le monstre l'entend prononcer le nom de son créateur, il lui tord le cou aussi sec.

Justine Moritz, une domestique des Frankenstein, est injuste-ment accusée de ce crime et se retrouve promptement au bout d'une corde — doublant par là même le fardeau de culpabilité qui pèse sur le malheureux Frankenstein. Peu après, le monstre aborde son créa-teur et lui narre son histoire.* Mais s'il est venu lui rendre visite, c'est avant tout parce qu'il désire une compagne. Si son vœu est exaucé, déclare-t-il à Frankenstein, il partira avec sa dame et tous deux s'éta-bliront dans une contrée désolée de la planète (il évoque l'Amérique du sud, le New Jersey n'ayant pas encore été inventé), à l'abri des regards de l'humanité. Sinon, insinue le monstre, la terreur va se déchaîner sur le pauvre monde. Il formule son credo existentiel — mieux vaut faire le mal que ne rien faire du tout — en ces termes :

---

* Une histoire d'un haut comique involontaire. Le monstre se dissimule dans un appentis adjacent à une hutte. Le paysan demeurant dans celle-ci, Félix, se trouve justement en train d'enseigner sa langue à Safie, une fugitive d'origine turque ; c'est ainsi que le monstre apprend à parler. Parmi ses livres de lecture, on trouve *Le Paradis perdu*, *La Vie des hommes illustres de la Grèce et de Rome* de Plutarque, et *Werther* de Goethe, des livres qu'il a trouvés dans un coffre tombé dans un fossé. Ce conte enchâssé dans le roman n'a qu'un seul égal dans la litté-rature : le passage de *Robinson Crusoé* où Robinson, après s'être entièrement dévêtu, nage jusqu'à l'épave du navire sur lequel il a fait naufrage, puis, à en croire Daniel De Foe, se remplit les poches de toutes sortes d'objets utiles. Une telle capacité d'invention m'inspire une admiration sans bornes.

« Je me vengerai du tort que l'on me fait. Si je ne puis inspirer l'amour, eh bien, j'infligerai la peur, et cela principalement à vous, mon principal ennemi. Parce que vous êtes mon créateur, je jure de vous exécrer à jamais. Prenez garde ! Je me consacrerai à votre destruction, et je ne serai satisfait que lorsque j'aurai plongé votre cœur dans la plus noire désolation, lorsque je vous aurai fait maudire le jour où vous êtes né. »

Victor finit par accepter, et il entreprend de créer une femme. Il accomplit cette tâche sur une île désolée de l'archipel des Orcades, et Mary Shelley nous livre alors des pages d'une intensité presque égale à celle de la première création. Mais Frankenstein est envahi par le doute juste avant d'insuffler la vie à sa nouvelle créature. Il imagine le monde dévasté par ce couple maudit. Pire encore, il voit ses créations comme l'Adam et l'Ève d'une nouvelle race de monstres. Comme Mary Shelley est une enfant de son époque, elle n'envisage apparemment pas que, pour un homme capable de créer la vie à partir de pièces détachées en état douteux, ce serait un jeu d'enfant de créer une femme incapable de concevoir.

Bien entendu, le monstre refait son apparition aussitôt après que Frankenstein a détruit sa compagne ; il a plusieurs choses à lui dire, et « Bon anniversaire » n'est pas du nombre. Tout comme il l'avait promis, la terreur se déchaîne sur le pauvre monde à l'instar d'un ouragan (mais vu le style pondéré de Mrs. Shelley, cela ressemble davantage à une brise un peu forte). Pour commencer, le monstre étrangle Henry Clerval, l'ami d'enfance de Frankenstein. C'est peu de temps après qu'il prononce une des répliques les plus sinistres du bouquin : « Le soir de vos noces, je serai là ! » promet-il à Frankenstein. Pour un lecteur normalement constitué, qu'il soit contemporain de Mary Shelley ou de votre serviteur, c'est là une promesse bien plus sinistre qu'une menace de meurtre.

En réaction, Frankenstein s'empresse d'épouser Elisabeth, son amie d'enfance — une des scènes les moins crédibles du roman, quoique pas tout à fait à la hauteur de celle du coffre tombé dans le fossé ou de celle de la Turque en fuite. Durant sa nuit de noces, Victor sort affronter la créature, croyant naïvement que c'est lui qui est menacé. Pendant ce temps, le monstre pénètre dans l'auberge où loge le jeune couple. Exit Elisabeth. C'est ensuite au tour du père de Frankenstein, dont le cœur fragile ne résiste pas au choc.

Frankenstein poursuit sa créature démoniaque jusque dans les étendues glacées de l'Arctique, où il décède à bord du navire polaire de Robert Walton, un homme de science comme lui bien décidé à percer les secrets de Dieu et de la Nature... et la boucle est bouclée avec élégance.

3

Se pose alors la question suivante : comment se fait-il que ce modeste conte gothique, dont le premier jet ne faisait qu'une centaine de pages (Percy, le mari de Mrs. Shelley, l'encouragea à l'étoffer quelque peu), ait été pris dans une sorte de chambre d'écho culturelle qui l'a amplifié au fil du temps jusqu'à ce que, cent soixante-quatre ans plus tard, nous ayons devant nous les éléments suivants : une céréale baptisée Frankenberry (cousine de deux autres habitués de la table du petit déjeuner, Count Chocula et Booberry) ; une vieille série télé, *Les Monstres*[13], apparemment destinée à être rediffusée jusqu'à la consommation des siècles ; la poupée Frankenstein créée par la firme Aurora, une créature phosphorescente errant dans un cimetière également phosphorescent, pour la plus grande joie des jeunes bricoleurs ; et une expression du genre : « Il ressemble à Frankenstein », soit le comble de la laideur ?

La réponse la plus évidente est bien sûr : le cinéma. Tout ça, c'est à cause des films. Et cette réponse est correcte — en gros. Comme l'ont démontré *ad infinitum* (voire *ad nauseam*) les historiens du septième art, le cinéma est particulièrement habile à façonner une telle chambre d'écho culturelle... peut-être parce que, en termes d'idées autant que d'acoustique, un grand espace vide est idéal pour produire un écho. Là où les livres nous fournissent des idées, les films nous offrent souvent des émotions fortes. En outre, les films américains s'attachent le plus souvent à l'image, et la combinaison de ces deux éléments est bien souvent éblouissante. Prenez par exemple Clint Eastwood dans *L'Inspecteur Harry*, le film de Don Siegel[14]. En terme d'idées, ce film n'est qu'une bouillie insipide. En termes d'image et d'émotion — le gosse kidnappé que l'on extrait à l'aube de la citerne, le méchant terrorisant des enfants dans un car scolaire, le visage de granite de Harry Callahan —, c'est un film génial. Lorsqu'ils viennent de voir un film comme *L'Inspecteur Harry*, ou encore *Les Chiens de paille*[15] de Sam Peckinpah, même les moins réactionnaires de mes concitoyens ont la tête de quelqu'un qui vient de recevoir un coup de marteau sur l'occiput... ou de se faire écraser par un train.

Il *existe* des films d'idées, bien sûr, de *Naissance d'une nation*[16] à *Annie Hall*[17]. Mais jusqu'à une date récente, ils restaient le domaine réservé des cinéastes européens (voir par exemple la Nouvelle Vague française) et ne connaissaient aux États-Unis qu'un succès très relatif, n'y étant montrés que dans ces ciné-clubs et en VO sous-titrée. À cet égard, le succès des derniers films de Woody Allen a donné lieu à une erreur d'interprétation. Dans les zones urbaines d'Amérique, ses films — ainsi que des œuvres européennes comme *Cousin, cousine*[18] —, font des entrées considérables et les journaux leur accordent une « bonne encre » (pour reprendre l'expression de George Romero, l'auteur de *La Nuit des morts-vivants*), mais dans l'Amérique profonde — dans le complexe multisalles de Davenport (Iowa) ou dans celui de Portsmouth (New Hampshire) —, ils ne tiennent l'affiche qu'une ou deux semaines avant de disparaître. Apparemment, les Américains préfèrent voir Burt Reynolds dans *Cours après moi, shérif*[19]; lorsqu'ils vont au cinéma, ils accordent leurs faveurs aux cascades plutôt qu'aux idées ; ils laissent leur cerveau à la consigne et se délectent de tartes à la crème et de monstres en tous genres.

Ironie de l'histoire, il aura fallu un metteur en scène italien, à savoir Sergio Leone, pour produire l'archétype du film américain ; pour définir et réaliser le genre de film que préfèrent les Américains. Ce qu'a fait Leone dans *Pour une poignée de dollars, Et pour quelques dollars de plus* et surtout *Le Bon, la brute et le truand* ne peut pas être qualifié de satire. Ce dernier film, en particulier, est une exploitation *hénaurme* et merveilleusement vulgaire des archétypes déjà flamboyants du western. Les détonations y semblent aussi toni-truantes que des explosions atomiques ; les gros plans semblent durer plusieurs minutes d'affilée, les duels au revolver plusieurs heures ; et les rues des villes du Far West telles que les imagine Leone semblent aussi larges que des autoroutes.

Si bien que, lorsqu'on me demande ce qui a bien pu transformer le monstre pondéré de Mary Shelley, un être qui doit son éducation à *Werther* et au *Paradis perdu*, en archétype de la culture populaire, je peux répondre sans grand risque : le cinéma. Dieu sait que le cinéma peut forger des archétypes à partir des matériaux les plus improbables — un trappeur crasseux et infesté de puces devient grâce à lui le symbole farouche de la Frontière (Robert Redford dans *Jeremiah Johnson*[20], ou encore n'importe quel film produit par Sunn International), des tueurs débiles deviennent les représentants de l'esprit de liberté agonisant de l'Amérique (Warren Beatty et Faye Dunaway dans *Bonnie and Clyde*[21]), et même l'incompétence peut se transformer en archétype — voir le regretté Peter Sellers en Inspecteur Clouseau dans les films de Blake Edwards. Compte tenu d'un tel contexte, le cinéma américain a créé son propre jeu de tarot, et la plupart de ses cartes nous sont familières : le Héros de la guerre (Audie Murphy[22], John Wayne), le Shérif taciturne et inflexible (Gary Cooper, Clint Eastwood), la Pute au grand cœur, le Truand déjanté (« Maman ! Je suis le roi du monde ! »), le Papa inefficace mais amusant, la Maman compétente, le Jeune Homme sorti du caniveau mais en pleine ascension, et cetera. Il va sans dire que toutes ces créations ne sont que des stéréotypes développés avec divers degrés d'astuce, mais même lorsqu'elles sont confiées aux mains les plus ineptes, on perçoit toujours en elles cette réverbéra-tion, cet écho culturel.

Mais nous ne sommes pas ici pour parler du Héros de la guerre ni du Shérif taciturne et inflexible ; ce qui nous intéresse, c'est un autre archétype : la Chose sans nom. Car s'il y a un roman qui a parcouru tout le cycle allant du livre au mythe en passant par le film, c'est bien *Frankenstein*. Cette œuvre inspira un des premiers films de fiction jamais tournés, une bobine où un nommé Charles Ogle interprétait

70

la créature. En guise de maquillage, Ogle s'était ébouriffé les cheveux et plaqué des gâteaux secs sur le visage — du moins c'est l'impression que ça donne. Ce film a été produit par Thomas Edison. Et l'on retrouve le même archétype dans la série télé *L'Incroyable Hulk* [23], dont les scénaristes ont réussi à combiner en une seule créature deux des trois cartes que j'évoquais plus haut... et ce avec un succès digne d'éloges (Hulk peut-être considéré comme un Loup-Garou tout autant que comme une Chose). Mais je dois dire que chacune des transformations de David Banner en Hulk me laisse un peu perplexe : que fait-il de ses chaussures et comment arrive-t-il à les récupérer ?*

Tout commence donc par le cinéma — mais comment se fait-il que *Frankenstein* ait été adapté tant et tant de fois ? Peut-être est-ce parce que son intrigue, qui s'est certes vu infliger maints changements (maintes perversions, serait-on tenté de dire) par les cinéastes l'ayant adaptée (pas toujours à bon escient), garde toujours intacte la dichotomie imaginée par Mary Shelley : l'auteur d'horreur est un agent de la norme, il nous demande de prendre garde au mutant, et nous partageons l'horreur de Victor Frankenstein devant sa monstrueuse créature ; mais d'un autre côté, nous savons que ladite créature est innocente et nous sommes fascinés par l'idée d'un être neuf, d'une table rase.

Ce monstre étrangle Henry Clerval et promet à Frankenstein : « Le soir de vos noces, je serai là ! », mais c'est aussi un être innocent comme un enfant, qui contemple « le disque brillant de la lune » se levant au-dessus de la forêt ; il apporte du bois à la famille de paysans démunis tel un esprit nocturne et bienveillant ; il prend la main du vieil aveugle, tombe à genoux devant lui et le supplie : « Le moment

---

* « Revoilà ce vieux Peau-Verte », dit mon fils Joe — sept ans — quand David Banner commence à déchirer chemise et pantalon. Joe considère avec raison que Hulk n'est pas un agent terrifiant du chaos mais une force aveugle de la nature uniquement capable de bonnes actions. Paradoxalement, nombre de films d'horreur enseignent aux enfants que le destin est tout sauf cruel. Une excellente leçon pour nos petits amis, lesquels se voient bien souvent comme des otages de forces qui les dépassent.

est venu ! Sauvez-moi ! Protégez-moi ! [...] Ne m'abandonnez pas en cette heure décisive ! » La créature qui étrangle ce morveux de William est aussi celle qui sauve une petite fille de la noyade... ce qui lui vaut une décharge de chevrotines dans le postérieur en guise de récompense.

Mais parlons franchement, quelles que soient les conséquences : Mary Shelley n'est guère douée dans le registre de la prose émotionnelle (ce qui explique pourquoi les étudiants qui l'abordent en s'attendant à lire un récit violent et palpitant — idée préconçue dont le cinéma est responsable — sont souvent déconcertés et vaguement déçus). Elle donne toute la mesure de son talent dans les passages où Victor et le monstre débattent de la nécessité d'une compagne pour ce dernier à la manière de deux étudiants de Harvard — bref, elle est surtout à l'aise dans le domaine des idées pures. À cet égard, il est sans doute ironique que la longévité cinématographique de *Frankenstein* trouve son origine dans la division mentale que Shelley impose à son lecteur : celui-ci est tenté de lapider le mutant tout en souffrant de l'injustice foncière de cette lapidation.

Quoi qu'il en soit, aucun cinéaste n'a jamais exploité cette idée comme elle le mérite ; c'est sans doute James Whale qui s'en est le mieux tiré, dans sa superbe *Fiancée de Frankenstein*, où les chagrins existentiels du monstre (imaginez Werther avec des rivets dans le cou) trouvent leur expression d'une façon réductrice mais néanmoins poignante : Victor Frankenstein donne vie à sa compagne... mais l'aspect de celle-ci est à cent lieues de celui du monstre. Elsa Lanchester, qui ressemble à s'y méprendre à une habituée du Studio 54, pousse un hurlement lorsque le monstre veut la toucher, et celui-ci a toute notre sympathie lorsqu'il réduit en pièces le laboratoire du docteur mal inspiré.

C'est un nommé Jack Pierce[24] qui a créé le maquillage de Boris Karloff dans la première version parlante de *Frankenstein*, donnant naissance à un visage qui nous est aussi familier (en plus laid toutefois) que ceux de nos oncles et cousins : la tête carrée, le front livide et légèrement concave, les cicatrices, les rivets, les lourds sourcils. Comme Universal Pictures avait déposé la création de Pierce, la firme britannique Hammer Films[25] s'est vu contrainte d'imaginer un nouveau concept pour sa série de films des années 50-60. Leur monstre n'est sans doute pas aussi inspiré que celui de Pierce (en fait, le Frankenstein de la Hammer ressemble de façon frappante au malheureux Gary Conway dans *I Was a Teenage Frankenstein*), mais tous deux ont néanmoins un point commun : bien que la créature soit laide à faire peur, il y a dans son expression quelque chose de si triste, de si misérable, qu'elle nous fend le cœur tout en nous inspirant terreur et dégoût.*

Comme je l'ai dit plus haut, tous les cinéastes qui se sont attaqués à Frankenstein (exception faite de ceux qui œuvraient dans le registre de la parodie) ont perçu cette dichotomie et tenté de l'exploiter. Existe-t-il un cinéphile qui n'ait jamais souhaité que le monstre descende de son moulin en flammes et fasse bouffer leurs torches aux paysans ignares qui veulent sa mort ? S'il en existe un, il doit avoir une pierre à la place du cœur. Mais je ne pense pas qu'un seul cinéaste ait perçu tout ce que cette situation avait de pathétique, et aucun film de Frankenstein n'a arraché des larmes aux spectateurs comme l'a fait la dernière bobine de *King Kong*, où le grand singe grimpe au sommet de l'Empire State Building et affronte les avions armés de mitrailleuses comme s'il s'agissait des oiseaux préhistoriques de son île natale. Tout comme Clint Eastwood dans les westerns-spaghetti de Sergio Leone, Kong est un archétype à la puissance deux. L'horreur inhérente à la condition de monstre se lit dans les yeux de Boris Karloff et, plus tard, dans ceux de Christopher Lee[26] ; dans *King Kong*, elle est écrite en toutes lettres sur le visage du singe, et ce grâce aux fantastiques effets spéciaux de Willis O'Brien[27]. Le résultat est presque une caricature de l'étranger mourant et rejeté par tous. Une formidable fusion d'amour et d'horreur,

* Le meilleur des monstres de Frankenstein de la Hammer fut sans doute Christopher Lee, qui devait par la suite éclipser Bela Lugosi dans le rôle de Dracula. Lee est un excellent acteur, le seul qui parvienne presque à égaler Karloff dans ce rôle, bien que Karloff ait travaillé avec de meilleurs scénaristes et de meilleurs metteurs en scène. Tout bien considéré, Lee s'en est mieux sorti quand il faisait le vampire.

d'innocence et de terreur, une réalité émotionnelle que Mary Shelley ne fait que suggérer dans son roman. Quoi qu'il en soit, je crois qu'elle aurait compris et approuvé Dino De Laurentiis lorsqu'il a évoqué cette dichotomie. De Laurentiis faisait référence à son médiocre *remake* de *King Kong*, mais il aurait tout aussi bien pu parler du monstre lui-même lorsqu'il a dit : « Dans *Les Dents de la mer*, personne ne pleure à la mort du requin. » Eh bien, peut-être que nous ne pleurons pas lorsque meurt le monstre de Frankenstein — contrairement aux spectateurs qui éclatent en sanglots lorsque Kong, cet être innocent arraché à un monde plus simple et plus romantique, tombe du toit de l'Empire State Building —, mais peut-être sommes-nous écœurés par notre propre soulagement.

4

Bien que la réunion d'amis à l'issue de laquelle Mary Shelley **écrivit** son *Frankenstein* se soit déroulée sur les berges du lac Léman, à des centaines de kilomètres du sol britannique, on peut la considérer comme un des thés british les plus dingues de tous les temps. Et bizarrement, il est possible que cette réunion soit également à l'origine de *Dracula*, dont l'auteur ne naîtrait que trente et un ans après les faits.

On était en juin 1816, et cela faisait quinze jours que le petit groupe de voyageurs — Percy et Mary Shelley[28], Lord Byron et le Dr John Polidori[29] — était confiné dans ses quartiers par des pluies torrentielles. Lorsqu'ils entreprirent de lire un livre intitulé *Fantasmagoria*, un recueil d'histoires de fantômes d'origine allemande, les choses commencèrent à tourner au bizarre. Le point culminant fut atteint lorsque Percy Shelley fut victime d'une sorte de crise. Comme le note le Dr Polidori dans son journal : « Après le thé, à minuit, avons commencé à parler fantômes. Lord Byron a lu quelques vers de *Cristabel* de Coleridge[30], {le passage sur} le téton de la sorcière ; lorsque le silence se fit, Shelley a poussé un cri et, portant les mains à sa tête, s'est enfui de la pièce avec une chandelle. {Je} Lui ai jeté de l'eau sur le visage et lui ai ensuite donné de l'éther. Il regardait Mrs. Shelley, et il a soudain pensé à une femme dont on lui avait parlé et qui avait des yeux à la place des mamelons ; cette vision l'a empli d'horreur. »

Ah ! ces Anglais...

Nos joyeux lurons se sont alors mis au défi d'écrire une histoire de fantôme. Ce fut Mary Shelley, dont l'œuvre devait devenir immortelle, qui eut le plus de mal à se mettre au travail. Elle n'avait aucune idée, et plusieurs nuits s'écoulèrent avant que son imagination ne soit enflammée par un cauchemar dans lequel « un étudiant pâle, passionné par les arts occultes, créait l'horrible spectre d'un homme ». On reconnaît la scène de la création présentée dans les chapitres IV et V, cités plus haut.

Percy Bysshe Shelley produisit un fragment intitulé *The Assassins*. George Gordon, Lord Byron, se fendit d'un conte macabre plutôt intéressant intitulé *The Burial*. Mais c'est John Polidori, le bon docteur, que l'on considère le plus souvent comme l'auteur du prototype de *Dracula*. La nouvelle qu'il écrivit fut par la suite étendue aux dimensions d'un roman et connut un succès considérable. Elle s'intitulait *Le Vampire*[31].

En fait, le roman de Polidori est plutôt médiocre... et il présente des ressemblances troublantes avec *The Burial*, le conte de Lord Byron, son patient dont le talent était nettement supérieur. L'hypothèse du plagiat n'est pas entièrement à exclure. Nous savons que Byron et Polidori se sont violemment querellés après l'épisode du lac Léman et que leur amitié n'y a pas survécu. Il n'est pas interdit de penser que la similarité entre leurs œuvres fut à l'origine de leur rupture. Polidori, qui avait vingt et un ans lorsqu'il écrivit *Le Vampire,* connut une fin misérable. Le succès du roman qu'il tira de sa nouvelle l'encouragea à abandonner la médecine pour devenir écrivain à plein temps. Il ne connut guère de réussite dans cette activité, mais il était fort doué pour accumuler les dettes de jeu. Lorsqu'il estima que sa réputation était irrémédiablement compromise, il fit ce qu'aurait fait tout gentleman anglais de l'époque : il se tira une balle dans la tête.

Le *Dracula* de Bram Stoker ne présente que de légères ressemblances avec le roman de Polidori — le genre n'est pas si vaste, comme nous aurons encore l'occasion de le remarquer, et abstraction faite des cas flagrants de plagiat, on trouve toujours entre deux œuvres données un petit air de famille —, mais nous pouvons être raisonnablement sûrs que Stoker connaissait l'œuvre de Polidori. Il suffit de lire *Dracula* pour comprendre que Stoker s'est livré à des recherches titanesques avant de prendre la plume. Est-il si invraisemblable de supposer qu'il ait lu le roman de Polidori, qu'il ait été passionné par le sujet et qu'il ait décidé de faire mieux ? Il me plaît de le croire, tout comme il me plaît de croire que Polidori a bel et bien volé son sujet à Lord Byron. Cela ferait de celui-ci le grand-père littéraire du légendaire Comte, qui se vante auprès de Harker[32] d'avoir bouté les Turcs hors de Transylvanie... et Byron est mort en 1824, huit ans après l'épisode du lac Léman, alors qu'il aidait les insurgés grecs à résister aux Turcs. Voilà une mort que le Comte lui-même n'aurait pas manqué d'approuver.

5

Les récits d'horreur peuvent se diviser en deux catégories : ceux dans lesquels l'horreur résulte d'un acte inspiré par le libre arbitre — d'une décision consciente de faire le mal — et ceux dans lesquels l'horreur est prédestinée, où elle tombe du ciel comme la foudre. L'exemple le plus classique de ce dernier type est l'histoire de Job, dans l'Ancien Testament, où le malheureux devient une sorte de stade sur lequel Dieu et Satan se livrent à un match de foot spirituel.

Les récits d'horreur psychologique — ceux qui s'attachent à explorer les profondeurs du cœur humain — tournent presque toujours autour du concept de libre arbitre ; « le mal intérieur », si vous voulez, celui dont nous n'avons aucun droit d'accuser Dieu le Père. Citons comme exemple Victor Frankenstein créant son monstre à partir de pièces détachées afin de satisfaire son *hubris*, puis aggravant son péché en refusant d'assumer la responsabilité de son acte. Ou encore Henry Jekyll, qui crée M. Hyde essentiellement inspiré par l'hypocrisie victorienne — il veut pouvoir bambocher sans que personne, même la plus misérable des putains de White-chapel, ne sache qu'il est en réalité le respectable Dr Jekyll, « la fleur même des convenances ». Le meilleur récit de ce type jamais écrit est peut-être *Le Cœur révélateur* d'Edgar Poe, dont le protagoniste commet un meurtre par pur désir de faire le mal, sans la moindre circonstance atténuante en sa faveur. Poe suggère que son narrateur nous apparaîtra comme dément, car nous nous devons de croire qu'un mal si parfait, si absolu, est inspiré par la folie si nous voulons conserver notre propre santé mentale.

Il est souvent difficile de prendre au sérieux les romans et les contes d'horreur qui traitent du « mal extérieur » ; ils ressemblent la plupart du temps à des histoires d'aventures déguisées, et les méchants envahisseurs d'outre-espace y sont invariablement repoussés à la fin ; ou alors, c'est le Jeune et Beau Savant qui trouve la solution à la toute dernière minute... voir *Beginning of the End*[33], où Peter Graves invente un pistolet sonique qui précipite les saute-relles géantes dans le lac Michigan.

Et pourtant, c'est ce concept de mal extérieur qui est le plus gran-diose. Lovecraft l'a bien compris, et c'est ce qui rend ses histoires de mal cyclopéen si efficaces quand elles sont réussies. On ne peut pas dire qu'il ait toujours été bien inspiré, mais quand il l'était — voir par exemple *L'Abomination de Dunwich*[34], *Les Rats dans les murs*[35] et surtout *La Couleur tombée du ciel*[36] —, le résultat était invariable-ment fantastique. Ses meilleures nouvelles nous font appréhender l'immensité de l'univers où nous demeurons et suggèrent l'existence de forces obscures et assoupies dont le moindre soupir suffirait à nous détruire. Le mal intérieur que représente la Bombe A paraît bien ridicule comparé à Nyarlathotep, à Yog-Sothoth ou à Shub-Niggurath[37].

Si *Dracula* m'apparaît comme une réussite remarquable, c'est parce qu'il humanise le concept de mal extérieur ; contrairement à Lovecraft, Stoker nous conduit à l'appréhender d'une façon fami-lière et à sentir sa texture. Ce roman est certes un roman d'aventures, mais il ne s'abaisse jamais au niveau de *Varney the Vampire*[38] ou des œuvres d'Edgar Rice Burroughs[39].

Stoker réussit en grande partie son coup en laissant le mal en coulisses pendant la quasi-totalité de son récit. Le Comte est presque constamment présent lors des quatre premiers chapitres, harcelant Jonathan Harker et le réduisant à l'impuissance (« Lorsque j'en aurai terminé avec lui, vous pourrez l'embrasser comme bon vous semble », promet-il aux trois sœurs alors que sa victime vient de défaillir)... puis il disparaît pendant plus de trois cents pages.* C'est là un des plus remarquables tours de passe-passe qui soient, un *trompe-l'œil*[40] qui n'a pas son égal dans la littérature anglaise. Pour créer son monstre terrible et immortel, Stoker utilise un procédé qui n'est pas sans évoquer les ombres chinoises.

Le mal que représente le Comte semble complètement prédestiné ; s'il débarque à Londres, cette ville peuplée par « un tourbillon d'humanité pressée », cela ne résulte d'aucun acte maléfique accompli par un mortel. L'épreuve que subit Harker au Château Dracula n'est la conséquence d'aucune faiblesse, d'aucun péché de sa part ; s'il se rend chez le Comte, c'est tout simplement sur ordre de son patron. De même, la mort de Lucy Westenra n'est en aucune façon méritée. Sa rencontre avec Dracula dans le cimetière de Whitby est l'équivalent moral d'une électrocution par la foudre lors d'une partie de golf. Rien dans son comportement ne peut justifier le sort que lui réservent Van Helsing et Arthur Holmwood, son fiancé — ces gentlemen lui plantent un pieu dans le cœur, lui coupent la tête et lui fourrent de l'ail dans la bouche.

---

* Le Comte apparaît sur le devant de la scène une demi-douzaine de fois, notamment dans la chambre de Mina Murray Harker. Les amis de celle-ci y pénètrent de force peu après la mort de Renfield pour y découvrir une scène digne de Jérôme Bosch : le Comte, le visage maculé de sang, tient dans ses bras une Mina en pâmoison. Accomplissant alors une obscène parodie du sacrement nuptial, il s'ouvre une veine d'un coup d'ongle crasseux et oblige sa proie à boire son sang. Les autres apparitions du Comte sont moins mémorables. Nous le voyons à un moment donné arpenter une rue coiffé d'un chapeau de gandin, puis reluquer une jolie fille comme n'importe quel vieux polisson.

Stoker n'ignore cependant ni le mal intérieur ni le concept biblique de libre arbitre ; dans *Dracula*, ce concept s'incarne en la personne de ce dément si sympathique qu'est Mr. Renfield, lequel symbolise également la source première du vampirisme, à savoir le cannibalisme. Renfield, qui progresse de façon laborieuse vers les échelons supérieurs (il commence par croquer des mouches, puis mâchonne des araignées et finit par dîner d'un oiseau), sait parfaitement ce qu'il fait lorsqu'il invite le Comte dans l'asile de fous tenu par le Dr Seward — mais il serait absurde de suggérer que son personnage est d'une importance suffisante pour le rendre responsable des horreurs qui s'ensuivent. En dépit de son intérêt, il n'a pas les épaules assez larges pour supporter le fardeau d'une telle responsabilité. Si Dracula n'avait pas profité de Renfield pour s'introduire dans la place, il aurait sûrement trouvé une autre méthode.

En un sens, ce sont les mœurs de l'époque qui ont poussé Stoker à considérer comme extérieur le mal représenté par le Comte, car ce mal est en grande partie de nature sexuelle et perverse. Stoker a revitalisé la légende du vampire en composant un roman qui exsude l'énergie sexuelle. Le Comte ne se donne même pas la peine d'attaquer Harker ; celui-ci est promis aux trois sœurs qui partagent le château avec lui. La seule rencontre de Harker et de ces harpies voluptueuses mais mortelles est de nature sexuelle, et elle est présentée dans son journal en des termes passablement crus pour l'époque victorienne :

Elle se mit à genoux et se pencha sur moi, m'entourant d'un regard d'envie. De tout son corps émanait une volupté qui me semblait en même temps excitante et répugnante. Quand elle se pencha davantage, je pus voir qu'elle se léchait les lèvres, comme un animal, à tel point qu'à la lueur de la lune je discernai nettement la salive qui brillait sur les lèvres et les dents. [...] Elle observa un temps d'arrêt, et j'entendis l'horrible son de sa langue qui se léchait dents et lèvres. [...] Je sentis le doux contact de ses lèvres sur ma peau et le contact de deux dents aiguës qui semblaient encore attendre une seconde avant de mordre doucement. Je fermai les yeux, pris par un sentiment d'extase, et attendis, attendis, le cœur battant[41].

Dans l'Angleterre de 1897, une fille qui se « mettait à genoux » n'était pas du genre que l'on souhaitait présenter à sa mère ; Harker est sur le point de subir un viol buccal et ça ne semble guère l'affoler. Et on ne peut pas lui donner tort *parce qu'il n'en est pas responsable*. Dans le domaine du sexe, une société hautement moraliste trouve une soupape de sûreté psychologique dans le concept de mal extérieur : ne résiste pas, mon chou, cela nous dépasse tous les deux. Harker est d'ailleurs quelque peu déçu lorsque le Comte apparaît soudain pour interrompre ce petit tête-à-tête. Aussi déçu, sans nul doute, que les lecteurs de Stoker l'ont été.

De la même manière, le Comte s'en prend uniquement à des femmes : d'abord Lucy, puis Mina. Les réactions de Lucy face au Comte sont semblables à celles de Harker face aux trois sœurs. Pour parler vulgairement là où Stoker emploie un style délicat, disons qu'elle jouit comme une bête. Durant la journée, cette chère Lucy, de plus en plus pâle mais toujours aussi apollinienne, a des relations fort chastes avec son fiancé, Arthur Holmwood. Mais la nuit, en bonne dionysiaque, elle s'abandonne dans les bras de son sombre et sanguinaire séducteur.

À cette époque, l'Angleterre servait de théâtre à un retour en force du mesmérisme. Franz Mesmer[42], le précurseur de l'hypnotisme, avait sévi un siècle plus tôt dans les cours d'Europe. Tout comme le Comte, il préférait utiliser des jeunes filles, qu'il mettait en transes en caressant leur corps... sur toutes ses coutures. La plupart de ses cobayes éprouvaient « une merveilleuse sensation dont le point culminant était une explosion de plaisir ». Il semble bien que ces « explosions de plaisir » aient été en fait des orgasmes — mais rares étaient les jeunes femmes de l'époque à pouvoir les identifier comme tels, et on considérait ce phénomène comme un simple effet secondaire d'une expérience scientifique. Nombre de ces jeunes personnes demandaient à Mesmer de récidiver ; comme le dit un vieux blues : « Les hommes n'aiment pas ça mais les petites filles savent ce que c'est ». Quoi qu'il en soit, la leçon du mesmérisme s'applique également au vampirisme : cette « explosion de plaisir » est acceptable parce qu'elle a une cause extérieure ; on ne peut pas en tenir pour responsable la personne qui en fait l'expérience.

C'est sûrement en partie grâce à ce contenu sexuel que le cinéma s'est si souvent intéressé au Vampire, lequel a pris successivement les

80

traits de Max Schreck dans le *Nosferatu* de Murnau, puis ceux de Bela Lugosi (1931), de Christopher Lee et plus récemment ceux de Reggie Nalder dans *Les Vampires de Salem* (1979), dont l'interprétation nous ramène au point de départ de cette liste.

Car, en fin de compte, le film de vampire est bien souvent prétexte à montrer des dames en petite tenue et des messieurs en train de les faire frissonner d'extase, bref à offrir aux spectateurs une scène dont ils ne se lassent jamais : la grande scène du viol.

Mais peut-être que le contenu sexuel de *Dracula* est plus complexe qu'il n'y paraît. J'ai déjà dit plus haut que, à mon humble avis, l'histoire d'horreur nous séduisait parce qu'elle nous permettait d'éprouver sans crainte des émotions antisociales (et de développer des sentiments subversifs) que notre société nous contraint le plus souvent à refouler, pour son bien comme pour le nôtre. Et les pratiques sexuelles qu'évoque *Dracula* ne peuvent certes pas être qualifiées de « normales » ; c'est en vain que vous y chercherez la position du missionnaire. Le Comte Dracula, ainsi que les trois sœurs si redoutables, sont apparemment inactifs en dessous de la ceinture ; ils font l'amour uniquement avec la bouche. L'élément sexuel de *Dracula* est une oralité infantile associée à un intérêt marqué pour la nécrophilie (et aussi pour la pédophilie, pourrait-on dire, vu le rôle joué par Lucy). En outre, le sexe y est sans responsabilité aucune, et pour reprendre une expression amusante due à Erica Jong, on y baise toujours la braguette fermée. C'est peut-être en partie grâce à cette sexualité infantile et rétentive que le mythe du vampire — qui, sous la plume de Stoker, semble nous dire : « Je vais te violer avec ma bouche et tu vas adorer ça ; au lieu d'emplir ton corps de mon fluide puissant, je vais te dérober le tien. » — a toujours eu du succès auprès des adolescents qui cherchent encore à maîtriser leur sexualité. Apparemment, le vampire a découvert un raccourci qui lui permet d'éviter tous les travaux d'approche et de conquête... et par-dessus le marché, il est immortel.

Il y aurait bien d'autres sujets de discussion à trouver dans *Dracula*, mais ce livre doit essentiellement sa force au concept de mal extérieur et à celui d'invasion sexuelle. On retrouve une nouvelle incarnation des trois sœurs dans les femmes vampires merveilleusement voluptueuses des *Maîtresses de Dracula* (1960) — et comme de bien entendu, dans la grande tradition moraliste du film d'horreur, la volupté se paie par un bon coup de pieu dans le cœur —, ainsi que dans plusieurs douzaines d'autres films.

Quand j'ai écrit mon propre roman de vampire, *Salem*, j'ai décidé de me dispenser de tout cet attirail sexuel, persuadé que dans une société où l'homosexualité, la sexualité de groupe, les caresses bucco-génitales et même — Dieu ait pitié de nous — les sports aquatiques étaient devenus des sujets de débat (sans parler de l'utilisation de divers fruits et légumes dont *Penthouse* s'est fait l'écho), le moteur sexuel qui donnait toute son énergie au roman de Stoker était peut-être en panne de carburant.

C'est sans doute en partie exact. Aujourd'hui, la vision de Hazel Court constamment (ou presque) sur le point de perdre sa robe dans *Le Corbeau* (1963) paraît presque comique, sans parler de l'imitation de Rudolph Valentino à laquelle se livre Bela Lugosi dans le *Dracula* de Tod Browning, que même les cinéphiles et les fans d'horreur endurcis ne peuvent visionner sans glousser. Mais le sexe continuera d'être un des principaux moteurs de l'horreur ; même quand il est présenté de façon déguisée et quasiment freudienne, à l'instar de Cthulhu, la création vaginale de Lovecraft. Après qu'il nous a décrit cette créature gélatineuse, visqueuse et tentaculaire, avons-nous vraiment besoin de nous demander pourquoi Lovecraft n'avait qu'un « faible intérêt » pour le sexe ?

Dans les romans et les films d'horreur, le sexe est profondément associé au désir de puissance ; quand deux personnes entretiennent une relation sexuelle, l'une est le plus souvent sous le contrôle de l'autre ; et les conséquences sont inévitablement catastrophiques. Voir par exemple *Alien*, ou les deux membres féminins de l'équipage sont présentés d'une façon qui n'a rien de sexiste jusqu'à la scène finale, au cours de laquelle Sigourney Weaver affronte l'horrible auto-stoppeur interstellaire qui a réussi à s'introduire dans son canot de sauvetage spatial. Durant cette bataille, Miss Weaver est vêtue en tout et pour tout d'un slip et d'un tee-shirt, ce qui accentue on ne peut plus son côté féminin et la rend similaire à toutes les victimes de Dracula dans les films de la Hammer. Conclusion : « Cette fille était OK jusqu'à ce qu'elle se mette à poil. »*

Le travail de l'écrivain d'horreur ressemble à celui du spécialiste en arts martiaux : il doit localiser les points vulnérables de son lecteur et y appliquer une pression. Le point de pression psychologique le plus évident est bien entendu notre propre mortalité. C'est en tout cas le plus universel. Mais dans une société qui accorde une telle importance à la beauté physique (une société où, rappelons-le, une poussée de comédons cause des souffrances mentales considérables) et à la puissance sexuelle, le malaise et l'ambivalence dus au sexe favorisent l'apparition d'un nouveau point de pression, que l'écrivain ou le scénariste cherche instinctivement à attaquer. Dans les épopées fantastiques de Robert E. Howard, par exemple, les « méchants » de sexe féminin sont des monstres de dépravation sexuelle, des maniaques du sadisme et de l'exhibitionnisme. Comme je l'ai déjà fait remarquer, les affiches les plus efficaces de l'histoire du cinéma nous présentent le monstre — que ce soit

---

* On trouve une autre scène sexiste dans *Alien*, une scène qui jure avec le scénario quelle que soit l'opinion qu'on ait des compétences du sexe féminin. Le personnage interprété par Sigourney Weaver, qui nous est présenté comme héroïque et indomptable, déclenche la destruction de l'astronef *Nostromo* (et cause peut-être la mort de deux de ses coéquipiers) en perdant du temps à chercher le chat du bord. Ce qui permet bien entendu aux spectateurs masculins de pousser un soupir d'aise, de lever les yeux au ciel et de se dire, en esprit ou à voix haute : « Que peut-on attendre d'autre d'une bonne femme ? » C'est là une scène qui n'a pu être imaginée que par un esprit sexiste, et nous serions en droit de poser une autre question, à savoir : « Que peut-on attendre d'autre d'un scénariste hollywoodien ? » Cette scène gratuite ne gâche pas le film dans son ensemble, mais elle ne fait rien pour l'améliorer.

l'extraterrestre des *Survivants de l'infini* ou la momie ressuscitée par la Hammer en 1959 — arpentant les ruines fumantes et ténébreuses d'une ville indéterminée avec dans les bras une jolie fille évanouie. La Belle et la Bête. Tu es en mon pouvoir. Hé, hé ! Encore la grande scène du viol. Et le plus pervers des violeurs est bien le Vampire, qui ne se contente pas de vous dérober votre vertu mais en veut aussi à votre vie. Et ce qu'il y a peut-être de plus intéressant, pour ces millions d'adolescents qui ont vu le Vampire prendre son envol et pénétrer dans la chambre d'une jeune et belle endormie, c'est que le Vampire n'a même pas besoin de bander pour passer à l'acte. Une excellente nouvelle pour ces jeunes gens qui découvrent le sexe et qui ont appris (en particulier grâce au cinéma) qu'une relation réussie se fonde sur la domination du mâle et la soumission de la femelle. Et la plupart des gamins de quatorze ans qui viennent de prendre conscience de leur potentiel sexuel ne sont guère en mesure de dominer quoi que ce soit, excepté les pages centrales de *Playboy*. Le sexe suscite quantité d'émotions chez les adolescents, et la terreur n'est pas la moindre d'entre elles. Le film d'horreur en général, et le film de vampire en particulier, confirme cette impression. Oui, semble-t-il dire ; le sexe *est* terrifiant ; le sexe *est* dangereux. Et je peux te le prouver sur-le-champ. Assieds-toi, mon gars. Prends ton pop-corn. Je vais te raconter une histoire...

7

Mais assez parlé de sexe, du moins pour le moment. Il est temps de tirer la troisième carte de notre Tarot. Et oublions aussi Michael Landon et les productions AIP. Découvrez, si vous l'osez, le visage du *véritable* Loup-Garou. Mesdames et messieurs, je vous présente Edward Hyde.

Dans l'esprit de Robert Louis Stevenson, *Le Cas étrange du Dr Jekyll et de M. Hyde* était un récit de terreur, une œuvre alimentaire et — du moins l'espérait-il — une machine à faire du fric. Sa femme en fut si horrifiée que Stevenson brûla son premier jet et réécrivit son œuvre en y injectant un peu de sens moral pour faire plaisir à sa moitié. Des trois livres auxquels ce chapitre est consacré, *Jekyll et Hyde* est le plus court (environ soixante-dix pages en petits caractères) et sans aucun doute le plus élégant. Si Bram Stoker fait résonner les grandes orgues de l'horreur dans *Dracula*, nous donnant l'impression, après l'affrontement du Comte et de Harker en Transylvanie, après la mort de Lucy Westenra, la mort de Renfield et la brûlure à l'hostie de Mina, que nous venons de recevoir un coup de marteau sur le front, alors le bref conte moral de Stevenson évoque davantage l'attaque soudaine et meurtrière d'un pic à glace.

À la manière des minutes d'un procès (comparaison due à la plume de G. K. Chesterton[43]), le récit nous est livré par l'entremise de plusieurs personnes, et c'est grâce à leur témoignage que nous assistons à la funeste aventure du Dr Jekyll.

Tout commence lorsque M. Utterson, le notaire de Jekyll, accompagné de son cousin éloigné Richard Enfield, se promène un beau matin dans les rues de Londres. Alors qu'ils passent devant « la masse rébarbative d'un bâtiment », pourvue de « la façade aveugle d'un mur décrépit » et d'une porte « écaillée et décolorée », Enfield narre à son cousin un incident lié à ladite porte. Il était sur les lieux tôt le matin, dit-il, lorsqu'il a vu deux personnes s'approcher de ce coin de rue en venant de directions opposées — un homme et une petite fille. Ils se heurtent. La fillette tombe par terre et l'homme — Edward Hyde — continue sa route sans broncher, piétinant la malheureuse qui hurle tout son soûl. Une foule se rassemble (on ne nous explique pas ce que tous ces badauds pouvaient faire dehors à trois heures du matin ; peut-être discutaient-ils des poches que Robinson Crusoé avait trouvées en arrivant sur l'épave de son vaisseau), et Enfield attrape M. Hyde par la peau du cou. Hyde est un homme d'un aspect si répugnant qu'Enfield est obligé de le protéger de la foule, qui semble sur le point de le réduire en pièces : « Nous avions fort à faire pour écarter de lui les femmes, qui étaient comme des harpies en fureur », précise-t-il. En outre, un médecin avait été appelé sur les lieux, et Enfield le voyait « se crisper et pâlir d'une envie de le tuer ». L'écrivain d'horreur nous apparaît une nouvelle fois comme un agent de la norme ; la foule s'est rassemblée pour tenir le mutant à l'œil, et le répugnant M. Hyde lui semble correspondre à son signalement — bien que, comme Stevenson s'empresse de nous le dire par l'entremise d'Enfield, il n'y ait rien d'*extérieurement* anormal chez Hyde. Ce n'est pas John Travolta, d'accord, mais ce n'est pas non plus Michael Landon en tee-shirt et fourrure rebelle.

« Hyde montrait contenance, monsieur, comme un véritable démon », souligne Enfield. Lorsqu'il exige de lui une compensation financière pour les parents de la fillette, Hyde disparaît derrière la fameuse porte et réapparait quelque temps plus tard avec cent livres sterling, dix en pièces d'or et un chèque pour le solde. Bien qu'Enfield passe ce détail sous silence, nous apprenons par la suite que le chèque était signé du nom de Henry Jekyll.

Enfield conclut son récit par une des descriptions de loup-garou les plus éloquentes de la littérature d'horreur. Bien que cette description ne soit guère précise en termes de caractéristiques physiques, elle nous apprend beaucoup de choses — mais nous savons où Stevenson veut en venir, et il en a conscience lui aussi, parce qu'il sait apparemment que nous sommes tous doués pour prendre garde au mutant :

Il n'est pas facile à décrire. Il y a dans son extérieur quelque chose de faux ; quelque chose de désagréable, d'absolument odieux. Je n'ai jamais vu de personne qui me fût autant antipathique ; et cependant je sais à peine pourquoi. Il doit être contrefait de quelque part ; il donne tout à fait l'impression d'avoir une difformité ; mais je ne saurais en préciser le siège. Cet homme a un air extraordinaire, et malgré cela je ne peux réellement indiquer en lui quelque chose qui sorte de la normale. [...] Et ce n'est pas faute de mémoire ; car, en vérité, je me le représente comme s'il était là[44].

C'est Rudyard Kipling, bien des années plus tard et dans une autre histoire, qui a identifié ce qui troublait tant Enfield chez M. Hyde. Abstraction faite des herbes magiques et des potions fabuleuses (et Stevenson lui-même considérait la potion du bon docteur comme une absurdité), c'est tout simple : Enfield a senti quelque part sur M. Hyde ce que Kipling appelle la Marque de la Bête.

8

Utterson dispose de certaines informations que le récit d'Enfield vient enrichir à propos (que le roman de Stevenson est donc bien construit ! une perfection de montre suisse). Il détient le testament de Jekyll et sait que celui-ci a fait d'Edward Hyde son légataire universel. Il sait également que la porte que lui a montrée Enfield se trouve à l'arrière de la maison de Jekyll.

Permettez-moi ici une petite digression. *Le Cas étrange du Dr Jekyll et de M. Hyde* a été publié trente ans avant que les idées de Sigmund Freud ne commencent à être répandues, mais dans les deux premiers chapitres de son roman, Stevenson nous propose une métaphore frappante des notions freudiennes de conscient et de subconscient — ou, pour être plus précis, de surmoi et de ça. Voici un gros pâté de maisons. Du côté Jekyll, le côté offert à l'admiration des foules, on voit un immeuble gracieux abritant un des médecins les plus respectés de Londres. De l'autre côté — mais il s'agit toujours du même bâtiment —, c'est la misère la plus sordide, les badauds douteux de trois heures du matin, et cette porte « écaillée et décolorée » creusée dans « la façade aveugle d'un mur décrépit ». Du côté Jekyll, l'ordre règne et la vie poursuit son cours apollinien. De l'autre côté, c'est Dionysos qui mène la danse. Ici entre Jekyll, et là ressort Hyde. Même si vous êtes un adversaire du Dr Freud et considérez comme stupides les idées de Stevenson sur la psychologie, reconnaissez que ce bâtiment constitue un symbole élégant de la dualité de la nature humaine.

Revenons à nos moutons. Le témoin suivant est une domestique qui assiste au meurtre qui fait de Hyde un repris de justice en puissance. La victime s'appelle sir Danvers Carew, et la plume de Stevenson évoque dans ces pages tous les crimes atroces qui font le bonheur des journaux à sensation : Richard Speck et ses infirmières, Juan Corona, et même le malheureux Dr Herman Tarnower. La bête est surprise alors qu'elle vient de terrasser sa proie faible et sans méfiance, ayant eu recours à la force stupide et nihiliste plutôt qu'à la ruse ou à l'intelligence. Peut-on imaginer pire vision ? Apparemment oui : son visage n'est guère différent de celui que vous et moi voyons dans la glace chaque matin.

Et puis tout à coup il éclata d'une rage folle, frappant du pied, brandissant sa canne, et bref [...] se comportant comme un fou. Le vieux gentleman, d'un air tout à fait surpris et un peu offensé, fit un pas en arrière ; sur quoi M. Hyde perdit toute retenue, et le frappant de son gourdin l'étendit par terre. Et à l'instant même, avec une fureur simiesque, il se mit à fouler aux pieds sa victime, et à l'accabler d'une grêle de coups telle qu'on entendait les os craquer et que le corps rebondissait sur les pavés. Frappée d'horreur à ce spectacle, la fille perdit connaissance[45].

Pour faire une manchette bien juteuse, il ne manque plus qu'un slogan énigmatique sur un mur — LITTLE PIGGIES ou HELTER SKELTER, par exemple —, écrit avec le sang de la victime, bien entendu. Stevenson nous informe en outre que « Le bâton, instrument du forfait, bien qu'il fût d'un bois rare, très dense et compact, s'était cassé en deux sous la violence de cette rage insensée ; et un bout hérissé d'éclats en avait roulé jusque dans le ruisseau voisin... »

Stevenson qualifie souvent Hyde de « simiesque ». Il nous suggère que Hyde, tout comme Michael Landon dans *I Was a Teenage Werewolf,* représente une sorte de régression sur l'échelle de l'évolution, un ingrédient vicieux qui n'a pas encore été éliminé de la composition de l'être humain... et n'est-ce pas là ce qui nous terrifie autant dans le mythe du Loup-Garou ? C'est le summum du mal intérieur, et il n'est guère étonnant que les ecclésiastiques de l'époque aient loué l'œuvre de Stevenson. Apparemment, ils avaient l'œil exercé à reconnaître les paraboles, et c'est ce vieux Caïn qui leur est apparu lorsque M. Hyde a massacré sir Danvers Carew à coups de canne. Stevenson nous suggère que le visage du Loup-Garou est identique au nôtre, ce qui éclaire d'un jour nouveau la réplique que lance Lou Costello[46] à Lon Chaney Jr.[47] dans *Deux Nigauds contre Frankenstein.* Chaney, qui interprète Larry Talbot, le lycanthrope persécuté, se lamente en ces termes : « Vous ne comprenez pas. Quand la lune se lève, je me transforme en loup. » Et Costello de répondre : « Ouais... c'est aussi le cas de cinq millions d'autres mâles. »

Quoi qu'il en soit, le meurtre de Carey conduit la police au domicile de Hyde. L'oiseau s'est envolé, mais l'inspecteur de Scotland

Yard auquel on a confié l'enquête est sûr de le capturer, car Hyde a brûlé son chéquier. « L'argent, voyons, c'est la vie même pour lui. Nous n'avons plus rien d'autre à faire que de l'attendre à la banque, et de publier son signalement. »

Mais Hyde, bien entendu, dispose d'une identité de rechange. Jekyll, à qui la peur a fait retrouver la raison, jure de ne plus boire sa fameuse potion. Puis il découvre, horrifié, que le changement peut désormais se produire de façon spontanée. Il a créé Hyde pour échapper au carcan de la bienséance mais découvre que le mal a son propre carcan ; il est bel et bien devenu le prisonnier de Hyde. Si l'Église a salué *Jekyll et Hyde*, c'est parce qu'elle pensait que ce livre démontrait qu'il était dangereux de laisser la bride sur le cou à la « bassesse » de l'homme ; les lecteurs modernes ont davantage tendance à sympathiser avec Hyde, voyant en lui un homme qui cherche à fuir — ne serait-ce que brièvement — les contraintes du moralisme et de la pudibonderie victoriennes. Quoi qu'il en soit, lorsque Utterson et Poole, le valet de Jekyll, pénètrent dans son laboratoire, Jekyll est mort... mais c'est le cadavre de Hyde qu'ils découvrent. Le pire est arrivé ; le misérable est mort avec l'esprit de Jekyll et le corps de Hyde, le visage empreint du péché secret (ou de la Marque de la Bête, si vous préférez) qu'il espérait dissimuler (*to hide* signifie cacher, et le jeu de mots est de Stevenson). Il conclut sa confession par cette phrase : « Ici donc, en déposant ma plume et en m'apprêtant à sceller ma confession, je mets un terme à la vie de cet infortuné Henry Jekyll. »

Il est facile — trop facile — de ne voir en l'histoire de Jekyll et de son féroce *alter ego* qu'une parabole religieuse narrée de façon mélodramatique. C'est un conte moral, certes, mais il me semble que c'est aussi une réflexion perçante sur l'hypocrisie — ses causes, ses dangers, ses séquelles sur l'esprit humain.

Jekyll est l'hypocrite qui tombe dans l'abîme du péché secret ; Utterson, le véritable héros du livre, est son contraire exact. Comme ce détail me semble important, non seulement dans le contexte de l'œuvre de Stevenson mais aussi dans celui plus général du mythe du Loup-Garou, permettez-moi de vous citer à nouveau un passage du livre. Voici comment son auteur nous présente Utterson dès la première page :

M. Utterson le notaire était un homme d'une mine renfrognée, qui ne s'éclairait jamais d'un sourire ; il était d'une conversation froide, chiche et embarrassée ; peu porté au sentiment ; et pourtant cet homme grand, maigre, décrépit et triste, plaisait à sa façon.* [...] Austère envers lui-même, il buvait du gin quand il était seul pour réfréner son goût des grands crus ; et bien qu'il aimât le théâtre, il n'y avait pas mis les pieds depuis vingt ans[48].

La chanteuse Linda Ronstadt a déclaré à propos des Ramones, un groupe de punk-rock qui a fait son apparition il y a quatre ans et quelques : « Cette musique est si cul-serré qu'on dirait qu'elle a des hémorroïdes ». Le même commentaire pourrait s'appliquer à Utterson, qui fait office de greffier du roman et qui en apparaît comme le personnage le plus sympathique. C'est un Victorien coincé de la plus belle eau, bien entendu, et jamais on ne lui confierait l'éducation d'un enfant, mais Stevenson souligne grâce à son personnage qu'il y a un peu d'hypocrisie en chacun de nous. (« On peut pécher en pensée, en parole ou en acte », comme le dit le credo méthodiste, et je suppose que lorsqu'il boit du gin en pensant à des grands crus, Utterson commet en pensée le péché d'hypocrisie... mais nous entrons ici dans une zone mal définie où le concept de libre arbitre semble plus délicat à appréhender ; « L'esprit est un singe », dit le héros des *Guerriers de l'enfer*[49], le roman de Robert Stone, et comme il a raison.)

La différence entre Utterson et Jekyll, c'est que Jekyll ne se contenterait pas de boire du gin pour réfréner son goût des grands crus. Il serait plutôt du genre à s'enfermer dans sa bibliothèque pour savourer une bonne bouteille de vieux porto (en se félicitant probablement de ne pas avoir à la partager avec quiconque). Peut-être n'oserait-il jamais mettre les pieds dans un théâtre du West End où se joue une pièce un peu osée, mais il est ravi d'y envoyer Hyde à sa place. Jekyll ne souhaite réfréner *aucun* de ses goûts. Il souhaite seulement les assouvir en secret.

---

* Je dois avouer qu'après avoir lu cette description, je me suis demandé de *quelle* façon Utterson pouvait réussir à plaire à quiconque !

9

Tout cela est fort intéressant, me direz-vous, mais ça fait bien dix ou quinze ans qu'on n'a pas eu de bon film de loup-garou à se mettre sous la dent (il existe bien deux ou trois téléfilms médiocres, mais ils ne comptent pas) ; et bien qu'on ait tourné pas mal de films consacrés au couple Jekyll/Hyde,* je ne pense pas qu'on ait produit de véritable remake (ou de plagiat éhonté) du roman de Stevenson depuis *Daughter of Dr. Jekyll,* une production AIP des années 50, et ce film est indigne du plus prestigieux des Savants fous, un personnage pour lequel les fans d'horreur ont une grande affection.

Mais n'oubliez pas que le sujet ici abordé, dans son aspect le plus fondamental, n'est autre que le conflit entre le ça et le surmoi, le choix entre faire le mal ou s'en abstenir... ou, pour reprendre les termes de Stevenson, entre la répression et l'assouvissement. Ce conflit éternel est la pierre de touche de la religion chrétienne, mais si l'on souhaite l'interpréter en termes mythiques, la dualité Jekyll/Hyde en suggère une autre : celle déjà mentionnée entre l'Apollinien (la créature d'intellect, de sens moral et de noblesse, « la fleur même des convenances ») et le Dionysiaque (le dieu des réjouissances et de l'assouvissement des pulsions ; le côté fêtard de la nature humaine). Et si l'on souhaite aller encore plus loin, on aboutit à une scission entre le corps et l'esprit... ce qui est exactement l'impression que Jekyll souhaite donner à ses proches : c'est en apparence un pur esprit, un être détaché des contingences matérielles. Il est difficile de l'imaginer lisant un journal assis sur le trône.

Si nous considérons *Jekyll et Hyde* comme un conflit païen entre le potentiel apollinien de l'homme et ses désirs dionysiaques, nous

---

* Trois grands acteurs se sont illustrés dans ce double rôle : John Barrymore (1920), Fredric March (1932) et Spencer Tracy (1941). March se vit attribuer un Oscar pour sa prestation, ce qui fait de lui à ce jour le seul acteur à avoir obtenu cette récompense pour sa participation à un film d'horreur.

constatons alors que le mythe du Loup-Garou inspire bel et bien nombre de romans et de films d'horreur moderne.

Le meilleur exemple est peut-être *Psychose*, le film d'Alfred Hitch-cock, bien que, toute révérence gardée envers le maître, l'essentiel du traitement ait déjà été présent dans le roman de Robert Bloch[50]. En fait, celui-ci avait déjà exposé sa vision de la nature humaine dans ses précédents livres, parmi lesquels *L'Écharpe*[51] (qui commence par cette phrase inoubliable : « Un fétiche ? Je crois que c'est comme ça que ça s'appelle. En tout cas, je n'ai jamais pu m'en passer... ») et *Le Temps mort*[52].

Ces romans ne relèvent pas à proprement parler de l'horreur ; on n'y trouve ni monstre ni phénomène surnaturel. Ils ont été publiés sous l'étiquette « Suspense ». Mais si nous les examinons à la lueur de cette dualité Apollon/Dionysos, nous constatons qu'il s'agit bel et bien de romans d'horreur ; chacun d'eux nous présente un psy-chopathe dionysiaque dissimulé derrière une apparence de norma-lité toute apollinienne... et enlevant lentement son masque. Bref, Robert Bloch a écrit des histoires de loup-garou en se dispensant d'utiliser l'attirail des herbes magiques et des potions fabuleuses. Quand il a cessé de produire des nouvelles surnaturelles inspirées par Lovecraft (mais il n'a jamais vraiment renoncé, voir son roman *Retour à Arkham*[53]), Bloch n'a pas pour autant cessé d'être un écri-vain d'horreur ; il a seulement changé de perspective, troquant l'espace extérieur (par-delà les étoiles, dans les profondeurs océanes, sur les plaines de Leng ou dans le beffroi désert d'une église de Providence) contre l'espace intérieur... le lieu où se tapit le Loup-Garou. Un jour, peut-être, on réunira ces trois romans — *L'Écharpe*, *Le Temps mort* et *Psychose* — en un fort et beau triptyque, tout comme on l'a fait avec les trois romans de James M. Cain, *Le facteur sonne toujours deux fois*, *Assurance sur la mort* et *Mildred Pierce*[54] — car, à leur façon, les romans de Bloch ont exercé sur la littérature américaine des années 50 une influence similaire à ceux de Cain durant les années 30. Et bien que les styles de ces deux écrivains soient radicalement différents, leurs œuvres sont également excep-tionnelles ; tous deux examinent le mode de vie américain d'un œil naturaliste ; tous deux exploitent à merveille le type de l'antihéros ;

et tous deux traitent du conflit entre Apollon et Dionysos et par conséquent du mythe du Loup-Garou.

Psychose, le plus connu de ces trois livres, nous présente le personnage de Norman Bates — et tel que l'interprète Anthony Perkins dans le film de Hitchcock, ce vieux Norman est vraiment un type coincé. Aux yeux du monde extérieur (ou de cette partie dudit monde qui se soucierait de remarquer le gérant d'un motel miteux perdu dans la campagne), Norman a l'air tout à fait normal. Il nous fait immédiatement penser à Charles Whitman, ce chef scout apollinien qui a assouvi ses pulsions dionysiaques en tirant sur la foule du haut de la Texas Tower ; Norman a l'air si sympathique. Janet Leigh n'a sûrement aucune raison de le redouter.

Mais Norman n'est autre que le Loup-Garou. Sauf que, au lieu de se laisser pousser les poils, il se métamorphose en enfilant les bas, le jupon et la robe de sa défunte mère... et il attaque ses clients à l'arme blanche plutôt que de les mordre. Tout comme le Dr Jekyll dispose d'une garçonnière dans le West End et à son domicile d'une porte réservée à M. Hyde, Norman jouit d'un jardin secret où ses deux moitiés antinomiques peuvent se confondre : à savoir un œilleton dissimulé dans un tableau qui lui permet de voir les dames se déshabiller.

Si *Psychose* est si efficace, c'est parce que ce livre importe le Loup-Garou chez nous. Il ne relève pas du mal extérieur ni d'une quelconque prédestination ; « la faute n'est pas en nos étoiles mais en nous-mêmes[55] ». Nous découvrons la vraie nature de Norman uniquement lorsqu'il endosse la voix et les habits de sa mère ; mais nous le soupçonnons d'avoir *en permanence* l'esprit du Loup-Garou.

Psychose a donné naissance à une vingtaine d'imitations, reconnaissables pour la plupart à leurs titres suggérant la présence d'un petit vélo dans la tête du protagoniste : *La Meurtrière diabolique* (Joan Crawford maniant la hache dans un film palpitant mais un peu trop alambiqué à mon goût, sur un scénario de Robert Bloch), *Dementia-13* (le premier film de Coppola), *Nightmare* (une production Hammer), *Répulsion*. Ce ne sont là que quelques-uns des rejetons du film de Hitchcock, dont le scénario était signé Joseph Stefano. Stefano devait par la suite guider le destin de la série télé *Au-delà du réel[56]*, dont nous parlerons plus loin.

Il serait absurde de suggérer que l'horreur moderne, qu'elle soit littéraire ou cinématographique, se réduit à ces trois archétypes. Cela simplifierait énormément les choses, mais cette simplification serait abusive, même si nous ajoutions à notre main la carte du Fantôme. La Chose, le Vampire et le Loup-Garou ne nous suffisent pas ; les ténèbres recèlent bien d'autres monstres. Mais ces trois-là nous permettent déjà d'englober une partie substantielle de l'horreur moderne. On aperçoit la vague silhouette de la Chose sans nom dans le film de Howard Hawks (la Chose étant finalement révélée comme étant — à ma grande déception — l'acteur James Arness déguisé en carotte de l'espace) ; le Loup-Garou dresse sa tête velue sous le masque d'Olivia de Havilland dans *Une femme en cage* et sous celui de Bette Davis dans *Qu'est-il arrivé à Baby Jane ?* ; et l'ombre du Vampire nous apparaît dans des films aussi divers que *Des monstres attaquent la ville*, *La Nuit des morts-vivants* et *Zombie*... bien que, dans ces deux films de George Romero, l'acte tout symbolique qu'est l'absorption de sang ait été remplacé par le cannibalisme pur et dur, les morts se délectant de la chair de leurs proies encore vivantes.*

Il est également indéniable que le cinéma semble sans cesse revenir à ces trois grands monstres, et je pense que c'est en grande partie parce que ce sont d'authentiques archétypes ; ou, en d'autres termes, une pâte à modeler convenant à merveille à des enfants astucieux, qualificatif qui semble parfaitement convenir à nombre de cinéastes travaillant dans le genre qui nous intéresse.

* *Martin*, autre film de Romero, est un traitement élégant et sensuel du mythe du Vampire, et un des rares exemples cinématographiques de réflexion sur le mythe : laissant de côté les aspects les plus romantiques de celui-ci (par contraste avec le *Dracula* de John Badham), Romero nous montre à quel point il peut être ardu pour le vampire de boire le sang qui jaillit à gros bouillons des veines de sa victime.

Avant d'abandonner nos trois romans fondateurs, et avec eux le fantastique du XIXᵉ siècle (et si vous souhaitez approfondir le sujet, je ne saurais trop vous recommander l'excellent essai de H. P. Lovecraft, *Épouvante et surnaturel en littérature*⁵⁷), il convient peut-être de revenir au début de notre exposé et de souligner leurs vertus en tant qu'ouvrages romanesques.

On a toujours tendance à considérer les romans populaires du passé comme des documents sociologiques, des tracts moralisateurs, des leçons d'histoire ou des précurseurs d'œuvres ultérieures et beaucoup plus intéressantes (ainsi, *Le Vampire* de Polidori annonçait *Dracula*, *Le Moine* de Lewis préparait le terrain pour le *Frankenstein* de Mary Shelley) — bref, comme n'importe quoi sauf des œuvres littéraires méritant d'être jugées comme telles.

Lorsque les professeurs de littérature discourent sur des romans comme *Frankenstein*, *Le Cas étrange du Dr Jekyll et de M. Hyde* ou *Dracula* et abordent le chapitre de leurs qualités romanesques — de leur valeur en tant qu'œuvres d'art et d'imagination —, c'est en général de façon fort brève. Ils ont davantage tendance à souligner leurs défauts, et leurs étudiants préfèrent s'attarder sur des détails archaïques ou pittoresques, comme le journal sonore du Dr Seward, l'horrible accent de Quincey P. Morris⁵⁸ ou la bibliothèque philosophique de seconde main que se procure le monstre.

Certes, aucun de ces trois romans n'est à la hauteur des chefs-d'œuvre de la littérature du XIXᵉ siècle, et ce n'est pas moi qui prétendrai le contraire ; il suffit de comparer deux livres parus pratiquement la même année — *Dracula* et *Jude l'obscur*⁵⁹, par exemple — pour tirer des conclusions irréfutables. Mais *aucun* roman ne peut survivre à l'épreuve du temps grâce à ses seules idées — ni grâce à son seul style, comme tant d'écrivains et de critiques modernes semblent le croire... à la manière de vendeurs de voitures superbes mais dénuées de moteur. Bien que *Dracula* n'arrive pas à la cheville de *Jude l'obscur*, le roman de Stoker persiste à survivre dans les mémoires longtemps après que *Varney the Vampire*, une œuvre nettement plus sanguinolente, est tombé définitivement dans l'oubli ; et il en va de même pour la Chose sans nom créée par Mary Shelley et pour le Loup-Garou imaginé par Robert Louis Stevenson.

Ce que semble oublier l'écrivain prétendument « sérieux » (celui qui considère l'intrigue comme accessoire et la relègue à la dernière place, loin derrière ce dévidage harmonieux du langage que la plupart des professeurs d'écriture confondent avec le style), c'est qu'un roman est une machine, au même titre qu'une voiture ; une Rolls-Royce sans moteur ne va pas plus vite qu'un pot de fleurs, et un roman dénué d'intrigue n'est rien de plus qu'une curiosité, un petit jeu intellectuel. Les romans sont des machines, et quels que soient les défauts de ces trois-là, leurs fabricants respectifs les ont manufacturés avec assez d'invention pour en faire des modèles de vitesse et d'endurance.

Étrangement, seul Stevenson a été capable de récidiver. Ses romans d'aventures sont encore lus aujourd'hui, mais les livres ultérieurs de Stoker, tels *Le Joyau des sept étoiles* et *Le Repaire du ver blanc*[60], ne sont connus de nos jours que des seuls aficionados du fantastique.* Les autres romans gothiques de Mary Shelley sont également tombés dans un oubli quasi total.

Chacun des trois romans dont nous avons discuté est remarquable non seulement en tant qu'œuvre de suspense ou d'horreur mais en tant que représentant d'un autre genre : celui du roman tout court.

Lorsque Mary Shelley s'abstient de discourir sur les implications philosophiques de l'œuvre de Victor Frankenstein, elle nous donne à lire de puissantes scènes de désolation et d'horreur — les plus remarquables étant peut-être celles qui se déroulent dans les solitudes glacées de l'Arctique, au moment où le monstre se prépare à se venger de son créateur.

De nos trois auteurs, Stoker est sans doute le plus énergique. Son roman peut paraître trop long aux lecteurs contemporains, ainsi qu'aux critiques contemporains, qui ont décidé qu'un roman popu-

---

* Mais rendons justice à Stoker : il a écrit quelques nouvelles fabuleuses — *La Squaw* et *La Maison du juge* sont sans doute les plus connues. Les amateurs de contes macabres seraient bien inspirés de se procurer son recueil *L'Invité de Dracula*.

laire devait se lire en autant de temps qu'il en faut pour voir un télé-film (sous-entendant que les deux sont interchangeables), mais sa lecture nous gratifie — si je puis dire — de scènes et d'images dignes de Gustave Doré : Renfield répandant son sucre avec toute la patience d'un damné ; la mort de Lucy ; la décapitation des trois sœurs par Van Helsing ; l'ultime destin du Comte, qui s'accomplit au terme d'une course effrénée dans les ténèbres et dans une explosion de coups de feu.

Le Cas étrange du Dr Jekyll et de M. Hyde est un chef-d'œuvre de concision — et ce verdict n'est pas de moi mais de Henry James. Dans *The Elements of Style*, cet indispensable manuel dû à Wilfred Strunk et E. B. White, on trouve des règles de composition dont la treizième dit tout simplement : « Omettez les mots inutiles ». Avec des œuvres telles que *La Conquête du courage* de Stephen Crane[59], *Le Tour d'écrou* de Henry James, *Le facteur sonne toujours deux fois* de James M. Cain et *Shoot* de Douglas Fairbairn, le roman de Stevenson pourrait servir d'exemple aux écrivains débutants dési-reux de savoir comment appliquer cette treizième règle — la plus importante jamais écrite de toutes les règles de composition litté-raire. Les personnages y sont définis de manière brève mais précise ; ce sont des esquisses mais non des caricatures. L'atmosphère y est suggérée plutôt qu'exposée. La narration est aussi profilée qu'un bolide de course.

Et nous conclurons comme nous avons commencé, avec l'émer-veillement et la terreur que ces trois grands monstres continuent à susciter dans l'esprit des lecteurs. Leur succès est dû à un facteur que nous n'avons pas évoqué jusqu'ici : chacun d'eux laisse la réalité derrière lui pour pénétrer dans un monde fantastique. Mais ils ne nous abandonnent pas pour autant ; ils nous emportent avec eux et nous permettent de considérer ces archétypes — le Loup-Garou, le Vampire et la Chose — non pas comme des figures mythiques mais comme des éléments participant presque de notre réalité — en d'autres termes, ils nous donnent le plus grand frisson de notre vie. Et c'est pour ça qu'on ne peut pas se contenter de parler de « bons » livres.

Ils sont tout simplement géniaux.

CHAPITRE 4
Un irritant intermède autobiographique

1

Comme je l'ai indiqué plus haut, il me serait impossible de traiter de l'évolution de l'horreur en tant que phénomène médiatique et culturel de ces trente dernières années sans vous offrir de temps à autre une tranche d'autobiographie. Le moment est apparemment venu pour moi de mettre cette menace à exécution. Quelle barbe. Mais vous ne pourrez pas y échapper, ne serait-ce que parce que je suis incapable de me détacher d'un genre dans lequel je me trouve mortellement impliqué.

Les lecteurs qui s'intéressent à tel ou tel genre littéraire — le western, le polar noir, le roman d'énigme traditionnel, la science-fiction ou l'aventure pure et simple — ne semblent que rarement éprouver le désir de psychanalyser la passion de leurs écrivains préférés (et la leur propre), à l'exception notable des amateurs d'horreur. Même s'ils ne l'affirment pas haut et clair, la plupart des gens considèrent que les auteurs et les lecteurs d'horreur ne sont pas tout à fait normaux. J'ai rédigé un long essai en introduction à l'un de mes livres (*Danse macabre*) afin d'analyser certaines des raisons qui poussent les gens à lire de l'horreur et mon humble personne à en écrire. Je n'ai pas l'intention de me répéter dans ces pages ; si le sujet vous intéresse, je vous renvoie à l'essai en question ; tous les membres de ma famille l'ont adoré.

La question qui nous préoccupe est plus énigmatique : pourquoi les gens s'intéressent-ils autant à la nature de leur passion — qui est aussi la mienne ? Je pense que c'est en partie parce que nous semblons tous admettre inconsciemment le postulat suivant : l'intérêt pour l'horreur est quelque chose de malsain et d'aberrant. Si bien que, lorsque quelqu'un me demande : « Pourquoi écrivez-vous ce genre de livres ? », il m'invite en fait à m'étendre sur un divan et à lui parler de la fois où je suis resté enfermé dans la cave pendant trois semaines, de mon apprentissage du pot de chambre ou de mes relations conflictuelles avec mon frère. Tout le monde se contrefiche des circonstances dans lesquelles Arthur Hailey ou Harold Robbins[1] ont appris à se passer de couches-culottes, pour la bonne raison qu'il semble parfaitement normal d'écrire des romans consacrés à la banque, à l'aéronautique ou à l'ascension d'un millionnaire. Les Américains adorent savoir comment fonctionnent les choses (ce qui explique à mon avis le succès phénoménal du « Forum » de *Penthouse* ; les lecteurs qui y contribuent s'intéressent avant tout à la mécanique du coït, aux trajectoires possibles de la fellation et à la topologie de diverses positions — autant de préoccupations bien américaines, il faut l'avouer ; le « Forum » n'est ni plus ni moins qu'un manuel d'instruction destiné aux bricoleurs du sexe), mais ils sont déroutés quand on se passionne pour les monstres, les maisons hantées et la Chose dans la crypte. Les gens qui me posent ce genre de question me font invariablement penser à Victor De Groot, le psychiatre de bande dessinée, et ils négligent le fait que gagner sa vie en inventant des choses — ce que fait tout écrivain de fiction — est déjà en soi une activité peu ordinaire.

En mars 1979, je participais avec deux autres personnes à un débat sur l'horreur lors des *Ides of Mohonk* (une réunion annuelle d'auteurs et de lecteurs de romans policiers organisée par Murder Ink, une excellente librairie spécialisée de Manhattan). Au cours de mon intervention, j'ai raconté un incident qui m'est survenu pendant mon enfance et que m'a rapporté ma mère — ledit incident s'est produit alors que j'avais quatre ans, et on voudra bien m'excuser si je me souviens du récit qu'on m'en a donné tout en ayant oublié les faits eux-mêmes.

À en croire ma maman, j'étais allé jouer chez un voisin dont la maison se trouvait non loin d'une voie ferrée. Je suis rentré chez moi une heure plus tard (m'a-t-elle dit), blanc comme un linge. Je n'ai pas ouvert la bouche de la journée ; j'ai même refusé de lui dire pourquoi je n'avais pas attendu qu'elle vienne me chercher, ni pourquoi je ne l'avais pas prévenue par téléphone de mon retour ; ni pourquoi j'étais rentré par mes propres moyens, pourquoi la maman de mon copain m'avait laissé partir tout seul au lieu de me raccompagner.

Il s'avéra que mon camarade de jeu avait été écrasé par un train alors qu'il s'amusait à traverser les rails (plusieurs années plus tard, ma mère devait me déclarer qu'on avait ramassé ses restes dans un panier d'osier). Ma mère n'a jamais pu savoir si j'étais près de lui au moment du drame, si celui-ci était survenu avant mon arrivée, ou si je m'étais enfui après y avoir assisté. Peut-être avait-elle son idée sur la question. Mais comme je vous l'ai dit, je n'ai aucun souvenir des faits ; je me rappelle seulement qu'on me les a relatés plusieurs années après.

Si j'ai raconté cette histoire, c'était suite à l'intervention d'un auditeur. « Vous rappelez-vous un incident particulièrement horrible survenu durant votre enfance ? » avait-il demandé — en d'autres termes : Veuillez entrer, Mr. King, le docteur va vous recevoir.

Robert Marasco, l'auteur de *Notre vénérée chérie* et de *Jeux d'enfants*[2], a répondu par la négative. Si j'ai raconté mon histoire de train, c'était surtout pour que l'auditeur ne soit pas trop déçu, et j'ai précisé comme je viens de le faire ici que je ne me rappelais rien de l'incident proprement dit. C'est alors que le troisième participant au débat, Janet Jeppson (qui exerce le métier de psychiatre ainsi que l'activité d'écrivain), m'a dit : « Mais depuis lors, vous n'avez cessé d'écrire à ce propos. »

Murmure approbateur dans le public. On venait de trouver une case dans laquelle me ranger... on venait de me trouver un *mobile*,

101

bon Dieu. Si j'avais écrit *Salem* et *Shining*, si j'avais déchaîné la peste sur le pauvre monde dans *Le Fléau,* c'était parce que j'avais vu un camarade de jeu se faire écraser par un train durant ma petite enfance. Je considère cette idée comme totalement spécieuse — de tels jugements psychologiques à l'emporte-pièce sont aussi sérieux à mes yeux que l'horoscope des quotidiens.

Ce qui ne signifie pas pour autant que l'écrivain ne puise jamais son inspiration dans son passé ; bien au contraire. Un exemple : c'est à l'âge de huit ans que j'ai fait le rêve le plus frappant dont je me souvienne. J'y voyais le cadavre d'un homme pendu à un gibet en haut d'une colline. Des corbeaux étaient perchés sur ses épaules, et derrière lui se déployait un ciel d'un vert malsain envahi de lourds nuages noirs. Sur le cadavre était fixé un écriteau : ROBERT BURNS[3]. Et quand le vent l'a fait tourner sur lui-même, j'ai vu qu'il avait mon visage — c'était un visage défiguré par les coups de bec, mais c'était bien le mien. Puis le cadavre a ouvert les yeux et les a posés sur moi. Je me suis réveillé en hurlant, persuadé que ce visage allait apparaître dans les ténèbres de ma chambre. Seize ans plus tard, ce rêve est devenu une des images les plus fortes de *Salem*. Je me suis contenté de changer le nom du cadavre, qui est devenu Hubie Marsten.

Dans un autre rêve — un rêve récurrent que je fais depuis dix ans chaque fois que je traverse une période difficile —, je suis en train d'écrire un roman dans une antique maison où est paraît-il cachée une folle meurtrière. Je me suis installé dans une pièce étouffante du deuxième étage. Il s'y trouve une porte communiquant avec le grenier, et je sais — je *sais* — que la folle est cachée là et que, tôt ou tard, le bruit de ma machine à écrire va l'attirer vers moi (peut-être est-elle critique littéraire au *New York Times Book Review*). Et elle finit par faire irruption dans la pièce, tel un diable sortant de sa boîte, les cheveux gris, les yeux fous, la bave aux lèvres et une hache à la main. Je veux m'enfuir, mais je découvre alors que la maison semble être entrée en expansion — qu'elle a démesurément grandi — et que je m'y suis perdu. Quand je me réveille à l'issue de ce rêve, je m'empresse de me blottir contre ma femme pour me rassurer.

Nous faisons tous des cauchemars, et nous en tirons tous le meilleur parti possible. Mais c'est une chose que de se servir de nos rêves, et c'en est une autre que de les considérer comme des causes premières. Ce serait émettre une hypothèse ridicule sur cette intéressante fonction du cerveau humain qui n'a que peu d'applications pratiques, sinon aucune, dans la vie de tous les jours. Les rêves ne sont que des petits films mentaux, des tapisseries étranges tissées à partir des fils inutilisés par la réalité, l'esprit humain étant économe et répugnant à jeter quoi que ce soit. Certains de ces films sont classés X ; d'autres sont des comédies ; d'autres encore des films d'horreur.

Je pense qu'un écrivain se construit, qu'on ne naît pas écrivain pas plus qu'on ne le devient à la suite d'un rêve ou d'un traumatisme — devenir écrivain (ou peintre, ou acteur, ou metteur en scène, ou danseur, etc.) est un acte résultant d'une décision consciente. Le talent a son rôle à jouer, certes, mais le talent est une denrée des plus répandues, encore moins chère que le sel. Ce qui sépare l'individu talentueux de celui qui réussit, c'est le travail acharné et la volonté d'étudier ; un processus continu d'apprentissage. Le talent est un couteau émoussé qui ne parvient à couper quelque chose que lorsqu'on le tient avec force — avec une force telle que la lame ne coupe pas tant qu'elle déchire (et après deux ou trois coups portés avec une telle force, la lame réussit parfois à se briser... c'est sans doute ce qui est arrivé à des écrivains aussi différents que Ross Lockridge[4] et Robert E. Howard[5]). La discipline et le travail sont les deux meules sur lesquelles est affûté le couteau émoussé du talent, jusqu'au moment où il devient assez tranchant pour avoir raison de la viande la plus dure — ou du moins l'espère-t-on. Il n'existe pas un seul écrivain, un seul peintre, un seul acteur — un seul *artiste* — qui ait jamais reçu un couteau déjà aiguisé (bien que certains reçoivent parfois un couteau de taille fort respectable ; les artistes doués d'un long couteau se voient attribuer le nom de « génies »), et nous affûtons notre couteau avec des degrés divers de zèle et d'aptitude.

Ce que je veux suggérer, c'est que l'artiste qui souhaite réussir, dans quelque domaine que ce soit, doit se trouver au bon endroit au bon moment. Le bon moment ne dépend que de la volonté des dieux, mais n'importe lequel d'entre nous peut parvenir au bon endroit à force de travail.*

Mais où se trouve le bon endroit ? Voilà un des mystères les plus profonds et les plus sympathiques de la condition humaine.

Je me rappelle encore le jour où je suis parti à la recherche d'une source avec mon oncle Clayt, un vieux briscard du Maine s'il en fut. On s'est mis en route, mon oncle Clayt et moi, lui avec sa chemise à carreaux rouges et noirs et sa vieille casquette verte, moi avec mon parka bleu. J'avais environ douze ans ; lui, il pouvait avoir la quarantaine ou la soixantaine. Il tenait sous le bras sa baguette de sourcier, une branche de pommier en forme de bréchet. Le pommier est le plus efficace des bois de sourcier, disait-il, et le bouleau n'est pas mal non plus. Certains utilisent le frêne, mais le credo de l'oncle Clayt le poussait à bannir cette essence : le grain n'en est pas fiable et une baguette en frêne adore tromper son homme.

À douze ans, j'étais assez vieux pour ne plus croire au Père Noël, à la Petite Souris et aux sourciers. Ce qu'il y a d'étrange dans notre culture, c'est que la majorité des parents se sentent obligés de chasser dès que possible ces fables charmantes de la tête de leurs enfants — papa et maman ne trouvent jamais le temps d'aider leurs chérubins à faire leurs devoirs ou de leur raconter une histoire avant de les coucher (qu'ils regardent donc la télé, la télé est le meilleur des baby-sitters, on y voit plein d'histoires formidables, qu'ils regardent donc la télé), mais ils se mettent en quatre pour discréditer ce pauvre Père Noël, les sourciers et la magie blanche. Pour ce genre d'activité, ils trouvent *toujours* le temps. De tels parents ont beaucoup moins de mal à accepter les fariboles du genre *L'Île de Gilligan*, *Drôle de couple* ou *La croisière s'amuse*[6]. Dieu sait pourquoi, la majorité des adultes en sont venus à confondre l'éducation et la chasse à l'imagination ; ils ne se sentent satisfaits qu'une fois que les yeux de leurs enfants ont perdu toute lueur d'émerveillement. (Ce qu'il raconte

* Cette idée ne sort pas de ma cervelle, mais que je sois damné si je me rappelle qui l'a formulée — qu'on me permette donc de l'attribuer à l'un des écrivains les plus prolifiques de l'Histoire, M. Auteur Inconnu.

là ne me concerne pas, êtes-vous en train de murmurer pour vous-même — mais, monsieur ou madame, peut-être bien que si.) La plupart des parents savent pertinemment que les enfants sont des fous, au sens classique de ce terme. Mais je ne pense pas que l'assassinat du Père Noël ou de la Petite Souris puisse relever d'une quelconque démarche rationnelle. Aux yeux des enfants, le rationalisme de la folie est un outil remarquablement efficace. C'est grâce à lui, entre autres choses, que le monstre ne sort jamais de son placard[7].

L'oncle Clayt avait gardé presque intacte sa capacité à l'émerveillement. Parmi ses autres talents stupéfiants (du moins à mes yeux), il était capable de dénicher les ruches — il lui suffisait de repérer une abeille en train de butiner une fleur pour, en la suivant à travers bois, fourrés, étangs et marécages, remonter jusqu'à sa ruche —, de rouler une cigarette d'une seule main (il en tortillait toujours le bout avant de la ficher au coin de ses lèvres et de l'allumer avec une des allumettes Diamond qu'il conservait dans une petite boîte étanche) et de puiser dans un fonds apparemment illimité de contes et de légendes — des histoires d'Indiens aux histoires de fantômes, des légendes mythologiques aux annales familiales.

Ce jour-là, pendant le dîner, ma mère s'était plainte à Clayt et à sa femme Ella de ce que l'eau coulait de moins en moins fort dans le lavabo et le réservoir des cabinets. Elle craignait que le puits soit de nouveau à sec. À cette époque, vers 1959-60, nous disposions d'un puits peu profond qui se retrouvait à sec chaque été pendant environ un mois. Mon frère, mon cousin et moi allions alors remplir un immense réservoir qu'un autre de mes oncles (l'oncle Oren, qui fut en son temps le meilleur charpentier et le meilleur maçon du sud du Maine) avait construit dans son atelier. On installait le réservoir sur le hayon d'un vieux break et on le vidait dans le puits à l'aide de gros bidons de lait en acier galvanisé. Et pendant cette période de sécheresse, on ne buvait que l'eau de la pompe municipale.

L'oncle Clayt m'a pris à part pendant que les femmes faisaient la vaisselle et m'a dit qu'on allait chercher ensemble un nouveau puits pour ma mère. Pour un gamin de douze ans, c'était là une façon de passer le temps qui en valait bien une autre, mais je restais néanmoins sceptique ; l'oncle Clayt aurait tout aussi bien pu me dire qu'il allait me montrer le terrain d'atterrissage d'une soucoupe volante, juste derrière le temple méthodiste.

Il a commencé à marcher, la casquette rejetée en arrière sur son crâne, une cigarette aux lèvres, la baguette de sourcier dans les mains. Il la tenait par l'extrémité fourchue, les poignets tournés vers l'extérieur, les deux pouces pressés sur le bois. On s'est baladés sans but précis dans le jardin, puis dans l'allée, puis sur le flanc de la colline où se trouvait le pommier (et ce pommier est toujours là, sans doute pour le plus grand plaisir des nouveaux habitants de cette maisonnette). Et Clayt ne cessait de parler... il me racontait des anecdotes de base-ball, me parlait de cette mine de cuivre qu'on avait jadis essayé de fonder à Kittery, un trou perdu, me racontait comment Paul Bunyan avait détourné le cours du Prestile Stream pour alimenter en eau un camp de bûcherons.

Et de temps à autre, il interrompait sa marche et sa baguette frémissait de façon presque imperceptible. Il attendait alors quelques instants. Parfois, la baguette se mettait à vibrer régulièrement, puis s'arrêtait peu à peu. « Y a quelque chose par là, Stevie, disait-il. Quelque chose. Mais pas grand-chose. » Et je hochais la tête avec sagesse, persuadé qu'il me faisait marcher. Après tout, ce sont les parents et non le Père Noël qui posent les cadeaux au pied de l'arbre, vous savez, tout comme ce sont eux qui prennent la dent de lait glissée sous votre oreiller pour la remplacer par une pièce de monnaie. Mais je ne cherchais pas à contrarier mon oncle Clayt. À l'époque, les enfants de mon âge souhaitaient avant tout être sages, rappelez-vous ; on nous enseignait à ne pas répondre aux adultes et à les respecter même quand ils avaient des idées un peu branques. Ce qui est loin d'être une mauvaise façon d'initier les enfants aux aspects les plus ésotériques du comportement et des croyances de son prochain ; l'enfant sage (et j'en étais un) a souvent l'occasion de visiter des domaines extrêmement bizarres de l'esprit humain. Je ne croyais pas qu'il était possible de localiser une source grâce à une branche de pommier, mais j'avais envie de savoir comment ce genre de tour était accompli.

On est allés sur la pelouse de devant, et la baguette s'est remise à trembler. L'oncle Clayt s'est alors animé. « Ça y est, on a gagné le gros

106

lot, dit-il. Regarde-moi ça, Stevie ! Elle va plonger, j'en mettrais ma main à couper ! »

Trois pas plus loin, la baguette a plongé — elle a pivoté entre les mains d'oncle Clayt pour se pointer vers le sol. C'était un sacré bon tour, pas de problème ; j'ai entendu craquer les tendons de ses poignets, et une grimace a déformé son visage lorsqu'il a redressé la baguette pour la pointer vers le ciel. Et dès qu'il a relâché la pression, le bout de bois s'est de nouveau braqué vers la terre.

« Y a plein d'eau là-dessous, a-t-il dit. Tu pourrais en boire jusqu'au jugement dernier sans arriver à épuiser la réserve. Et on n'aura pas besoin de creuser très profond.

— Je veux essayer, moi aussi, j'ai lancé.

— Okay, mais recule d'abord un peu. » Et c'est ce qu'on a fait. On est revenus au bord de l'allée.

Il m'a donné la baguette, m'a montré comment la tenir et comment disposer mes mains (les poignets tournés vers l'extérieur, les pouces vers le bas — « Sinon, cette saleté va te casser les poignets quand tu vas arriver au-dessus de l'eau », m'a dit Clayt), puis il m'a poussé d'une petite tape sur le cul.

« Pour l'instant, on dirait un morceau de bois tout bête, pas vrai ? » a-t-il demandé.

J'en ai convenu.

« Mais quand tu vas t'approcher de l'eau, tu vas la sentir bouger. Comme si elle devenait vivante, comme si elle était encore sur l'arbre. Oh, le pommier, c'est ce qu'il y a de mieux. Rien ne vaut le pommier pour trouver de l'eau. »

Ce qui est arrivé ensuite relève peut-être de la suggestion, et je ne compte pas tenter de vous persuader du contraire, bien que mes lectures m'aient depuis convaincu de l'efficacité de la méthode, du moins pour certaines personnes et pour des raisons encore inexpliquées.*

---

* Une des explications les plus plausibles du phénomène est la suivante : ce n'est pas la baguette qui perçoit l'eau mais la personne qui la tient, laquelle attribue ce pouvoir à son instrument. Un cheval peut sentir l'eau à dix-huit kilomètres de distance par vent favorable ; pourquoi un être humain ne pourrait-il pas sentir l'eau à quinze ou trente mètres de profondeur ?

Mais je dirais que l'oncle Clayt m'avait insidieusement entraîné dans un état similaire à celui que je cherche à susciter chez les lecteurs de mes romans : ils sont prêts à me croire, ils ont renoncé au bouclier du rationalisme, ils ont suspendu leur incrédulité et l'émerveillement est de nouveau à leur portée. Et si c'est ça qu'on appelle la puissance de la suggestion, alors je n'ai rien à dire ; c'est plus sain que la cocaïne.

Je me suis dirigé vers l'endroit où se trouvait l'oncle Clayt lorsque la baguette avait plongé, et que je sois damné si cette branche de pommier n'a pas semblé s'animer entre mes mains. Elle s'est réchauffée, elle s'est mise à bouger. La vibration fut tout d'abord perceptible au toucher mais non à la vue, puis j'ai vu le bout de la baguette se mettre à frémir.

« Ça marche ! j'ai hurlé. Je le *sens* ! »

Clayt s'est mis à rire. Et moi aussi — pas d'un rire hystérique, mais d'un rire de plaisir pur. Quand je suis arrivé là où la baguette avait plongé dans les mains d'oncle Clayt, elle a plongé dans les miennes ; à un instant donné, elle était bien droite, et l'instant d'après, elle était pointée vers le sol. Je me rappelle distinctement deux choses à propos de cet instant. La première est une sensation de *poids* — ce bout de bois semblait être devenu foutrement *lourd*. J'arrivais à peine à le tenir. Comme si l'eau se trouvait à l'intérieur du bâton plutôt que sous terre ; comme si le bois était *gorgé* d'eau. Clayt avait redressé la baguette après sa découverte. Il m'était impossible d'en faire autant. Il me l'a prise des mains, et j'ai senti se briser cette sensation de poids et de magnétisme. Elle ne s'est pas transmise de ma personne à la sienne ; elle s'est *brisée*. Soudain, elle n'était plus là.

Je me souviens également d'une impression de certitude et de mystère. L'eau était là. L'oncle Clayt le savait et je le savais moi aussi. L'eau était là, sous la terre, peut-être même avions-nous trouvé toute une rivière emprisonnée dans la roche. L'impression d'être arrivé au bon endroit. Il existe en ce bas monde des lignes de puissance, vous savez — des lignes invisibles mais vibrant d'une énergie démesurée et terrifiante. De temps à autre, quelqu'un trébuche sur l'une d'elles et se fait foudroyer, ou encore il la saisit comme il faut et parvient à l'utiliser. Mais il faut d'abord la trouver.

Clayt a planté un pieu dans la terre, là où il avait senti la présence de l'eau. Notre puits s'est bel et bien asséché — en juillet et non en août, il avait de l'avance — et comme cette année-là nous n'avions pas assez d'argent pour financer un nouveau puits, le réservoir a fait son apparition sur le hayon du break, et mon frère, mon cousin et moi avons réappris à transbahuter ces fichus bidons de lait. Même chose l'année suivante. Mais en 1963 ou 1964, le puits artésien a bel et bien été creusé.

Le pieu planté par Clayt avait disparu, bien entendu, mais je me souvenais encore de l'endroit où il se trouvait. Les puisatiers ont placé leur foreuse, un gros gadget rouge qui ressemblait à une mante religieuse construite avec des pièces de Meccano, à moins d'un mètre du point en question (et j'entends encore maman se lamenter en voyant sa belle pelouse maculée d'argile rouge). Ils ont dû creuser moins de trente mètres... et tout comme l'avait dit Clayt ce beau dimanche où il m'avait fait découvrir les pouvoirs de son bout de bois, il y avait de l'eau en abondance. On aurait pu en boire jusqu'au jugement dernier sans jamais tarir la réserve.

2

J'en reviens à mon argument, à savoir qu'il est inutile de demander à un écrivain pourquoi il écrit ce qu'il écrit. Autant demander à une rose pourquoi elle est rouge. À l'instar de l'eau que l'oncle Clayt a découverte dans notre jardin par un beau dimanche, le talent est *là* — sauf que ça ressemble à un bloc de minerai plutôt qu'à une poche d'eau. Le talent peut être raffiné — ou affûté, pour reprendre l'image précédente — et il peut être utilisé d'un nombre infini de façons. L'affûtage et l'utilisation du talent sont des opérations toutes simples, que l'écrivain débutant maîtrise parfaitement. C'est uniquement une question d'exercice. Si vous soulevez des haltères un quart d'heure chaque jour pendant une durée de dix ans, vous finirez par avoir des muscles. Si vous écrivez une heure et demie

109

chaque jour pendant une durée de dix ans, vous finirez par devenir un bon écrivain.*

Mais qu'y a-t-il sous la terre ? C'est la seule variable, le seul joker dans le paquet. Je ne pense pas que l'écrivain maîtrise ce facteur. Quand on creuse un puits, on doit envoyer un échantillon de l'eau au Syndicat des eaux qui en analyse la composition — et la teneur en minéraux peut varier de façon surprenante. Toutes les gouttes d'H_2O ne sont pas égales. De même, bien que Joyce Carol Oates et Harold Robbins[8] écrivent tous deux en anglais, ils n'écrivent pas vraiment dans la même langue.

La découverte du talent est quelque chose de fascinant en soi (quoique difficile à décrire, et je ne m'y risquerai pas — « Laisse faire les poètes ! s'écria-t-il. Les poètes savent comment parler de ça, ou du moins ils le pensent et ça revient au même ; alors laisse faire les poètes ! »), cet instant magique où la baguette se pointe vers le sol et où on sait que c'est là, c'est bien *là*. Il est également fascinant de voir le puits se creuser, le minerai se raffiner, le couteau s'affûter (et c'est tout aussi difficile à décrire ; parmi toutes les sagas consacrées à la Lutte Héroïque du Jeune et Viril Écrivain, celle qui me paraît la plus convaincante est un roman de Herman Wouk[9] intitulé *Youngblood Hawke*), mais le sujet auquel je souhaite consacrer quelques pages est un autre type de découverte — pas celle du talent en soi mais celle de sa nature exacte. L'instant magique, par exemple, où un jeune joueur de base-ball découvre non pas qu'il est capable de lancer la balle (ce qu'il sait sans doute déjà depuis un bout de temps), mais qu'il a le don de la lancer avec une force phénoménale ou de lui faire décrire une parabole qui sème la panique dans les rangs adverses.

* Mais seulement, je m'empresse de l'ajouter, si vous disposez déjà du talent. On peut passer dix ans à raffiner de la glèbe et se retrouver au bout du compte avec de la poussière de glèbe. Je joue de la guitare depuis l'âge de quatorze ans, et arrivé à trente-trois ans je n'ai guère fait de progrès sensibles, parvenant à grand-peine à assurer la guitare rythmique sur des morceaux comme *Louie, Louie* et *Little Deuce Coupe* dans un groupe baptisé les Moon Spinners. J'arrive à me débrouiller avec ma gratte, et ça me remonte le moral quand j'ai un coup de blues, mais Eric Clapton peut dormir sur ses deux oreilles.

C'est là un instant de bonheur suprême. Tout ceci, je l'espère, justifiera la tranche d'autobiographie qui suit. Elle n'a pas pour but d'expliquer mon intérêt pour la danse macabre, ni de le justifier, ni de le psychanalyser ; son but est d'exposer les origines d'une passion qui s'est révélée durable, profitable et agréable... sauf, bien sûr, lorsque la folle meurtrière jaillit du grenier de cette maison que mon subconscient me fait visiter tous les trois ou quatre mois.

3

Les parents de ma mère se nommaient Pillsbury et (disait-elle) provenaient de la même famille que les Pillsbury qui produisent aujourd'hui de la farine et des gâteaux. La différence entre leur branche et la nôtre, ajoutait-elle, c'est que les Pillsbury de la farine étaient partis faire fortune dans l'Ouest tandis que les nôtres étaient restés pauvres mais probes sur la côte du Maine. Ma grand-mère Nellie Pillsbury (née Fogg) fut une des premières femmes à sortir avec son diplôme de la Gorham Normal School — c'était en 1902, je crois bien. Elle est décédée à l'âge de quatre-vingt-cinq ans, aveugle et grabataire mais encore capable de décliner ses verbes latins et de réciter la liste des présidents des États-Unis jusqu'à Harry Truman. Mon grand-père maternel était charpentier, et il fut pendant un temps l'homme à tout faire du peintre Winslow Homer.

Les parents de mon père venaient de Peru (Indiana) et avant cela de l'Irlande. Les Pillsbury, comme il sied à des gens de souche anglo-saxonne, étaient doués de sens pratique. Mon père, lui, descendait apparemment d'une longue lignée d'excentriques ; sa sœur, ma tante Betty, était sujette à des absences répétées (ma mère la considérait comme une maniaco-dépressive, mais maman ne se serait jamais portée candidate à la présidence du fan-club de tante Betty), ma grand-mère paternelle dévorait chaque matin une miche de pain cuite dans de la graisse de bacon, et mon grand-père maternel, qui mesurait 1 m 95 et pesait 175 kg, est tombé raide mort à l'âge de trente-cinq ans alors qu'il courait pour attraper son train. C'est du moins ce que prétend la légende.

Comme je l'ai affirmé, il est impossible de dire pourquoi l'esprit humain se passionne pour tel ou tel domaine de façon parfois obsessionnelle, mais il est possible de dater dans le temps le moment où cette passion se manifeste — le moment, si vous voulez, où la baguette de sourcier se pointe soudain vers le sol pour désigner une poche d'eau. En d'autres termes, le talent n'est qu'une boussole, et nous ne chercherons pas à savoir pourquoi il indique le nord magnétique ; nous préférerons nous attarder sur l'instant où son aiguille se pointe vers ce puissant point d'attraction.

Il m'a toujours semblé bizarre de devoir cet instant à mon père, lequel a déserté le domicile familial alors que je n'avais que deux ans et mon frère quatre. Je ne me rappelle rien de lui, mais sur les quelques photos que j'ai pu voir, il apparaît comme un homme de taille moyenne, un bel homme selon les canons des années 40, un peu empâté et pourvu d'une paire de lunettes. Durant la Seconde Guerre mondiale, il travaillait dans la marine marchande, traversant régulièrement l'Atlantique nord pour jouer à la roulette boche avec les U-Boats. À en croire ma mère, ce n'était pas tant les sous-marins qu'il redoutait que la possibilité de se faire résilier sa licence pour cause de déficience visuelle — quand il était à terre, il avait l'habitude de brûler les feux rouges et de rouler sur les trottoirs. Ma propre vue n'est pas meilleure ; on pourrait croire que j'ai des lunettes sur le nez, mais il m'arrive parfois de penser que ce sont des culs de bouteille.

Don King avait la bougeotte. Mon frère David est né en 1945, moi-même en 47, et mon père a disparu de la circulation en 49... mais en 1964, à l'époque de la guerre civile au Congo, ma mère a cru l'apercevoir à la télé, dans un reportage consacré aux mercenaires blancs recrutés par l'un ou l'autre des deux camps. C'est sans doute possible. À ce moment-là, il devait avoir approché ou tout juste dépassé la cinquantaine. Dans ce cas, j'espère qu'il s'était fait refaire des lunettes.

Après le départ de mon père, ma mère s'est débrouillée comme elle pouvait pour joindre les deux bouts. Mon frère et moi ne l'avons

112

pas souvent vue durant les neuf années suivantes. Elle a occupé toutes sortes d'emplois peu rémunérateurs : repasseuse dans une blanchisserie, pâtissière dans une boulangerie, vendeuse dans un magasin, femme de ménage. C'était une pianiste de talent et une femme douée d'un sens de l'humour très développé et souvent excentrique, et elle faisait de son mieux pour ne pas perdre pied, tout comme d'innombrables femmes avant et après elle. On n'a jamais eu de voiture (et on n'a eu une télé qu'en 1956), mais jamais on ne sautait un repas.

On a parcouru presque toutes les routes du pays durant ces neuf ans, mais on finissait toujours par revenir en Nouvelle-Angleterre. Et en 1958, on s'est établis pour de bon dans le Maine. Mon grand-père et ma grand-mère avaient plus de quatre-vingts ans, et le conseil de famille a embauché ma mère pour prendre soin d'eux durant leurs dernières années.

Ça se passait à Durham, dans le Maine, et je sais bien que ces divagations familiales semblent nous éloigner du sujet, mais on y revient, rassurez-vous. À quatre ou cinq cents mètres de la maison de Durham où mon frère et moi avons achevé notre croissance se trouvait une adorable maison en briques où demeuraient la sœur de ma mère, Ethelyn Pillsbury Flaws, et son mari Oren. Le garage des Flaws était surmonté d'un immense et fascinant grenier pourvu d'un plancher dangereux et d'un parfum enchanteur.

À l'époque, le grenier était relié à tout un ensemble de réduits et de remises, lesquels étaient également connectés à une vieille grange — l'ensemble étant imprégné de l'odeur délicieusement enivrante d'un foin depuis longtemps disparu. Mais il restait encore des traces du temps où la grange abritait des animaux. Quand on grimpait au troisième niveau, on pouvait observer les squelettes de poulets apparemment décédés des suites d'une maladie bizarre. C'était un pèlerinage que je faisais souvent ; ces squelettes avaient quelque chose de fascinant, gisant dans leur nid de plumes aussi éphémères que de la poussière de lune, avec au fond de leurs orbites noires un mystérieux secret...

Mais la partie du grenier située au-dessus du garage était une sorte de musée familial. Le clan Pillsbury y entreposait régulièrement toutes sortes d'objets, des meubles aux albums de photos, et un petit garçon avait juste la bonne taille pour explorer les allées étroites de ce capharnaüm, baissant la tête pour passer sous une lampe ou enjambant une caisse pleine d'échantillons de papier peint qu'un oncle ou une tante avait souhaité conserver pour une raison inconnue.

On ne nous avait pas formellement interdit d'aller au grenier, mais ma tante Ethelyn n'aimait pas que mon frère et moi y mettions les pieds, car les lattes du plancher avaient été posées sans être clouées, et certaines manquaient à l'appel. On risquait peut-être de passer au travers et de tomber la tête la première sur le béton... ou sur le pick-up Chevrolet vert de mon oncle Oren.

Et c'est là, dans le grenier situé au-dessus du garage de mon oncle, par une froide journée de l'automne 1959 ou 1960, que la baguette de sourcier s'est soudain tordue dans mon esprit, là que l'aiguille de ma boussole s'est brusquement braquée vers mon nord intérieur. Ce jour-là, je suis tombé sur une caisse de livres ayant appartenu à mon père... des livres de poche datant du milieu des années 40.

Le grenier abritait quantité de souvenirs de la vie conjugale de mes parents, et je ne peux en vouloir à ma mère d'avoir voulu remiser dans un coin sombre ce que son mari avait laissé derrière lui en abandonnant son foyer. Un ou deux ans auparavant, mon frère avait déniché là une bobine de film que mon père avait tournée à bord d'un navire. Dave et moi avons cassé nos tirelires (en cachette de notre mère), nous avons loué un projecteur et nous avons regardé ces quelques minutes de film dans un silence fasciné. À un moment donné, notre père avait confié sa caméra à un autre marin, et soudain le voilà, Donald King, de Peru (Indiana), accoudé au bastingage. Il lève la main ; sourit ; fait sans le savoir un petit signe à des fils qui ne sont même pas encore conçus. On a rembobiné le film, et on l'a regardé une deuxième fois. Et une troisième. Salut, papa ; où es-tu passé aujourd'hui ?

Dans une caisse, il y avait des manuels d'instruction de la marine marchande ; dans l'autre, divers souvenirs plus ou moins exotiques. À en croire ma mère, bien que mon père se soit souvent baladé avec un roman de western dans la poche, il se passionnait davantage pour l'horreur et la science-fiction. Il avait même essayé d'écrire quelques histoires dans cette veine, les soumettant aux revues les plus populaires de l'époque, notamment *Bluebook* et *Argosy*. En fin de compte, il n'a rien publié de sa vie (« Ton père n'avait guère de suite dans les idées », m'a confié un jour ma mère, le seul jugement que j'aie entendu de sa bouche au sujet de son mari), mais il a reçu quelques lettres de refus personnalisées ; des lettres du style « Ça ne nous convient pas mais continuez à nous envoyer votre prose », comme j'en ai reçu pas mal à mon tour durant mon adolescence et jusqu'après mon vingtième anniversaire (quand je me sentais déprimé, il m'arrivait de me demander quel effet ça ferait de se moucher dans une lettre de refus).

La caisse que j'ai dénichée ce jour-là regorgeait de vieux livres de poche édités par Avon. En ce temps-là, Avon était le seul éditeur de poche à publier du fantastique et de la terreur. Je me souviens encore de ces bouquins avec affection — en particulier de leur pelliculage caractéristique, une mince couche de substance plastifiée et transparente ressemblant un peu à celle des sachets de congélation. Quand l'histoire traînait un peu, on pouvait se distraire en arrachant de longs lambeaux de ce machin. Ça faisait un bruit merveilleux. Et bien que cela nous éloigne du sujet, j'ai également gardé un souvenir ému des livres de poche édités par Dell durant les années 40 : c'étaient tous des polars, et sur leur quatrième page de couverture figurait un plan détaillé du lieu du crime.

Un des bouquins que je venais de trouver était ce qu'on appelait alors un « choix de textes » — le mot *anthologie* était apparemment considéré comme trop compliqué pour les amateurs de ce genre de littérature. Il contenait des nouvelles signées Frank Belknap Long[10] (*Les Chiens de Tindalos*), Zelia Bishop[11] (*La Malédiction de Yig*), ainsi que des textes provenant des premiers temps de la revue *Weird Tales*[12]. Parmi les autres figuraient deux romans d'Abraham Merritt[13], *Brûle, sorcière, brûle !* et *Le Monstre de métal*.

Mais le plus fabuleux de ces trésors était un recueil de H. P. Lovecraft. Le titre m'en échappe aujourd'hui, mais je n'ai jamais oublié son illustration de couverture : un cimetière (situé sans nul doute dans les environs de Providence[14] !), en pleine nuit, et surgissant de sous une pierre tombale, une répugnante créature verdâtre pourvue de longues griffes et d'yeux de braise. Derrière elle, à peine suggéré par le dessinateur, un tunnel conduisant aux entrailles de la terre. Depuis lors, j'ai vu plusieurs centaines d'éditions des œuvres de Lovecraft, mais c'est celle-ci qui en résume le mieux la teneur à mes yeux... et je n'ai aucune idée du nom de son illustrateur.

Cette caisse de livres ne marquait pas ma première rencontre avec l'horreur, bien entendu. Un Américain de ma génération aurait dû être sourd et aveugle pour ne pas être entré en contact avec un monstre quelconque avant l'âge de douze ans. Mais ce fut ma première rencontre avec ce qu'il faut bien appeler la littérature fantastique. Lovecraft a été traité de tâcheron, un jugement que je conteste vigoureusement, mais quoi qu'on en pense, qu'on le considère comme relevant de la littérature populaire ou de la littérature tout court (les opinions varient sur ce point), cela n'a à mes yeux pas grande importance, car dans tous les cas cet homme prenait son travail au sérieux. Et ça se voyait. Si bien que ce livre, héritage d'un père absent, m'a fait découvrir un univers bien plus complexe que celui des films de série B que j'allais voir le samedi après-midi ou celui des livres pour la jeunesse de Carl Carmer et de Roy Rockwell. Quand Lovecraft écrivait *Les Rats dans les murs*[15] et *Le Modèle de Pickman*[16], ce n'était pas pour s'amuser ni pour se faire un peu de fric ; il y *croyait*, et je pense que c'est cette conviction qui a en grande partie fait réagir ma baguette de sourcier mentale.

Quand je suis descendu du grenier, j'avais ces bouquins avec moi. Ma tante, une institutrice qui était l'incarnation même du sens pratique, a aussitôt manifesté sa réprobation, mais j'ai tenu bon. Ce jour-là et le jour suivant, j'ai visité pour la première fois les plaines de Leng[17] ; j'ai fait la connaissance d'un étrange Arabe d'avant l'OPEP, Abdul Alhazred (auteur du *Nécronomicon*[18], un ouvrage qui, à ma connaissance, n'a jamais été proposé aux membres du *Book-of-the-Month-Club* ni à ceux de la *Literary Guild*, mais qui, à en croire la rumeur, est conservé à l'intérieur d'un coffre dans la Salle des collections exceptionnelles de l'Université Miskatonic[19]) ; j'ai visité les villes de Dunwich[20] et d'Arkham[21] (Massachusetts) ; et surtout, j'ai été transfiguré par la sinistre terreur insidieuse de *La Couleur tombée du ciel*[22].

Une ou deux semaines plus tard, tous ces livres avaient disparu et je ne les ai plus jamais revus. J'ai toujours été persuadé que ma tante Ethelyn avait sa part de responsabilité dans cette affaire... ce qui n'a en fin de compte aucune importance. J'avais trouvé ma voie. Lovecraft — par l'entremise de mon père — l'avait ouverte pour moi, comme il l'avait fait pour bien d'autres écrivains avant moi : Robert Bloch[23], Clark Ashton Smith[24], Frank Belknap Long[25], Fritz Leiber[26] et Ray Bradbury, pour ne citer que quelques noms. Et bien que Lovecraft, qui est décédé avant que la Seconde Guerre mondiale[27] ne vienne concrétiser nombre des horreurs indicibles qu'il avait imaginées, ne soit guère abordé dans ce livre, le lecteur serait bien inspiré de se rappeler que c'est son ombre, si longue et si décharnée, et ses yeux, si sombres et si puritains, qui dominent la quasi-totalité des œuvres fantastiques publiées depuis sa mort. Lorsque j'ai vu sa photo pour la première fois, ce sont ses yeux qui m'ont le plus frappé... des yeux pareils à ceux des antiques portraits encore accrochés de nos jours dans bien des maisons de la Nouvelle-Angleterre, des yeux noirs qui semblent regarder au-dedans aussi bien qu'au-dehors.

Des yeux qui semblent vous suivre.

4

L'Étrange Créature du lac noir est le premier film que je me souvienne avoir vu étant enfant. Ça se passait dans un *drive-in* et, à moins qu'il ne se soit agi d'une ressortie, je devais avoir environ sept ans, car ce film, interprété entre autres par Richard Carlson et Richard Denning, date de 1954. C'était en outre un film en relief, mais je ne me rappelle pas avoir porté des verres spéciaux, si bien que je l'ai peut-être vu lors d'une sortie ultérieure.

Une seule scène est restée durablement dans ma mémoire, mais elle m'a marqué profondément. Le héros (Carlson) et l'héroïne (Julia Adams, absolument superbe dans son maillot une-pièce blanc) participent à une expédition quelque part dans le bassin de l'Amazone. Ils remontent un étroit courant marécageux pour déboucher sur un vaste étang qui ressemble à une version sud-américaine du jardin d'Éden.

Mais la créature rôde — évidemment. Il s'agit d'un monstrueux batracien au corps couvert d'écailles qui ressemble de façon frappante à une de ces aberrations dégénérées imaginées par Lovecraft — le fruit dément et blasphématoire de l'union d'un dieu et d'une mortelle (je vous avais dit qu'il était difficile d'échapper à Lovecraft). Ce monstre entreprend d'édifier sur le courant un barrage rudimentaire fait de branches et de brindilles, bloquant irrévocablement le passage au petit groupe d'anthropologues.

Je savais à peine lire à cette époque, et plusieurs années devaient s'écouler avant que je ne découvre les livres ayant appartenu à mon père. Je garde un vague souvenir des hommes que fréquentait ma mère durant cette période — entre 1952 et 1958, à peu près ; un souvenir assez fiable pour que je sache qu'elle avait une vie sociale normale, pas assez pour que je puisse deviner si elle avait une vie sexuelle. Il y avait Norville, un type qui fumait des Lucky Strike et faisait tourner trois ventilateurs dans son deux-pièces pendant l'été ; il y avait Milt, qui conduisait une Buick et portait un immense short bleu par temps chaud ; et il y en avait un troisième, un type minuscule qui travaillait, si ma mémoire et bonne, comme cuisinier dans un restaurant français. Pour autant que je le sache, ma mère n'a jamais envisagé d'épouser l'un d'eux. Elle avait déjà donné. En outre, à cette époque, une femme qui se laissait passer la bague au doigt n'avait plus voix au chapitre en ce qui concernait sa famille et son emploi. Je pense que ma maman, qui savait se montrer entêtée, intraitable, d'une ténacité et d'une persévérance à toute épreuve, avait pris goût au double rôle de travailleuse et de chef de famille. Si bien qu'elle sortait avec des mecs mais qu'aucun d'eux ne finissait par s'installer dans sa vie.

Ce soir-là, on était en compagnie de Milt, l'homme à la Buick et au short bleu. Il s'était apparemment pris d'affection pour mon frère et pour moi, et ça ne le dérangeait pas de nous avoir de temps à autre sur sa banquette arrière (quand on atteint les eaux tranquilles

118

de la quarantaine, l'envie de peloter sa petite amie au *drive-in* a peut-être perdu de son intensité... même si on dispose pour ce faire d'une Buick aussi spacieuse qu'un yacht). Au moment où la Créature a fait son apparition, mon frère s'était allongé sur le tapis de sol et dormait du sommeil du juste. Ma mère et Milt étaient en train de bavarder, peut-être en se partageant une Kool. Mais cela n'a aucune importance, du moins dans ce contexte ; seules importent les images en noir et blanc sur le grand écran, où l'indicible Chose s'affaire à enfermer le beau héros et la belle héroïne dans... dans... *le lac noir* !

J'ai su à ce moment-là que la Créature était devenue *ma* Créature. Elle était à moi. Cette Créature n'était guère convaincante, même pour un gamin de sept ans. J'ignorais alors qu'il s'agissait de ce brave Ricou Browning, cascadeur aquatique justement réputé, vêtu d'une tenue en latex taillée sur mesure, mais je savais qu'il s'agissait d'un homme dans un costume de monstre... tout comme je savais que, plus tard dans la nuit, la Créature me rendrait visite dans le lac noir de mon esprit et qu'elle serait beaucoup plus réaliste. Peut-être serait-elle tapie dans le placard à notre retour ; peut-être se serait-elle planquée dans les ténèbres de la salle de bains, empestant l'algue et le marais, impatiente de croquer le marmot. À sept ans, on n'est pas très vieux, mais on l'est assez pour savoir que, quand on a acheté quelque chose, on le garde. Ça vous appartient. On est assez vieux pour sentir la baguette de sourcier qui s'anime, qui s'alourdit, qui se pointe soudain vers des eaux souterraines.

Ma réaction face à la Créature peut, je crois, être qualifiée d'idéale ; c'est le genre de réaction que tous les écrivains et tous les cinéastes ayant œuvré dans le registre de l'horreur espèrent susciter lorsqu'ils attrapent leur stylo ou leur caméra : un engagement émotionnel total, vierge de tout processus de pensée rationnelle — et vous le savez déjà, bien entendu, mais quand on regarde un film d'horreur, le seul processus mental qui suffit à rompre le charme, c'est quand un copain vous murmure à l'oreille : « T'as vu la fermeture Éclair sur le dos du monstre ? »

À mon humble avis, seuls les créateurs ayant longtemps œuvré dans le genre ont pleinement conscience de la fragilité de leurs créations, de l'effort qu'elles imposent au lecteur ou au spectateur doué d'intelligence et de maturité. Lorsque Coleridge[28] évoque « la suspension de l'incrédulité » dans son essai sur la poésie imaginative, il sait à mon sens que l'incrédulité n'est pas un ballon, un objet des plus légers sur lequel il suffit de souffler pour le suspendre dans l'air ; c'est plutôt un poids qu'on doit soulever d'un seul coup et ensuite maintenir en l'air de toutes ses forces. L'incrédulité n'a rien de léger, croyez-moi. Si Arthur Hailey et H. P. Lovecraft n'ont pas les mêmes tirages, c'est sans doute parce que tout le monde croit aux banques et aux automobiles, alors qu'un effort mental bien plus complexe et bien plus intense est nécessaire si l'on veut croire, ne serait-ce que pour quelques pages, à Nyarlathotep, le Chaos rampant. Et chaque fois que je tombe sur un homme ou une femme qui exprime une opinion du genre : « Je ne lis jamais de fantastique et je ne vais jamais voir de films d'horreur ; rien de tout cela n'est réel », j'éprouve à son égard une certaine compassion. Le poids du fantastique est trop lourd pour lui. Ses muscles de l'imagination se sont atrophiés.

Dans un sens, le public idéal pour l'horreur est un public enfantin. Le paradoxe est le suivant : les enfants, qui sont plutôt faibles physiquement, n'ont aucun mal à soulever le poids de l'incrédulité. Ce sont les jongleurs du monde invisible — phénomène parfaitement compréhensible quand on considère le point de vue qui est le leur. Les enfants n'ont aucune difficulté à accepter l'aspect logistique de l'arrivée du Père Noël dans leur maison (il se fait tout petit pour passer par la petite cheminée, et s'il n'y a pas de cheminée, il passe par la boîte aux lettres, et s'il n'y a pas de boîte aux lettres, il passe sous la porte), le Lapin de Pâques, Dieu (un grand type plutôt vieux, avec une barbe blanche, assis sur un trône), Jésus-Christ (« À ton avis, comment il a fait pour changer l'eau en vin ? » ai-je demandé à mon fils Joe quand il avait cinq ans — Joe, pas Jésus-Christ ; selon Joe, il avait à sa disposition un truc du genre « soda magique, tu vois ce que je veux dire ? »), le diable (un grand type à la peau rouge, avec des pieds de cheval, une queue avec une flèche au bout, une moustache comme dans les dessins animés), Ronald McDonald, le Roi de Burger King, les Elfes de Keebler, Dorothy et Toto, le Lone Ranger et Tonto, et mille autres du même acabit.

La plupart des parents se méprennent quand ils croient comprendre cette ouverture d'esprit, et c'est pour cette raison qu'ils tiennent leurs enfants à l'écart de tout ce qui leur semble peu ou prou horrible ou terrifiant — la publicité des *Dents de la mer* était accompagnée du message suivant : « Catégorie PG (*Le Mystère Andromède*[29] avait eu droit au G[30]), mais de nature à heurter la sensibilité des plus jeunes spectateurs » —, persuadés, je suppose, qu'il serait aussi grave de laisser leurs gosses regarder un film d'horreur que de lancer une grenade dégoupillée dans une école maternelle.

Mais ce qu'on appelle le passage à l'âge adulte est à mon sens un processus continu d'affadissement de la mémoire, et nous avons presque tous oublié que *tout* est susceptible de terrifier un enfant de moins de huit ans. Placé dans les conditions adéquates, un enfant peut aller jusqu'à avoir peur de son ombre. On m'a raconté l'histoire de ce bambin de quatre ans qui refusait de se coucher si on ne plaçait pas une lampe allumée dans le placard de sa chambre. Ses parents ont fini par découvrir qu'il était terrifié par une créature que son père évoquait souvent ; cette créature, qui avait pris dans son esprit des proportions monstrueuses, n'était autre qu'une « tête de pioche »...

Vus sous cet angle, même les films signés Disney sont des champs de mines de terreur, et ses dessins animés, qui continueront apparemment de sortir et de ressortir jusqu'à la fin du monde,* sont parmi les plus répréhensibles. Il se trouve encore aujourd'hui des adultes qui, lorsqu'on leur demande quelle est la scène la plus terrifiante qu'ils aient vu au cinéma durant leur enfance, évoquent celle

---

* Et c'est ce qui se passe dans une nouvelle d'Arthur C. Clarke qui figure parmi mes préférées. Des extraterrestres débarquent sur notre planète après la Bombe. À la fin de cette nouvelle, les plus intelligents de ces aliens s'efforcent de déchiffrer le sens d'un film qu'ils ont retrouvé parmi les décombres et réussi à visionner. Et ce film s'achève par ces mots : *Une production Walt Disney.* Il m'arrive parfois de croire que ce serait là la meilleure épitaphe pour la race humaine, ou du moins pour une espèce dont le seul représentant qui se soit vu garantir l'immortalité n'est ni Hitler, ni Charlemagne, ni Albert Schweitzer, ni même Jésus-Christ... mais ce cher Richard Nixon, dont le nom est gravé sur une plaque posée sur la surface stérile de la lune

121

où la mère de Bambi est tuée par un chasseur, ou celle où Bambi fuit devant la forêt en flammes. Parmi les créations disneyennes que ne renierait pas le batracien du lagon noir figurent également la marche incontrôlée des balais dans *Fantasia* (et aux yeux d'un enfant en bas âge, l'horreur de la situation est encore accentuée par la relation père-fils qui lie Mickey et le vieux sorcier de façon sous-jacente ; ces fichus balais ont mis plein de désordre, et quand le sorcier/père va rentrer à la maison, Mickey va être PUNI... Un enfant dont les parents sont du genre sévère éprouvera sans doute une terreur extatique en voyant cette scène) ; la nuit sur le mont Chauve, toujours dans *Fantasia* ; les sorcières de *Blanche-Neige* et de *La Belle au bois dormant*, la première avec sa belle pomme rouge empoisonnée (et existe-t-il un enfant à qui on n'ait pas seriné qu'il fallait se méfier du POISON ?), la seconde avec son sinistre rouet ; et dans un film aussi anodin en apparence que *Les Cent Un Dalmatiens*, on a affaire à la descendante de ces sorcières des années 30 et 40, la maléfique Cruella De Ville, au visage renfrogné et à la grosse voix (les adultes oublient souvent que les enfants sont terrifiés par les voix un peu graves, les voix de ces géants que sont pour eux leurs aînés), qui a projeté de tuer tous les petits dalmatiens (c'est-à-dire des enfants aux yeux des jeunes spectateurs) pour se faire un manteau de fourrure avec leurs peaux.

Et pourtant, ce sont les parents qui assurent le succès des productions Disney lorsqu'elles ressortent sur les écrans, et il leur arrive souvent d'attraper la chair de poule quand ils redécouvrent ce qui les avait terrifiés lors de leur enfance... parce que le propre d'un bon film d'horreur (ou d'une séquence d'horreur dans un film étiqueté « comédie » ou « dessin animé »), c'est de démantibuler nos échasses d'adultes pour nous faire retrouver le royaume de l'enfance. Et c'est alors que notre ombre redevient celle d'un chien méchant, d'une bouche béante ou d'une silhouette sombre qui nous fait signe dans le noir.

L'exemple le plus frappant de ce retour à l'enfance se trouve peut-être dans le merveilleux film d'horreur de David Cronenberg[31] intitulé *Chromosome 3*, où une femme souffrant de troubles mentaux produit des « enfants de la rage » qui massacrent l'un après l'autre les membres de sa famille. À un moment donné, son père s'assied sur un lit pour noyer dans l'alcool le chagrin que lui inspire la mort de sa femme, la première victime des « enfants ». Gros plan sur le pied du lit... et des mains griffues surgissent de sous le sommier et se plantent dans la moquette tout près des chaussures du père condamné. Et c'est ainsi que Cronenberg nous fait régresser ; nous avons à nouveau quatre ans et il y a bien quelque chose de monstrueux tapi sous notre lit.

Le plus ironique dans cette histoire, c'est que les enfants sont mieux équipés que leurs aînés pour affronter l'horreur *en tant que telle*. Vous remarquerez que j'ai souligné les mots « en tant que telle ». Si un adulte parvient à encaisser la terreur cataclysmique d'un film du genre *Massacre à la tronçonneuse*, c'est parce qu'il a conscience que ce qu'il voit n'est qu'une illusion ; il sait que, lorsque le tournage de la scène a pris fin, les morts se sont relevés pour aller ôter le ketchup de leur figure. Un enfant n'est pas tout à fait capable de faire de telles distinctions, et c'est avec raison que *Massacre à la tronçonneuse* a été classé R. Les petits enfants n'ont pas besoin de voir ça, pas plus qu'il n'ont besoin de voir la dernière scène de *Furie*, où John Cassavetes explose littéralement. Mais mon argument est le suivant : si vous faites regarder *Massacre à la tronçonneuse* à un gamin de six ans et à un adulte temporairement incapable de distinguer l'illusion des « choses réelles » (comme le dit Danny Torrance, le petit garçon de *Shining*) — admettons par exemple que l'adulte ait pris une dose de LSD deux heures avant le début du film —, alors je vous parie que le gosse en fera des cauchemars pendant une bonne semaine. L'adulte, lui, risque de passer un an dans une cellule capitonnée où on ne lui donnera que des crayons de couleur pour écrire à sa famille.

Il me semble acceptable et utile d'épicer la vie des enfants d'une petite dose de fantastique et d'horreur. Étant donné leur capacité d'imagination, ils sont parfaitement capables d'y survivre, et grâce à leur situation unique, ils sont susceptibles d'en tirer profit. Et ils comprennent parfaitement cette situation. Même dans une société aussi ordonnée que la nôtre, ils savent que leur survie est un problème qui les dépasse presque totalement. Jusqu'à l'âge de huit ans, les enfants sont des « dépendants » dans tous les sens du terme ; ils dépendent de leur mère et de leur père (ou d'un parent de substitution) non seulement pour se nourrir, se vêtir et se loger, mais en outre ils comptent sur eux pour ne pas encastrer la voiture dans un poteau, pour les attendre à la descente du car scolaire, pour les ramener à la maison après leur après-midi chez les scouts, pour acheter des remèdes pourvus de capsules de sécurité, pour veiller à ce qu'ils ne s'électrocutent pas en manipulant le grille-pain ou en jouant dans la baignoire avec le salon de beauté de Barbie.

L'impératif de survie qui nous anime tous s'oppose violemment à cette dépendance pourtant nécessaire. L'enfant s'aperçoit bien vite qu'il ne contrôle absolument pas son existence, et je pense que c'est cette prise de conscience qui le met mal à l'aise. Il éprouve une anxiété similaire à celle des passagers d'un avion. Si ceux-ci ont peur, ce n'est pas parce que ce moyen de transport leur paraît peu fiable ; c'est parce qu'ils ont renoncé à tout contrôle sur leur existence. Si ça tourne mal, ils n'ont comme seule ressource que d'attraper un sachet à vomi ou un magazine offert par la compagnie. Le renoncement au contrôle est antinomique à l'impératif de survie. À l'inverse, une personne bien informée peut parfaitement savoir que la voiture est un moyen de transport plus dangereux que l'avion, mais cela ne l'empêche pas de se sentir plus à l'aise quand elle tient le volant, parce qu'elle contrôle alors la situation... ou du moins le croit-elle.

C'est peut-être parce que les pilotes de leur vie inspirent aux enfants une hostilité et une anxiété refoulées que, à l'instar des productions Disney qui sortent et ressortent sans se lasser durant les vacances scolaires, les bons vieux contes de fées semblent eux aussi promis à l'éternité. Un parent qui pousserait des cris d'orfraie à l'idée d'emmener son rejeton voir *Dracula* ou *L'Enfant du diable*[32] (dont le sinistre leitmotiv est l'image d'un enfant noyé) n'aurait jamais l'idée d'interdire à la baby-sitter de lui lire *Hansel et Gretel* avant de le coucher. Mais réfléchissez-y : l'histoire de Hansel et Gretel commence par un abandon d'enfants (bien sûr, c'est la marâtre qui en a l'initiative, mais il s'agit d'une mère symbolique, et le père n'est qu'un empêché du bulbe qui lui obéit au doigt et à l'œil même quand il a conscience de mal agir — si bien que nous pouvons la considérer comme un être amoral, alors que lui commet le mal au sens biblique et miltonien du terme), se poursuit par un asservissement et une séquestration, et s'achève par un homicide justifié sous

124

la forme d'une incinération. La plupart des parents n'emmèneraient jamais leurs enfants voir *Survive,* ce film mexicain fauché racontant l'histoire de ces rugbymen sud-américains dont l'avion s'était écrasé dans les Andes et qui ont survécu en mangeant leurs équipiers morts[33], mais ils ne voient aucune objection à leur laisser lire *Hansel et Gretel,* où la sorcière engraisse les deux enfants dans le but de les manger. C'est presque par instinct que nous faisons découvrir ces contes à nos enfants, comprenant peut-être inconsciemment qu'ils leur permettent de cristalliser leur angoisse et leur hostilité.

Même les passagers d'avion disposent de leurs contes de fées, à savoir les films de la série *Airport* qui, à l'instar de *Hansel et Gretel* et des productions Disney, semblent bel et bien promis à l'éternité... Dommage qu'on ne puisse pas les regarder dans un jardin potager, terre d'élection des navets s'il en fut.

La réaction que m'a inspirée ce soir-là *L'Étrange Créature du lac noir* ressemblait à une horrible pâmoison éveillée. Le cauchemar prenait forme sous mes yeux ; sur l'écran du *drive-in* m'apparaissaient toutes les hideuses possibilités inhérentes à la chair humaine.

Environ vingt-deux ans plus tard, j'ai eu l'occasion de revoir *L'Étrange Créature du lac noir* — pas à la télé, où l'ambiance et la tension dramatique auraient été ruinées par des pubs pour des voitures d'occasion, des compilations disco ou des sous-vêtements féminins, Dieu merci, mais sur grand écran, dans une version intégrale... et en relief, par-dessus le marché. Les gens qui portent des lunettes, comme c'est mon cas, ont du mal à voir les films en relief ; demandez donc à l'un d'eux comment il se débrouille pour chausser ces putain de besicles en carton qu'on lui refile à l'entrée de la salle. Si jamais le cinéma en relief fait un retour en force, j'irai faire un tour chez l'opticien du coin pour y investir soixante-dix dollars dans l'achat de verres correcteurs d'un genre spécial : un bleu et un rouge. Abstraction faite de ce détail, je devrais ajouter que j'étais accompagné de mon fils Joe — il avait alors cinq ans, soit à peu près l'âge que j'avais lors de cette fameuse soirée au *drive-in* (et imaginez ma surprise — et ma consternation — lorsque j'ai découvert que le film qui m'avait jadis terrifié avait été classé G par la MPAA[34]... exactement comme une production Walt Disney).

125

C'est ainsi que j'ai eu le privilège de faire cet étrange voyage dans le passé que la plupart des parents effectuent lorsqu'ils emmènent leur enfant voir un film de Disney, ou bien lorsqu'ils lui lisent les aventures de Winnie l'ourson, ou peut-être encore lorsqu'ils l'emmènent à la foire ou au cirque. Si une chanson à succès est capable d'évoquer un tel ensemble de souvenirs dans l'esprit de son auditeur, c'est précisément à cause de la brièveté de son existence (de trois semaines à six mois dans les hit-parades) — les « *golden oldies* » continuent de passer à la radio parce qu'il s'agit de l'équivalent affectif du café lyophilisé. Quand j'entends les Beach Boys chanter *Help Me, Rhonda,* je revis durant une ou deux secondes d'enchantement la honte et l'extase de mon premier pelotage (et un simple calcul mental vous permettra de constater que j'ai abordé cette activité avec un certain retard). Les livres et les films exercent le même effet, mais je suis d'avis que les sensations qu'ils évoquent sont plus riches et plus profondes, un peu plus complexes en ce qui concerne les films et beaucoup plus encore en ce qui concerne les livres.

Ce jour-là, en compagnie de Joe, j'ai vu *L'Étrange Créature du lac noir* par le petit bout de la lorgnette, mais la théorie que je viens d'énoncer s'est quand même appliquée ; à la perfection, dirais-je. Le temps, l'âge et l'expérience ont laissé leurs marques sur moi, comme sur nous tous ; le temps n'est pas un fleuve, contrairement à ce qu'affirme Einstein — le temps est un immense troupeau de bisons qui nous piétine sans trêve et finit par nous terrasser, nous laissant gisant sur le sol avec un sonotone dans l'oreille et un sac de colostomie sur la cuisse en guise de Colt .45. Vingt-deux ans plus tard, je savais pertinemment que la Créature n'était autre que Ricou Browning, cascadeur aquatique justement réputé, vêtu d'une tenue en latex taillée sur mesure, et il m'était beaucoup plus difficile d'effectuer cet effort mental qu'est la suspension de l'incrédulité. Mais j'y suis parvenu, ce qui ne veut peut-être rien dire, mais ce qui signifie peut-être (je l'espère !) que les bisons n'ont pas encore eu raison de moi. Et lorsque le poids de l'incrédulité s'est soulevé au-dessus de mes épaules, un flot d'anciennes émotions s'est déversé sur moi, tout comme le jour, il y a cinq ans de cela, où j'avais emmené Joe et ma fille Naomi voir leur tout premier film, à savoir *Blanche-*

Neige et les sept nains. Il y a dans ce film une scène marquante : Blanche-Neige vient de mordre dans la pomme empoisonnée et les nains en pleurs l'emportent dans la forêt. Dans la salle de cinéma, la moitié des jeunes spectateurs pleuraient à chaudes larmes ; l'autre moitié se retenait à grand-peine d'en faire autant. Et en ce qui me concerne, j'étais tellement sous le charme de mes souvenirs que je me suis également surpris à pleurer. J'avais honte de m'être laissé manipuler ainsi, mais ça avait encore marché et je versais des larmes sur les malheurs de personnages de dessins animés. Mais ce n'était pas Walt Disney qui m'avait manipulé ; c'était moi-même. C'était le gamin qui était en moi qui pleurait ainsi, arraché à sa léthargie par ses chaudes larmes... et revenu à la vie.

Durant les deux dernières bobines de *L'Étrange Créature du lac noir*, l'incrédulité est fermement suspendue au-dessus de ma tête, et le metteur en scène Jack Arnold réussit une nouvelle fois à placer devant moi ses symboles et à poser l'ancienne équation des contes de fées, chaque symbole étant aussi facile à manipuler qu'un cube de jeu de construction. Et l'enfant qui est en moi se réveille et sait à nouveau ce que c'est que la mort. La mort, c'est quand la Créature du lac noir bloque la sortie. La mort, c'est quand les monstres vous attrapent.

À la fin, bien entendu, le héros et l'héroïne sont bien vivants, et en plus ils triomphent — comme Hansel et Gretel. Lorsque les lumières du *drive-in* s'allument et que sur le grand écran s'inscrit le message disant BONNE NUIT, SOYEZ PRUDENTS SUR LA ROUTE (auquel s'ajoute cette pieuse suggestion : PENSEZ À VOUS RENDRE À L'ÉGLISE DE VOTRE CHOIX), vous éprouvez une brève sensation de soulagement, presque de résurrection. Mais ce que vous gardez au fond de votre cœur, c'est la terreur que vous avez ressentie lorsque vous avez cru que ce brave Richard Carlson et cette chère Julia Adams allaient couler pour la troisième fois, et l'image qui reste gravée dans votre esprit, c'est celle de la créature emmurant patiemment ses victimes dans le lac noir ; je la vois encore guettant ses proies derrière ce barrage de boue et de branchages.

Ses yeux. Ses yeux millénaires.

CHAPITRE 5
Radio et réalité

1

Ce sont avant tout les livres et les films qui nous intéressent, et nous y reviendrons avant longtemps, mais j'aimerais d'abord vous entretenir de la radio des années 50. Je commencerai par évoquer mon cas personnel, et j'espère que nous pourrons en tirer profit pour émettre des remarques d'ordre plus général[1].

Je fais partie du dernier carré de la dernière génération à se souvenir de la radio comme d'un média de premier plan — une forme d'art dramatique dotée de sa propre conception de la réalité. Cette déclaration est pour le moins irréfutable, mais approfondissons-la un peu. Le véritable âge d'or de la radio a pris fin vers 1950, l'année que je me suis fixée comme point de départ de mon aperçu historique, l'année où j'ai fêté mon troisième anniversaire et où j'ai commencé à me passer de couches-culottes. En tant qu'enfant des mass-médias, j'ai eu le privilège d'assister à la naissance du rock and roll et à sa croissance aussi saine que rapide... mais j'ai également eu la douleur d'assister, lors de mes premières années d'existence, à l'agonie de la radio en tant que média pourvoyeur de fictions.

Dieu sait que la radio diffuse encore des dramatiques — voir par exemple le *CBS Mystery Theater*[2] —, ainsi d'ailleurs que des œuvres comiques, comme le savent les fidèles auditeurs de Chickenman, le plus inepte des super-héros. Mais le *Mystery Theater* semble étrangement plat, étrangement mort ; ce n'est au mieux qu'une curiosité. On n'y trouve aucune trace de l'intensité émotionnelle qui sortait du poste chaque semaine lorsque s'ouvrait la lourde porte grinçante d'*Inner Sanctum*[3], sans parler des émissions comme *Dimension X*[4], *I Love a Mystery*[5] ou des premiers temps de *Suspense*. Je m'efforce d'écouter le *Mystery Theater* quand cela m'est possible (et E. G. Marshall[6] fait à mon avis un excellent travail dans le rôle du narrateur), mais je ne saurais vous le recommander sans réserves ; cette émission m'évoque une Studebaker encore en état de rouler — tant bien que mal — ou le dernier survivant d'une espèce en voie de disparition. En fait, le *CBS Mystery Theater* est pareil à une ligne à haute tension dans laquelle passait jadis un courant meurtrier et qui gît à présent sur le sol, immobile et inoffensive. *The Adventures of Chickenman*, un feuilleton comique diffusé un peu partout en Amérique, lui est nettement supérieur (après tout, la radio est souvent la terre d'élection de l'humour), mais ce super-héros aussi intrépide que maladroit n'est pas du goût de tout le monde, à l'instar des escargots ou du tabac à priser. Le passage que j'ai toujours préféré, c'est celui où Chickenman monte dans le bus pour se rendre dans le centre ville, vêtu de ses bottes, de son caleçon long et de sa cape, et constate que l'absence de poches dans son costume l'empêche d'avoir de la monnaie pour payer son ticket.* Et bien que j'apprécie les mésaventures de Chickenman, un homme qui passe d'une catastrophe à l'autre sans jamais perdre son allant — suivi de près par sa mère juive, toujours prête à le gaver de conseils et de

---

* Et certaines personnes sont complètement imperméables à Chickenman. Un jour, mon copain Mac McCutcheon a passé un disque des aventures du Volatile Vengeur à un groupe d'amis qui l'ont écouté d'un air poli mais sans jamais se dérider. Pas un seul gloussement dans l'assistance. Comme le dit Steve Martin dans *Un vrai schnock* : « Enlevez-lui ces escargots et servez-lui un sandwich au fromage comme je vous l'avais dit ! »

130

bouillon de poule casher —, il ne m'a jamais entièrement convaincu... sauf peut-être lorsqu'il s'est retrouvé devant ce chauffeur de bus, la cape entre les jambes. Chickenman me fait sourire ; il me fait même glousser à l'occasion ; mais il ne m'a jamais occasionné de crise d'hilarité comparable à celles qui me secouaient jadis lorsque Fibber McGee[7], un homme aussi indomptable que le Temps, s'approchait de son placard, ou lorsque Chester A. Riley se lançait dans de longues et sinistres conversations avec son voisin, un croque-mort nommé Digger O'Dell (« Quel chic type ! »).

De tous les programmes radio dont je me souviens encore aujourd'hui, celui qui rentre le mieux dans le cadre de notre danse macabre s'intitulait *Suspense*[8] et était présenté par le CBS Radio Network.

C'est en compagnie de mon grand-père (celui qui avait jadis travaillé pour Winslow Homer) que j'ai assisté à l'agonie de la radio. Bien qu'âgé de quatre-vingt-deux ans, il était encore relativement vert, mais sa barbe broussailleuse et ses dents disparues le rendaient incompréhensible. Quand il prenait la parole — et souvent pour ne pas la lâcher —, seule ma mère avait la capacité de le comprendre. « *Gizzen-groppen fuzzwah grupp ?* » me demandait-il parfois quand nous nous asseyions pour écouter son vieux poste Philco. Et moi de répondre : « Oui, papy », sans avoir la moindre idée de ce qu'il avait pu vouloir dire. Mais nous restions unis par la radio.

À cette époque — vers 1958 —, mes grands-parents demeuraient dans un salon reconverti en chambre, la plus grande pièce de leur petite maison du Maine. Papy arrivait encore — à peine — à se déplacer, mais ma grand-mère était aveugle, grabataire, et rendue obèse par l'hypertension. Elle était parfois lucide, mais le plus souvent son esprit battait la campagne : elle nous disait de nourrir les chevaux, d'attiser le feu, de l'aider à se lever afin qu'elle prépare des tartes pour le dîner des Elks. Il lui arrivait même parfois de parler à Flossie, une des sœurs de ma mère. Flossie était décédée de la méningite cérébro-spinale quarante ans auparavant. Telle était donc la situation dans la chambre : mon grand-père avait toute sa tête mais on ne comprenait rien de ce qu'il disait ; on comprenait parfaitement ma grand-mère, mais elle avait sombré dans la sénilité.

Entre les deux, il y avait la radio de papy.

Les soirs d'écoute, j'installais ma chaise dans le coin de la chambre réservé à mon grand-père, lequel allumait alors un de ses énormes cigares. On entendait le gong annonçant un nouvel épisode de *Suspense,* ou encore la voix de Johnny Dollar[9] qui introduisait sa nouvelle aventure en récitant sa note de frais (une astuce de scénario à ma connaissance unique), ou encore la voix grave et empreinte de lassitude de Bill Conrad dans le rôle du shérif Matt Dillon : « Ça finit par vous rendre vigilant... et un peu solitaire. » Pour moi, l'odeur du cigare dans une petite pièce évoque des spectres bien précis : ceux de ces dimanches soirs où j'écoutais la radio avec mon grand-père. Le grincement d'une porte, le cliquetis des éperons... ou le hurlement qui retentissait à la fin d'un des classiques de *Suspense* intitulé *You Died Last Night.*

Et ils sont bien morts, l'un après l'autre, les derniers programmes de l'âge d'or de la radio. *Johnny Dollar* fut le premier touché ; après avoir comptabilisé sa dernière note de frais, il est parti dans les limbes qui accueillent les enquêteurs des assurances à la retraite. *Gunsmoke*[10] a suivi un ou deux ans plus tard. Le public, qui s'était contenté pendant dix ans d'imaginer le visage des héros de cette série western, avait vu la télévision les concrétiser pour lui : Matt Dillon avait désormais les traits de James Arness, Kitty ceux d'Amanda Blake, Doc ceux de Milburn Stone, et Chester ceux de Dennis Weaver. Et les voix de ces acteurs ont éclipsé celles qui sortaient de la radio, tant et si bien qu'aujourd'hui, vingt ans plus tard, c'est la voix légèrement nasillarde de Dennis Weaver que j'associe au personnage de Chester Good lorsqu'il se précipite dans les rues de Dodge City et hurle : « Shérif ! Shérif ! Y a une bagarre au ranch Longbranch ! »

Ce fut *Suspense,* la dernière des émissions d'horreur, qui survécut le plus longtemps, mais la télé avait déjà démontré qu'elle était capable de faire frissonner son public ; tout comme *Gunsmoke, Inner Sanctum* était passé du son à l'image, et sa porte grinçante était enfin visible. Visible et bien horrible — légèrement de guingois, festonnée de toiles d'araignée —, mais un peu moins terrifiante qu'avant. Rien ne pouvait être aussi horrible que le *bruit* qu'elle émettait. Je ne vais pas me lancer dans une dissertation sur les raisons de la mort de la radio, ni sur sa supériorité par rapport à la télé en tant qu'outil d'éveil de l'imagination (un sujet que nous aborderons un peu plus tard lorsque nous parlerons du grand Arch Oboler), car la dramatique radio a déjà fait l'objet de quantité d'analyses et de quantité d'éloges. Un peu de nostalgie ne fait jamais de mal, mais j'estime que je me suis suffisamment laissé aller pour le moment.

Néanmoins, je souhaiterais m'attarder un peu sur l'imagination et son usage dans l'exercice de la terreur. L'idée que je vais exposer n'est pas de moi ; je l'ai entendu formuler par William F. Nolan lors de la *World Fantasy Convention* de 1979. Rien n'est plus terrifiant que ce qui se trouve derrière une porte, affirme Nolan. Vous vous approchez d'une porte dans une vieille maison hantée, et vous entendez soudain un grattement. Le spectateur retient son souffle en même temps que le protagoniste quand il (ou elle, le plus souvent) s'approche de cette porte. Le protagoniste ouvre soudain la porte, et apparaît un monstre de trois mètres de haut. Les spectateurs se mettent à hurler, mais leurs hurlements semblent bizarrement soulagés. « Un monstre de trois mètres de haut, c'est grave, pensent-ils, mais j'arriverai à tenir le coup. J'avais peur qu'il fasse *trente* mètres de haut. »

Considérons, si vous le voulez bien, la séquence la plus terrifiante du film *L'Enfant du diable*[11]. L'héroïne (Trish Van Devere) se précipite dans la maison hantée que vient de louer son ami (George C. Scott), persuadée qu'il a besoin d'aide. Scott s'est absenté, mais une série de bruits furtifs la persuade néanmoins de sa présence. Sous les yeux fascinés des spectateurs, Trish monte au premier étage ; puis au deuxième ; et finalement, elle s'engage dans l'étroit escalier conduisant au grenier où, quatre-vingts ans auparavant, un jeune garçon a été assassiné dans des circonstances atroces. Lorsqu'elle entre dans le grenier, le fauteuil roulant du garçon pivote soudain sur ses roues et se lance à sa poursuite, et elle descend les trois étages en hurlant, puis traverse le couloir, toujours pourchassée par le fauteuil, lequel se renverse finalement en atteignant le seuil de la maison. Les spectateurs poussent des cris durant toute cette scène, mais le summum de la terreur est déjà passé ; il est survenu lorsque la caméra montait le long de cet escalier plongé dans les ténèbres, lorsqu'ils imaginaient l'horreur tapie en haut des marches.

Bill Nolan[12] parle en tant que scénariste de cinéma et de télévision lorsqu'il donne l'exemple du monstre derrière la porte, mais sa démonstration s'applique à tous les médias. Ce qui est tapi derrière la porte ou en haut de l'escalier n'est jamais aussi terrifiant que la porte ou l'escalier. Et là est le paradoxe : l'œuvre d'horreur s'avère presque toujours décevante. À tous les coups l'on perd. On peut tenir un bon moment en terrifiant les gens avec l'inconnu (Bill Nolan évoque un exemple classique : *Rendez-vous avec la peur*, un film de Jacques Tourneur avec Dana Andrews), mais comme au poker, on est tôt ou tard obligé d'abattre ses cartes. D'ouvrir la porte et de montrer au public ce qu'il y a derrière. Et s'il s'agit d'un monstre haut de trente mètres, le public pousse un soupir (ou un cri) de soulagement et se dit : « Un monstre de trente mètres de haut, c'est grave, mais j'arriverai à tenir le coup. J'avais peur qu'il fasse *trois cents* mètres de haut. » En fait, l'esprit humain est capable d'encaisser presque n'importe quoi — ce qui est une bonne chose, vu ce que certains de nos semblables ont dû affronter à Dachau, à Hiroshima, lors de la Croisade des enfants ou encore à Guyana —, et l'écrivain ou le cinéaste d'horreur doit résoudre un problème psychologique qui n'est pas sans rappeler celui de la quadrature du cercle.

Il existe et il a toujours existé certains écrivains d'horreur (je ne suis pas du nombre) pour penser que la meilleure façon de résoudre le problème est de ne jamais ouvrir la porte. Un exemple classique de cette école de pensée — on y trouve même une porte — n'est autre que *La Maison du diable*, le film que Robert Wise a tiré de *Maison hantée*[13], le roman de Shirley Jackson. Le livre et le film se ressemblent fort au niveau de leur intrigue, mais ils présentent à mon avis des différences significatives au niveau de leur orientation, de leur point de vue et de leurs effets. (On parlait de radio, c'est ça ? Ne vous inquiétez pas, on va y revenir tôt ou tard — je crois...) Nous aurons par la suite l'occasion de discuter de l'excellent roman de Mrs. Jackson, mais limitons-nous au film pour l'instant. Un anthropologue (Richard Johnson) dont le hobby est la chasse aux fantômes invite trois personnes à passer quelque temps avec lui dans Hill House, une sinistre maison où se sont sans doute produites diverses atrocités et où on a peut-être (mais rien n'est moins sûr) aperçu de temps en temps quelques spectres. Il y

134

a là deux dames qui sont déjà entrées en contact avec le monde invisible (Julie Harris et Claire Bloom) et un jeune homme insouciant qui n'est autre que le neveu du propriétaire actuel (Russ Tamblyn, dont on a pu apprécier les talents de danseur dans *West Side Story*).

Mrs. Dudley, la gardienne de la maison, lance à chacun des participants le même avertissement : « Personne n'habite entre la maison et la ville ; personne ne s'approchera d'ici. Personne ne vous entendra si vous hurlez. Dans la nuit. Dans le noir. »

Bien entendu, il s'avère que Mrs. Dudley a parfaitement raison, et on ne tarde pas à s'en rendre compte. Les quatre chasseurs de fantôme subissent des expériences de plus en plus horribles, et le neveu insouciant finit par déclarer que cette propriété dont il lui tardait tant d'hériter devrait être rasée... et qu'on devrait répandre du sel sur ses fondations.

Ce qui nous intéresse ici, c'est que nous ne voyons jamais ce qui hante Hill House. Il y a *quelque chose* dans cette maison, c'est entendu. *Quelque chose* tient la main d'Eleanor dans les ténèbres — elle croit que c'est Theo, mais elle apprend le lendemain que Theo n'était même pas auprès d'elle. *Quelque chose* cogne sur les murs, produisant des bruits ressemblant à des coups de canon. Et c'est ce même quelque chose qui pousse une porte avec tant de force qu'elle en vient à ressembler à une grosse bulle de bois — un spectacle si incongru qu'il ne peut qu'évoquer la terreur chez le spectateur. Comme le dirait Nolan, il y a quelque chose qui gratte à la porte. Et en fait, bien que *La Maison du diable* bénéficie d'une excellente mise en scène, d'excellents acteurs et des superbes images en noir et blanc de David Boulton, le film de Wise est un des rares films d'horreur radiophoniques. Quelque chose gratte à cette porte ouvragée, quelque chose d'horrible... mais c'est une porte que Wise choisit de ne pas ouvrir.

Lovecraft ouvrait la porte... ou plutôt l'entrouvrait. Voici les dernières lignes du journal intime de Robert Blake dans *Celui qui hantait les ténèbres,* une nouvelle dédiée à Robert Bloch :

Sens de la distance aboli... ce qui est loin est près et ce qui est près est loin. Pas de lumière... pas de jumelles... et je vois cette flèche... ce clocher... cette fenêtre... Suis fou ou le deviens... La créature dans le clocher... Je suis elle et elle est moi... Je veux sortir... il faut sortir et unir les forces... Elle sait où je suis...

135

Je suis Robert Blake, mais je vois le clocher dans les ténèbres. Il y a une odeur monstrueuse... Les planches de cette fenêtre craquent et cèdent... Iä... ngaï... ygg...

Je la vois... elle vient par ici... tache gigantesque... ailes noires... Yog-Sothoth, sauve-moi ![14]

C'est ainsi que s'achève le texte, et nous n'avons qu'un vague aperçu de ce qu'a pu voir l'infortuné Robert Blake. « Je ne peux pas vous décrire ça, nous déclarent quantité de protagonistes. Si je le faisais, vous deviendriez fou de terreur. » Personnellement, j'en doute. À mon sens, Wise et Lovecraft savaient que, dans quatre-vingt-dix-neuf pour cent des cas, ouvrir la porte serait préjudiciable à l'unité onirique de leur création. « J'arriverai à tenir le coup », se dit le lecteur ou le spectateur en poussant un soupir de soulagement, et la partie est perdue juste avant le coup de sifflet final.

Si je désapprouve cette méthode — laissons la porte s'enfler mais gardons-nous de l'ouvrir —, c'est parce que je suis convaincu que ceux qui l'emploient partent déjà perdants. Après tout, on a une chance sur cent de gagner, et n'oublions pas la suspension de l'incrédulité. En conséquence, je préfère ouvrir la porte à un moment ou à un autre des réjouissances ; abattre franchement mes cartes, si vous voulez. Et si le lecteur hurle de rire plutôt que de terreur, s'il aperçoit la fermeture Éclair sur le dos du monstre, eh bien il ne me reste plus qu'à espérer que je ferai mieux la prochaine fois.

Ce qu'il y avait de passionnant avec la radio, c'est qu'elle n'avait même pas à se poser la question de l'ouverture de la porte. Elle en était dispensée de par sa nature même. Entre 1930 et 1950, les auditeurs ne disposaient d'aucune image préconçue pour meubler leur conception de la réalité.

Mais quelle était donc cette conception ? Prenons à nouveau un exemple cinématographique, dans un but de contraste et de comparaison. Parmi les classiques du cinéma de terreur que je n'ai jamais réussi à voir durant mon enfance figure *La Féline*, un film produit par Val Lewton et mis en scène par Jacques Tourneur. Tout comme *Freaks*, c'est un film que les fans du genre considèrent comme un chef-d'œuvre — on pourrait aussi évoquer *Rendez-vous avec la peur*, *Au cœur de la nuit*[15] et *Le Monstre*, mais limitons-nous pour l'instant à celui-ci. C'est un film dont nombre d'amateurs se souviennent avec affection et respect... et qui les a rendus morts de trouille. Deux de ses séquences sont particulièrement mémorables ; dans les deux cas, Jane Randolph (la « bonne ») est menacée par Simone Simon (la « méchante » — laquelle, avouons-le, n'est pas plus « méchante » que ce pauvre Larry Talbot dans *Le Loup-Garou*. Dans la première séquence, Miss Randolph est coincée dans une piscine en sous-sol alors que, tout près, de plus en plus près, rôde un grand félin sauvage. Dans la seconde, elle traverse Central Park et le félin se rapproche sans cesse... se prépare à bondir... nous entendons un feulement rauque... produit en fait par les freins d'un autobus. Miss Randolph monte dans le bus, et le spectateur pousse un soupir de soulagement, persuadé qu'un drame vient d'être évité de justesse.

En termes d'impact psychologique, je suis prêt à considérer *La Féline* comme un bon, voire un grand film américain. C'est presque certainement le meilleur film d'horreur des années 40. À la base du mythe des hommes-chats — des chats-garous, si vous voulez — se trouve une profonde angoisse sexuelle ; durant son enfance, Irena (Miss Simon) a été convaincue que toute manifestation de passion de sa part aura pour conséquence de la métamorphoser en félin. Et pourtant, elle épouse Kent Smith, lequel est tellement fou d'elle qu'il lui passe la bague au doigt tout en sachant — et le spectateur avec lui — qu'il passera sa nuit de noces — et sans nul doute les suivantes — sur le canapé du salon. Pas étonnant que ce pauvre bougre s'intéresse à Jane Randolph.

Mais retournons à nos deux scènes : celle de la piscine est des plus efficaces. Lewton, comme Stanley Kubrick dans *Shining*, en maîtrise totalement le contexte, éclairant la scène à la perfection et en contrôlant toutes les variables. Son authenticité s'impose à nous de toutes les façons possibles : le carrelage des murs, le clapotis de l'eau, l'écho légèrement plat de la voix de Miss Randolph (qui pose une des questions fondamentales du film d'horreur : « Qui est là ? »). Et je suis sûr que la scène de Central Park a également fait frissonner le public des années 40 — mais aujourd'hui, elle tombe complètement à plat ; même le plus naïf des spectateurs la trouverait risible.

J'étais déjà adulte lorsque j'ai enfin réussi à voir ce film, et je me suis longtemps demandé pourquoi on en faisait tout un plat. Et je crois avoir compris pourquoi cette scène fonctionnait jadis et ne fonctionne plus désormais. C'est en partie à cause de ce que les techniciens appellent « l'état de l'art ». Mais ce n'est là qu'un terme de spécialiste pour désigner ce que j'appellerai une idée préconçue de la réalité.

Si jamais vous avez l'occasion de voir *La Féline*, à la télé ou dans une salle d'art et d'essai près de chez vous, regardez attentivement la scène où Irena traque Jane Randolph dans Central Park, et plus particulièrement le moment où Miss Randolph se précipite vers l'autobus. Vous constaterez alors que cette scène n'a pas été tournée à Central Park. Elle a été tournée sur un plateau de cinéma. Réfléchissez un peu et vous comprendrez pourquoi. Tourneur, qui voulait contrôler l'éclairage de la scène à tout moment,* n'a pas délibérément choisi de tourner sur un plateau ; il n'avait tout simplement pas le choix. En 1942, « l'état de l'art » ne lui permettait pas de tourner une scène nocturne en extérieurs. Et plutôt que de la tourner de jour en usant du procédé dit de « la nuit américaine », lequel ne fait pas illusion un seul instant, Tourneur a opté pour le plateau, avec raison à mon avis — et il est intéressant de noter que, quarante ans plus tard, Stanley Kubrick a choisi la même solution pour *Shining*... et comme Lewton et Tourneur, Kubrick est un cinéaste doué d'une exquise sensibilité pour l'ombre et la lumière.

Pour les spectateurs de cette époque, cette option était parfaitement valide ; ils avaient l'habitude d'intégrer le plateau de cinéma à leur conception de la réalité. Ils l'acceptaient sans problème, tout comme nous accepterions un décor dépouillé dans une pièce de théâtre qui ne nécessite qu'un espace nu sur la scène (voir par exemple *Our Town* de Thornton Wilder[16]), alors que le spectateur de l'ère victorienne se rebellerait à cette idée. Peut-être pourrait-il

---

* En mentionnant ce film, William F. Nolan déclare que le souvenir le plus marquant qu'il garde de cette scène est l'alternance saccadée d'ombre et de lumière qui accompagne la fuite de Miss Randolph — et c'est bien là un effet visuel aussi terrifiant que réussi.

accepter le *principe* de l'espace nu, mais la pièce perdrait alors à ses yeux une partie substantielle de son charme et de ses effets. *Our Town* serait étrangère à sa conception de la réalité.

C'est pour la même raison que la scène de Central Park perd toute crédibilité à mes yeux. Lorsque la caméra suit Miss Randolph dans sa fuite, tous les éléments du décor m'apparaissent clairement comme factices. Alors que je suis censé m'inquiéter du sort de Miss Randolph, je me surprends à m'interroger sur ce mur en papier mâché. Lorsque l'autobus s'arrête enfin, produisant avec ses freins un grondement proche de celui du félin, je me demande comment on a fait pour transporter ce bus new-yorkais sur le plateau et si les buissons que l'on aperçoit dans le fond sont réels ou en plastique.

La conception de la réalité s'altère avec les ans, et les frontières de ce pays mental où poussent les fruits de l'imagination (la *Zone crépusculaire*[17], pour reprendre l'expression de Rod Serling qui fait aujourd'hui partie du langage américain) se redessinent sans cesse. Durant les années 60, une décennie où j'ai vu plus de films que je n'en verrai jamais, « l'état de l'art » avait progressé jusqu'à un point où le plateau de cinéma était quasiment démodé. Grâce aux nouveaux types de pellicule, il était désormais possible de tourner n'importe où et n'importe quand. En 1942, Val Lewton[18] ne pouvait pas filmer Central Park de nuit, mais dans *Barry Lyndon*, Stanley Kubrick a tourné plusieurs scènes éclairées à la bougie. Ce saut quantique de technicité a une conséquence paradoxale : il vide la banque de l'imagination. C'est peut-être parce qu'il l'avait compris que Kubrick est revenu au tournage sur plateau pour son film suivant, à savoir *Shining*.*

---

* Vous faut-il une preuve supplémentaire de l'évolution de la conception de la réalité ? Vous rappelez-vous *Bonanza*, ce feuilleton diffusé par NBC pendant un bon millier d'années ? Je suis sûr qu'on le repasse encore dans votre coin. Jetez donc un coup d'œil au ranch Ponderosa — la cour de devant, le grand salon — et demandez-vous comment vous avez pu croire un instant à sa réalité. Si ce décor vous paraissait réel, c'était parce que vous aviez l'habitude, jusqu'en 1965 environ, de voir des séries télé tournées sur plateau ; aujourd'hui, on n'utilise plus le plateau à la télé, même pour les scènes en extérieurs. « L'état de l'art » a progressé, pour le meilleur ou pour le pire.

Tout ceci semble nous éloigner des dramatiques radio et de cette histoire de porte ouverte ou fermée, mais nous y sommes en plein dedans, ou presque. Tout comme les spectateurs des années 40 et 50 croyaient au Central Park de Val Lewton, les auditeurs croyaient ce que leur disaient les annonceurs, les acteurs et les ingénieurs du son. Ils avaient certes une conception de la réalité, mais celle-ci était malléable, quasiment vierge de toute idée préconçue. Quand ils imaginaient le monstre dans leur esprit, il n'y avait pas de fermeture Éclair sur son dos ; c'était un monstre parfait. Aujourd'hui, quand on écoute les enregistrements d'une vieille émission baptisée *The Make-Believe Ballroom*, on ne parvient pas à l'accepter, pas plus que je n'accepte le mur en papier mâché de Val Lewton ; tout ce qu'on entend, c'est un disc-jockey qui passe des disques dans un studio. Mais pour les auditeurs de jadis, *The Make-Believe Ballroom* participait de la réalité ; ils imaginaient sans peine les danseurs en smoking, les danseuses en robe de soirée, les chandelles accrochées au mur, et Tommy Dorsey, vêtu de son superbe complet blanc, en train de diriger l'orchestre. Et quand le Mercury Theater[19] d'Orson Welles a présenté sur les ondes sa célèbre adaptation de *La Guerre des mondes* (c'était le soir de Halloween et l'Amérique ne l'a jamais oublié), le royaume de l'imagination est devenu si grand que la panique a régné dans tous le pays. Ça n'aurait jamais marché à la télé[20], mais il n'y avait aucune fermeture Éclair sur le dos de ces Martiens de radio.

Si la radio a réussi à faire l'impasse sur cette fichue porte, c'est à mon avis parce qu'elle faisait des dépôts plutôt que des retraits à la banque de l'imagination. Au diable « l'état de l'art », la radio rendait réel tout ce qu'elle touchait.

2

C'est à Ray Bradbury que je dois ma première expérience de la terreur — sous la forme de l'adaptation radiophonique de sa nouvelle *La Troisième Expédition*[21] dans le cadre de l'émission

140

Dimension X. Ça devait se passer vers 1951, ce qui veut dire que j'avais à peine quatre ans. J'avais demandé à ma mère la permission de l'écouter, et elle me l'avait aussitôt refusée. « C'est beaucoup trop tard, déclara-t-elle, et ce serait beaucoup trop dérangeant pour un enfant de ton âge. »

Maman m'avait raconté qu'une de ses sœurs avait failli se suicider dans sa baignoire durant la diffusion de *La Guerre des mondes* d'Orson Welles. Et ma tante avait soigneusement organisé son départ ; les yeux braqués sur la fenêtre de sa salle de bains, elle attendait l'apparition des engins de mort des Martiens pour commencer à se taillader les poignets. Elle avait été sérieusement dérangée par l'adaptation de Welles, pourrait-on dire... et les paroles de ma mère résonnent encore à mes oreilles, comme dans un cauchemar qui n'aurait jamais pris fin : « Trop dérangeant... dérangeant... dérangeant... »

Mais je me suis quand même planqué derrière la porte pour écouter la radio, et elle avait raison : c'était sacrément dérangeant.

Des astronautes se posent sur Mars... mais ce n'est pas Mars qu'ils trouvent devant eux. C'est cette bonne ville de Greentown (Illinois), et elle est habitée par leurs amis et parents disparus. Il y a là leurs mamans, leurs petites amies, ce cher Clancey, l'agent de la circulation, et Miss Henreys, l'institutrice. Sur la planète Mars, Lou Gehrig s'illustre encore dans l'équipe des Yankees.

Mars, c'est le paradis, décident les astronautes. Les indigènes les accueillent chez eux, et ils y dorment du sommeil du juste, y digèrent leurs hamburgers, leurs hot-dogs et la tarte aux pommes de leur maman. Un seul d'entre eux soupçonne une indicible obscénité, et il a raison. Tu parles qu'il a raison ! Mais lorsqu'il prend pleinement conscience de l'illusion dont il a été victime, il est déjà trop tard... car dans la nuit, tous ces visages bien-aimés commencent à se dissoudre et à s'altérer. Des yeux naguère sages et aimants se transforment en abîmes de haine. Les joues roses de papy et de mamie s'étirent et virent au jaune. Les nez s'allongent pour former des trompes ridées. Les bouches deviennent des gueules béantes. Et la nuit se peuple d'horreurs, de cris désespérés et de hurlements d'angoisse, car Mars n'est pas le paradis, après tout. Mars est un enfer de haine, de faux-semblants et de meurtres.

Je n'ai pas dormi dans mon lit cette nuit-là ; j'ai dormi sur le seuil de ma chambre, le visage baigné par la lueur réelle et rationnelle de l'ampoule de la salle de bains. Tel était le pouvoir de la radio à son apogée. The Shadow[22], nous assurait-on au début de chaque épisode, avait « le pouvoir d'obscurcir l'esprit humain ». Et je suis frappé de constater que, lorsqu'on parle de la fiction dans les médias, ce sont le cinéma et la télévision qui obscurcissent le plus souvent cette partie de notre esprit où l'imagination peut s'épanouir le plus librement ; pour ce faire, ils nous imposent la dictature de l'image.

Si l'on considère l'imagination comme une créature mentale susceptible de prendre une centaine de formes différentes (imaginez, par exemple, que Larry Talbot[23] ne soit pas seulement condamné à se changer en loup à chaque pleine lune, mais qu'il puisse se transformer chaque nuit en toutes sortes de créatures ; du requin-garou à la puce-garou), alors l'une de ces formes est un gorille enragé, une créature aussi dangereuse qu'incontrôlable.

Si cela vous semble un tantinet mélodramatique, pensez à vos enfants ou à ceux de vos amis (et peu importe votre propre enfance ; peut-être vous rappelez-vous relativement bien certains événements qui ont pu la marquer, mais les souvenirs que vous gardez de vos émotions d'alors sont complètement erronés), et au jour où ils se sont trouvés incapables d'éteindre la lumière de leur chambre, de descendre dans la cave ou tout simplement d'attraper leur manteau dans le placard, tout ça parce qu'ils avaient vu ou entendu quelque chose qui les avait terrifiés — et pas forcément un film ou un feuilleton télé. J'ai déjà évoqué la redoutable « tête de pioche » ; John D. MacDonald raconte que son fils a vécu durant plusieurs semaines dans la terreur d'une créature baptisée « l'éventreur vert ». MacDonald et sa femme ont fini par avoir le fin mot de l'histoire : un de leurs amis avait parlé lors d'un dîner de « la sinistre faucheuse ». Et leur fils avait entendu *l'éventreur vert*[24], une expression que MacDonald a ensuite utilisée comme titre d'une enquête de son héros Travis McGee[25].

Il y a tellement de choses susceptibles de terrifier un enfant que les adultes finissent par comprendre qu'un excès d'inquiétude de leur part risque d'être préjudiciable à leur relation avec lui ; on se sent un peu dans la peau d'un soldat égaré dans un champ de mines. Sans parler d'un autre facteur qui vient encore compliquer la situation : il nous arrive parfois de susciter nous-mêmes la terreur chez nos enfants. *Un jour*, leur disons-nous, *peut-être qu'un homme au volant d'une voiture noire s'arrêtera près de toi et t'offrira un bonbon si tu veux bien monter avec lui. Et c'est un Méchant Homme* (lire : le Croque-Mitaine), *et s'il te demande ça, tu ne dois jamais, jamais, jamais...*

Ou bien : *Écoute, Ginny, au lieu de laisser ta dent pour la Petite Souris, on va la mettre dans un verre de Coca. Et demain matin, ta dent aura disparu. Le Coca l'aura dissoute. Alors penses-y la prochaine fois que tu auras envie de dépenser ton argent de poche à...*

Ou encore : *Les petits garçons qui jouent avec les allumettes font tous pipi au lit, ils ne peuvent pas s'en empêcher, alors ne fais jamais...*

Et le bouquet final : *Ne mets pas ça dans ta bouche, tu ne sais pas d'où ça sort.*

La plupart des enfants s'accommodent fort bien de leurs terreurs... du moins le plus souvent. Le bestiaire de leur imagination est si étendu, si merveilleusement varié, que le gorille n'apparaît que peu fréquemment. Non contents de s'inquiéter au sujet de ce qui se trouve dans le placard ou sous le lit, ils doivent s'imaginer dans le rôle d'un pompier ou d'un policier (leur imagination endosse alors le costume du Preux Chevalier), dans celui d'une infirmière ou d'une mère de famille, dans celui de divers super-héros et enfin dans ceux de leurs parents, enfilant de vieux habits dans le grenier et se tenant par la main devant une glace qui leur montre le moins menaçant des avenirs. Ils ont à faire l'expérience de toute une palette d'émotions, de l'amour absolu à l'ennui total, afin de les essayer comme on essaie des chaussures avant de les acheter.

Mais de temps à autre, le gorille sort au grand jour. Les enfants savent que cette facette de leur imagination doit rester dans sa cage (« Ce n'est qu'un film, ça ne peut pas arriver pour de vrai, n'est-ce pas ? »... Ou, comme l'écrit Judith Viorst dans un de ses excellents livres pour enfants : « Ma maman dit que les fantômes, les vampires et les zombies, ça n'existe pas... *et cependant...* »). Mais cette cage est nécessairement plus fragile que celle bâtie par leurs aînés. Je ne pense pas qu'il puisse exister un être humain dénué de toute trace d'imagination — même si j'en suis venu à croire que certains de mes semblables sont dépourvus du sens de l'humour le plus élémentaire —, mais c'est parfois l'impression que ça fait... peut-être parce que la plupart des gens ne se contentent pas d'enfermer leur gorille dans une cage et préfèrent utiliser un coffre-fort digne de la Chase Manhattan Bank. Avec serrure ne s'ouvrant qu'à heures fixes.

J'ai naguère fait remarquer à un journaliste qui m'interviewait que la plupart des grands écrivains avaient un visage quasiment enfantin, et cette observation me paraît encore plus pertinente lorsqu'on l'applique aux auteurs de fantastique. L'exemple le plus frappant est sans doute celui de Ray Bradbury, qui ressemble encore aujourd'hui au petit garçon de l'Illinois qu'il était jadis — et ce en dépit de ses soixante ans et quelque, de ses cheveux gris et de ses grosses lunettes. Robert Bloch a le visage d'un garnement de cours moyen, le clown de la classe, et ce en dépit de son âge (je n'oserais estimer celui-ci, redoutant qu'il n'envoie Norman Bates[26] à mes trousses) ; c'est le visage du gosse qui s'assied au dernier rang — du moins jusqu'à ce que l'instituteur lui ordonne de s'installer au premier, ce qui ne tarde pas — et s'amuse à faire des bruits bizarres en frottant la paume de ses mains sur son bureau. Harlan Ellison[27] a le visage d'un adolescent élevé à l'école de la rue, assez sûr de sa force pour se montrer affable la plupart du temps mais prêt à vous donner une bonne leçon si vous lui cherchez des crosses.

Mais cette impression que je m'efforce de décrire (ou d'évoquer ; il est presque impossible de la décrire) est surtout perceptible sur le visage d'Isaac Bashevis Singer[28], lequel, quoique considéré par la critique établie comme relevant de la « vraie » littérature, a consacré une bonne partie de sa carrière aux diables, aux anges, aux démons et aux *dybbuks*. Attrapez donc un bouquin de Singer et jetez un coup d'œil à la photo de l'auteur (et ensuite, vous pourrez lire le bouquin, d'accord ?). Son visage est celui d'un vieillard, mais ce n'est là qu'un masque des plus superficiels. Le petit garçon qu'il était est encore visible sur ses traits. Ça se voit surtout à ses yeux ; ils sont jeunes et clairs.

144

Si les écrivains de fantastique gardent ce visage juvénile, c'est peut-être parce qu'ils aiment bien le gorille. Ils n'ont jamais pris la peine de renforcer sa cage, et en conséquence, ils n'ont jamais eu à subir cette atrophie de l'imagination qui accompagne le passage à l'âge adulte, ce rétrécissement du champ visuel si nécessaire à la réussite de l'adulte. Un des paradoxes du fantastique et de l'horreur, c'est que l'écrivain spécialisé est comparable aux deux petits cochons qui construisent leurs maisons respectives en paille et en bois... sauf qu'au lieu de retenir sa leçon et de se construire une maison en briques comme leur frère aîné et si adulte (immortalisé à jamais dans mon esprit par la casquette de mécano dont l'avait affublé Walt Disney), l'écrivain se contente de la rebâtir avec de la paille ou du bois. Parce que, aussi dingue que ça paraisse, il *aime* voir arriver le loup qui va anéantir sa demeure, tout comme il aime voir le gorille sortir de sa cage.

La plupart des gens ne sont pas des écrivains spécialisés, bien entendu, mais la quasi-totalité d'entre nous a besoin de temps à autre de nourrir l'imagination avec des mets de ce style. Nous savons confusément que l'imagination a besoin de sa dose de terreur, tout comme le corps peut parfois avoir besoin de vitamines ou de sel iodé. Le fantastique, c'est le sel de l'esprit.

J'ai évoqué un peu plus haut la suspension de l'incrédulité. La définition, due à Coleridge, de l'effort que doit faire le lecteur s'il veut pleinement apprécier un conte, un roman ou un poème fantastique. En d'autres termes : le lecteur doit laisser le gorille sortir de sa cage pour quelques instants, et quand on aperçoit la fermeture Éclair sur le dos du monstre, le gorille s'empresse de regagner sa prison. Après tout, lorsque nous atteignons la quarantaine, ça fait un bout de temps qu'il est là-dedans, et peut-être a-t-il fini par adopter ce qu'on appelle la « mentalité carcérale ». Parfois, on doit le forcer à sortir avec un aiguillon à bestiaux. Et parfois, il refuse carrément de sortir.

Ceci considéré, le concept de réalité devient fichtrement difficile à manipuler. Le cinéma y est parvenu, bien entendu ; dans le cas contraire, ce livre serait plus court d'un bon tiers. Mais en contournant la difficulté de l'image, la radio a développé un outil stupéfiant (voire dangereux, comme le suggèrent la panique et l'hystérie qui ont saisi le pays lors de la diffusion de *La Guerre des mondes*)* pour faire sauter la serrure de la cage du gorille. Mais en dépit de la nostalgie qui nous envahit quand nous pensons à la radio, il nous est impossible de revenir à cette époque bénie pour goûter à la terreur radiophonique ; cette pince-monseigneur est bel et bien cassée, pour la simple raison que nous exigeons désormais, pour le meilleur ou pour le pire, un élément visuel dans notre conception de la réalité. Que ça nous plaise ou non, nous ne pouvons rien y changer.

3

Nous avons presque achevé notre bref chapitre sur la radio — le prolonger davantage me conduirait, j'en ai peur, à radoter comme un de ces cinéphiles prêts à passer la nuit à vous convaincre que Charlie Chaplin était le plus grand acteur de tous les temps ou que les westerns-spaghettis de Clint Eastwood représentent l'apogée du cinéma existentialo-absurdiste —, mais aucun exposé sur la terreur radiophonique, si bref soit-il, ne saurait être complet sans une mention du plus grand *auteur*[29] du genre — lequel n'est pas Orson Welles mais Arch Oboler[30], le premier dramaturge radio à avoir eu sa propre émission nationale, l'extraordinaire *Lights Out*[31].

Lights Out date en fait des années 40, mais nombre de ses épisodes ont été rediffusés durant les années 50 (et jusqu'aux années 60), ce qui me permet de l'inclure dans mon exposé.

---

* Et que dire de Hitler ? La plupart d'entre nous l'associons aujourd'hui avec des films d'actualité, oubliant que lors des années 30, avant la prédominance de la télévision, Hitler utilisait la radio avec un génie maléfique. À mon avis, il aurait suffi qu'il apparaisse deux ou trois fois dans une émission du genre *Meet the Press*, ou que Mike Wallace le mette sur le gril dans *60 Minutes*, pour qu'il se dégonfle comme une baudruche.

La dramatique qui m'a laissé la plus forte impression s'intitulait *The Chicken Heart that Ate the World*, et je l'ai entendue lors de sa rediffusion dans le cadre de *Dimension X*. Oboler, à l'instar de maints praticiens de l'horreur — Alfred Hitchcock nous fournirait un exemple typique — avait parfaitement conscience des aspects potentiellement comiques de l'horreur, et cela n'a jamais été aussi évident que dans cette histoire de cœur de poulet, dont l'absurdité foncière vous arrachait des gloussements en même temps que vos bras se couvraient de chair de poule.

« Vous vous rappelez qu'il y a quelques jours vous m'avez demandé de quelle façon se déroulerait la fin du monde ? » Le savant qui a malencontreusement déchaîné la terreur sur le pauvre monde pose cette question à son jeune protégé alors qu'ils survolent le monstrueux cœur de poulet à 5000 pieds d'altitude. « Vous rappelez-vous ma réponse ? Ah ! que d'érudition dans mes prophéties. Je vous ai exposé mes théories mûrement réfléchies : le ralentissement de la rotation de la Terre... le triomphe de l'entropie... mais la réalité est sous nos yeux, Louis ! La fin du genre humain ! Et ce qui y préside, ce n'est pas le rougeoiement d'une explosion atomique... ni la gloire de la combustion interstellaire... ni la paix d'un silence blanc et glacé... mais *ceci* ! Cette masse de chair amorphe et avide. C'est une blague, pas vrai, Louis ? Une blague cosmique ! La fin du genre humain... causée par un cœur de poulet !

— Non, bafouille Louis. Non, je ne peux pas mourir. Je vais trouver un coin tranquille où me poser et... »

Puis, à cet instant précis, le ronronnement apaisant du moteur de l'avion se transforme en toux cacochyme. « Nous tombons en vrille ! s'écrie Louis.

— La fin du genre humain », déclare le savant d'une voix de stentor, et les deux hommes tombent droit sur le cœur de poulet. Nous l'entendons battre... de plus en plus fort... et la dramatique s'achève sur un sinistre *splash*. Ce qui faisait entre autres le génie d'Oboler, c'était que l'auditeur avait à la fois envie de rire et de vomir.

« Prêts à larguer les bombes », commençait cette vieille pub radio (un ronronnement en bruit de fond ; on imagine un ciel empli de

147

Forteresses volantes). « Lâchez la crème glacée sur le détroit de Puget », poursuit la voix (le gémissement hydraulique des portes de la soute, un sifflement suraigu suivi d'un énorme *splash*). « Parfait... préparez le sirop au chocolat... la crème fouettée... et... *larguez les cerises à l'eau-de-vie* ! » Nous entendons un gros bruit liquide lorsque tombe le sirop au chocolat, puis un sifflement lors de la chute de la crème fouettée. Ces bruits sont suivis par un *plop... plop... plop*. Et aussi absurde que cela paraisse, l'esprit réagit à ces stimuli ; l'œil intérieur voit bel et bien une série de gigantesques glaces émerger du détroit de Puget, tels d'étranges cônes volcaniques... tous surmontés d'une cerise aussi grosse que le Kingdome de Seattle. En fait, nous voyons tomber à verse ces cerises à cocktail d'un rouge écœurant, et nous les voyons creuser dans la crème fouettée des cratères aussi grands que celui de Tycho. Tout ça grâce au génie de Stan Freberg.[32]

Arch Oboler, un homme d'une intelligence prodigieuse qui travailla aussi pour le cinéma (il fut à l'origine de *Cinq Survivants*[33], un des premiers films à traiter du sort de l'humanité après la Troisième Guerre mondiale) et pour le théâtre, tira partie de deux des principales forces de la radio : la première, c'est l'obéissance innée de l'esprit, qui est prêt à visualiser tout ce qu'on lui suggère, jusques et y compris les pires absurdités ; la seconde, c'est le fait que la peur et l'horreur sont des émotions aveuglantes qui démantibulent nos échasses d'adultes et nous laissent dans le noir absolu, aussi désemparés que des enfants incapables de trouver l'interrupteur. La radio, bien entendu, est le média « aveugle » par excellence, et seul Oboler a su exploiter cette cécité pour en tirer le maximum d'effets.

Nos oreilles modernes, bien entendu, ont vite fait de repérer les conventions nécessaires de ce média qui ont fini par devenir obsolètes (en grande partie parce que l'élément visuel fait désormais partie intégrante de notre conception de la réalité), mais ce sont là des conventions que le public de l'époque acceptait sans problème (à l'instar du mur en papier mâché dans *La Féline*). Si elles sonnent faux à l'oreille des auditeurs des années 80, tout comme les apartés shakespeariens sonnent faux aux oreilles d'un néophyte en matière de théâtre, eh bien, c'est notre problème et c'est à nous de le résoudre.

Parmi ces conventions figure l'utilisation de la narration dans l'agencement de l'intrigue. Ainsi que la description dialoguée, une technique nécessaire à la radio mais que le cinéma et la télé ont rendue caduque. Voici par exemple un extrait de *The Chicken Heart that Ate the World* où le Dr Alberts discute dudit cœur de poulet avec Louis — lisez ce passage, puis demandez-vous s'il sonne juste à vos oreilles de spectateur entraîné :

« Regardez ça, là, en bas... une immense couverture maléfique étendue sur toutes choses. Regardez les routes : elles sont envahies d'hommes, de femmes et d'enfants fuyant cette menace. Voyez comme ce protoplasme grisâtre se tend vers eux pour les engloutir. »

À la télé, un tel dialogue serait considéré comme risible et redondant ; voire kitsch. Mais si on l'écoute dans l'obscurité, avec le ronronnement du moteur d'avion en fond sonore, il est redoutablement efficace. Bon gré mal gré, l'esprit conjure l'image que lui impose Oboler : un immense tas de gelée, animé de pulsations régulières, engloutissant les réfugiés sur leur route...

Ironie de l'histoire, la télévision et les premiers films parlants ont commencé par s'appuyer sur les techniques de la radio avant de se forger un langage qui leur était propre — ainsi que leurs propres conventions. La plupart de nous se souviennent encore des « ponts » narratifs des premières dramatiques télé (voir par exemple Truman Bradley[34], un individu à l'air plutôt inquiétant, qui prononçait une petite conférence scientifique au début de chaque épisode du *Science Fiction Theater*[35], puis refaisait son apparition à la fin pour nous donner la morale de l'histoire ; l'exemple le plus récent, et sans doute le plus éclatant, de l'utilisation de cette technique était l'intervention en voix off de feu Walter Winchell à la fin de chaque épisode des *Incorruptibles*[36]). Mais si nous regardons attentivement les premiers films parlants, nous constatons qu'ils employaient eux aussi la narration et la description dialoguée. Ces deux techniques étaient rendues inutiles par l'image, mais leur usage s'est prolongé quelque temps encore, un peu comme un appendice ayant perdu sa nécessité et que l'évolution n'a pas encore supprimé. L'exemple que je préfère se trouve dans les dessins animés de Superman, par ailleurs pleins d'innovations, que Max Fleischer a produits au début des années 40. Au début de chacun d'eux, le narrateur nous explique d'une voix solennelle qu'il existait jadis une planète nommée Krypton « qui luisait dans le ciel comme un gros joyau vert ». Et la voilà, bon sang, et elle est bien en train de luire dans le ciel comme un gros joyau vert. L'instant d'après, elle explose dans un éclair aveuglant. « Et Krypton explosa », nous informe le narrateur alors que les débris de la planète s'éparpillent dans l'espace. Au cas où on n'aurait pas bien vu.*

Oboler utilisait une troisième technique dans la composition de ses dramatiques radio, et cela nous ramène à Bill Nolan et à sa porte fermée. Quand cette porte s'ouvre, nous dit-il, nous découvrons un monstre de trois mètres de haut, et notre esprit, dont la capacité de visualisation dépassera toujours l'état de l'art, se sent soulagé. L'esprit, quoique obéissant (après tout, qu'est-ce que la folie selon les

---

* La télévision et le film parlant se sont également appuyés sur des conventions théâtrales avant de découvrir des modes de narration plus fluides. Regardez donc les vieilles séries des années 50 ou des films comme *New York-Miami*, *Le Chanteur de jazz* ou *Frankenstein*, et vous remarquerez que la plupart des scènes sont filmées en plan fixe, comme si la caméra était censée représenter un spectateur de théâtre assis au premier rang. Dans son excellent livre *Caligari's Children*, S. S. Prawer fait la même observation à propos de Georges Méliès, le pionnier du cinéma muet : « Les tours de passe-passe — double exposition, coupures brusques, et cetera — auxquels se livrait Méliès à partir de scènes filmées par une caméra placée sur un siège de théâtre suscitaient l'amusement plutôt que la terreur des spectateurs, et leur lassitude croissante a fini par le conduire à la ruine. »

Pour en revenir aux premiers films parlants, qui ont fait leur apparition quarante ans après que Méliès eut inventé le film fantastique et la notion d'« effets spéciaux », remarquons que c'étaient en partie les contraintes de l'enregistrement qui dictaient la position de la caméra ; celle-ci était fort bruyante quand elle fonctionnait, et la seule solution à ce problème était de la placer dans une cage de verre insonorisée. Quand on voulait faire bouger la caméra, on devait faire bouger cette cage, ce qui coûtait à la fois du temps et de l'argent. Mais c'était là un facteur que Méliès n'avait pas à prendre en compte, et cette explication ne suffit pas. C'est encore une question de préconception de la réalité. Prisonniers du carcan des conventions théâtrales, les premiers cinéastes étaient souvent incapables d'innover sur ce terrain.

gens sains d'esprit sinon un genre de désobéissance mentale ?), est étrangement pessimiste, voire le plus souvent carrément morbide.

Comme il n'utilisait qu'avec parcimonie le procédé de la description dialoguée (à l'inverse des créateurs de *The Shadow* et d'*Inner Sanctum*), Oboler était en mesure d'exploiter cette tournure d'esprit pour créer certains des effets les plus stupéfiants qu'aient eu le privilège d'entendre les auditeurs terrifiés. Aujourd'hui, si la violence télévisuelle a été unanimement condamnée (et en grande partie exterminée, si on compare les séries les plus récentes à celles des années 60, comme par exemple *Les Incorruptibles*, *Peter Gunn*[37] et *Thriller*[38]), c'est parce qu'elle est le plus souvent explicite — nous *voyons* le sang couler ; telle est la nature du média, telle est notre conception de la réalité.

Oboler ne lésinait pas sur le sang et la violence, mais les choses restaient en grande partie implicites ; l'horreur ne se manifestait pas devant une caméra mais dans la chambre noire de l'esprit. Le meilleur exemple que je puisse citer est sans doute une dramatique dont le titre serait digne du dessinateur humoristique Don Martin[39], *A Day at the Dentist's*.

Lorsque l'histoire débute, le « héros », un dentiste, se prépare à fermer son cabinet. Sa secrétaire lui apprend qu'il a encore un patient à traiter, un nommé Fred Houseman.

« Il dit que c'est urgent, précise-t-elle.

— Houseman ? demande sèchement le dentiste.

— Oui.

— Fred Houseman ?

— Oui... vous le connaissez ?

— Non... oh, non », répond le dentiste d'une voix neutre.

Si Houseman est venu voir notre héros, apprenons-nous, c'est parce que le Dr Charles, dont il a repris la clientèle, avait la réputation d'être indolore — et Houseman, qui a pourtant été catcheur et joueur de football américain, a une sainte horreur du dentiste (tout comme la plupart d'entre nous... et Oboler le sait parfaitement).

Houseman commence à avoir des doutes lorsque le dentiste *l'attache* sur le fauteuil. Il proteste énergiquement. Le dentiste lui déclare d'une voix parfaitement raisonnable (et comme cette voix raisonnable éveille nos soupçons ! Après tout, qui semble plus raisonnable qu'un dément ?) que « si le traitement doit être indolore, le patient doit rester rigoureusement immobile ».

Une pause, puis le bruit d'une sangle que l'on boucle.

Fermement.

« Et voilà, dit le dentiste d'une voix apaisante. Ficelé comme un dindon... drôle de comparaison, n'est-ce pas ? Vous n'êtes pas un dindon, pas vrai ? Vous ressembleriez davantage à un coq de village... n'est-ce pas ? »

Oh-oh, intervient une voix morbide dans notre crâne. *Ça a l'air de mal tourner pour ce pauvre Fred Houseman. Oh oui.*

Et ça tourne très mal. Le dentiste, qui s'exprime toujours d'une voix si apaisante, si raisonnable, continue à traiter Houseman de « coq de village ». Nous apprenons alors que Houseman a ruiné la réputation de la jeune fille que le dentiste a épousée par la suite ; il a souillé son nom dans toute la ville. Le dentiste, ayant appris que Houseman avait l'habitude de consulter le Dr Charles, a racheté la clientèle de celui-ci, se doutant que Houseman viendrait tôt ou tard lui rendre visite... pour subir un traitement indolore.

Et pendant qu'il attendait son heure, le dentiste a installé des sangles sur son fauteuil.

Pour le seul bénéfice de Fred Houseman.

Bien entendu, ce scénario a depuis belle lurette jeté toute notion de vraisemblance aux orties (mais on pourrait appliquer la même remarque à *La Tempête* de Shakespeare — en voilà une comparaison impudente !) ; l'esprit, cependant, s'en soucie désormais comme d'une guigne, et Oboler, quant à lui, ne s'en est jamais soucié ; à l'instar des meilleurs écrivains d'horreur, il s'intéresse avant tout à l'effet qu'il aura sur son auditeur, lequel doit en théorie se retrouver *knock-out* à la fin de l'histoire. Et c'est bien ce qui se passe avec *A Day at the Dentist's*.

« Que... qu'allez-vous faire ? » demande Houseman d'une voix tremblante, faisant écho à la question que nous nous posons depuis que nous avons eu la mauvaise idée d'écouter cette horreur.

La réponse du dentiste est aussi simple que terrifiante — d'autant plus terrifiante qu'elle éveille dans notre esprit des images qu'Oboler

152

refuse de préciser, nous laissant dans l'expectative le plus longtemps possible. Et vu les circonstances, cela risque d'être bref.

« Rien de bien important. » Le dentiste appuie sur un bouton et nous entendons vrombir sa fraise. « Je vais creuser un petit trou... et le coq de village va perdre un petit quelque chose. »

Houseman pousse un hoquet de peur et de révulsion, mais ce bruit est étouffé par celui de la fraise, qui devient de plus en plus fort... de plus en plus fort... et stoppe. Fin.

La question que nous nous posons est la suivante : où ce dentiste démoniaque a-t-il creusé son petit trou ? C'est une question que seule la radio, de par sa nature même, peut poser de façon aussi convaincante tout en se permettant de la laisser sans réponse. Nous en voulons un peu à Oboler de rester silencieux, en partie parce que notre esprit nous suggère toutes sortes de possibilités, plus déplaisantes les unes que les autres.

J'ai d'abord cru que le dentiste avait appliqué sa fraise à la tempe de Houseman, l'assassinant au moyen d'une opération au cerveau improvisée.

Mais plus tard, quand j'ai eu quelques années de plus et que j'ai pu comprendre la nature du crime de Houseman, une autre possibilité m'est venue à l'esprit. Encore plus déplaisante.

Et aujourd'hui, alors que j'écris ces lignes, je me demande encore *où* ce dingue a appliqué sa fraise ?

4

Bon, ça suffit ; il est temps de quitter l'oreille pour passer à l'œil. Mais avant de tourner la page, j'aimerais vous rappeler quelque chose que vous savez sans doute déjà. Nombre de vieilles émissions radio, d'*Inner Sanctum* à *Gangbusters*[40] en passant par des *soap-operas* comme *Our Gal Sal*[41], ont été reproduites sur disque ou sur cassette, et la qualité de ces enregistrements est en fait supérieure à celle des vieilles séries télé que l'on rediffuse de temps à autre sur les chaînes vouées à la nostalgie. Peut-être désirez-vous savoir si vous êtes encore capable de suspendre votre incrédulité et de renoncer à la conception de la réalité qu'ont instillée en vous le cinéma et la télévision, auquel cas je ne saurais trop vous encourager à faire un tour chez votre disquaire. Ou plutôt, consultez le catalogue Schwann, spécialisé dans les disques parlés ; et si votre disquaire ne dispose pas du titre qui vous intéresse, il se fera un plaisir de le commander. Et si ma prose vous a donné envie de faire la connaissance d'Arch Oboler, permettez-moi de vous confier un secret : *Drop Dead ! An Exercise in Horror*[42], produit, écrit et réalisé par Arch Oboler, disponible pour votre plus grand plaisir chez Capitol Records (Capitol : SM-1763). Sans doute encore plus rafraîchissant qu'un grand verre de thé glacé... si vous arrivez à débarrasser votre conception de la réalité de toute image pendant quarante minutes environ.

CHAPITRE 6
Le film d'horreur américain contemporain
— surface et symbole

1

Je parie que vous êtes en train de vous dire : « Ce type a un sacré culot s'il pense traiter en un seul chapitre tous les films d'horreur[1] sortis entre 1950 et 1980 — de *L'Exorciste* à des nanars du genre *The Navy vs. the Night Monsters*[2]. »

Eh bien, en fait, il va me falloir deux chapitres, et non, je ne me crois pas capable de les traiter tous, même si j'en avais envie ; et pourtant, je dois avoir un sacré culot de m'attaquer à un tel sujet. Heureusement pour moi, il existe plusieurs méthodes éprouvées qui garantissent un semblant d'ordre et de cohérence à ce genre d'entreprise. J'ai donc choisi d'examiner le film d'horreur sous l'angle de la surface et du symbole.

Commençons, si vous le voulez bien, par revenir sur diverses considérations relatives au cinéma d'horreur en tant qu'art. Si nous appelons œuvre d'art toute œuvre de création qui donne plus au public que celui-ci n'en apporte (c'est là une définition fort vague, j'en conviens, mais nous abordons ici un domaine où il ne sert à rien de pinailler), alors j'estime que la valeur artistique du cinéma d'hor-

155

reur réside le plus souvent dans sa capacité à créer un lien entre nos terreurs fantasmées et nos terreurs réelles. Comme je l'ai remarqué plus haut, rares sont les films d'horreur à être conçus d'emblée comme des œuvres d'art ; c'est le plus souvent l'idée de profit qui motive leurs créateurs. La valeur artistique nous apparaît alors dans ce contexte comme un effet secondaire similaire aux radiations émises par une pile atomique.

N'allez pas croire, cependant, que je considère que tous les navets d'horreur ont droit au label d'œuvre d'art. Il vous suffirait de vous balader le long de la 42ᵉ rue aux environs de Times Square pour découvrir des films aux titres tels que *The Bloody Mutilators*[3], *The Female Butcher*[4] ou *The Ghastly Ones*[5] — un film de 1972 qui nous offre le charmant spectacle d'une femme découpée à la scie ; la caméra s'attarde langoureusement sur ses intestins tombant en masse sur le sol. Ce sont là des films minables et sordides, dénués de toute ambition artistique, et seul le plus décadent des cinéphiles oserait prétendre le contraire. L'équivalent fictif de ces *snuff movies*[6] tournés en Amérique du sud et dont l'existence n'a jamais pu être prouvée.

Il convient d'ailleurs de préciser qu'un cinéaste court de gros risques lorsqu'il décide de mettre en chantier un film d'horreur. Dans tout autre domaine, il ne court que le risque de l'échec — s'il est permis d'affirmer, par exemple, que *Le Jour du dauphin*[7] de Mike Nichols est un échec, ce film n'a donné lieu ni à des protestations dans la presse ni à des manifestations devant les salles. Quand un film d'horreur est un échec, cela signifie le plus souvent qu'il sombre dans l'absurdité ou dans la porno-violence.

Il arrive que des films se situent à la limite de l'« art » et de l'exploitation pure et simple, et ce sont bien souvent les plus grandes réussites du genre. *Massacre à la tronçonneuse* est du nombre ; grâce à Tobe Hooper, ce film satisfait à la définition de l'art que j'ai donnée plus haut, et je suis prêt à témoigner devant un tribunal de ses qualités de document social. Je n'en dirais pas autant de *The Ghastly Ones*. Le passage de la scie à la tronçonneuse n'explique pas tout ; il y a entre ces deux films une différence astronomique. Dans *Massacre à la tronçonneuse*, Hooper fait la preuve à sa façon plutôt bizarre d'un certain goût et d'une certaine conscience. *The Ghastly Ones* est l'œuvre de débiles armés de caméras.*

Par conséquent, et afin de conserver un semblant d'ordre à cet exposé, je reviendrai fréquemment à ce concept de valeur — artistique ou sociologique. Si les films d'horreur ont un intérêt sociologique, c'est bien grâce à leur capacité à lier le réel et l'irréel, à fournir des symboles. Et comme le cinéma d'horreur est un mass-média, ces symboles sont souvent d'essence collective plutôt qu'individuelle.

Dans nombre de cas — en particulier durant les années 50 et au début des années 70 —, les terreurs exprimées par ces films sont de nature socio-politique, ce qui donne à des œuvres aussi différentes que *L'Invasion des profanateurs de sépultures* de Don Siegel et *L'Exorciste* de William Friedkin des allures de documentaires. Lorsque le film d'horreur porte une de ses casquettes socio-politiques — de la série B considérée comme une forme d'éditorial —, il se comporte comme un baromètre permettant de mesurer avec une précision extraordinaire les cauchemars d'une société.

Mais le film d'horreur ne porte pas toujours une casquette permettant de l'identifier comme un commentaire social avançant masqué (exemples : *Chromosome 3* de Cronenberg est une réflexion sur la désintégration de la cellule familiale ; *Frissons*, du même Cronenberg, s'intéresse aux conséquences cannibales de la « baise braguette fermée », pour reprendre l'expression d'Erica Jong). Le plus souvent, le film d'horreur manipule des symboles plus souterrains, s'attaque à des terreurs profondément enfouies — ces fameux points de pression — que nous devons tous affronter. Cela lui confère un élément d'universalité et lui permet d'atteindre un niveau artistique plus élevé. Cela explique aussi, à mon avis, pourquoi *L'Exorciste* (film d'horreur sociologique s'il en fut) n'a connu qu'un

---

* Un tel succès n'offre, hélas, aucune garantie de récidive ; bien que le talent inné de Hooper empêche son second film, *Le Crocodile de la mort*[8], de s'abaisser au niveau de *The Bloody Mutilators*, ce n'en est pas moins une déception. À mon sens, le seul cinéaste réussissant régulièrement — et brillamment — à explorer la frontière entre l'art et l'exhibitionnisme porno est le Canadien David Cronenberg[9].

succès tout relatif en Allemagne de l'Ouest, un pays agité à l'époque par des terreurs sociales d'une nature bien particulière (les Allemands se souciaient davantage des bombes des terroristes que du langage des adolescents), alors que le *Zombie* de Romero y a cassé la baraque.

Les films d'horreur de ce type évoquent davantage les frères Grimm que l'éditorial d'un journal à sensation. De la série B considérée comme un conte de fées. Ils n'ont pas pour but d'argumenter sur des points politiques mais de nous foutre la trouille en violant certains tabous. Par conséquent, si ma définition de l'art est correcte (l'art donne plus qu'il ne reçoit), leur valeur réside dans le fait qu'ils aident les spectateurs à mieux comprendre la nature de ces tabous et du malaise qu'ils engendrent en eux.

Un bon exemple nous est fourni par une production RKO intitulée *Le Récupérateur de cadavres*[10] (1945), librement adaptée — euphémisme — d'une nouvelle de Robert Louis Stevenson, avec en vedettes Boris Karloff[11] et Bela Lugosi[12]. Production d'ailleurs due à notre ami Val Lewton.

En tant qu'œuvre d'art, *Le Récupérateur de cadavres* est un des meilleurs films des années 40. Et en tant que représentant de cette seconde catégorie artistique — celle des briseurs de tabous —, il est tout bonnement prodigieux.

Nous tomberons tous d'accord, je pense, pour dire qu'une des pires terreurs que nous ayons à affronter personnellement est la peur de la mort ; sans cette bonne vieille peur de la mort, les films d'horreur n'auraient pas grand-chose à dire. Corollaire de cette constatation : il existe des « belles » morts et d'autres qui le sont moins ; la plupart d'entre nous aimeraient bien mourir paisiblement dans leur lit à l'âge de quatre-vingts ans (de préférence après un bon repas, une bonne bouteille de cru classé et une bonne partie de jambes en l'air), mais rares sont nos semblables impatients de savoir quel effet ça fait de périr lentement écrasé par une automobile, le front maculé d'huile bouillante.

La majorité des films d'horreur tirent leurs meilleurs effets de cette peur de la sale mort (voir *L'Abominable Docteur Phibes*, où le bon docteur élimine ses proies les unes après les autres en s'inspirant des dix plaies d'Égypte, une astuce de scénario digne de la grande

158

époque de *Batman*). Et qui pourrait oublier la sinistre paire de jumelles de *Crime au musée des horreurs*, par exemple ? Elles étaient équipées de deux lames montées sur ressort, et il suffisait que la victime les porte à ses yeux et essaie de les régler pour...

D'autres films d'horreur utilisent tout simplement la mort elle-même, ainsi que la décomposition qui la suit. Dans une société où l'on accorde une telle importance à la jeunesse, à la santé et à la beauté (la troisième étant souvent, me semble-t-il, définie par les deux premières), il est inévitable que la mort et la décomposition deviennent des sujets tabous. Si vous n'êtes pas du même avis, demandez-vous pourquoi on n'emmène pas les enfants des écoles visiter la morgue de leur quartier, alors qu'ils visitent le commissariat, la caserne des pompiers et le McDonald's le plus proche — il m'arrive d'imaginer (du moins quand je suis d'humeur morbide) que l'on pourrait aisément fusionner la morgue et le McDonald's ; le point culminant de la visite serait alors l'exhibition du McCadavre.

Non, les pompes funèbres sont taboues. Les croque-morts sont des prêtres des temps modernes, qui se livrent à leurs rituels magiques dans des pièces interdites au commun des mortels. Qui lave les cheveux du cadavre ? Et qui coupe une dernière fois les ongles des mains et des pieds du cher disparu ? Celui-ci est-il comme on le dit enterré sans ses chaussures ? Qui l'habille pour son ultime représentation dans la chapelle ardente ? Comment dissimule-t-on l'impact de la balle qui l'a tué ? Ou les traces de strangulation qui marquent sa gorge[13] ?

On peut se procurer les réponses à ces questions, mais ce n'est pas à la portée de tout le monde. Et si vous vous efforcez d'acquérir des connaissances de cet ordre, les gens vont vous considérer comme un type un peu bizarre. Je suis bien placé pour le savoir ; dans le cadre des recherches que j'ai effectuées en vue d'écrire un roman où un homme tente de faire revenir son fils d'entre les morts[14], j'ai accumulé une pile de bouquins morbides haute de trente centimètres... ainsi que les regards intrigués de certaines personnes qui se demandaient pourquoi je lisais des livres du genre *L'Enterrement, vestige ou valeur sûre ?*

Ce qui ne veut pas dire que personne ne s'intéresse jamais à ce qui se trouve derrière la porte fermée du sous-sol de la morgue, ni à ce qui se passe dans le cimetière après le départ du cortège funèbre... à la nuit tombée. *Le Récupérateur de cadavres* ne relève pas vraiment du surnaturel, et ce n'est pas ainsi qu'il a été présenté au public lors de sa sortie ; tout comme *Mondo Cane*[15], ce documentaire morbide des années 60, il a été présenté comme un film qui « allait trop loin », qui franchissait les frontières du tabou.

« Ils pillaient les cimetières, ils tuaient des enfants pour disséquer leurs cadavres ! proclame l'affiche du film. La réalité impensable et les FAITS incroyables des ténébreux débuts de la recherche chirurgicale RÉVÉLÉS dans LE FILM LE PLUS AUDACIEUX, LE PLUS SENSATIONNEL, LE PLUS TERRIFIANT QUE VOUS VERREZ JAMAIS ! » (Tout ceci gravé sur une pierre tombale.)

Mais l'affiche ne s'arrête pas là ; elle désigne de la façon la plus précise la frontière du tabou et suggère qu'il n'est pas donné à tout un chacun de la franchir : « Si vous en avez le courage, vous verrez DES TOMBES PILLÉES ! DES CERCUEILS PROFANÉS ! DES CADAVRES DISSÉQUÉS ! DES MEURTRES ATROCES ! UN SINISTRE CHANTAGE ! DES GOULES AVIDES ! UNE FOLLE VENGEANCE ! UN MYSTÈRE MACABRE ! Et ne venez pas dire qu'on ne vous a pas prévenu ! »

Voilà qui sonne agréablement à l'oreille, pas vrai ?

2

Ces « zones de malaise » — qu'elles soient de nature socio-politique ou bien mythique — ont tendance à se chevaucher, bien entendu ; un bon film d'horreur cherchera à appliquer la pression sur le plus grand nombre de points possible. *Frissons*, par exemple, traite sur un niveau de la promiscuité sexuelle ; sur un autre niveau, il vous demande quelle serait votre réaction si une sangsue jaillissait d'une boîte aux lettres pour se coller à votre visage. Deux zones de malaise bien différentes.

Mais puisque nous avons abordé la mort et la décomposition, autant nous attarder sur quelques films ayant tiré profit de cette zone-là. Le meilleur exemple, bien entendu, nous est fourni par *La Nuit des morts-vivants*, qui exploite l'horreur que nous inspire cette dégénérescence avec une acuité telle que nombre de spectateurs ont trouvé ce film insoutenable. Et ce n'est pas là le seul tabou auquel s'attaque Romero : à un moment donné, une petite fille tue sa mère à l'aide d'une binette... puis entreprend de la dévorer. C'est pas du tabou brisé, ça ? Mais le film revient sans cesse à son point de départ, et le mot clé de son titre n'est pas *vivant* mais *mort*.

Au début du film, la jeune héroïne, qui a bien failli se faire tuer par un zombie dans un cimetière où elle était allée poser des fleurs sur la tombe de sa mère en compagnie de son frère (lequel a eu moins de chance), échoue dans une ferme abandonnée. Alors qu'elle l'explore, elle entend un bruit de robinet qui fuit. Elle monte à l'étage, aperçoit quelque chose, pousse un hurlement... et la caméra zoome sur la tête putréfiée d'un cadavre vieux de plusieurs semaines. Une scène aussi choquante que mémorable. Plus tard, un représentant du gouvernement informe les citoyens désemparés que, bien qu'il leur en coûte (c'est-à-dire bien qu'ils soient dans l'obligation de violer un tabou), ils doivent désormais brûler leurs morts ; les asperger d'essence et y mettre le feu. Encore plus tard, un shérif exprime notre répugnance devant ces tabous brisés. C'est en ces termes qu'il répond à la question d'un journaliste : « Euh... ils sont morts... ils sont tout amochés. »

S'il ne veut pas sombrer inconsciemment dans l'absurdité, le bon cinéaste d'horreur doit avoir une idée très précise de la nature du tabou et de ce qui l'attend une fois qu'il en aura franchi la limite. Dans *La Nuit des morts-vivants*, George Romero utilise en virtuose toute une série d'instruments différents. On a beaucoup glosé sur la violence explicite de ce film, mais une de ses scènes les plus terrifiantes survient peu de temps avant la fin, lorsque le frère de l'héroïne refait son apparition, les mains toujours gantées de peau de chamois, et cherche à la saisir avec l'entêtement stupide et implacable des morts affamés. Ce film est un film violent, tout comme sa suite, *Zombie*, mais c'est là une violence dotée de sa propre logique,

161

et j'estime que, dans le cinéma d'horreur, la moralité est surtout une question de logique.

Dans *Psychose*, le sommet de l'horreur est atteint lorsque Vera Miles touche le fauteuil à bascule dans la cave du motel, se retrouvant face à face avec la mère de Norman : un cadavre flétri et desséché aux orbites vides. Non seulement elle est morte, mais elle a été naturalisée à l'instar des oiseaux décorant le bureau de Norman. Lorsque celui-ci fait son apparition en tenue de travesti, c'est presque redondant.

Dans *La Chambre des tortures*, une production AIP, nous découvrons un autre visage de la sale mort — peut-être le pire de tous. Vincent Price et ses acolytes ouvrent un tombeau à l'aide de pelles et de pioches. Ils découvrent que la morte, feu son épouse, a bel et bien été enterrée vive ; l'espace d'un instant, la caméra nous montre son visage ravagé par la douleur, figé dans un rictus de terreur, ses yeux exorbités, ses doigts griffus, sa peau grise et tendue. Cette scène, bien dans la lignée des films de la Hammer[16], me paraît être la plus importante du cinéma d'horreur post-années 60, car elle prouve que les cinéastes de cette époque étaient bien décidés à terrifier leur public... par tous les moyens.

Les exemples abondent. Aucun film de vampire ne peut être complet sans une promenade nocturne dans le cimetière ni l'ouverture d'une crypte. Le *Dracula*[17] de John Badham est pauvre en scènes réellement impressionnantes, mais j'attire votre attention sur celle où Van Helsing (Lawrence Olivier) découvre que la tombe de sa fille Mina est vide... et qu'elle semble donner sur un tunnel conduisant dans les entrailles de la terre.* L'action se déroule en pays

---

* La *fille* de Van Helsing ? direz-vous avec une surprise mêlée de consternation. Eh oui. Les lecteurs familiers du roman de Stoker constateront que le film de Badham (ainsi que la pièce de théâtre dont il est tiré) présente avec lui nombre de différences. En termes de logique narrative, ces différences semblent parfaitement fonctionner, mais pourquoi les avoir imposées à l'intrigue ? Elles ne nous apprennent rien de neuf sur le Comte, ni sur le mythe du vampire en général, et ne me paraissent pas le moins du monde justifiées. « C'est le show-biz », dirons-nous en haussant les épaules — pour la énième fois.

minier, et nous savons déjà que la colline sur laquelle se trouve le cimetière est truffée d'anciennes galeries. Néanmoins, Van Helsing s'engage hardiment dans le tunnel, et c'est là que se déroule la meilleure scène du film — une scène claustrophobique qui évoque un classique d'Henry Kuttner[18], *Les Rats du cimetière*. Van Helsing fait halte près d'un étang souterrain, et la voix de sa fille monte derrière lui pour lui demander un baiser. Ses yeux émettent une lueur surnaturelle ; elle est toujours vêtue de son habit de morte. Sa chair décomposée est d'un vert maladif, et elle oscille lentement, évoquant un damné le jour de l'Apocalypse. Badham ne s'est pas contenté de nous inviter à franchir les limites du tabou ; il nous a littéralement poussés devant lui, dans les bras de ce cadavre pourrissant — lequel est d'autant plus horrible que, de son vivant, il se conformait parfaitement à l'idéal de beauté américain : la jeunesse et la santé faites femme. Ce n'est là qu'une scène isolée, et le reste du film est d'un niveau nettement inférieur, mais elle est impressionnante, sinon mémorable.

3

« Tu ne liras pas la Bible pour la qualité de sa prose », écrit le poète W. H. Auden[19] dans un de ses moments les plus inspirés, et j'espère pouvoir éviter cet écueil dans mon exposé sans prétentions sur le cinéma d'horreur. Au fil des pages qui vont suivre, je vais aborder plusieurs groupes de films sortis entre 1950 et 1980, me concentrant sur les thèmes que je viens d'esquisser. Nous parlerons d'abord des œuvres qui semblent s'adresser de façon symbolique à nos terreurs les plus concrètes (de nature sociale, économique, culturelle et politique), puis de celles qui semblent exprimer des terreurs universelles, propres à toutes les cultures en dépit de quelques variations mineures. Par la suite, nous utiliserons à peu près le même plan pour traiter des romans et des nouvelles... mais j'espère vous convaincre que certaines œuvres d'horreur, littéraires ou cinématographiques, peuvent être appréciées pour elles-mêmes — pour ce qu'elles sont plutôt que pour ce qu'elles font. Nous veillerons à ne pas éventrer la poule pour voir pourquoi elle pond des œufs d'or (un crime que commettent tous les profs de lettres qui vous ont plongé dans la torpeur au lycée ou à la fac) et à ne pas lire la Bible pour la qualité de sa prose.

L'analyse est un outil merveilleux pour qui recherche une compréhension intellectuelle des choses, mais si je commence à pontifier sur l'éthique culturelle de Roger Corman[20] ou sur les implications sociales de *The Day Mars Invaded the Earth*[21], je vous donne la permission de renvoyer ce livre à l'éditeur en exigeant d'être remboursé. En d'autres termes, dès que le terrain commencera à être un peu bourbeux, j'ai l'intention de l'éviter plutôt que de chausser des bottes d'égoutier à la manière d'un prof de lettres.

C'est parti.

4

Il existe quantité de points de départ pour notre exposé sur les terreurs « réelles », mais rien que pour le plaisir, nous allons commencer par quelque chose de bien excentrique : le film d'horreur en tant que cauchemar économique.

La littérature abonde en histoires d'horreur économique, bien que peu d'entre elles soient surnaturelles ; on pourrait citer *Le Krach de 79*, ainsi que *The Money Wolves*, *The Big Company Look* et *Les Rapaces*[22], le merveilleux roman de Frank Norris. Un seul film m'intéresse dans ce contexte : *Amityville, la maison du diable*[23]. Peut-être en existe-t-il d'autres, mais cet exemple nous suffira, je pense, à illustrer une autre idée : l'horreur est un genre extraordinairement souple, extrêmement adaptable, extrêmement *utile* ; l'écrivain ou le cinéaste peut l'employer comme un bélier pour enfoncer une porte ou comme une pince-monseigneur pour crocheter un verrou. Les peurs qui se cachent derrière cette porte nous deviennent ainsi

164

accessibles, et *Amityville* nous permet d'en découvrir une bonne quantité.

Peut-être que les habitants des contrées les plus reculées de l'Amérique ignorent encore que ce film, interprété par James Brolin et Margot Kidder, est censément basé sur une histoire vraie (racontée dans un livre dû à la plume de feu Jay Anson). Je dis « censément », car les médias ont crié à l'imposture dès la publication du bouquin, et les protestations ont repris de plus belle à la sortie du film — lequel a été descendu en flammes par la critique. Ce qui ne l'a pas empêché de devenir un des plus gros succès de l'année 1979.

Si cela ne vous dérange pas, je m'abstiendrai ici d'entrer dans ce débat, bien que j'aie une opinion bien arrêtée sur la question. Dans le contexte de notre discussion, peu nous importe que la maison des Lutz ait été hantée ou que toute cette histoire ne soit qu'un canular. Tous les films sont des œuvres de fiction, après tout, même ceux qui se prétendent basés sur des faits réels. *Tueurs de flics*[24], l'adaptation cinématographique du livre de Joseph Wambaugh[25] intitulé *Le Mort et le Survivant*, commence par ces mots : *Ceci est une histoire vraie* — mais c'est faux ; le média lui-même la transforme en fiction, et il est impossible d'empêcher cela. Nous savons qu'un policier nommé Ian Campbell a bien été tué dans un champ d'oignons, et nous savons que son équipier, Karl Hettinger, a survécu ; si nous avons des doutes, il nous suffit de consulter les archives des journaux à la bibliothèque de notre ville. Ou de regarder les photos du cadavre de Campbell ; ou d'interroger les témoins du meurtre. Mais nous savons aussi qu'aucune caméra n'était présente lorsque Ian Campbell a été abattu par deux petits truands, ni lorsque Hettinger s'est mis à faucher des produits de consommation dans les grands magasins. Le cinéma produit de la fiction tout comme l'eau bouillante produit de la vapeur... ou le film d'horreur de l'art.

Si nous devions discuter du livre de Jay Anson[26] (détendez-vous, je n'en ai pas l'intention), il importerait de décider au préalable s'il s'agit d'une œuvre de fiction ou d'un document. Mais ce serait inutile en ce qui concerne le film ; dans tous les cas, il relève de la fiction.

Considérons donc *Amityville* comme une histoire, et peu nous importe qu'elle soit « réelle » ou « inventée ». C'est une histoire simple et directe, comme la plupart des contes d'horreur. Les Lutz, un couple de jeunes mariés accompagnés de deux ou trois enfants (issus du premier mariage de Catherine Lutz), achètent une maison à Amityville. Dans un passé récent, un jeune homme y a massacré toute sa famille poussé par de mystérieuses « voix ». C'est pour cette raison que les Lutz l'acquièrent pour une bouchée de pain. Mais c'était encore trop cher, découvrent-ils bientôt, car la maison est bel et bien hantée. Parmi les manifestations de hantise auxquelles ils assistent : une pâte noirâtre qui coule des toilettes (et avant la fin des réjouissances, elle coule aussi des murs et de l'escalier), une chambre envahie par les mouches, un fauteuil à bascule qui bascule tout seul, et une présence dans la cave qui pousse le chien à faire des trous au pied du mur. Une fenêtre s'écrase sur le doigt du petit garçon. La petite fille se fait un « ami invisible » qui ne doit apparemment rien à son imagination. Des yeux luisent derrière la fenêtre à trois heures du matin. Et cetera.

Mais le pire pour le spectateur, c'est que Lutz lui-même (James Brolin) semble vouloir délaisser sa femme (Margot Kidder) et se prendre d'affection pour une hache. Et nous finissons par comprendre que, s'il prend tant de peine à l'affûter, ce n'est pas dans le but de couper du bois.

Il est peut-être humiliant pour un écrivain d'abjurer ses écrits, mais c'est néanmoins ce que je vais faire ici. Fin 1979, j'ai publié un article sur les films d'horreur dans le magazine *Rolling Stone*, et je crois à présent m'y être montré beaucoup trop sévère envers *Amityville*. J'ai déclaré que cette histoire était stupide ; j'ai ajouté qu'elle était simpliste et transparente, ce qui n'est pas faux (David Chute, critique cinématographique au *Boston Phoenix*, a rebaptisé le film *Amityville, la maison des crétins*), mais ces reproches me paraissent aujourd'hui accessoires, et en tant que fan d'horreur endurci, j'aurais dû m'en rendre compte plus tôt. *Stupide, simpliste* et *transparent* sont des adjectifs qui qualifient tout aussi bien le Conte du Crochet, ce qui n'a pas empêché celui-ci d'accéder au statut de classique — en fait, ces qualificatifs expliquent sans doute en partie *pourquoi* c'est un classique dans son genre.

166

Si l'on fait abstraction de ses éléments secondaires (une bonne sœur prise de vomissements, Rod Steiger qui en fait des tonnes dans le rôle d'un prêtre découvrant le diable après quarante ans de sacerdoce, et Margot Kidder — sexy mais pas trop ! — faisant sa gym vêtue d'un maillot de bain et d'un bas blanc), *Amityville* est l'exemple parfait de l'histoire à raconter autour d'un feu de camp. Il suffit au conteur de présenter dans un ordre correct le catalogue des événements inexplicables, de façon que l'angoisse monte peu à peu vers la terreur pure. S'il se débrouille bien, l'histoire aura son effet escompté... tout comme le pain lèvera si l'on choisit le moment propice pour ajouter la levure à des ingrédients qui sont à la bonne température.

Je ne me suis rendu compte de l'efficacité du film que lorsque je l'ai vu pour la seconde fois, dans un petit cinéma de l'ouest du Maine. Je n'ai entendu que peu de rires durant la séance, aucun cri de dérision... et guère de hurlements. Les spectateurs ne semblaient pas se contenter de regarder le film ; on aurait dit qu'ils *l'étudiaient*. Qu'ils l'absorbaient dans un silence respectueux. Quand les lumières se sont allumées après le générique de fin, j'ai vu que ces spectateurs étaient bien plus âgés que ceux que j'ai l'habitude de voir devant un film d'horreur ; disons en moyenne entre trente-huit et quarante-deux ans. Et leurs visages étaient éclairés par une lueur d'enthousiasme. Avant de partir, certains d'entre eux se sont lancés dans des discussions animées. Et c'est cette réaction — qui me semblait bien déplacée par rapport aux qualités du film — qui m'a persuadé qu'il devenait nécessaire de réviser mon opinion sur celui-ci.

Deux critères s'appliquent dans ce cas précis : premièrement, *Amityville* permet au spectateur d'approcher l'inconnu d'une façon toute simple ; à cet égard, ce film est aussi efficace que les « lubies » qui l'ont précédé, à commencer, disons, par la mode de la réincarnation sous hypnose qui a suivi *À la recherche de Bridey Murphy*[27], sans oublier la vogue des soucoupes volantes des années 50, 60 et 70 ; ni *La Vie après la vie* de Raymond Moody[28] ; ni l'intérêt pour la télépathie, la précognition et les enseignements farfelus du Don Juan de Castaneda[29]. La simplicité est bien souvent antinomique de la valeur artistique, mais elle exerce un impact non négligeable sur les esprits doués d'une faible capacité imaginative, ou chez qui cette capacité n'a pas été développée. *Amityville* est l'archétype même de l'histoire de maison hantée... et la maison hantée est un concept que même l'esprit le plus terne a déjà rencontré à un moment ou à un autre de sa vie, ne serait-ce qu'autour d'un feu de camp chez les scouts.

Avant d'en venir au second critère (et je vous promets qu'on en aura fini avec *Amityville*), j'aimerais vous faire lire la critique d'un film d'horreur de 1974 intitulé *Phase IV*[30]. Il s'agit d'une modeste production de la Paramount interprétée par Nigel Davenport et Michael Murphy. Les fourmis s'y préparent à conquérir le monde après avoir été rendues intelligentes par une soudaine éruption solaire — une idée peut-être inspirée par *Barrière mentale*[31], le roman de science-fiction de Poul Anderson, croisé avec le film *Des monstres attaquent la ville*. Celui-ci et *Phase IV* se déroulent tous deux en plein désert, bien que la conclusion fracassante de *Des monstres attaquent la ville* prenne place dans les égouts de Los Angeles. Précisons que, en dépit de cette ressemblance, ces deux films sont considérablement éloignés l'un de l'autre en termes d'ambiance et de ton. La critique que je souhaite citer a été écrite par Paul Roen et publiée dans *Castle of Frankenstein* n° 24.

Réjouissons-nous d'apprendre que Saul Bass, le graphiste bourré d'imagination qui a conçu les génériques des trois meilleurs thrillers d'Hitchcock, a enfin décidé de réaliser des films de suspense. Sa première tentative, *Phase IV*, est un mélange de SF des années 50 et de film-catastrophe écologique des années 70. [...] Le développement de l'intrigue souffre parfois d'un manque de logique et de cohérence, mais *Phase* est néanmoins un excellent film d'angoisse. Davenport nous offre un spectacle fabuleux ; son détachement scientifique s'effrite lentement alors que son accent anglais mielleux demeure intact durant tout le film. [...] Les images de Bass sont aussi sophistiquées qu'on pouvait l'espérer, bien que souffrant souvent de couleurs criardes ; ce sont l'ambre et le vert qui prédominent dans cette production.

Tel était le genre de critique intelligente qu'on s'attendait à trouver dans les pages de *Castle of Frankenstein*, le meilleur des « monster magazines », hélas trop tôt disparu. Ce que souligne cette critique, c'est que nous avons affaire à un film d'horreur aux anti-podes d'*Amityville*. Les fourmis de Bass ne sont même pas géantes. Ce ne sont que des petites bêtes qui ont décidé d'agir ensemble. Ce film n'a guère connu de succès, et ce n'est qu'en 1976 que j'ai pu le voir, dans un *drive-in*, en complément de programme d'un film qui lui était nettement inférieur.

L'authentique fan d'horreur finit par acquérir le même type de sophistication que l'amateur de danse classique ; il apprend à discer-ner la profondeur et la texture de son genre d'élection. Son oreille se développe en même temps que son œil, et il reçoit toujours parfai-tement la musique de qualité. Le cristal Waterford émet toujours un bruit céleste lorsqu'on le frappe, même si l'œil le trouve mal dégrossi ; rien à voir avec un gobelet en plastique. On peut boire du Dom Pérignon dans l'un ou dans l'autre, mais laissez-moi vous dire qu'il y a une différence.

Quoi qu'il en soit, si *Phase IV* n'a guère attiré les foules, c'est parce que pour le commun des mortels, pour les gens qui ont du mal à suspendre leur incrédulité, ce film-là paraissait bien anodin. On n'y trouve aucune « scène choc », comme celle de *L'Exorciste* où Linda Blair vomit de la purée de pois sur Max von Sydow... ou comme celle d'*Amityville* où James Brolin rêve qu'il massacre sa famille à coups de hache. Mais comme le fait remarquer Roen, une personne sachant apprécier le Waterford du genre (et celui-ci est bien rare... d'un autre côté, quel genre littéraire ou cinématographique ne souffre pas d'une pénurie de chefs-d'œuvre ?) sera enchantée par *Phase IV* — on y entend souvent ce délicat bruit cristallin ; il est présent dans la musique, dans les vues du désert silencieux, dans la caméra fluide de Bass, dans la narration retenue de Michael Murphy. L'oreille perçoit ce son parfait... et le cœur réagit.

Et voici où je voulais en venir : le contraire est tout aussi vrai. Une oreille entraînée à réagir aux sons les plus délicats — ceux de la musique de chambre, par exemple — n'entendra qu'une immonde cacophonie le jour où on lui fera écouter un violon bluegrass... ce qui n'empêche pas le bluegrass d'être une musique de qualité. L'amateur de cinéma en général, et l'amateur de cinéma d'horreur en particulier, aura facilement — trop facilement — tendance à ignorer le charme fruste d'un film comme *Amityville* après avoir vu des films comme *Répulsion*, *La Maison du diable*, *Fahrenheit 451*[32] (il vous a peut-être semblé que ce dernier relevait de la science-fiction, mais c'est bel et bien un cauchemar de lecteur) ou *Phase IV*. Si l'on veut vraiment goûter le cinéma d'horreur, il faut apprendre à aimer la malbouffe... un argument que nous développerons dans le chapitre suivant. Pour l'instant, contentons-nous de dire que c'est à ses risques et périls que le fan perd le goût de la malbouffe, et chaque fois que j'ai vent d'un film d'horreur qui a fait hurler de rire les spectateurs new-yorkais, je fonce aussitôt le voir. Je suis déçu la plupart du temps, mais il m'arrive parfois d'entendre de l'excellente musique bluegrass, de manger de l'excellent poulet frit et de m'exciter au point de me prendre les pieds dans mes métaphores, comme vous venez de le constater.

Tout ceci nous amène au principal ressort d'*Amityville* et nous permet d'expliquer son efficacité : le symbole de ce film n'est autre que le malaise économique, et c'est là un thème que son réalisateur, Stuart Rosenberg, travaille de façon constante. Vu le contexte de l'époque — le taux d'inflation à 18 %, le coût exorbitant du litre d'essence et des remboursements de prêt immobilier —, *Amityville*, tout comme *L'Exorciste*, tombait vraiment à pic.

Cela est surtout visible lors d'une scène qui est par ailleurs le seul exemple d'intégrité dramatique de ce film ; une brève vignette qui transparaît à travers des nuages artificiels comme un rayon de soleil par un après-midi pluvieux. La famille Lutz se prépare à aller au mariage du frère cadet de Cathy Lutz (lequel semble âgé de dix-sept ans à peine). La scène, bien entendu, se déroule dans la Maison Maudite. Le jeune marié a égaré les quinze cents dollars qu'il doit au traiteur, et on comprend qu'il soit plongé dans la panique et l'embarras.

Brolin lui promet de payer le traiteur par chèque, ce qu'il fait, et un peu plus tard, il se querelle avec ledit traiteur, qui avait exigé d'être payé en liquide, échangeant avec lui des propos aigres-doux dans la salle de bains pendant que la fête bat son plein. Une fois les invités partis, Lutz retourne de fond en comble le salon de la Maison Maudite en quête de l'argent perdu, qui est à présent *son* argent, et dont il a besoin pour honorer son chèque. Celui-ci n'était pas forcément en bois, mais ses yeux égarés nous portent à croire qu'il ne disposait pas tout à fait du montant nécessaire au financement des agapes organisées par son jeune beau-frère. Nous avons devant nous un homme au bord de la ruine. Il ne parvient à trouver qu'un seul objet ; une bande de caoutchouc sur laquelle est tamponné le chiffre $ 500. Elle gît sur le tapis, mais aucun billet n'est visible autour d'elle. « *Où est passé ce fric ?* » hurle Brolin, et sa voix exprime la frustration, la colère et la peur. Et c'est là que nous entendons le tintement du cristal Waterford — ou, si vous préférez, une phrase musicale sublime noyée dans une cacophonie mélodramatique.

Toutes les qualités d'*Amityville* sont résumées par cette scène. Les implications de celle-ci couvrent tous les effets les plus visibles de la Maison Maudite — ainsi que les seuls à apparaître comme physiquement irréfutables : peu à peu, elle conduit la famille Lutz à la ruine. Ce film aurait tout aussi bien pu s'intituler *Le Compte bancaire qui rétrécit.* C'est là la conséquence la plus prosaïque de toutes les histoires de maison hantée. « Cette maison est en vente pour une bouchée de pain, dit l'agent immobilier avec son plus beau sourire commercial. Il paraît qu'elle est hantée. »

Et effectivement, la maison des Lutz était en vente pour une bouchée de pain (ce qui me rappelle une autre excellente scène — bien trop brève, hélas — où Cathy dit à son mari qu'elle sera la première personne de sa grande famille catholique à posséder une maison ; « Nous avons toujours été locataires », précise-t-elle), mais elle finit par leur coûter cher. À la conclusion du film, la maison semble littéralement tomber en morceaux. Les fenêtres implosent, une pâte noire coule des murs, l'escalier de la cave s'effondre... et je me suis surpris à me demander non pas si les Lutz allaient survivre mais s'ils avaient une bonne assurance habitation.

Ce film est destiné à toutes les femmes qui ont pleuré sur un lavabo bouché ou sur un plafond imbibé d'eau ; à tous les hommes qui ont râlé parce que la gouttière venait de céder sous le poids de la neige ; à tous les enfants qui se sont coincé le doigt dans une porte, persuadés que ladite porte était animée d'intentions malveillantes. En tant que film d'horreur, *Amityville* n'est pas un très grand cru.

Mais on peut en dire autant d'un tonneau de bière, ce qui n'empêche pas de s'enivrer avec.

« Imagine les factures », a dit à un moment donné la spectatrice assise derrière moi... mais je la soupçonne d'avoir plutôt pensé à ses propres factures. Il était impossible de sculpter un chef-d'œuvre à partir d'une telle glaise, mais Stuart Rosenberg a façonné là un objet utile et fonctionnel, et si son film a eu un tel succès, à mon avis, c'est parce que, sous son apparence d'histoire de fantôme, *Amityville* est en fait une course de stock-cars financière.

Imaginez les factures, en effet.

5

À présent, passons au film d'horreur de caractère politique.

Nous avons déjà mentionné deux ou trois œuvres entrant dans ce cadre : *Les soucoupes volantes attaquent*[33] et *L'Invasion des profanateurs de sépultures*, qui datent tous deux des années 50. Les meilleurs films de cette catégorie semblent d'ailleurs provenir de cette période — même si un retour en force est peut-être en train de s'amorcer avec *L'Enfant du diable*[34], sans doute le succès surprise du printemps 1980, un étrange mélange de fantômes et de Watergate.

Si les films sont les rêves de la culture de masse — un critique cinématographe a d'ailleurs dit que regarder un film, c'était « rêver les yeux ouverts » —, et si les films d'horreur en sont les cauchemars, alors nombre des films d'horreur des années 50 expriment la prise de conscience par l'Amérique de la possibilité d'un conflit politique débouchant sur l'anéantissement nucléaire.

Nous devrions éliminer de notre champ d'investigation les films engendrés par un malaise technologique (les films dits de « grosses bêtes », par exemple), ainsi que les films purement « cataclysmiques » comme *Point limite*[35] de Sidney Lumet et *Panique année zéro*[36], l'intéressante œuvrette de Ray Milland. Ces films ne peuvent être qualifiés de politiques au même sens que *L'Invasion des profa-*

nateurs de sépultures ; dans ce dernier, les cosses venues de l'espace pouvaient symboliser l'ennemi politique de votre choix.

Le premier des films qui doivent faire l'objet de notre discussion est sans doute *La Chose d'un autre monde* (1951), mis en scène par Christian Nyby et produit par Howard Hawks (lequel a sans doute également mis la main à la caméra). Il est interprété par Margaret Sheridan, Kenneth Tobey, et James Arness dans le rôle de la carotte humaine assoiffée de sang venue de la planète X.

Résumé : des militaires et des hommes de science en poste dans une station polaire découvrent un champ magnétique puissant dans une zone ayant récemment subi une averse de météores ; ce champ est assez puissant pour dérégler tous leurs gadgets électroniques. En outre, un appareil photo conçu pour fonctionner dès que la radiation ambiante dépasse un certain seuil a pris des photos d'un objet céleste dont le comportement est plus erratique que celui d'une météorite ordinaire.

Un petit groupe part en expédition et découvre une soucoupe volante prise dans la glace. Cette soucoupe, réchauffée par son entrée dans l'atmosphère, a fait fondre la banquise, et la glace s'est reformée autour d'elle après refroidissement, ne laissant dépasser qu'un aileron aérodynamique (permettant ainsi au producteur de rogner sur le budget des effets spéciaux). Les militaires, qui semblent être atteints d'engelures à la cervelle, ont vite fait de détruire l'engin extraterrestre en essayant de le dégager aux explosifs.

Mais son occupant (Arness) est épargné et ramené à la station polaire dans un bloc de glace. On l'installe dans une remise, où il est placé sous bonne garde. Un des soldats est tellement paniqué par la Chose qu'il lui jette une couverture dessus. Pas de pot ! De toute évidence, le malheureux a un horoscope mal luné, un biorythme lamentable et la cervelle en dérangement. Car c'est une couverture chauffante qu'il a jetée sur le bloc de glace, et elle réussit à le faire fondre sans le moindre court-circuit. La Chose s'évade et les réjouissances commencent.

Elles s'achèvent soixante minutes plus tard, quand la Chose se fait rôtir sur une sorte de trottoir électrique bricolé par les scientifiques.

Un journaliste présent sur les lieux informe le monde reconnaissant que l'humanité vient de repousser la première invasion extraterrestre de son histoire, et le film se termine, tout comme *Danger planétaire*[37] sept ans plus tard, non pas par le mot FIN mais par un point d'interrogation.

La Chose d'un autre monde est un petit film (Carlos Clarens le qualifie à juste titre d'« intimiste »), réalisé avec un petit budget, et dont les décors sont aussi visiblement artificiels que ceux de *La Féline*[38]. Tout comme *Alien*, qui sortirait sur les écrans plus de vingt-cinq ans après, il doit en grande partie sa réussite à des sensations de claustrophobie et de xénophobie — deux émotions que nous aborderons plus tard, en relation avec des films plus proches du mythe et du conte de fées* —, mais comme je l'ai fait remarquer plus haut, les meilleurs films d'horreur fonctionnent sur plusieurs niveaux, et *La Chose d'un autre monde* fonctionne aussi au niveau politique. Ce film nous adresse un sinistre message relatif aux crânes d'œuf (et aux libéraux ; durant les années 50, ces deux catégories d'individus apparaissaient comme indissociables) qui se laissent aller au vice du pacifisme.

La présence de Kenneth Tobey et de son escadron donne au film une patine militariste et par conséquent politique. Pas une fois on ne nous laisse penser que cette base arctique a été installée pour le seul bénéfice des crânes d'œuf, afin qu'ils puissent étudier des phénomènes aussi futiles que l'aurore boréale et la formation des glaciers. Non, cette base utilise l'argent des contribuables dans un but *important* ; elle fait partie du Dispositif de prévention stratégique, de l'Effort Incessant et Vigilant de l'Amérique pour... et cetera, et cetera. Dans l'organigramme de cette base, les scientifiques sont de toute évidence placés sous les ordres de Tobey. Après tout, semble nous murmurer le film, nous les connaissons bien,

---

* Certains avanceraient non sans raison que la xénophobie est déjà en elle-même d'essence politique, mais je préfère la considérer comme une émotion universelle et l'exclure (du moins pour le moment) du contexte de propagande subliminale qui nous intéresse ici.

ces intellectuels dans leur tour d'ivoire, pas vrai ? Ils sont bourrés d'idées mais dénués de tout sens pratique. Réfléchissez un peu, enfin : avec toutes leurs idées fumeuses, ils sont aussi dangereux qu'un gosse qui vient de trouver une boîte d'allumettes. Peut-être qu'ils se débrouillent bien avec leurs microscopes et leurs télescopes, mais nous avons besoin d'un homme comme Kenneth Tobey pour comprendre ce que signifie l'Effort Incessant et Vigilant de l'Amérique pour... et cetera, et cetera.

La Chose d'un autre monde est le premier film des années 50 à nous présenter l'homme de science dans le rôle du Fauteur de paix, cette créature qui, par inconscience ou par désir de faire le mal, est prête à ouvrir les portes du jardin d'Éden pour y laisser entrer les démons (par opposition au Savant fou des années 30, qui était prêt à ouvrir la boîte de Pandore pour en laisser échapper les démons — une différence de taille, même si le résultat est identique). Il peut sembler étonnant que les scientifiques aient été si constamment vilipendés dans les films de techno-horreur des années 50 — une décennie durant laquelle le système scolaire semblait résolu à produire des bataillons d'hommes et de femmes en blouse blanche —, mais rappelons-nous que c'était la science qui avait ouvert les portes du jardin d'Éden à la bombe atomique — laquelle était arrivée toute seule avant d'être apportée par des missiles. Durant les huit ou neuf ans qui ont suivi la reddition du Japon, Monsieur et Madame Tout-le-monde éprouvaient des sentiments ambigus envers la science et les scientifiques : ils reconnaissaient la nécessité de leur existence tout en redoutant comme la peste les fruits de leur travail. D'un côté, il y avait Reddy Kilowatt, cette charmante mascotte de l'industrie électrique ; de l'autre, il y avait ces courts métrages d'actualités où l'on voyait une ville artificielle édifiée par l'Armée *et identique à la vôtre* se faire vaporiser par une explosion nucléaire.

C'est Robert Cornthwaite qui interprète l'homme de science fauteur de paix dans *La Chose d'un autre monde*, et ce sont ses lèvres qui prononcent le premier verset d'un psaume bien connu de tous les cinéphiles de ma génération : « Nous devons préserver cette créature à des fins scientifiques. » Le deuxième verset est le suivant : « S'il

175

vient d'une société plus avancée que la nôtre, il vient forcément en paix. Si nous arrivons à communiquer avec lui et à découvrir ce qu'il veut... »

À en croire Cornthwaite, seul un scientifique est à même d'étudier cette créature venue d'un autre monde, et elle doit être étudiée ; elle doit être interrogée ; nous devons découvrir le mode de propulsion de son astronef. Peu importe que la créature n'ait jusqu'ici manifesté que des intentions hostiles, peu importe qu'elle ait massacré deux ou trois chiens de traîneau (perdant une main dans la bataille, mais elle a aussitôt repoussé, ne vous inquiétez pas), peu importe qu'elle se nourrisse de sang plutôt que d'engrais pour plantes vertes.

Avant la conclusion du film, Cornthwaite est maîtrisé à deux reprises par les militaires ; juste avant la fin, il réussit à tromper la vigilance de ses gardiens et se dirige vers la créature, les bras tendus et les mains vides. Il la supplie de communiquer avec lui, de comprendre qu'il ne lui veut aucun mal. La créature le fixe durant un long moment... puis l'écarte violemment de son chemin, comme vous ou moi écraserions un moustique. Quelques secondes plus tard, elle se fait rôtir sur le trottoir électrique.

Comme je ne suis qu'un modeste écrivain, je n'ai pas la prétention de vous faire ici un cours d'histoire (en plus, je risquerais de me ramasser). Mais je me dois de remarquer que les Américains de cette époque voyaient d'un très mauvais œil tout ce qui ressemblait au pacifisme. Ils n'avaient pas oublié l'humiliation subie par Neville Chamberlain, ni la menace à laquelle l'Angleterre avait dû faire face au début de la Seconde Guerre mondiale. Rien d'étonnant à cela, car ces événements s'étaient déroulés à peine douze ans avant la sortie de *La Chose d'un autre monde*, et même les Américains qui avaient vingt et un ans en 1951 en conservaient des souvenirs très précis. La morale de l'histoire était toute simple : il ne sert à rien de rechercher l'apaisement ; il faut affronter l'ennemi s'il vous fait face et lui tirer dessus s'il s'enfuit. Sinon, il va vous dévorer petit à petit (ce qui se passe au sens littéral dans *La Chose d'un autre monde*). Le fiasco de Chamberlain avait appris une leçon aux Américains : il est stupide de vouloir la paix à tout prix, il est insensé de rechercher l'apaisement. La guerre de Corée allait sonner le glas de cette doctrine, mais en 1951, l'idée que l'Amérique puisse devenir le gendarme du monde (un genre de shérif international grommelant : « Qu'est-ce que tu trafiques, fiston ? » à un truand géopolitique style la Corée du nord) était encore tout à fait respectable, et nombre de mes concitoyens l'avaient sans nul doute poussée un cran plus loin : les États-Unis n'étaient pas seulement le gendarme du monde, mais le pistolero du monde libre, le Texas Ranger qui, en 1941, avait fait irruption dans le saloon de la politique internationale pour le nettoyer en moins de trois ans et demi.

Et nous voilà ramenés à *La Chose d'un autre monde* et à la scène où Cornthwaite fait face à la créature... qui l'écarte de son chemin sans ménagements. C'est une scène purement politique, et les spectateurs applaudissent vigoureusement lorsque la créature se fait détruire quelques instants plus tard. L'affrontement entre Cornthwaite et la créature fait symboliquement penser à celui de Chamberlain et d'Hitler ; lorsque Tobey et ses soldats anéantissent le monstre, les spectateurs voient (et applaudissent) la destruction nette et sans bavures de leur méchant géopolitique préféré — peut-être la Corée du nord ; plus probablement ces salauds de Russes, qui s'étaient empressés de remplacer Hitler dans le rôle du méchant de service.

Si cette analyse vous paraît bien prétentieuse eu égard à la modestie affichée par un film comme *La Chose d'un autre monde*, rappelez-vous que le point de vue d'un homme est façonné par ses expériences, et que ses opinions politiques sont forgées par son point de vue. Je veux seulement suggérer que, étant donné le contexte politique de l'époque et les événements cataclysmiques qui avaient secoué le monde quelques années auparavant, le point de vue de ce film est presque décidé à l'avance. Que faire d'une carotte assoiffée de sang venue de l'espace ? C'est tout simple : l'affronter si elle vous fait face et lui tirer dessus si elle s'enfuit. Et si vous êtes un scientifique fauteur de paix comme Robert Cornthwaite (avec un foie jaune canari, semble nous murmurer le film), alors vous vous faites écraser, tout simplement.

Carlos Clarens fait judicieusement remarquer que la créature de ce film ressemble de façon frappante au monstre de Frankenstein d'Universal, qui était apparu sur les écrans vingt ans plus tôt, mais cela n'a en fait rien de remarquable ; cette carte devrait nous être familière à présent que nous avons bien étudié notre tarot, et dans le cas contraire, le titre du film nous rappelle que nous avons de nouveau affaire à la Chose sans nom. Les spectateurs d'aujourd'hui seront peut-être davantage déconcertés par le fait que cette créature, assez intelligente pour pouvoir voyager dans l'espace, nous soit présentée comme un monstre brut de décoffrage (par opposition, disons, aux extraterrestres des *Soucoupes volantes attaquent*, qui parlent l'anglais avec un léger accent mais en maîtrisent la grammaire aussi bien qu'un professeur d'Oxford ; la Chose d'Howard Hawks n'émet que des grognements dignes d'un porc caressé avec un fil de fer barbelé). On se demande ce que cette Chose est venue faire sur Terre. À mon avis, sa soucoupe a été déroutée et elle avait l'intention de semer des répliques d'elle-même dans les plaines du Nebraska ou dans le delta du Nil. Imaginez un peu — une invasion végétale (si on les affronte face à face, ils vous massacrent, mais si on les fume... *cool*, man... oooh, les belles *couleurs* !).

Mais ce dernier détail perd son apparente incohérence si nous nous replaçons une nouvelle fois dans le contexte de l'époque. Les Américains en ce temps-là considéraient Hitler et Staline comme des créatures dotées d'une certaine ruse bestiale — après tout, c'est Hitler qui avait inventé le premier le jet à réaction et le missile balistique. Mais c'étaient quand même des animaux, et leurs discours politiques n'étaient guère plus que des grognements. Hitler grognait en allemand, Staline en russe, mais un grognement reste un grognement. Et peut-être que la Chose d'un autre monde tient elle aussi des propos parfaitement inoffensifs — « Les habitants de ma planète désireraient savoir si on a le droit de vendre sa carte *Sortez de prison* à un autre joueur », par exemple —, mais ça a l'air grave. Très grave.

Considérons à présent, si vous le voulez bien, l'autre bout de ce télescope. Les enfants de la Seconde Guerre mondiale ont produit *La Chose d'un autre monde* ; vingt-six ans après, un enfant de la génération « Peace and Love », Steven Spielberg, nous a procuré un retour de balancier avec un film intitulé *Rencontres du troisième type*[39]. En 1951, le soldat qui monte la garde (rappelez-vous, le crétin qui jette une couverture chauffante sur le bloc de glace où se trouve

178

la Chose) vide son chargeur sur l'extraterrestre quand il l'entend s'approcher ; en 1977, un jeune homme au sourire béat brandit une pancarte proclamant STOPPEZ ET FAISONS CONNAISSANCE. Entre ces deux moments, John Foster Dulles[40] a cédé la place à Henry Kissinger, la confrontation à la détente.

Dans *La Chose d'un autre monde*, Kenneth Tobey s'affaire à bricoler un trottoir électrique pour rôtir la créature ; dans *Rencontres du troisième type*, Richard Dreyfuss s'affaire à construire dans sa salle à manger une réplique de Devil's Tower, le terrain d'atterrissage des créatures. Et nous avons la nette impression qu'il serait ravi d'aller faire un tour là-bas pour mettre les balises en place. La Chose est un colosse menaçant ; les créatures imaginées par Spielberg sont petites et gracieuses. Elles ne parlent pas, mais leur astronef émet une mélodie harmonieuse — sans doute la musique des sphères. Et Dreyfuss, loin d'être animé d'intentions meurtrières à leur égard, part avec elles dans l'espace.

Je ne veux pas dire que Spielberg est un représentant de la génération « Peace and Love », ni qu'il se considère comme tel, pour la seule raison qu'il a atteint sa majorité à une époque où les étudiants mettaient des pâquerettes dans les canons des fusils-mitrailleurs et où Hendrix et Joplin faisaient leur numéro au Fillmore West. Pas plus que je ne sous-entends que Howard Hawks, Christian Nyby, Charles Lederer (auteur du scénario de *La Chose d'un autre monde*) et John W. Campbell[41] (auteur du court roman qui l'a inspiré) ont débarqué sur les plages d'Anzio ou ont planté la Bannière étoilée sur Iwo Jima. Mais ce sont les événements qui définissent le point de vue et le point de vue qui définit les opinions politiques, et *Rencontres du troisième type* me semble à cet égard aussi inévitable que *La Chose d'un autre monde*. S'il est facile de comprendre que la thèse de celui-ci — « laissez les militaires s'en occuper » — était parfaitement acceptable en 1951, les militaires ayant réglé leur compte aux Japs et aux Nazis durant la Seconde Guerre mondiale, il est tout aussi facile de comprendre que la thèse de celui-là — « ne laissez pas les militaires s'occuper de ça » — était parfaitement acceptable en 1977, après le fiasco du Viêt-nam, et même en 1980 (date à laquelle *Rencontres du troisième type* est ressorti sur les écrans dans une version remaniée), l'année où les militaires américains échouèrent à libérer les otages de Téhéran à l'issue de trois heures de cafouillages mécaniques divers.

Les films d'horreur politique ne sont guère nombreux, mais nous pourrions aisément citer d'autres exemples. Les œuvres bellicistes, à l'instar de *La Chose d'un autre monde*, soulignent les vertus de la vigilance et déplorent les vices de la paresse d'esprit, suscitant l'horreur du spectateur en postulant une société qui est l'antithèse de la nôtre mais jouit d'une puissance considérable — que cette puissance soit d'essence magique ou technologique importe peu ; comme l'a fait remarquer Arthur C. Clarke[42], la différence finit par s'estomper à partir d'un certain point. À ce titre, *La Guerre des mondes* de Byron Haskin[43] contient une scène mémorable : trois hommes, dont l'un porte un drapeau blanc, s'approchent du premier astronef martien à s'être posé sur Terre. Ces trois hommes semblent appartenir à des races et à des classes sociales différentes, mais ils sont clairement unis par leur appartenance au peuple américain, ce qui à mon sens ne doit rien au hasard. Lorsqu'ils s'approchent du cratère fumant, ils évoquent aux yeux du spectateur cette image de la guerre d'Indépendance que connaissent tous les Américains : le tambour, le fifre et le porte-drapeau. Si bien que, lorsqu'ils sont désintégrés par un rayon de la mort, leur destruction acquiert une valeur symbolique et évoque tous les idéaux pour lesquels les Américains se sont battus au cours de leur histoire.

L'adaptation cinématographique de *1984*[44] lance un message semblable, sauf que (le film ayant été débarrassé de la plupart des résonances du chef-d'œuvre de George Orwell) Big Brother a remplacé les Martiens.

Dans *Le Survivant*[45] de Boris Sagal, adapté de *Je suis une légende* (un roman de Richard Matheson[46] que le critique David Chute qualifie d'« histoire de vampire brutale et étrangement *pragmatique* »), nous constatons exactement le même phénomène ; avec leurs manteaux noirs et leurs lunettes fumées, les vampires deviennent des caricatures d'agents de la Gestapo. Une précédente adaptation de ce même roman (*The Last Man on Earth*[47], avec Vincent Price dans le rôle de Robert Neville, le héros de Matheson) propose une horreur politique d'un genre tout différent. Comme ce film-ci est plus fidèle à sa source, il nous déclare de façon symbolique que la politique n'est pas immuable, que les temps changent, et que la réussite de Neville dans son activité de chasseur de vampires (sa réussite étrangement *pragmatique*, pour paraphraser David Chute) a fait de *lui* un monstre, un hors-la-loi, un agent de la Gestapo attaquant ses victimes pendant leur sommeil. Cette idée est particulièrement pertinente si l'on se rappelle que Kent State et My Lai[48] figurent peut-être encore parmi les cauchemars politiques de la nation américaine. *The Last Man on Earth* est peut-être l'exemple le plus abouti du film d'horreur politique, car il illustre la thèse avancée par Walt Kelly[49] : nous avons vu l'ennemi et c'est nous-mêmes.

Tout ceci nous amène à la frontière d'un territoire que je souhaite vous signaler sans la franchir : la ligne de partage entre le film d'horreur et le film d'humour noir. Cela fait plusieurs années que Stanley Kubrick réside sur cette frontière. On est parfaitement en droit de considérer *Docteur Folamour*[50] comme un film d'horreur politique dépourvu de monstre (un militaire anglais a besoin d'une pièce de 10 *cents* pour téléphoner à Washington et prévenir le déclenchement de la Troisième Guerre mondiale ; Keenan Wynn le dépanne à contrecœur en démolissant un distributeur de Coca-Cola d'une décharge de mitraillette, mais il déclare à ce sauveur de l'humanité en puissance : « Vous aurez à répondre de vos actes devant la firme américaine Coca-Cola. ») ; *Orange mécanique*[51] comme un film d'horreur politique où les monstres sont tous humains (Malcolm McDowell piétinant un clochard en chantant *Singin' in the Rain*) ; et *2001*[52] comme un film d'horreur politique dont le monstre est inhumain (« Je vous en supplie, ne me déconnectez pas », supplie HAL 9000, l'ordinateur assassin, tandis que le dernier survivant de la sonde jupitérienne lui ôte l'un après l'autre ses modules de mémoire), ledit monstre achevant son existence cybernétique en chantant *A Bicycle Built for Two*[53]. Kubrick est le seul cinéaste américain à avoir compris que la violation du tabou est susceptible d'engendrer le rire tout autant que l'horreur, mais n'importe quel gamin amateur de blagues morbides le sait aussi bien que lui. À moins que Kubrick n'ait tout simplement été assez malin (ou assez courageux) pour franchir cette frontière plusieurs fois lors de sa carrière.

181

6

« Nous avons ouvert la porte sur une puissance inimaginable », déclare le vieux savant d'une voix sombre alors que s'achève *Des monstres attaquent la ville*, « et il nous est impossible de la refermer. »

À la conclusion de *Colossus*[54], le roman de D. F. Jones (adapté au cinéma sous le titre *Le Cerveau d'acier*[55]), l'ordinateur qui vient de s'emparer des leviers de commande de la planète déclare à Forbin, son créateur, que l'humanité ne se contentera pas d'accepter sa suprématie ; elle finira par le vénérer comme un dieu. « Jamais ! » répond Forbin d'une voix vibrante qui ferait honneur au héros d'un *space-opera* de Robert Heinlein[56]. Mais c'est Jones lui-même qui a le dernier mot... et celui-ci n'est guère rassurant. « Jamais ? » écrit-il avant d'apposer le mot FIN à la dernière page de son livre.*

Dans un film intitulé *Gog*[59], interprété par Richard Egan et produit par Ivan Tors, le créateur de *Flipper le dauphin,* c'est tout l'équipement d'une station spatiale qui semble pris de folie. Un miroir solaire se met à tourner sur lui-même, braquant sur l'héroïne l'équivalent d'un rayon de la mort ; une centrifugeuse conçue pour tester l'endurance des astronautes tourne avec une telle puissance que deux sujets meurent sous l'effet d'une accélération de plusieurs g ; et à la conclusion du film, deux robots d'aspect monstrueux, Gog et Magog, deviennent complètement incontrôlables, agitant leurs bras articulés terminés par des pinces de homard et émettant des

---

* D. F. Jones ne rentre pas dans la catégorie des optimistes à tout crin de la science-fiction. Dans son roman *Implosion*, l'invention d'une pilule contraceptive à efficacité permanente déclenche une stérilité à l'échelle planétaire et la lente agonie de l'espèce humaine. Voilà qui n'est guère réjouissant, mais Jones n'est pas le seul écrivain à exprimer une certaine méfiance envers la technologie ; on pourrait citer J. G. Ballard[57], auteur de livres aussi glaçants que *Crash, L'Île de béton* et *I.G.H.*, et Kurt Vonnegut Jr.[58] (que ma femme appelle affectueusement « Père Kurt »), qui nous a donné des livres tels que *Le Berceau du chat* et *Le Pianiste déchaîné.*

bip-bip de compteur Geiger tout en semant la destruction autour d'eux (« Je peux le contrôler », déclare le savant impassible quelques instants avant que Magog ne l'étrangle avec sa pince de homard).

« Ces bestioles-là sont grosses par chez nous », déclare le vieil Indien de *Prophecy*[60] à Robert Foxworth et Talia Shire alors qu'un têtard gros comme un saumon vient de s'échouer sur la berge de ce lac du nord du Maine ; par la suite, Foxworth aperçoit un saumon gros comme un marsouin, et le spectateur est rassuré à l'idée que les baleines ne fréquentent pas l'eau douce.

Tous les films que je viens de mentionner ont en commun leurs symboles technologiques... et on les regroupe souvent sous le label « la nature en folie » (bien qu'il n'y ait pas grand-chose de naturel chez Gog et Magog, deux créatures pourvues de chenilles de tank et d'une forêt d'antennes sur la tête). Et dans chacun d'eux, c'est sur l'humanité et sa technologie que repose le blâme ; « Tout ceci, c'est de votre faute », nous disent-ils ; ce qui ferait une chouette épitaphe à l'espèce humaine le jour où les ICBM prendront leur ultime envol.

Dans *Des monstres attaquent la ville*, ce sont les essais nucléaires de White Sands qui ont produit les fourmis géantes ; c'est la guerre froide qui a engendré ce diable informatique de Colossus, ainsi que les machines cinglées de *Gog* ; et c'est la pollution de l'eau par le mercure, rejeté par une usine de fabrication de pâte à papier, qui a donné naissance aux têtards gigantesques et aux monstruosités mutantes de *Prophecy*, le film de John Frankenheimer.

C'est ici, dans le registre de la techno-horreur, que nous trouvons notre véritable filon. Pas seulement une ou deux pépites de temps à autre, comme dans le cas du film d'horreur économique ou politique ; non, mon gars, ici, on trouverait de l'or même en creusant la terre à mains nues. Dans cette province du royaume de l'horreur, même un film aussi nul que *The Horror of Party Beach*[61] nous offre un symbole technologique dès que nous commençons à l'analyser — car, voyez-vous, tous ces ados en short et en bikini sont menacés par des monstres créés par des fuites dans des conteneurs de déchets nucléaires. Mais ne vous inquiétez pas pour nos héros ; certes, quelques créatures de rêve se font réduire en pièces, mais tout s'arrange à la fin et ils ont le temps d'aller manger un dernier hot-dog avant la rentrée des classes.

183

Je le répète, la signification que j'attribue à ces films n'était pas nécessairement présente à l'esprit de leurs créateurs ; elle est arrivée toute seule. Les producteurs de *The Horror of Party Beach*, par exemple, étaient deux propriétaires de *drive-in* du Connecticut qui avaient décidé de gagner quelques dollars en mettant en chantier un film d'horreur à petit budget (leur raisonnement était apparemment le suivant : si Nicholson et Arkoff, les fondateurs d'AIP[62], ont gagné X dollars en produisant des films de série B, alors on peut gagner X dollars au carré en produisant des films de série Z). Le fait que leur œuvre ait anticipé un problème qui deviendrait bien réel dix ans après n'est qu'un accident... mais un accident qui devait peut-être arriver tôt ou tard, comme celui de Three Mile Island. Il me semble d'ailleurs amusant que cette production minable ait joué le rôle de compteur Geiger dix ans avant que quiconque ait l'idée d'un projet du style *Le Syndrome chinois*[63].

À présent, il nous apparaît clairement que tous ces cercles se recoupent, que tous ces chemins nous amènent tôt ou tard au même terminus : la porte donnant sur le territoire du cauchemar de masse américain. Ces cauchemars sont inspirés par l'idée de profit, je vous l'accorde, mais ils n'en sont pas moins réels, et en fin de compte, les motivations vénales de leurs créateurs deviennent sans importance alors même que le cauchemar conserve tout son intérêt.

Je suis sûr que les producteurs de *The Horror of Party Beach* (ou ceux du *Syndrome chinois*, d'ailleurs) ne se sont jamais réunis pour se dire : « Voilà : nous allons mettre en garde le peuple américain contre les dangers des réacteurs nucléaires, et pour faire passer la pilule, nous allons enrober ce message dans un scénario palpitant. » Non, le raisonnement qu'ils se sont tenu était plus probablement du genre : puisque notre public est un public de jeunes, les héros de notre film seront des héros jeunes, et puisque notre public s'intéresse au sexe, notre film se déroulera sur une plage, ce qui nous permettra d'exhiber le maximum de chair fraîche autorisé par la censure. Et puisque notre public aime se faire peur, nous allons lui donner des monstres bien répugnants. La recette idéale pour attirer les foules : un hybride des deux types de films les plus lucratifs d'AIP — le film de monstre et le film de plage.

Mais comme tout film d'horreur qui se respecte (hormis peut-être ceux du cinéma expressionniste allemand des années 30) doit faire quelques concessions à la crédibilité, il fallait trouver une *raison* expliquant pourquoi ces monstres surgissent des vagues et adoptent un comportement antisocial (un des points forts du film — si l'on peut dire — est la scène où ils s'introduisent dans un dortoir et massacrent dix ou vingt créatures nubiles... tu parles d'une pyjama-party !). Les producteurs ont jeté leur dévolu sur des déchets nucléaires conservés dans des conteneurs non étanches. Je suis sûr que c'était là une des décisions les moins importantes qu'ils ont eu à prendre lors de la préparation du film, *et c'est précisément pour cette raison* que ce détail est important dans le cadre de notre discussion.

L'origine de ces monstres leur est sans doute venue à l'esprit à la suite d'une association d'idées analogue à celles que les psychiatres utilisent pour débusquer les angoisses de leurs patients. Et bien que *The Horror of Party Beach* soit depuis longtemps tombé dans l'oubli, l'image de ces conteneurs frappés du symbole de la radio-activité coulant lentement dans les profondeurs océanes est restée gravée dans la mémoire des spectateurs. Au nom du ciel, que *deviennent* donc ces déchets nucléaires ? nous demandons-nous. Que deviennent ces résidus, ces barres de plutonium, ces pièces détachées irradiées qui restent dangereuses pendant six cents ans et plus ? Est-ce que *quelqu'un* sait ce qu'il advient de ces saletés ?

Toute réflexion un tant soit peu poussée sur les films de techno-horreur — ces films qui suggèrent de façon symbolique que nous avons été trahis par nos propres machines et par nos propres moyens de production — fait bien vite apparaître une carte du Tarot qui nous est familière : celle du Loup-Garou. Lorsque j'ai évoqué ce motif à propos du *Cas étrange du Dr Jekyll et de M. Hyde*, j'ai utilisé les termes *apollinien* (la raison et le pouvoir de l'esprit) et *dionysiaque* (l'émotion, la sensualité et le chaos). La plupart des films exprimant des terreurs de type technologique présentent la même dualité. Les sauterelles, nous dit le film *Beginning of the End*[64], sont des créatures apolliniennes, qui passent leur vie à manger, à sauter, à cracher du jus de chique et à fabriquer d'autres sauterelles. Mais il leur suffit d'une infusion d'herbe nucléaire pour devenir grosses comme des

185

Cadillac, virer au dionysiaque et attaquer Chicago. Et ce sont leurs tendances dionysiaques — leurs pulsions sexuelles, au cas précis — qui causent leur perte. Peter Graves (dans le rôle du Jeune et Courageux Savant) enregistre un cri nuptial qui est diffusé depuis des haut-parleurs par des bateaux voguant sur le lac Michigan, et les sauterelles se précipitent vers la mort en croyant foncer vers une partie de pattes en l'air. Une petite histoire en forme de mise en garde. Je suis sûr que D. F. Jones a adoré.

Même *La Nuit des morts-vivants* relève en partie de la techno-horreur, un détail que l'on oublie parfois quand on voit les zombies converger vers la ferme isolée où se sont réfugiés les « bons ». Il n'y a rien de vraiment surnaturel chez ces morts qui marchent ; leur résurrection est due à des radiations émises par une sonde spatiale revenant de Vénus. Les débris de ladite sonde feraient sans doute un malheur dans les maisons de retraite de la Floride.

L'effet barométrique de ces films de techno-horreur se démontre en comparant les productions des années 50, 60 et 70. Durant les années 50, la peur de la Bombe et de ses retombées était présente à l'esprit de tous, et elle a laissé des traces sur ces enfants qui voulaient tellement être sages, tout comme la Dépression des années 30 en avait laissé sur leurs aînés. Les représentants de la nouvelle génération — les adolescents qui ne gardent aucun souvenir de la crise de la baie des Cochons ou de l'assassinat du président Kennedy, qui ont été nourris au lait de la détente — auront peut-être du mal à comprendre ce genre de terreur, mais ils auront sûrement l'occasion de découvrir leurs propres terreurs durant les années à venir... et les films d'horreur des prochaines années leur fourniront des points de focalisation pour leurs angoisses les plus diffuses.

Peut-être n'y a-t-il rien de plus difficile à appréhender qu'une terreur dont l'époque est révolue — ce qui explique sans doute pourquoi les parents grondent leurs enfants quand ils ont peur du croque-mitaine, alors qu'ils étaient dans la même situation à leur âge (avec des parents aussi compatissants et aussi bornés). C'est peut-être pour cette raison que les cauchemars d'une génération deviennent la sociologie de la suivante, que ceux qui ont marché sur les braises ne se rappellent que difficilement les brûlures de leurs pieds.

Je me souviens, par exemple, que les cheveux longs étaient un fait de société explosif en 1968, quand j'avais vingt et un ans. Aujourd'hui, ça semble aussi incroyable que l'idée que des hommes aient pu s'entre-tuer pour des questions d'astronomie élémentaire, mais c'est bel et bien ce qui s'est passé.

En cet an de grâce 1968, je me suis fait jeter du Stardust, un bar de la bonne ville de Brewster (Maine), par un ouvrier du bâtiment. Ce type, qui avait des muscles sur ses muscles, m'a déclaré que je pourrais revenir finir ma bière « quand tu te seras fait couper les tifs, espèce de tantouze pédé ». Sans parler des lazzi que me lançaient les automobilistes (en général ceux qui conduisaient des bolides à ailerons des années 50) : « T'es un garçon ou une fille ? C'est combien, chérie ? Quand est-ce que t'as pris un bain pour la dernière fois ? » Et ainsi de suite, comme le dit si justement Père Kurt.

Je me rappelle de tels incidents d'une façon intellectuelle, voire analytique, tout comme je me rappelle le jour (je devais avoir douze ans) où on m'a enlevé un pansement à la suite de l'excision d'un kyste. Le tissu s'était fondu dans ma chair, j'ai poussé un hurlement et je suis tombé dans les pommes. Je me rappelle encore la sensation que j'ai éprouvée lorsque la gaze s'est arrachée à la plaie (l'aide soignante qui officiait ce jour-là n'avait apparemment aucune idée de ce qu'elle faisait), je me rappelle le cri que j'ai poussé, je me rappelle que je me suis évanoui. Mais il m'est impossible de me souvenir de la douleur elle-même. Idem pour l'histoire des cheveux longs, idem pour tous les autres problèmes d'un adolescent ayant vécu durant la décennie des bombes au napalm et des vestes à la Nehru. Si j'ai délibérément évité d'écrire un roman se passant durant les années 60, c'est parce que cette époque me paraît aujourd'hui infiniment lointaine — comme si c'était un autre que moi qui l'avait vécue. Mais tout ceci est bien arrivé ; la haine, la paranoïa et la peur étaient partagées par tous. Si vous en doutez, il vous suffit d'aller voir ou revoir *Easy Rider*[65], la quintessence du film d'horreur contre-culturel, dans lequel Peter Fonda et Dennis Hopper finissent mitraillés par deux péquenots roulant dans un *pick-up* pendant que Roger McGuinn chante une chanson de Bob Dylan intitulée *It's All Right, Ma (I'm Only Bleeding)*.

187

Il est tout aussi difficile de se rappeler de façon viscérale les terreurs qui accompagnaient le boom de la technologie nucléaire, il y a vingt-cinq ans de cela. Cette technologie était d'essence strictement apollinienne ; aussi apollinienne que ce brave Larry Talbot[66], qui « récitait ses prières tous les soirs ». L'atome n'a pas été brisé par un Savant fou d'Europe centrale du genre Colin Clive[67] ou Boris Karloff ; l'expérience n'a pas été effectuée dans un pentagramme par une nuit de tempête ; elle était l'œuvre de tout un tas de types ordinaires travaillant à Oak Ridge et à White Sands, des types qui portaient des costumes de tweed et fumaient des Lucky Strike, qui se souciaient des pellicules sur leur crâne, des traites de leur voiture et du chiendent de leur pelouse. Les conquérants de l'atome, les maîtres de la fission, ceux qui ont ouvert la porte dont parle le vieux savant lorsque s'achève *Des monstres attaquent la ville*... ce n'étaient que des employés, des petits fonctionnaires.

L'homme de la rue le comprenait et parvenait à l'accepter (les ouvrages de vulgarisation scientifique s'extasiaient sur le futur promis par notre ami l'Atome, cette source d'énergie inépuisable, et les enfants des écoles se voyaient offrir des bandes dessinées produites par les compagnies d'électricité), mais il n'en redoutait pas moins le revers de la médaille, le visage simiesque que pouvait afficher cet ange : il craignait que l'atome ne soit en fin de compte incontrôlable, pour toutes sortes de raisons politiques et technologiques. Ce sentiment de malaise a été exprimé par des films comme *Beginning of the End*, *Des monstres attaquent la ville*, *Tarantula*[68], *L'Homme qui rétrécit*[69] (où un homme, Scott Carey, est plongé dans l'horreur à cause du mélange radiations-pesticides), *L'Homme H*[70] et *Four-D Man*[71]. Ce cycle atteint l'apogée de l'absurde avec *Night of the Lepus*[72], où le monde est menacé par des lapins de vingt mètres de haut.*

---

* Sans parler de tous les films, japonais pour la plupart, où la cause première de l'horreur est de nature nucléaire (explosion ou radiation) : *Godzilla*[73], *Gorgo*, *Rodan*[74], *Mothra*[75] et *Invasion planète X*[76]. Ce sous-genre a d'ailleurs fait l'objet d'une parodie antérieure au *Docteur Folamour* de Kubrick, à savoir *The Atomic Kid*[77], interprété par Mickey Rooney.

Les films de techno-horreur des années 60 et 70 font la part belle aux sujets d'inquiétude caractéristiques de ces périodes ; les histoires de grosses bêtes laissent la place à des films comme *Le Cerveau d'acier* (le logiciel qui conquit le monde) et *2001*, qui nous présentent tous deux un ordinateur devenant dieu, sans parler de films reposant sur l'idée plus vicieuse (mais mal exploitée, je suis le premier à l'admettre) de l'ordinateur devenant satyre (*Génération Proteus*[78] et *Saturn 3*[79]). L'horreur des années 60 voit dans la technologie une pieuvre — peut-être douée de raison — prête à nous étouffer sous la paperasse et sous les systèmes de traitement de l'information qui s'avèrent horribles quand ils fonctionnent (*Le Cerveau d'acier*) et encore plus horribles quand ils capotent : dans *Le Mystère Andromède*[80], par exemple, c'est parce qu'un bout de papier est coincé dans un télétype que le signal d'alarme n'est pas donné, ce qui manque de causer la fin du monde suite à une série d'erreurs en cascade.

Puis vinrent les années 70, dont les points culminants sont sans doute *Prophecy*, le film raté mais sincère de John Frankenheimer, lequel ressemble de façon frappante aux films de grosses bêtes des années 50 (seule la cause première a changé), et *Le Syndrome chinois*, un film d'horreur qui réussit à faire la synthèse des trois terreurs technologiques les plus importantes : la peur des radiations, la peur de la pollution et la peur des machines incontrôlables.

Avant de tourner la page sur ces films qui utilisent le malaise engendré par la technologie pour nous offrir un équivalent moderne du Crochet (séduisant ainsi le Luddite sommeillant en chacun de nous[81]), il nous faut peut-être mentionner certains films exploitant sous cet angle le thème du voyage spatial... mais nous écarterons de notre liste des films xénophobes comme *Les soucoupes volantes attaquent* et *Prisonnières des Martiens*[82]. Il convient de souligner la différence entre les films s'intéressant au côté dionysiaque de l'exploration de l'espace (tels que *Le Mystère Andromède* et *La Nuit des morts-vivants*, où c'est un satellite qui ramène sur Terre des organismes dangereux mais dénués d'intelligence) et les films purement xénophobes traitant d'une invasion spatiale — l'espèce humaine y joue fréquemment un rôle passif, celui de la victime d'un truand venu du cosmos. Dans les œuvres de ce type, c'est bien souvent la technologie qui sauve la situation (voir *Les soucoupes volantes attaquent*, où le pistolet sonique de Hugh Marlowe dérègle les moteurs électromagnétiques des soucoupes, ou *La Chose d'un autre monde*, où Tobey et ses hommes utilisent l'électricité pour faire rôtir le légume interstellaire) — la science apollinienne triomphant des méchants dionysiaques de la planète X.

Bien que *Le Mystère Andromède* et *La Nuit des morts-vivants* considèrent l'exploration spatiale comme une source de dangers, le meilleur exemple de ce thème, combiné à celui de l'esprit génial hypnotisé par les sirènes de la technologie, nous est peut-être fourni par *Le Monstre*, un film qui leur est antérieur à tous deux. Dans cette production, la première de la série consacrée au professeur Quatermass, le spectateur commence par découvrir une des histoires de chambre close les plus terrifiantes jamais imaginées : trois astronautes partent dans l'espace mais un seul en revient... et il est plongé dans la catatonie. L'examen des appareils de l'astronef, ainsi que la présence de trois scaphandres dans celui-ci, semblent prouver que les deux disparus n'en sont jamais sortis. Dans ce cas, où sont-ils passés ?

Apparemment, ils ont embarqué un auto-stoppeur interstellaire, une astuce de scénario que nous reverrons dans *It ! The Terror from Beyond Space*, et plus tard dans *Alien*. Cet auto-stoppeur (un genre de spore cosmique) a dévoré les deux astronautes disparus, ne laissant derrière lui qu'une poussière grise et visqueuse... et il est bien entendu occupé à grignoter le corps du survivant, Victor Carune, qui est interprété de façon aussi terrifiante que magistrale par l'acteur Richard Wordsworth. Ce pauvre Carune, qui dégénère jusqu'à se métamorphoser en une grosse éponge pourvue de tentacules, est finalement retrouvé alors qu'il grimpe sur un échafaudage dans l'abbaye de Westminster, et c'est grâce à une décharge électrique qu'on réussit finalement à l'éliminer (juste à temps : il était sur le point de se reproduire en lâchant plusieurs milliards de spores dans la nature).

Rien d'extraordinaire pour un film de monstre, me direz-vous. Mais ce qui place *Le Monstre* à cent coudées au-dessus d'un nanar comme *The Horror of Party Beach*, c'est l'atmosphère sombre créée par la mise en scène de Val Guest et le personnage de Quatermass[83] tel que l'interprète Brian Donlevy (les acteurs qui lui succéderont dans ce rôle s'avéreront un peu moins flamboyants). Quatermass est un savant, certes, mais est-ce un savant fou ? Cela dépend de ce que vous pensez de la science. Mais s'il est fou, il y a suffisamment de méthode apollinienne dans sa folie pour le rendre aussi terrifiant (et aussi dangereux) que cette masse de gelée qui s'appelait jadis Victor Carune. « Je suis un homme de science, pas un voyant », déclare-t-il d'un air méprisant à un médecin qui vient de lui demander timidement comment la situation allait évoluer ; lorsqu'un autre savant lui dit qu'il risque de faire rôtir les astronautes s'il ouvre le sas de la fusée qui vient de s'écraser, Quatermass lui rétorque d'un air furieux : « Ne me dites pas ce que je peux faire et ne pas faire ! »

L'attitude qu'il adopte envers Carune est identique à celle d'un biologiste devant un hamster ou un singe rhésus. « Son état s'améliore », déclare-t-il alors que Carune, toujours plongé dans la catatonie, est installé dans un genre de fauteuil de dentiste et contemple ce qui l'entoure avec des yeux morts et aussi noirs que les cendres de l'enfer. « Il sait que nous cherchons à l'aider. »

Et pourtant, c'est Quatermass qui triomphe à la fin — même si c'est grâce à un coup de chance. Une fois que le monstre est détruit, Quatermass est abordé par un officier de police qui souhaite lui dire qu'il avait prié pour son succès. « Un seul monde à la fois, ça me suffit amplement », dit le policier ; Quatermass ne lui accorde aucune attention.

Puis c'est son jeune assistant qui vient le trouver. « Je viens juste d'apprendre la nouvelle, monsieur, lui dit-il. Puis-je faire quelque chose pour vous ?

— Oui, Morris, lui répond Quatermass. Je vais avoir besoin d'aide.

— Pour quoi faire ?

— Nous allons recommencer », déclare Quatermass — c'est la dernière réplique du film. Celui-ci s'achève sur la vision d'une nouvelle fusée s'envolant vers l'espace.

Val Guest semble éprouver une certaine ambivalence pour cette conclusion, ainsi que pour le personnage de Quatermass, et c'est cette ambivalence qui confère au film puissance et résonance. Quatermass est plus proche des scientifiques de l'après-guerre tels que je les ai décrits plus haut que des savants fous des années 30 ; il est l'antithèse du Dr Cyclops[84], ce type à blouse blanche et à grosses lunettes qui contemplait en gloussant ses monstrueuses créations. *Au contraire*[85], non seulement il est doué d'une intelligence redoutable et d'une séduction indéniable, mais c'est en outre un homme indomptable et charismatique. Le spectateur optimiste peut voir dans la conclusion du *Monstre* un hommage au superbe entêtement de l'esprit humain, à sa volonté d'enrichir à tout prix ses connaissances. Mais si l'on est un tant soit peu pessimiste, Quatermass apparaît comme le symbole parfait des limitations de l'homme, le grand prêtre du film de techno-horreur. Le retour de sa première sonde spatiale habitée a failli causer l'anéantissement de l'espèce humaine ; Quatermass réagit à ce petit contretemps en organisant aussitôt un nouveau lancement. Les politiciens dubitatifs sont impuissants à résister à son charisme, et quand nous voyons la deuxième fusée prendre son envol à la fin du film, nous sommes bien obligés de nous demander : *Qu'est-ce que* celle-ci *va bien pouvoir ramener ?*

Même l'automobile, institution américaine s'il en fut, n'a pas réussi à échapper au cauchemar hollywoodien ; quelques années avant d'emménager à Amityville, James Brolin a affronté les terreurs d'*Enfer mécanique* (1977), à savoir une monstruosité sur quatre roues ressemblant à une limousine récupérée dans un cimetière de voitures infernal. Ce film perd tout intérêt bien avant la troisième bobine (c'est le genre de navet où le spectateur sait qu'il dispose de dix minutes entre deux scènes choc pour aller refaire sa provision de pop-corn), mais il débute par une séquence fantastique où la voiture poursuit deux cyclistes dans le parc naturel de Zion, marquant sa progression par des coups de klaxon arythmiques avant de les écraser impitoyablement. Il y a dans cette scène quelque chose de fondamentalement troublant, quelque chose qui éveille en nous une méfiance presque primitive envers ces mécaniques où nous nous enfermons tous les jours, acquérant un certain anonymat... ainsi peut-être que des pulsions homicides.

Nettement supérieur est *Duel*, le film de Steven Spielberg inspiré de la nouvelle de Richard Matheson[86], une œuvre qui a été tournée pour la télévision mais a accédé au statut de film-culte. Un routier psychotique conduisant un immense semi-remorque poursuit Dennis Weaver sur une autoroute californienne apparemment longue de plusieurs millions de kilomètres. Nous ne voyons jamais ce routier (bien qu'on aperçoive fugitivement un bras passé à la vitre du semi, et plus tard une paire de bottes de cow-boy), et c'est le camion lui-même, avec ses roues énormes, son pare-brise sale évoquant le regard d'un débile et ses pare-chocs affamés, qui finit par devenir une sorte de monstre — et lorsque Weaver parvient à l'attirer en haut d'un précipice et à l'y faire tomber, ses cris d'agonie ressemblent à des rugissements surgis de la préhistoire... les cris que pousserait un tyrannosaure englouti par un lac de goudron. Et la réaction de Weaver est digne d'un homme des cavernes : il se met à hurler, à agiter les bras, à danser de joie. *Duel* est un film au suspense quasi insoutenable, presque douloureux ; peut-être n'est-ce pas ce que Spielberg a fait de mieux — à mon avis, il risque de nous surprendre dans les années à venir —, mais c'est sûrement un des meilleurs téléfilms jamais produits.

Nous pourrions encore citer bien des histoires d'horreur inspirées par l'automobile, mais ce seraient en majorité des romans et des nouvelles ; des navets comme *Mad Max*[87] et *La Course à la mort de l'an 2000*[88] ne comptent pas. Hollywood a semble-t-il décidé que, les jours du véhicule à essence et à usage privé étant comptés, l'automobile doit être avant tout réservée aux poursuites se voulant comiques (voir *Drôle d'embrouille*[89] et ce film joyeusement débile qu'est *Lâchez les bolides*[90]) et aux hommages larmoyants (voir *Driver*[91]). Le lecteur intéressé par le sujet est renvoyé à une anthologie composée par Bill Pronzini[92] et intitulée *Car Sinister*. Elle contient entre autres *Les Pieds et les Roues,* une nouvelle de Fritz Leiber[93] qui à elle seule en justifie l'achat.

Passons à l'horreur sociale.

Nous avons déjà abordé quelques films traitant de problèmes sociaux — les comédons, le psoriasis et les poussées de pilosité de Michael Landon[94]. Mais il existe des œuvres s'intéressant à des sujets nettement plus graves. Dans certains cas (*Rollerball*[95], *Les Troupes de la colère*[96]), elles tirent leurs effets de l'extrapolation logique ou satirique des tendances sociales contemporaines et ressortissent par conséquent de la science-fiction. Nous ferons l'impasse sur elles, si ça ne vous dérange pas, car il s'agit là d'une danse légèrement différente de celle dont nous voulons étudier les pas.

Il existe quelques films à la lisière de l'horreur et de la satire sociale ; *The Stepford Wives* me semble le plus abouti. Ce film est basé sur un roman d'Ira Levin, lequel avait déjà réussi un tour de passe-passe similaire avec *Un bébé pour Rosemary* — mais nous en reparlerons plus tard, lorsque nous nous intéresserons à la littérature d'horreur. Pour l'instant, restons-en à *The Stepford Wives*, un film plein d'esprit sur l'avènement du MLF et sur les réactions parfois inquiétantes qu'il a suscitées chez le mâle américain.

Je me suis longtemps demandé si ce film, mis en scène par Bryan Forbes et interprété par Katharine Ross et Paula Prentiss, avait bien sa place dans mon étude. C'est une œuvre aussi satirique que celles de Kubrick (quoique bien moins élégante), et je vous défie de ne pas éclater de rire lorsque Ross et Prentiss vont rendre visite à leur voisin (le droguiste de la ville, un type du genre Walter Mitty[97]) et entendent sa femme gémir à l'étage : « Oh, Frank, tu es le plus beau... tu es le meilleur... tu es le champion... »*

* Cette scène n'est pas à porter au crédit de Forbes, ni à celui de Levin, mais à celui de William Goldman, le scénariste du film, un type doué d'un redoutable sens de l'humour. Si vous en doutez, lisez donc son roman *Princess Bride*, une merveilleuse satire des contes de fées. Si l'on excepte *Alice au pays des merveilles*, je ne connais aucun autre bouquin qui exprime autant d'amour, de joie et de bonne humeur.

Le roman d'Ira Levin a échappé à l'étiquette « horreur » (équivalente à celle de « paria » chez les critiques littéraires les plus snobs) parce qu'on y a vu une charge dirigée contre le MLF. Mais les cibles de cette terrifiante satire ne sont pas uniquement féminines ; Levin s'attaque aussi à ces hommes qui trouvent parfaitement normal d'aller jouer au golf le samedi matin après le petit déjeuner pour rentrer à la maison (le plus souvent bourrés) à l'heure du dîner.

Si j'ai finalement décidé de parler de ce film — de le considérer par conséquent comme une histoire d'horreur plutôt que comme une satire —, c'est parce qu'après quelques hésitations dans le déroulement de son intrigue, il affiche franchement sa nature : c'est une histoire d'horreur sociale.

Katharine Ross et son mari (interprété par Peter Masterson) quittent New York pour emménager à Stepford, une banlieue aisée du Connecticut, un environnement qui conviendra mieux à leurs enfants et à eux-mêmes. Stepford est une petite communauté idyllique où les écoliers attendent sagement le car de ramassage, où l'on voit chaque jour deux ou trois personnes laver amoureusement leur voiture, où on a l'impression que les dons aux œuvres de charité sont supérieurs à la moyenne nationale.

Et pourtant, il se passe d'étranges choses à Stepford. La plupart des femmes y semblent un peu... disons, évaporées. Mignonnes, toujours vêtues de longues robes flottantes (une erreur de conception, à mon avis ; c'est une façon peu subtile d'attirer sur elles l'attention du spectateur — comme si on leur avait apposé sur le front un autocollant proclamant JE SUIS UNE DES FEMMES *BIZARRES* DE STEPFORD), elles conduisent toutes un break, échangent des recettes de cuisine avec un enthousiasme anormal et semblent passer le plus clair de leur temps au supermarché.

Une des femmes de Stepford (une des femmes *bizarres*, je veux dire) se blesse à la tête dans un accident de la circulation sans gravité ; plus tard, nous l'apercevons lors d'une réception en plein air et elle ne cesse de répéter : « Je *dois* trouver cette recette... je *dois* trouver cette recette... je *dois* trouver... » Le secret de Stepford est bien vite percé. Freud demandait d'une voix désespérée : « Les femmes... mais qu'est-ce qu'elles veulent ? » Forbes et ses collabora-

195

teurs posent la question inverse et lui trouvent une sinistre réponse. Les hommes, prétend ce film, ne veulent pas des femmes ; ils veulent des robots pourvus d'organes sexuels.

Il y a dans ce film plusieurs scènes amusantes (outre celle avec Frank le « champion ») ; j'ai particulièrement apprécié la réunion entre copines organisée par Ross et Prentiss : plutôt que d'échanger des méchancetés sur leurs maris (but avoué de cette réunion), les femmes *bizarres* de Stepford se lancent dans une discussion animée sur les lessives et les produits d'entretien ; on croirait assister à un de ces spots que les fils de pub américains ont baptisés du doux nom de « Deux C dans une C » — c'est-à-dire deux connes dans une cuisine.

Mais le film quitte bien vite le domaine ensoleillé de la satire sociale pour s'engager dans des contrées plus ténébreuses. Nous sentons l'étau se resserrer, d'abord autour de Paula Prentiss, puis autour de Katharine Ross. Il y a cette scène sinistre où le dessinateur chargé de concevoir le visage des robots esquisse le portrait de Ross, levant les yeux de son carnet à dessin pour scruter son visage avec attention ; il y a le rictus affiché par le mari de Tina Louise lorsqu'un bulldozer détruit le court de tennis auquel elle tenait tant et qui va céder la place à la piscine dont *il* a toujours eu envie ; il y a la scène où Ross découvre son mari dans le salon de leur maison toute neuve, les larmes aux yeux et un verre à la main. Elle est plongée dans l'inquiétude, mais nous savons qu'il pleure des larmes de crocodile et qu'il a décidé de la troquer contre un mannequin à la cervelle transistorisée. Elle va bientôt perdre tout intérêt pour son hobby, à savoir la photographie.

C'est lors de la dernière scène que survient l'ultime horreur du film, et son trait satirique le plus dévastateur, quand la « nouvelle » Katharine Ross affronte l'ancienne... sans doute animée d'intentions meurtrières. Sous son négligé transparent qui semble tout droit sorti de chez Frederick's of Hollywood, les charmants petits seins de Mrs. Ross se sont transformés en une paire d'obus de gros calibre à faire saliver un macho. Et ce ne sont plus ses seins, bien entendu ; ils sont devenus la propriété exclusive de son mari. Mais cette réplique n'est pas tout à fait achevée ; il n'y a que deux horribles trous noirs à la place de ses yeux. Détail horrible et spectaculaire, certes, mais ce sont ces seins gonflés à la silicone qui m'ont fait fris-

sonner. Les meilleurs films d'horreur sociale sont les moins expli-
cites, et *The Stepford Wives*, en ne nous montrant que la surface des
choses sans se soucier de nous expliquer leur mécanisme, est lourd
de sous-entendus terrifiants.

Je ne compte pas vous faire perdre votre temps en vous racontant
l'intrigue de *L'Exorciste* de William Friedkin, un film qui exploite lui
aussi le malaise engendré par l'évolution des mœurs ; à mon sens, si
votre intérêt pour l'horreur est tel que vous avez réussi à me supporter jusqu'ici, ça veut dire que vous l'avez sûrement déjà vu.

Si la fin des années 50 et le début des années 60 ont signalé le lever
de rideau du conflit des générations (« C'est un garçon ou une
fille ? », et cetera, et cetera), alors la période 1966-1972 a vu se
dérouler la tragédie proprement dite. Little Richard, qui avait horrifié les parents en 1957 lorsqu'il dansait sur son piano avec ses
mocassins en peau de lézard, semblait bien inoffensif à côté de John
Lennon, qui proclamait que les Beatles étaient plus populaires que
le Christ — une déclaration qui devait entraîner moult autodafés de
disques. La brillantine a laissé la place aux cheveux longs que j'ai
évoqués plus haut. Les parents ont trouvé de drôles de fines herbes
dans les chambres de leurs fils et de leurs filles. Les idées véhiculées
par le rock étaient de plus en plus troublantes : *Mr. Tambourine Man*
semblait parler de drogue ; *Eight Miles High,* des Byrds, abordait
franchement le sujet. Les stations de radio ont continué de passer les
disques d'un groupe dont deux membres masculins avaient avoué
leur amour. Elton John a affiché sa bisexualité sans pour autant voir
chuter les ventes de ses disques ; et pourtant, moins de vingt ans
auparavant, ce dingue de Jerry Lee Lewis s'était fait interdire d'an-
tenne lorsqu'il avait épousé sa cousine âgée de quatorze ans.

Puis il y a eu la guerre du Viêt-nam. MM. Johnson et Nixon l'ont
prolongée comme s'il s'agissait d'un grand pique-nique en Asie. La
plupart des jeunes gens de ce pays n'avaient aucune envie d'y parti-
ciper. « J'ai pas de querelle avec ces Congs », a déclaré Mohammed
Ali, ce qui lui a valu de se faire retirer son titre de champion. Les
jeunes se sont mis à brûler leur ordre de mobilisation, à fuir vers le
Canada ou la Suède, à défiler en brandissant des drapeaux du Viet-
cong. À Bangor, où je vivais quand j'allais à la fac, un jeune homme

197

fut arrêté et emprisonné pour avoir remplacé la poche-revolver de son jean par un drapeau américain. Tu trouves ça drôle, petit ?

Il y avait bien plus qu'un fossé entre ces générations. On aurait dit deux plaques tectoniques séparées par la faille de San Andreas : deux conceptions différentes de la culture, de la vie sociale, de la civilisation. Résultat : un tremblement de temps plutôt qu'un tremblement de terre. Et c'est dans le contexte de cette guerre entre les anciens et les modernes qu'est sorti *L'Exorciste*, un film qui a accédé lui aussi au statut de phénomène social. Les files d'attente atteignaient des longueurs inédites dans toutes les grandes villes où il était à l'affiche, et on donnait des séances supplémentaires à minuit dans des bourgades où le couvre-feu était d'ordinaire décrété dès 19 h 30. Les églises organisaient des manifestations devant les cinémas ; les sociologues pontifiaient en rallumant leur pipe ; les journaux télévisés présentaient des « émissions spéciales » quand l'actualité s'avérait peu fournie. L'espace de deux mois, tout le pays n'a parlé que de possession.

En surface, le film (comme le livre) relate les efforts de deux prêtres pour chasser un démon de la jeune Regan McNeil, une adolescente adorable interprétée par Linda Blair (qui devait par la suite subir un viol au débouche-évier dans un téléfilm sordide intitulé *Born Innocent*). Mais le film traite en réalité des changements sociaux qui secouaient l'Amérique à cette époque, et nous fournit un symbole idéal à l'explosion de la jeunesse. C'était un film destiné à tous les parents angoissés qui avaient l'impression de perdre le contact avec leurs enfants et ne parvenaient pas à comprendre pourquoi. Nous y retrouvons le visage du Loup-Garou, le couple infernal Jekyll/Hyde, lorsque l'adorable et douce Regan se transforme en monstre obscène proférant (avec la voix de Mercedes McCambridge) des homélies du genre : « Vous allez laisser Jésus vous baiser, vous baiser, vous baiser. » Abstraction faite de ces éléments religieux, tous les Américains comprenaient sans peine ce que leur disait ce film ; le démon qui possédait Regan McNeil aurait réagi avec enthousiasme au « Fish Cheer » de Woodstock[98].

Un cadre de la Warner m'a récemment confié que, à en croire les sondages, le spectateur de cinéma moyen est âgé de quinze ans, ce qui explique sans doute pourquoi la plupart des films semblent affligés de ce que j'appellerais charitablement un certain manque de maturité. Pour un film comme *Julia*[99] ou *Le Tournant de la vie*[100], on en produit une douzaine comme *Roller Boogie*[101] et *If You Don't Stop It, You'll Go Blind*[102]. Mais il faut souligner que lorsque sort un de ces succès phénoménaux qui font rêver tous les producteurs — des films comme *La Guerre des étoiles*, *Les Dents de la mer*, *American Graffiti*[103], *Le Parrain*, *Autant en emporte le vent* et, bien entendu, *L'Exorciste*—, il renverse toujours cette barrière des générations qui est la plaie du cinéma intelligent. Il est rare qu'un film d'horreur réussisse un tel exploit, mais *L'Exorciste* fait bel et bien partie de cette catégorie (et nous avons déjà discuté d'*Amityville*, dont le public s'est révélé étonnamment mûr).

Parmi les films qui ont conquis ces adolescents qui forment la majorité du public figure l'adaptation de mon propre roman *Carrie*, dont le contenu symbolique colle à merveille aux préoccupations des jeunes. Bien que, à mon sens, le livre et le film s'appuient en grande partie sur les mêmes situations sociales pour développer leur propos horrifique, ils présentent suffisamment de différences pour que je m'attarde quelques instants sur l'adaptation de Brian De Palma.

Le livre et le film évoquent tous deux l'ambiance de films de lycée comme *Jeunesse droguée*[104], et bien que l'on remarque de l'un à l'autre quelque variations superficielles (la mère de Carrie, par exemple, apparaît dans le film comme une catholique romaine du genre traditionaliste frappé), leur intrigue est pratiquement la même. *Carrie* raconte l'histoire de la jeune Carrie White, souffre-douleur de sa fanatique religieuse de mère. Sa timidité et sa façon plutôt bizarre de s'habiller lui attirent également les quolibets de ses condisciples ; elle est victime de leur part d'un ostracisme absolu. Et comme elle est douée de talents télékinétiques qui se développent après ses premières règles, elle finit par faire usage de ce pouvoir pour « casser la baraque » après avoir été horriblement humiliée lors du bal de fin d'année de son lycée.

De Palma a traité ce matériau avec plus de légèreté et plus d'habileté que moi — disons en gros de façon plus artistique ; dans le livre, je m'efforçais avant tout de souligner la solitude de cette adolescente, ses efforts désespérés pour s'intégrer à la société qui est par force la sienne, des efforts voués à l'échec. Si cette réactualisation de *Jeunesse droguée* avait une thèse à soutenir, c'était la suivante : le lycée est un milieu où règnent l'intolérance et le conservatisme, une société dont les membres n'ont pas plus le droit de s'élever « au-dessus de leur condition » qu'un Hindou n'aurait le droit de changer de caste.

Mais mon livre a également un contenu symbolique plus subtil — enfin, je l'espère. Si *The Stepford Wives* se demande ce que les hommes attendent des femmes, alors *Carrie* s'intéresse à la façon dont les femmes apprennent à exercer leur pouvoir et à la peur que la femme et sa sexualité éveillent chez les hommes... en d'autres termes, quand j'ai écrit ce bouquin en 1973 — j'avais quitté la fac trois ans plus tôt —, j'avais pleinement conscience de ce qu'impliquait le MLF pour les représentants de mon sexe. Mon roman, si on le lit d'un œil adulte, exprime l'angoisse du mâle devant un avenir où l'égalité des sexes sera assurée. À mes yeux, Carrie White est une adolescente martyrisée, une de ces misérables dont l'esprit est brisé dans cette fosse aux serpents qu'est n'importe quel lycée. Mais c'est aussi la Femme, prenant conscience de son pouvoir et, tel Samson, faisant choir le temple sur les fidèles à la fin du récit.

Des considérations bien graves et bien mélodramatiques — mais elles ne sont présentes qu'en filigrane dans mon livre. Si vous ne les avez pas remarquées, je ne m'en vexerai pas. Les symboles les plus efficaces sont toujours les plus discrets (mais peut-être ai-je trop bien caché les miens ; lorsqu'elle a critiqué le film de De Palma, Pauline Kael a jugé mon bouquin en ces termes : « un roman alimentaire et sans prétentions » — une description déprimante mais pas totalement inexacte).

Le film de De Palma est plus ambitieux. Tout comme *The Stepford Wives*, son *Carrie* est à cheval sur l'horreur et l'humour, l'un faisant constamment ressortir l'autre, et c'est seulement lorsque le récit approche de sa conclusion que l'horreur occupe le devant de la scène pour ne plus le quitter. Un peu plus tôt, nous avons vu Billy Nolan (John Travolta, excellent) lancer aux flics un sourire complice tout en cachant une canette de bière sous son volant ; une scène dans la tradition d'*American Graffiti*. Mais lorsqu'il massacre un cochon à coups de maillet, son sourire s'est transformé en rictus de démence, et c'est ce genre d'évolution qui forme le propos du film.

Nous voyons trois garçons (dont l'un, interprété par William Katt, apparaît comme le héros du film) en train d'essayer leurs smokings, profitant des circonstances pour se livrer à un petit numéro comique où figurent des imitations de Donald Duck et quelques passages en accéléré. Les filles qui ont humilié Carrie dans les douches en lui jetant des tampons et des serviettes hygiéniques nous sont montrées en train de subir leur punition, à savoir une série d'exercices de gym sur un fond musical rappelant la marche des éléphants dans *Le Livre de la jungle*. Et pourtant, en dépit de toutes ces scènes de la vie de lycée qui auraient plutôt tendance à faire sourire, nous percevons une haine aveugle dirigée contre cette pauvre fille qui tente de s'élever au-dessus de sa condition. Le film de De Palma semble étonnamment jovial, mais nous sentons bien que cette jovialité est dangereuse ; c'est un sourire complice qui va bientôt se transformer en rictus figé, et n'oublions pas que ces jeunes filles en short étaient celles qui, quelques minutes plus tôt, lançaient à Carrie leurs cris de : « Mets-y un bouchon ! Mets-y un bouchon ! » Et il y a surtout ce baquet empli de sang de cochon qui attend son heure au-dessus du podium où Carrie et Tommy (Katt) seront couronnés roi et reine de la soirée.

De Palma est rusé, et il dirige à merveille ses acteurs en majorité féminins. Quand j'ai écrit mon bouquin, j'ai beaucoup peiné pour parvenir à sa conclusion, m'efforçant de faire de mon mieux avec ce que je savais des femmes (c'est-à-dire pas grand-chose). Et ça se voit. Je reste relativement satisfait du résultat final, que je trouve lisible et palpitant. Mais mon roman souffre d'une certaine lourdeur qui ne convient guère à un roman populaire, une impression de *Sturm und Drang*[105] dont je ne suis pas arrivé à me débarrasser. Mes personnages et leurs actes me paraissent encore justes, mais le film de De Palma a cent fois plus de style que mon livre.

Celui-ci tente de regarder en face cette fourmilière qu'est le milieu lycéen ; le regard posé par De Palma est plus oblique... et plus perçant. Son film est sorti à une époque où les critiques se lamentaient de l'absence de vrais rôles de femmes dans le cinéma contemporain... mais aucun d'eux ne semble avoir remarqué que *Carrie* appartient exclusivement à ces dames. Billy Nolan, dont j'avais fait un personnage aussi important que terrifiant, est réduit par De Palma à un rôle quasi secondaire. Tommy, le garçon qui invite Carrie à être sa cavalière au bal de fin d'année, était à mes yeux un jeune homme honnête qui tentait à sa façon de lutter contre le système. Dans le film, il n'est que le pion de sa petite amie, celui grâce auquel elle tente de se faire pardonner sa participation à la scène de la douche où Carrie est bombardée de tampons.

« Je sors avec qui j'ai envie, déclara Tommy d'un ton patient. Je t'ai demandé de venir parce que je voulais te le demander. » Au dernier instant, il se rendait compte qu'il disait la vérité[106].

Dans le film, cependant, lorsque Carrie demande à Tommy pourquoi il l'invite à être sa cavalière, il lui lance un sourire ravageur et lui dit : « Parce que tu as aimé mon poème. » Lequel, entre parenthèses, a été écrit par sa petite amie.

Mon roman porte sur le lycée un regard classique : comme je l'ai dit plus haut, c'est une véritable fosse aux serpents. La vision de De Palma est plus originale ; la société adolescente de cette banlieue aisée lui apparaît comme une matriarchie. Où que se porte le regard, on ne voit que des filles en position de pouvoir : elles tirent les ficelles, truquent diverses élections, manipulent sans vergogne leurs soupirants. La situation de Carrie en devient doublement pitoyable, car elle est incapable d'adopter un tel comportement — seuls les actes des autres peuvent la sauver ou la perdre. Le seul pouvoir dont elle dispose, c'est son talent télékinétique, et le livre et le film finissent par arriver au même point : Carrie emploie ledit talent pour détruire cette société pourrie. Et si cette histoire a connu autant de succès, en librairie comme dans les salles, c'est à mon avis pour la raison suivante : la vengeance de Carrie a réjoui tous les lycéens qui se sont fait ôter de force leur short en cours de gym ou casser leurs lunettes en cour de récréation. Lorsque Carrie détruit le gymnase du lycée (et lorsqu'elle rentre chez elle en continuant à semer la destruction sur son passage, une scène absente du film pour des raisons budgétaires), nous assistons à la révolution fantasmée des intouchables du milieu scolaire.

8

Il était une fois un pauvre bûcheron qui habitait avec sa femme et ses deux enfants à la lisière d'une grande forêt ; le petit garçon s'appelait Hansel et la petite fille Gretel. Ce bûcheron était fort pauvre, et il vint un temps où la famine s'abattit sur le pays et où il lui devint impossible de donner à ses enfants leur pain quotidien. Un soir, alors qu'il s'agitait dans sa couche, rongé par l'inquiétude, il soupira et demanda à son épouse : « Qu'allons-nous devenir ? Comment pourrons-nous nourrir nos enfants alors que nous n'avons plus rien à manger nous-mêmes ? » Et son épouse lui répondit : « Voilà ce que nous allons faire. Demain matin, à la première heure, nous emmènerons les enfants dans la partie la plus sombre de la forêt ; nous y allumerons un feu et nous leur donnerons à chacun un quignon de pain ; puis nous irons travailler et nous les abandonnerons. Jamais ils ne pourront retrouver le chemin de la maison, et nous serons ainsi débarrassés d'eux... »*

Jusqu'ici, nous avons discuté de films d'horreur cherchant à lier symboliquement des angoisses bien réelles (même si elles sont parfois diffuses) aux cauchemars inhérents au genre. Mais cette citation de *Hansel et Gretel,* un des plus sinistres contes pour enfants jamais écrits, nous amène maintenant à écarter toute caution rationnelle pour nous intéresser à des œuvres plus fortes, des œuvres traitant de peurs apparemment universelles et ne devant rien à la raison.

C'est là que nous allons franchir les frontières du tabou, et il vaut mieux que je sois franc avec vous dès le départ. Je pense que nous

* Extrait de *The Andrew Lang Fairy Tales Treasury,* compilé par Cary Wilkins (Avenel Books, New York, 1979), page 91.

sommes tous des malades mentaux ; ceux d'entre nous qui ne sont pas internés cachent leur folie mieux que les autres, voilà tout — et d'ailleurs, ils ne la cachent pas toujours très bien. Nous connaissons tous des gens qui parlent tout seuls ; des gens qui font parfois d'horribles grimaces quand ils croient que personne ne les regarde ; des gens qui éprouvent une phobie pouvant les conduire à l'hystérie — la peur des serpents, du noir, des lieux clos, des hauteurs... sans oublier, bien entendu, ces asticots qui attendent patiemment sous terre le moment où ils participeront au grand festin de la vie : ce qui mange sera un jour mangé.

Quand nous allons au cinéma pour regarder un film d'horreur, nous narguons le cauchemar.

Pourquoi ? Certaines des réponses à cette question sont aussi simples qu'évidentes. Pour montrer que nous en sommes capables, que nous n'avons pas peur, que nous pouvons tenir le coup. Ce qui ne veut pas dire qu'un bon film d'horreur ne nous arrachera pas un cri de temps à autre, tout comme nous poussons parfois un cri aux montagnes russes, lorsque notre wagonnet décrit une boucle de 360° ou plonge dans un lac en bas d'un toboggan. Et les films d'horreur, comme les montagnes russes, ont toujours été le domaine réservé des jeunes ; quand on atteint la quarantaine ou la cinquantaine, on perd le plus souvent tout désir de se retrouver la tête en bas.

Comme je l'ai fait remarquer plus haut, le cinéma d'horreur nous permet également de réaffirmer notre normalité fondamentale ; c'est un cinéma essentiellement conservateur, voire réactionnaire. La vision de Freda Jackson, l'horrible femme fondante de *Die, Monster, Die !*[107], nous confirme que, même si nous n'avons pas la classe d'un Robert Redford ou d'une Diana Ross, nous sommes quand même à des années de lumière de l'authentique laideur.

Et on y va aussi pour s'amuser.

Et c'est là que le sol commence à se dérober sous nos pieds, n'est-ce pas ? Car c'est une forme d'amusement plutôt bizarre. Le spectateur s'amuse de voir des gens menacés... et parfois massacrés. Un critique a suggéré que, si le football américain professionnel était l'équivalent moderne des jeux du cirque, alors le film d'horreur était celui de l'exécution publique.

Il est exact que le film d'horreur « mythique » a tendance à se passer de nuances (ce qui explique l'échec de *Terreur sur la ligne*[108] ; le psychopathe, interprété de façon sensible par Tony Beckley, n'est qu'un pauvre type souffrant de sa psychose ; la compassion qu'il nous inspire dilue l'impact du film comme l'eau dilue le whisky) ; il nous encourage à renoncer à nos capacités analytiques d'adulte pour redevenir un enfant qui voit les choses en noir et blanc. Il est si rare que nous soyons invités à nous abandonner au simplisme, voire à la folie à l'état brut, que c'est peut-être pour cette raison que le cinéma d'horreur nous soulage autant le psychisme. On nous permet de laisser la bride sur le cou à nos émotions.

Si nous sommes tous fous, alors la folie devient une question de degré. Si la folie dont vous souffrez vous pousse à découper les femmes en morceaux à l'instar de Jack l'Éventreur ou du Boucher de Cleveland[109], on vous enferme dans un asile (sauf que ces deux chirurgiens amateurs n'ont jamais été capturés, hé-hé-hé) ; si, d'un autre côté, votre folie vous pousse à parler tout seul quand vous êtes sous pression ou à vous curer le nez dans l'autobus, alors on vous laisse tranquille la plupart du temps... mais ne vous étonnez pas si vos proches vous invitent moins souvent à dîner.

Un fou meurtrier sommeille chez presque chacun de nous (mis à part chez les saints, passés et présents, mais la plupart des saints présentent un autre type de démence), et il faut le laisser s'exprimer de temps en temps, hurler à la lune et se rouler dans l'herbe... Tiens, tiens, je crois bien qu'on est en train de reparler du Loup-Garou. Nos émotions et nos terreurs forment un organisme presque indépendant du nôtre, et nous savons que cet organisme a besoin d'exercice pour conserver sa tonicité. Certains des « muscles » émotionnels sont acceptés — voire exaltés — par la société civilisée ; il s'agit, bien entendu, des émotions nécessaires à la préservation du *statu quo* de la civilisation. L'amour, l'amitié, la loyauté, la tendresse — autant d'émotions que nous applaudissons, autant d'émotions immortalisées par les couplets ringards des cartes de vœux Hallmark et par les vers (je n'ose pas appeler ça de la poésie) de Leonard Nimoy.

Quand nous exprimons ces émotions, la société nous inonde de son approbation et de ses encouragements ; une leçon qui nous rentre dans le crâne avant même que nous renoncions aux couches-culottes. Quand un petit garçon serre dans ses bras et couvre de baisers sa chipie de petite sœur, le cercle de famille s'exclame comme un seul homme : « N'est-il pas *adorable* ? » Suit alors une distribution de gâteaux au chocolat. Mais s'il coince délibérément dans une porte le petit doigt de cette petite chipie, c'est la punition garantie — le cercle de famille se met en colère et la fessée remplace les gâteaux au chocolat.

Malheureusement, les émotions barbares refusent de disparaître, et elles ont périodiquement besoin de s'exercer. D'où des plaisanteries morbides du genre : « Quelle est la différence entre un camion plein de boules de bowling et un camion plein de bébés morts ? » (Réponse : on ne peut pas décharger le premier avec une fourche... cette blague, je le précise, m'a été racontée par un gamin de onze ans.) Je suis sûr que cette vanne vous a révulsé, mais ne vous a-t-elle pas également arraché un rire ou un sourire ? Cela confirmerait alors la thèse suivante : si nous partageons ce qu'on appelle la Fraternité de l'Homme, nous partageons aussi ce qu'on appelle l'Insanité de l'Homme. Je ne cherche pas à défendre la folie ou les plaisanteries morbides, mais seulement à expliquer pourquoi les meilleurs films d'horreur, comme les meilleurs contes de fées, réussissent à être simultanément réactionnaires, anarchistes et révolutionnaires.

Mon agent Kirby McCauley adore raconter une scène du film *Andy Warhol's Bad*[110] — et il la raconte avec la voix émue de l'authentique fan d'horreur. Une mère jette son bébé de la fenêtre d'un gratte-ciel ; *cut* sur la foule qui arpente le trottoir, nous entendons un horrible *splatch*. Une autre mère se fraie un chemin avec son fils jusqu'au point de chute du bébé (le spectateur voit en fait une pastèque dont on a enlevé les pépins). « Voilà ce qui va t'arriver si tu n'es pas sage ! » déclare-t-elle à son rejeton. Cette plaisanterie est aussi morbide que celle du camion plein de bébés morts... ou que celle des bébés abandonnés dans la forêt, que nous connaissons sous le titre de *Hansel et Gretel*.

Le film d'horreur mythique, tout comme la plaisanterie morbide, est chargé de faire un sale boulot. Séduire ce qu'il y a de pire en nous. Déchaîner notre morbidité, libérer nos plus bas instincts, réaliser nos fantasmes les moins avouables... et tout ceci se passe dans le noir, bien entendu. C'est pour cette raison que les bons libéraux évitent d'aller voir des films d'horreur. Personnellement, je considère que les plus agressifs d'entre eux — le *Zombie* de Romero, par exemple — vont soulever une trappe dans notre cerveau bien civilisé et jettent un panier plein de viande crue aux alligators affamés qui nagent dans les eaux troubles de notre subconscient.

Mais pour quoi faire ? Peut-être pour les empêcher de sortir, mes amis. Ils restent là-dessous et ils nous fichent la paix. *All you need is love*, ont dit Lennon et McCartney, et je suis d'accord : il suffit de l'amour. Tant qu'on n'oublie pas de nourrir les alligators de temps à autre.

9

Et maintenant, un mot du poète Kenneth Patchen[111], extrait d'un petit livre fort réjouissant intitulé *But Even So* :

> *Allons,*
> *mon enfant,*
> *si nous avions l'intention*
> *de te faire mal, crois-tu*
> *que nous irions rôder ici*
> *près du sentier*
> *dans le coin le plus*
> *sombre*
> *de la forêt ?*

Telle est l'émotion que les meilleurs films d'horreur mythique éveillent en nous, et ce poème nous suggère que, par-delà son caractère agressif et morbide, le film d'horreur travaille sur nous à un niveau plus profond. Et c'est tant mieux, car sinon l'imagination humaine serait considérablement appauvrie, se satisfaisant de films comme *Vendredi 13*[112] ou *La Dernière Maison sur la gauche*[113]. Le film d'horreur a bien l'intention de nous faire mal, et c'est exactement pour cela qu'il rôde dans le coin le plus sombre de la forêt. En dernière analyse, le film d'horreur ne plaisante pas : il veut vous attraper. Une fois qu'il vous aura fait retrouver le point de vue et les attentes d'un enfant, il se mettra à jouer une mélodie toute simple choisie dans un catalogue fort restreint — telle est la principale limite du film d'horreur (et par conséquent le principal défi qu'il lance au créateur) : c'est une forme des plus restrictives. Les choses qui font vraiment peur au commun des mortels peuvent se compter sur les doigts de la main. Et quand on en arrive à ce point, toute analyse similaire à celles auxquelles je me suis livré dans les pages précédentes devient impossible... ou alors sans aucun intérêt. On peut décrire les effets obtenus par le film d'horreur, un point c'est tout. Essayer d'aller plus loin serait aussi inutile que de tenter de diviser un nombre premier par un autre nombre que lui-même. Mais la nature de l'effet peut être suffisante ; certains films, tel le *Freaks* de Tod Browning, ont le pouvoir de nous liquéfier, de nous arracher un cri (ou un gémissement) de refus ; ce sont des films qui nous tiennent sous le charme quoi que nous fassions, même si nous entonnons la plus magique des incantations : « Ce n'est qu'un film, ce n'est qu'un film. » Et ces films peuvent être évoqués en usant de cette phrase merveilleuse, l'essence des contes de fées : « Il était une fois. »

Avant de poursuivre, nous allons nous livrer à un petit jeu. Attrapez un stylo et une feuille de papier pour noter vos réponses. Il y a vingt questions ; accordez-vous cinq points par réponse correcte. Et si votre score est inférieur à 70, vous avez encore besoin d'étudier sérieusement les *vrais* films d'horreur... ceux dont le seul but est de vous terrifier.

Prêt ? Okay. À vous de jouer.

1. Il était une fois une dame qui était la championne du monde des aveugles et dont le mari fut obligé de s'absenter (pour aller tuer un dragon ou quelque chose comme ça), et un méchant homme du nom de Harry Roat, originaire de Scarsdale, vint lui rendre visite pendant que son mari était parti.

2. Il était une fois trois baby-sitters qui décidèrent de sortir pendant la nuit de Halloween, et une seule d'entre elles était encore vivante lorsque vint le jour de la Toussaint.

3. Il était une fois une dame qui vola de l'argent et alla passer une soirée ennuyeuse dans un motel perdu dans la campagne. Tout allait bien jusqu'à ce qu'arrive la maman du propriétaire du motel ; maman fit alors quelque chose de vraiment méchant.

4. Il était une fois des méchants hommes qui tripotèrent les tuyaux d'oxygène dans la salle d'opération d'un grand hôpital, et les gens s'endormirent longtemps, longtemps — comme Blanche-Neige. Sauf qu'ils ne se réveillèrent jamais.

5. Il était une fois une jeune fille très triste qui allait voir les hommes dans les bars, parce qu'elle se sentait moins triste quand ils la suivaient chez elle. Mais un soir, elle ramena un homme qui portait un masque. Et sous son masque, c'était le croque-mitaine.

6. Il était une fois de courageux explorateurs qui atterrirent sur une planète pour voir si on avait besoin de leur aide. Ils ne trouvèrent personne, mais quand ils repartirent, ils découvrirent que le croque-mitaine était à bord de leur astronef.

7. Il était une fois une dame triste qui s'appelait Eleanor et qui alla vivre une aventure dans un château enchanté. Dame Eleanor était moins triste, car elle avait trouvé de nouveaux amis dans le château enchanté. Mais ses amis partirent, et elle resta... pour toujours.

8. Il était une fois un jeune homme qui voulait ramener dans son pays une poudre magique. Mais il fut capturé avant de pouvoir monter sur son tapis volant, et les méchants lui prirent sa poudre magique et l'enfermèrent dans une oubliette.

9. Il était une fois une petite fille qui avait l'air adorable mais qui était en fait très méchante. Elle enferma le concierge dans sa chambre et mit le feu à son grand lit en bois parce qu'il avait été méchant avec elle.

10. Il était une fois deux petits enfants, comme Hansel et Gretel, et quand leur père mourut, leur maman se remaria avec un méchant homme qui faisait semblant d'être bon. Ce méchant homme s'était fait tatouer le mot AMOUR sur les doigts d'une main et le mot HAINE sur les doigts de l'autre.

11. Il était une fois une dame américaine qui habitait à Londres et que l'on disait folle. Elle croyait avoir vu un meurtre dans la maison condamnée à côté de la sienne.

12. Il était une fois une dame et son frère qui allèrent poser des fleurs sur la tombe de leur mère, et le frère, qui était souvent méchant avec sa sœur, lui fit peur en lui disant : « Ils vont t'attraper, Barbara. » Et ils voulaient vraiment attraper la dame... sauf que c'est *lui* qu'ils ont attrapé en premier.

13. Il était une fois des oiseaux qui devinrent fous et qui se mirent à tuer tous les gens, car ces oiseaux étaient victimes d'un charme maléfique.

14. Il était une fois un fou armé d'une hache qui se mit à massacrer tous les membres de sa famille dans une vieille maison irlandaise. Et quand il coupa la tête au jardinier, la tête tomba dans la piscine — c'est drôle, non ?

15. Il était une fois deux vieilles sœurs qui habitaient ensemble dans un château enchanté du Royaume de Hollywood. L'une d'elles avait été très célèbre dans le Royaume de Hollywood, mais c'était il y a très, très longtemps. L'autre ne pouvait pas quitter son fauteuil roulant. Et savez-vous ce qui se passa ? La sœur qui pouvait marcher servit à celle qui était paralysée un rat mort pour le dîner ! C'est drôle, non ?

16. Il était une fois un gardien de cimetière qui découvrit que, s'il mettait des épingles noires dans les tombes vides de son cimetière, les propriétaires de ces tombes mouraient les uns après les autres. Mais savez-vous ce qui se passa lorsqu'il enleva les épingles noires pour les remplacer par des épingles blanches ? Le film se transforma en un gros tas de merde ! C'est drôle, non ?

17. Il était une fois un méchant homme qui enleva la petite princesse et l'enterra vivante... du moins c'est ce qu'il disait.

18. Il était une fois un homme qui inventa des gouttes magiques pour les yeux, ce qui lui permettait de voir les cartes des autres joueurs à Las Vegas et de gagner beaucoup d'argent. Il voyait aussi sous les jupes des jeunes femmes pendant les cocktails, ce qui n'était vraiment pas gentil, mais attendez, attendez. Cet homme continuait à voir de plus en plus de choses... *de plus en plus...*

19. Il était une fois une dame qui avait adopté le fils de Satan, et il la fit tomber du haut d'une galerie avec son tricycle. Que c'est méchant ! Mais maman avait de la chance dans son malheur. Comme elle était morte, elle n'était pas obligée de jouer dans le deuxième épisode !

20. Il était une fois un groupe d'amis qui partirent faire du canoë sur une rivière magique, et des méchants décidèrent de les punir en voyant qu'ils s'amusaient. C'était parce que ces méchants hommes ne voulaient pas que les gens de la ville viennent s'amuser dans leur forêt.

Alors, vous avez trouvé les réponses ? Si je vous ai collé quatre fois ou plus — si vous n'avez vraiment aucun titre à me proposer —, ça veut dire que vous avez passé trop de temps à voir des films « de qualité » du genre *Julia, Manhattan*[114] et *La Bande des quatre*[115]. Et pendant que vous regardiez Woody Allen imiter un ongle incarné (un ongle incarné *libéral*, bien entendu), vous avez raté certains des films les plus terrifiants jamais tournés. Allez, je vous donne les réponses :

1. *Seule dans la nuit*
2. *Halloween* (*La Nuit des masques*)
3. *Psychose*
4. *Morts suspectes*[116]
5. *À la recherche de Mr. Goodbar*[117]
6. *Alien*
7. *La Maison du diable*
8. *Midnight Express*
9. *La Mauvaise Graine*
10. *La Nuit du chasseur*
11. *Terreur dans la nuit*[118]
12. *La Nuit des morts-vivants*
13. *Les Oiseaux*
14. *Dementia-13*
15. *Qu'est-il arrivé à Baby Jane ?*
16. *I Bury the Living*

17. *Macabre**
18. *L'Horrible Cas du Docteur X*
19. *La Malédiction*
20. *Délivrance*

La première observation que nous inspire cette liste de vingt films (que je pourrais adopter comme programme si on me confiait un cours sur le cinéma d'horreur viscérale de la période 1950-1980), c'est que quatorze d'entre eux reposent sur une intrigue dénuée de tout élément surnaturel... quinze si on compte *Alien*, qui a toutes les apparences de la science-fiction (mais il relève à mes yeux du surnaturel ; je le vois un peu comme du Lovecraft dans l'espace, l'humanité allant à la rencontre des Grands Anciens plutôt que d'attendre qu'ils viennent à elle). Ce qui nous amène à dire, aussi paradoxal que ça paraisse, que les films d'horreur mythique ont besoin d'une bonne dose de réalité pour fonctionner. Cette dose libère l'imagination de son fardeau et facilite la suspension de l'incrédulité. Le spectateur entre dans le film, persuadé que, si les circonstances s'y prêtaient, tout ce qu'il voit pourrait bien se produire.

Deuxième observation : un bon quart de ces films comportent dans leurs titres une référence à la nuit ou aux ténèbres. Les ténèbres, cela va sans dire, sont à la base de nos terreurs les plus fondamentales. Même si nous nous croyons investis d'une nature spirituelle, notre physiologie est similaire à celle de tous les mammifères qui rampent, courent ou trottinent ; on doit se débrouiller avec les mêmes cinq sens. Il existe certains mammifères à la vue particuliè-

---

* Ce film de William Castle — son premier, mais hélas pas son dernier — était numéro un sur la liste des films « à voir » quand j'étais à l'école primaire. Mes copains de Stratford l'appelaient d'ailleurs *McBare* [Bare = nu]. Film à voir ou pas, nos parents avaient été si impressionnés par sa bande-annonce morbide qu'ils nous avaient interdit de le voir dans leur immense majorité. Mais, aussi rusé que peut l'être un vrai fan d'horreur, j'ai réussi à circonvenir l'interdiction maternelle en prétendant être allé voir le *Davy Crockett* de Walt Disney, un film que ma collection d'images offertes par les fabricants de chewing-gum me permettait de résumer sans difficulté en cas d'interrogatoire poussé.

rement perçante, mais nous ne sommes pas du nombre. Il y en a d'autres — les chiens, par exemple — qui voient encore plus mal que nous, mais leur manque de puissance cérébrale les a obligés à développer certains de leurs autres sens d'une façon qu'il nous est impossible d'imaginer (même si nous le pensons). En ce qui concerne les chiens, il s'agit de l'ouïe et de l'odorat.

Les soi-disant clairvoyants évoquent l'existence d'un « sixième sens », lequel est parfois identifié à la télépathie, parfois à la précognition, souvent à Dieu sait quoi, mais si nous disposons d'un sixième sens, il s'agit sans doute tout simplement (comme si c'était simple !) de notre faculté de raisonnement. Fido est peut-être capable de suivre à la trace une centaine d'odeurs dont nous n'avons même pas conscience, mais ce sale cabot n'arrivera jamais à jouer aux dames, et même pas au morpion. Grâce à cette faculté de raisonnement, il nous est inutile d'encourager le développement des cinq sens dans notre patrimoine génétique ; en fait, une partie substantielle de la population humaine est dotée d'un équipement sensoriel qui laisse pas mal à désirer — d'où l'invention des lunettes et du sonotone. Mais nos cerveaux de 747 nous aident à survivre.

Tout ceci est bel et bon quand on est en train de négocier un contrat dans une salle de réunion bien éclairée ou de faire son repassage par un après-midi ensoleillé ; mais quand l'électricité est coupée pendant une tempête, on se retrouve en train de tâtonner dans le noir et de se demander où on a bien pu foutre ces satanées bougies, et la situation a bien changé. Même un 747, avec son radar et ses commandes sophistiquées, ne peut pas atterrir par temps de brouillard. Quand les lumières s'éteignent et que nous nous retrouvons naufragés dans les ténèbres, le brouillard de la réalité tombe bien trop vite à notre goût.

Quand un organe des sens cesse de recevoir des informations, le sens correspondant cesse de fonctionner (jamais à 100 %, bien sûr ; même dans la pièce la plus obscure, notre œil continue de percevoir des formes indistinctes, et même dans le silence le plus absolu, nous continuons à entendre un faible bourdonnement... signe que nos circuits restent ouverts dans l'attente d'une réception). Avec le cerveau, ce n'est pas tout à fait pareil — est-ce un bien ou un mal, cela dépend de la situation. C'est un bien si vous vous retrouvez

213

forcé à l'inactivité pendant quelque temps ; vous pouvez mettre votre sixième sens à profit pour planifier la journée du lendemain, imaginer ce que deviendrait votre existence si vous gagniez à la loterie, ou vous demander ce que la jolie Miss Hepplewaite porte — ou ne porte pas — sous sa jupe si moulante. D'un autre côté, le fait que le cerveau ne cesse jamais de fonctionner n'est pas toujours une bénédiction. Demandez donc l'avis d'un insomniaque chronique.

Quand quelqu'un m'affirme que les films d'horreur ne lui font pas peur, je l'invite à faire l'expérience suivante. Allez donc voir un film comme *La Nuit des morts-vivants*, et allez-y tout seul (avez-vous remarqué que la plupart des spectateurs de films d'horreur arrivent en couple, en groupe et parfois en *meute* ?). Ensuite, reprenez le volant, rendez-vous dans une maison abandonnée et en ruines — il y en a une dans toutes les villes (sauf peut-être à Stepford, mais cette cité a d'autres problèmes). Entrez. Montez jusqu'au grenier. Asseyez-vous. Écoutez la maison qui craque et gémit autour de vous. Remarquez à quel point ces bruits ressemblent à ceux que pourrait produire quelqu'un — ou quelque *chose* — qui monte l'escalier. Humez l'odeur de poussière. De pourriture. De décomposition. Repensez au film que vous venez de voir. Vous êtes assis là, dans le noir, incapable de voir ce qui s'approche de vous... ce qui va peut-être poser une main sale et griffue sur votre épaule... ou sur votre gorge...

Paradoxalement, l'expérience des ténèbres peut conduire à l'illumination.

La peur du noir est la plus enfantine des peurs. Les contes de terreur se racontent le plus souvent « autour d'un feu de camp » ou du moins après le coucher du soleil, car ce qui est risible en plein jour arrache rarement un sourire la nuit venue. Tous les écrivains et les cinéastes d'horreur ont conscience de ce fait et en font usage — c'est un des points de pression les plus vulnérables à l'horreur.* Cette

---

* Il arrive parfois qu'un créateur s'écarte de cette tradition et produise ce qu'on appelle de l'« horreur en plein soleil ». Ramsey Campbell[119] est particulièrement habile dans ce registre ; voir par exemple son recueil de nouvelles judicieusement intitulé *Demons by Daylight* [« Démons à la lumière du jour »].

observation s'applique plus particulièrement aux cinéastes, bien entendu, et de tous les outils que peut employer le cinéaste d'horreur, celui de la peur du noir est peut-être le plus naturel, puisque c'est bien évidemment dans le noir qu'on regarde un film.

C'est Michael Cantalupo, directeur littéraire chez Everest House (l'éditeur de ce volume aux États-Unis), qui m'a rappelé un truc d'exploitation utilisé lors de la sortie du film *Seule dans la nuit*, et je ne résiste pas au plaisir de vous faire partager ce souvenir. Les quinze ou vingt dernières minutes de *Seule dans la nuit* sont particulièrement terrifiantes, grâce notamment au talent d'Audrey Hepburn et d'Alan Arkin (et à mes yeux, l'interprétation d'Alan Arkin — dans le rôle de Harry Roat Jr., le psychopathe de Scarsdale — est une des plus fabuleuses de l'histoire du cinéma, peut-être même supérieure à celle de Peter Lorre dans *M le maudit*[120]) et à l'astuce diabolique imaginée par Frederick Knott[121], l'auteur de la pièce de théâtre qui a inspiré ce film.

Hepburn, dans une dernière tentative désespérée pour sauver sa vie, casse toutes les ampoules et toutes les lampes de son appartement afin de se retrouver sur un pied d'égalité avec son agresseur. Malheureusement, elle a oublié une source de lumière... mais peut-être qu'on n'aurait pas fait mieux qu'elle, vous et moi. Elle a oublié l'ampoule du frigo.

Et les directeurs des salles où passait le film avaient reçu pour instruction d'éteindre toutes les lumières, à l'exception des panonceaux EXIT placés au-dessus des portes. Je ne m'étais jamais rendu compte avant ce jour de la quantité de lumière présente dans une salle de cinéma, même pendant la durée du film. Les salles les plus récentes ont ces petites ampoules à faible intensité encastrées dans leur plafond, les plus anciennes ces *flambeaux*[122] rococo accrochés aux murs. Dans le pire des cas, il y a toujours la lueur venue de l'écran pour vous aider à retrouver votre siège quand vous revenez des toilettes. Sauf que les dernières minutes de *Seule dans la nuit* se déroulent entièrement dans l'appartement plongé dans les ténèbres. Le spectateur ne dispose plus que de ses oreilles, et ce qu'entendent celles-ci — les hurlements de Miss Hepburn, le souffle torturé d'Arkin (il a reçu un coup de couteau quelques minutes plus tôt, et nous avons pu ainsi nous détendre, voire le croire mort, jusqu'à ce qu'il resurgisse soudain tel un diable sortant de sa boîte) — n'est guère rassurant. Alors vous restez assis là. Votre cerveau de 747 tourne à plein régime, mais il ne reçoit presque aucune information. Il ne vous reste plus qu'à transpirer et à espérer que les lumières vont se rallumer... ce qu'elles finissent par faire, heureusement. Mike Cantalupo m'a raconté qu'il avait vu *Seule dans la nuit* dans une salle si minable que même les ampoules des panonceaux EXIT étaient cassées.

Ça devait être *vraiment* dur.

Cette conversation avec Mike m'a rappelé un autre film, *Le Désosseur*[123] de William Castle, qui avait utilisé un truc du même genre (mais un truc infiniment moins classe, ce qui n'a rien d'étonnant de sa part). Castle[124], que j'ai déjà évoqué à propos de *Macabre* — que mes petits copains de l'époque avaient rebaptisé *McBare*, rappelez-vous — était le roi du *gimmick* cinématographique ; c'était lui l'inventeur de l'assurance sur la peur, par exemple ; si un spectateur mourait de peur en regardant un de ses films, ses héritiers recevaient la somme de cent mille dollars. Puis il a eu l'idée d'engager des infirmières pour superviser la projection de ses films, toujours en cas de malheur ; ensuite, il a exigé que les spectateurs se fassent prendre la tension avant d'être autorisés à voir son nouveau chef-d'œuvre de l'horreur (en l'occurrence un film intitulé *La Nuit de tous les mystères*[125]), j'en passe et des meilleures[126].

Les détails de l'intrigue du *Désosseur*, un film au budget si ridicule que le producteur a dû rentrer dans ses frais à partir du millième spectateur, sont sortis de ma mémoire, mais je me rappelle qu'il y figurait un monstre (« le Picoteur ») qui se nourrissait de la terreur. Quand ses victimes étaient terrifiées au point d'en rester sans voix, il se collait à leur colonne vertébrale et... euh... eh bien, il les picotait à mort. Je sais que ça a l'air débile dit comme ça, mais dans le film ça marchait plutôt bien (enfin, j'avais onze ans à l'époque). Je me souviens qu'une jolie fille s'est retrouvée attaquée par le Picoteur dans une baignoire. Dur.

Mais au diable l'intrigue du film ; parlons de son *gimmick*. À un moment donné, le Picoteur s'introduit dans une salle de cinéma, tue le projectionniste et réussit à couper l'électricité. Et dans la salle où *vous* êtes en train de regarder le film, toutes les lumières s'éteignent et l'écran devient tout noir. Mais vous avez appris un peu plus tôt que, si jamais le Picoteur vous attaque, il vous suffit de pousser un hurlement pour vous débarrasser de lui — ça fait tourner l'adrénaline dont il se nourrit, ou quelque stupidité de ce genre. Et voilà qu'une voix sort des haut-parleurs : « Le Picoteur est entré dans cette salle ! Peut-être qu'il est sous *votre* fauteuil ! Alors hurlez ! Hurlez ! *Hurlez pour échapper à la mort !* » Les spectateurs étaient ravis d'obtempérer, bien entendu, et la scène suivante nous montre le Picoteur en train de fuir pour échapper à la mort, provisoirement vaincu par tous ces spectateurs hurlants.*

Outre les films qui dès leur titre annoncent la couleur (si je puis dire en parlant de ténèbres), plus de la moitié des œuvres figurant sur ma petite liste utilisent à fond la peur du noir. *La Nuit des masques* de John Carpenter se déroule presque totalement après le crépuscule. Idem pour les scènes les plus terrifiantes de *Psychose*. Dans *À la recherche de Mr. Goodbar*, l'horrible dernière scène (ma femme a foncé vers les toilettes, persuadée qu'elle allait vomir), celle où Tom Berenger poignarde la malheureuse Diane Keaton, prend place dans son appartement obscur, à peine illuminé par des éclairs stroboscopiques. Et je n'ai pas besoin de vous rappeler l'importance des ténèbres dans *Alien*. « Dans l'espace, personne ne vous entend hurler », disait la publicité de ce film ; elle aurait tout aussi bien pu dire : « Dans l'espace, il est toujours minuit une. » L'aube ne se lève jamais dans ces abîmes interstellaires lovecraftiens.

---

* Bon Dieu, quel plaisir de passer en revue certains des *gimmicks* imaginés autour des navets les plus minables — ça vous rappelle les soupes populaires qu'on organisait dans les salles de cinéma durant la Grande Dépression. La sortie d'un navet italien intitulé *The Night Evelyn Came Out of the Grave* [127] (chouette titre !) était accompagnée d'une pub pour le « bloodcorn », à savoir du pop-corn assaisonné avec un sirop rouge sang. À la fin de *Jack l'Éventreur* [128], un film de 1960 produit par la Hammer et écrit par Jimmy Sangster [129], l'image passait du noir et blanc à la couleur alors que l'Éventreur, qui avait eu la mauvaise idée de se réfugier dans un puits d'ascenseur, était lentement écrasé par une cabine.

Hill House suscite la peur en permanence, mais elle garde ses effets les plus redoutables — le visage dans le mur, les portes qui s'enflent, les bruits de canon, la chose qui prend la main d'Eleanor (elle croyait que c'était Theo, mais — gasp ! — ce n'était pas elle) — pour la tombée de la nuit. C'est un autre employé d'Everest House, Bill Thompson (qui me sert de directeur littéraire depuis un bon millénaire ; peut-être que j'étais *son* directeur littéraire dans une vie antérieure, et maintenant il se venge), qui m'a rappelé *La Nuit du chasseur* — et *mea culpa*, j'avais bien failli l'oublier — et m'a dit que parmi les scènes d'horreur qui l'avaient marqué durant des années figurait celle où on voit les cheveux de Shelley Winters flotter dans l'eau après que le prédicateur homicide l'a noyée dans la rivière. Tout ceci se passe pendant la nuit, bien entendu.

Il existe une ressemblance intéressante entre une scène de *La Nuit des morts-vivants*, celle où la petite fille tue sa mère à coups de binette, et la dernière scène des *Oiseaux*, où Tippi Hedren, enfermée dans un grenier, est attaquée par des corbeaux, des moineaux et des mouettes. Ces deux scènes sont des exemples classiques de l'utilisation sélective de l'ombre et de la lumière. Nous avons tous appris durant notre enfance que l'abondance de lumière avait le pouvoir de chasser toutes sortes de terreurs imaginées, mais que la lumière à petites doses ne faisait que les renforcer. Rappelez-vous le réverbère qui transformait les branches d'un arbre en doigts griffus, ou le clair de lune qui métamorphosait le tas de jouets dans le placard en une Chose prête à nous attaquer d'un instant à l'autre.

Durant la scène de matricide de *La Nuit des morts-vivants* (qui, tout comme la scène de la douche dans *Psychose*, nous semble interminable la première fois que nous la voyons, tellement elle est choquante), la fillette tape sur une ampoule suspendue à un fil, et la cave devient un paysage cauchemardesque peuplé d'ombres mouvantes — qui tantôt cachent les choses et tantôt les révèlent. Lorsque les oiseaux attaquent Tippi Hedren dans son grenier, c'est la lampe-torche de celle-ci qui assure cet effet stroboscopique (que j'ai déjà évoqué à propos de la dernière scène d'*À la recherche de Mr. Goodbar* et que l'on retrouve — utilisé de façon aussi irritante qu'arbitraire — durant le monologue incohérent de Marlon

218

Brando à la fin d'*Apocalypse Now*[130]) et qui confère à la scène un rythme des plus efficaces — le rayon lumineux balaye d'abord le grenier avec une certaine rapidité, Miss Hedren utilisant sa lampe pour chasser les oiseaux... mais à mesure qu'elle perd ses forces et sombre dans l'inconscience, ce rai de lumière se fait de plus en plus lent, tombe doucement vers le sol. Et il n'y a plus que le noir... et au sein des ténèbres, le sinistre bruissement d'une multitude d'ailes.

Je pourrais poursuivre cette analyse en déterminant le « quotient de ténèbres » de tous ces films, mais je n'irai pas jusque-là et me contenterai de faire remarquer que, même dans les rares films placés sous le signe de l'« horreur en plein soleil », on trouve quantité de moments de terreur se déroulant dans le noir — c'est dans l'obscurité que Geneviève Bujold grimpe au-dessus de la salle d'opération dans *Morts suspectes*, c'est dans l'obscurité qu'Ed (Jon Voight) escalade la falaise un peu avant la conclusion de *Délivrance*... sans parler de la tombe pleine d'os de chacal dans *La Malédiction*, ni de la découverte du « mémorial » aquatique de la petite sœur dans *Dementia-13*, le premier film de Francis Ford Coppola (une production AIP).

Mais avant de tourner la page, voici encore une petite liste[131] : *La Force des ténèbres*[132], *Night of the Lepus*[133], *Dracula, prince des ténèbres*[134], *The Black Pit of Dr. M.*[135], *The Black Sleep*[136], *Black Sunday*[137], *The Black Room*[138], *Black Sabbath*[139], *Dark Eyes of London*[140], *The Dark*[141], *Au cœur de la nuit*[142], *Night of Terror*[143], *Night of the Demon*[144], *Nightwing*[145], *Night of the Eagle*[146]...

Vous avez sans doute compris. Si les ténèbres n'avaient pas existé, les cinéastes d'horreur auraient été obligés de les inventer.

10

Il y a sur ma petite liste un film que je me suis jusqu'ici abstenu de mentionner, en partie parce qu'il est l'antithèse de ceux que nous venons d'évoquer — l'horreur y trouve sa source dans la lumière plutôt que dans les ténèbres —, mais aussi parce qu'il nous conduit tout naturellement à une brève discussion d'un des effets que le film d'horreur mythique s'efforce d'avoir sur le spectateur. Nous savons tous ce qu'est la révulsion, un résultat facile à obtenir chez tout sujet normalement constitué,* mais c'est seulement dans le cinéma d'horreur que la révulsion — cette pulsion émotionnelle des plus infantiles — accède parfois au niveau de l'art. J'entends déjà certains d'entre vous protester qu'il n'y a rien d'artistique dans le fait de chercher à faire vomir son prochain — il suffit pour cela de mâcher une bouchée de viande et de se tourner vers lui en ouvrant la bouche —, mais que dire alors des œuvres de Goya ? Ou des boîtes à cirage et des soupes en conserve d'Andy Warhol, d'ailleurs ?

Même le pire des films d'horreur parvient à se distinguer sur ce terrain. L'autre jour, alors qu'il me passait un coup de fil, Dennis Etchison[147], un excellent écrivain de fantastique, a échangé avec moi des souvenirs émus sur une séquence du film *L'Invasion des araignées géantes*[148], où une dame déguste un cocktail de vitamines, ignorant qu'une araignée bien ventrue est tombée dans le mixer juste avant qu'elle ne le mette en marche. Miam, miam. Dans un film nullissime intitulé *La Nuit des vers géants*[149], on trouve un moment inoubliable (pour les deux cents personnes qui ont vu ce navet, je veux dire) où une jeune femme en train de prendre une douche lève la tête vers le pommeau d'où l'eau a cessé de couler et y découvre un boisseau de chenilles grouillantes. Dans *Suspiria*[150] de Dario Argento, des écolières se retrouvent sous une pluie d'asticots... et à la table du dîner, par-dessus le marché. Cette scène n'a aucun rapport avec l'intrigue du film, mais elle est vaguement intéressante dans son genre. Dans *Maniac*[151], réalisé par William Lustig, ex-cinéaste de porno soft, on trouve une scène incroyable où le psychopathe de service (Joe Spinell) scalpe soigneusement une de ses victimes ; la

* Quand j'étais gamin, un de mes copains m'a demandé de m'imaginer dans la situation suivante : je suis en train de glisser sur une rampe d'escalier bien cirée qui, soudain, se transforme sans prévenir en lame de rasoir. Il m'a fallu *des jours* pour m'en remettre.

caméra ne se contente pas de filmer la scène : elle la fixe d'un œil morne et contemplatif et la rend presque insoutenable.

Comme je l'ai remarqué plus haut, les bons films d'horreur opèrent fréquemment à ce niveau — aussi primitif que répugnant, je vous l'accorde. Je serais tenté d'appeler ça « le facteur BEURK »... ou encore le facteur « Oh mon Dieu c'est *dégueulasse* ! ». C'est là que la plupart des bons critiques conservateurs et des bons critiques libéraux entrent en désaccord relativement au cinéma d'horreur (voir, par exemple, le traitement accordé à *Zombie* par Lynn Minton dans *McCall's* — elle est sortie de la salle après les deux premières bobines — et par *The Boston Phoenix*, qui lui a consacré la couverture de son cahier culturel). À l'instar de la musique punk, le film d'horreur répugnant tire sa valeur artistique de son anarchie infantile — la scène de *La Malédiction* où le photographe est décapité par un panneau de verre relève d'une conception de l'art plutôt bizarre, et on ne peut pas en vouloir à certains critiques de préférer à ce genre de machin des films comme *Julia*, où Jane Fonda tente désespérément de nous faire croire qu'elle interprète le personnage de Lillian Hellman.

Mais la révulsion *relève* de l'art, et il est important que nous le comprenions bien. Il arrive que les spectateurs restent impassibles même lorsque l'écran regorge de sang. D'un autre côté, s'ils ont été amenés à aimer et à comprendre les personnages — voire seulement à les apprécier —, à voir en eux des êtres de chair et de sang, si l'auteur a réussi à les toucher, ils ne peuvent pas *ne pas* réagir quand le sang commence à couler. Je ne connais personne, par exemple, qui n'ait pas eu l'air assommé à coups de marteau en sortant de la projection de *Bonnie and Clyde*[152] d'Arthur Penn ou de *La Horde sauvage*[153] de Sam Peckinpah. Et pourtant, certains films de ce dernier — *Apportez-moi la tête d'Alfredo Garcia*[154], *La Croix de fer*[155] — n'arrachent que des bâillements à leurs spectateurs. Le contact ne s'est pas fait.

Tout ceci est bel et bon, et personne ne contestera la valeur artistique d'un film comme *Bonnie and Clyde*, mais revenons quelques instants à la purée arachnéenne de *L'Invasion des araignées géantes*. Si cette scène relève à mon avis de l'art, ce n'est pas parce qu'un lien s'est forgé entre le personnage et nous. Croyez-moi, nous n'avons aucun intérêt pour la dame qui boit son jus d'araignée (pas plus que pour

221

les autres personnages de ce film, d'ailleurs), mais nous éprouvons néanmoins un certain *frisson*[156], car les doigts malhabiles du cinéaste ont réussi à trouver une faille dans notre armure, à toucher un de nos points de pression psychique. Si nous nous identifions à cette malheureuse, cela ne doit rien à sa personnalité ; mais elle nous apparaît subitement comme un être humain en proie à une situation insoutenable — en d'autres termes, la révulsion est l'ultime recours du processus d'identification, que l'on emploie lorsque toutes les tentatives de caractérisation ont échoué. Quand cette dame boit son cocktail à l'araignée, nous frissonnons avec elle... et réaffirmons ainsi notre propre humanité.*

Ceci dit, examinons à présent *L'Horrible Cas du Docteur X*, un des films d'horreur les plus intéressants et les plus excentriques jamais tournés, et dont la scène finale est une des plus répugnantes jamais imaginées.

Ce film de 1963 a été produit et réalisé par Roger Corman, lequel était à l'époque en pleine métamorphose. La chenille qui nous avait donné des films aussi médiocres que *Attack of the Crab Monsters*[158] et *La Petite Boutique des horreurs*[159] (qui voyait sans doute les débuts de Jack Nicholson à l'écran[160] mais n'était pas mémorable pour autant) allait bientôt devenir le papillon responsable d'œuvres aussi superbes qu'horrifiques comme *The Terror*[161] et *Le Masque de la mort rouge*[162]. C'est à mon avis avec *L'Horrible Cas du Docteur X* que la créature a commencé à émerger de son cocon. Le scénario de ce film est dû à Ray Russell[163], auteur de *Sardonicus* et d'autres romans — parmi lesquels il faut citer *Incubus*, plutôt mélodramatique, et *Princess Pamela*, nettement plus réussi.

---

* Peut-être allez-vous m'accuser d'avoir une définition trop large du film d'horreur en tant qu'œuvre d'art — de vouloir attraper tout ce qui passe, en d'autres mots. Vous vous trompez : des films comme *Les baskets se déchaînent*[157] et *The Bloody Mutilators* n'ont à mon sens aucune valeur, artistique ou autre. Et si mes idées sur les limites de l'art vous semblent trop indulgentes, tant pis pour vous. Je suis tout le contraire d'un snob, et si vous n'êtes pas d'accord, ça vous regarde. Dans le domaine qui nous intéresse, celui qui perd le goût des balivernes a intérêt à changer de métier.

Dans *L'Horrible Cas du Docteur X*, Ray Milland interprète un savant qui a découvert des gouttes pour les yeux lui permettant de voir à travers les murs, les vêtements, les cartes à jouer... bref, à travers tout ce que vous voulez ; l'équivalent chimique des lunettes à rayons X tant vantées dans les pubs pour gogos des années 50. Mais le processus, une fois enclenché, ne s'arrête pas si facilement. Les yeux de Milland commencent à s'altérer, devenant tout d'abord injectés de sang puis virant peu à peu au jaune bilieux. C'est à ce moment-là que nous commençons à nous inquiéter sérieusement — peut-être parce que nous sentons venir l'inévitable, et en un sens il est déjà trop tard. Les yeux sont une des parties les plus vulnérables de l'individu, une faille dans son armure de chair. Imaginez, par exemple, que vous plongez le pouce dans l'œil de votre prochain, que vous le sentez sur le point d'exploser. Répugnant, non ? De telles idées sont immorales. Mais quand vient Halloween, les petits enfants se livrent à un jeu que l'on appelle le Jeu du mort : ils se passent dans l'obscurité des grains de raisin soigneusement pelés en entonnant d'une voix solennelle : « Voici les yeux du mort. » Beurk. Oh oui, beurk. Ou, comme le disent mes gosses : « *DÉ-GUEUEU !* »

Et nous avons tous des yeux, pas vrai ? Même notre vieux pote l'ayatollah Khomeiny en a une paire, tout comme il a un nez et deux oreilles. Sauf que, à ma connaissance, personne n'a tourné un film d'horreur sur un nez incontrôlable, et il n'existe aucun film intitulé *The Crawling Ear*[164] — alors que *The Crawling Eye*[165] est sorti en 1958. Nous savons tous que les yeux sont les plus vulnérables de nos organes des sens, les parties les plus vulnérables de notre visage, et en plus, ils sont (beurk !) *tout mous*. C'est peut-être le pire...

Si bien que, lorsque Milland chausse des lunettes noires à la moitié du film, nous commençons à nous demander ce qui se passe derrière leurs verres. En outre, il se produit autre chose — quelque chose qui augmente considérablement la valeur artistique de *L'Horrible Cas du Docteur X*. Ce film devient carrément lovecraftien, mais cette influence s'exerce de façon différente — et bien plus pure — que dans *Alien*.

Les Grands Anciens, nous dit Lovecraft, ont été exilés de notre monde, et leur seul désir est d'y revenir — et ils ont accès à des sources d'énergie si puissantes que le simple fait de les entrevoir peut conduire un mortel à la démence, si puissantes que l'explosion d'une galaxie serait risible en comparaison.

Je pense que c'est une de ces sources que Milland commence à entrevoir à mesure que sa vue devient inexorablement plus perçante. Il ne voit tout d'abord qu'une lueur irisée au sein des ténèbres — le genre de truc qu'on voit lors d'un trip au LSD. Rappelez-vous que Corman a également commis *The Trip*[166] (dont Jack Nicholson a coécrit le scénario) et *Les Anges sauvages*[167], où l'on voit Bruce Dern, à l'article de la mort, s'écrier : « Quelqu'un peut-il me filer une cigarette normale ? » Bref, cette masse de lumière devient de plus en plus grande, de plus en plus nette. Et peut-être qu'elle est vivante... et qu'elle se sait observée. Milland a réussi à voir par-delà les murailles du monde, et ce qu'il a vu l'a rendu fou.

Cette force cosmique finit par devenir si claire à ses yeux qu'elle emplit l'écran lors des scènes perçues de son point de vue : une masse monstrueuse et éclatante qui persiste néanmoins à rester floue. Et Milland finit par craquer. Il prend sa voiture et fonce dans le désert (avec au-dessus de lui cette Présence lumineuse), et lorsqu'il ôte ses lunettes, nous découvrons des globes oculaires d'un noir d'encre. Il hésite un instant... puis s'arrache les yeux. Le film s'achève sur la vision de ses deux orbites sanguinolentes. Mais à en croire certaines rumeurs — fondées ou non, je l'ignore —, la dernière réplique du film a été coupée au montage car jugée *trop* horrible. Si tel est le cas, il s'agissait de la conclusion la plus logique que l'on puisse imaginer. D'après la rumeur, Milland s'écrie après son acte : « *Je vois encore !* »

11

Nous n'avons fait que tremper le bout des doigts dans le profond océan mythique de l'expérience et des terreurs humaines. Il nous serait possible de poursuivre en évoquant des phobies aussi diverses que la peur des hauteurs (*Sueurs froides*[168]), la peur des serpents

(*Sssnake*[169]), la peur des chats (*Les Griffes de la peur*[170]), la peur des rats (*Willard*[171], *Ben*[172])... sans parler de tous les films qui tirent leurs effets de la révulsion. Et des mythes que nous n'avons pas encore abordés... mais il nous faut bien garder quelque chose pour la suite, pas vrai ?

Et quels que soient les sujets que nous abordons, nous finirons toujours par revenir à cette notion de points de pression phobique... tout comme la plus charmante des valses dépend en dernière analyse de la simplicité de ses trois temps. Le film d'horreur est une boîte pourvue d'une manivelle, et pour le faire fonctionner, il suffit de tourner cette manivelle jusqu'à ce que le diable jaillisse de sa boîte, une hache à la main et un rictus meurtrier aux lèvres. Tout comme le sexe, il s'agit là d'une expérience infiniment désirable, mais toute discussion de ses effets finit invariablement par engendrer la monotonie.

Plutôt que d'explorer cent fois le même terrain, achevons donc ce bref exposé sur le film d'horreur mythique par une visite de son site le plus remarquable : la mort. Voilà bien l'atout maître de tous les films d'horreur. Mais les cinéastes ne jouent pas de cette carte à la manière d'un champion de bridge, qui en comprendrait toutes les implications et toutes les possibilités les plus fructueuses ; ils l'utilisent plutôt comme un enfant jouant à la bataille. En fait, c'est là que résident à la fois les limites du cinéma d'horreur considéré en tant qu'œuvre d'art et son charme à la fois morbide et captivant.

« La mort, c'est quand les monstres vous attrapent », songe le jeune Mark Petrie dans mon roman *Salem*. Et si je devais résumer en une phrase tout ce que j'ai pu dire ou écrire sur l'horreur (et pas mal de critiques me reprocheront de ne pas l'avoir fait, ha-ha), ce serait sûrement celle-ci. Ce n'est pas ainsi que les adultes regardent la mort ; c'est là une métaphore grossière qui ne tient guère compte du ciel, de l'enfer, du nirvana ou de cette fameuse roue karmique qui nous garantit à tous une seconde chance. Ce point de vue — qui est celui qu'adoptent la plupart des films d'horreur — n'a rien à voir avec les spéculations philosophiques sur « la vie après la vie » et ne concerne que l'instant crucial où nous quittons cette vallée de larmes. Cet instant où vient la mort est le seul rite de passage authentiquement universel, le seul à avoir des suites qu'aucune donnée psychologique ou sociologique en notre possession ne nous permet d'expliquer. Tout ce qu'on sait, c'est qu'on s'en va ; et bien que nous disposions de certaines règles — oserais-je dire d'une certaine étiquette ? — relatives à ce sujet, le moment crucial nous prend bien souvent par surprise. Les gens décèdent en faisant l'amour, en prenant l'ascenseur, en nourrissant un parcmètre. Certains s'en vont en éternuant. D'autres encore meurent au restaurant, ou dans un hôtel de passe, voire parfois aux toilettes. On n'est jamais sûr de mourir dans un lit ou les bottes aux pieds. Il serait donc bien remarquable que nous n'ayons pas un peu peur de la mort. Celle-ci est bien présente, n'est-ce pas, le facteur irréductible de notre existence, la mère sans visage d'une centaine de religions, si absolue et si incompréhensible qu'on n'en discute jamais dans les cocktails. La mort devient un mythe dans les films d'horreur, mais il convient de souligner que ceux-ci la mythifient de la façon la plus simple possible : la mort dans les films d'horreur, c'est quand les monstres vous attrapent.

Nous autres, fans de cinéma d'horreur, nous avons vu des gens se faire tabasser à mort, périr sur le bûcher (Vincent Price dans le rôle-titre du *Grand Inquisiteur*[173], une production AIP qui est sûrement un des films d'horreur les plus répugnants des années 60, finit sa carrière par un barbecue), se faire cribler de balles, de coups de couteaux, se faire crever les yeux à coups d'aiguilles, se faire dévorer vivants par des sauterelles, des fourmis, des dinosaures et même des cafards ; nous avons vu des gens décapités (*La Malédiction, Vendredi 13, Maniac*), vidés de leur sang, dévorés par des requins (qui pourrait oublier le bateau pneumatique qui s'échoue sur la plage, déchiré et ensanglanté, dans *Les Dents de la mer* ?) ou des piranhas ; nous avons vu des méchants engloutis par des sables mouvants ou dans des bacs d'acide ; nous avons vu notre prochain écrabouillé ou gonflé comme une baudruche ; à la fin de *Furie*[174], le film de Brian De Palma, John Cassavetes explose littéralement.

Les critiques libéraux, qui ont de la civilisation, de la vie et de la mort une conception plus complexe, ont tendance à faire la moue devant ce genre de massacre gratuit, à le considérer (au mieux) comme l'équivalent moral de l'arrachage des ailes de mouche et, au pire, comme la mise en scène symbolique d'une exécution publique. Mais la première de ces comparaisons mérite qu'on s'y attarde. Rares sont les enfants qui n'ont jamais arraché les ailes d'une mouche ou qui n'ont jamais observé patiemment l'agonie d'un insecte. La première scène de *La Horde sauvage* nous montre un groupe d'enfants rieurs en train de faire périr un scorpion par le feu — une scène caractéristique de ce que les gens qui n'aiment pas (ou ne connaissent pas) les enfants appellent souvent à tort « la cruauté de l'enfance ». Les enfants ne sont presque jamais délibérément cruels, et ils ne se livrent pratiquement jamais à la torture, dans l'acception qu'ils ont de ce terme ; * ils sont toutefois capables de tuer par désir de s'instruire, étudiant l'agonie d'un insecte avec l'attention clinique d'un biologiste étudiant un cobaye venant d'inhaler une bouffée de gaz toxique. Rappelons-nous Tom Sawyer, qui faillit se casser le cou tant il était impatient de voir le chat mort de son ami Huck, et qui, pour avoir eu le « privilège » de nettoyer sa barrière, obtint pour récompense un rat mort « et une ficelle pour le balancer au bout ».

Autre exemple :

Bing Crosby raconte que son fils, âgé de six ans, était inconsolable à la mort de sa tortue. Désireux de le distraire de son chagrin, Bing lui a suggéré d'organiser un service funèbre, et son fils a accepté en rechignant un peu. Tous deux ont pris une boîte à cigares, en ont doublé l'intérieur avec un carré de soie, l'ont peinte en noir et ont creusé un petit trou dans leur jardin. Bing plaça alors soigneusement le « cercueil » dans la tombe, récita une longue et émouvante

* Ne vous méprenez pas sur mon propos. Les gosses peuvent se montrer méchants, et quand on les voit dans cet état on a souvent des doutes sur l'avenir de l'espèce humaine. Mais la méchanceté et la cruauté, quoique proches, sont deux choses fort différentes. Un acte cruel est un acte prémédité, réfléchi. La méchanceté, par opposition, est souvent instinctive et irréfléchie. Les résultats sont peut-être identiques pour la victime — en général un autre enfant —, mais il me semble que, dans une société morale, l'intention ou l'absence d'intention est un élément à prendre en compte.

prière et chanta un hymne. Au terme de la cérémonie, les yeux du petit garçon étaient luisants de chagrin et d'excitation. Bing lui demanda alors s'il voulait jeter un dernier regard sur sa tortue avant d'enterrer le cercueil. Son fils répondit par l'affirmative et Bing souleva légèrement le couvercle de la boîte à cigares. Tous deux contemplèrent la tortue avec révérence, et soudain, elle bougea. Le petit garçon la considéra un long moment, puis se tourna vers son père et lui dit : « Tuons-la. »*

Les enfants font preuve d'une curiosité aussi permanente qu'insatiable, et cette curiosité ne se limite pas à la mort. Et pourquoi pas ? Ils sont pareils à des spectateurs qui viennent d'entrer dans une salle où l'on projette un film dont l'action a débuté il y a plusieurs milliers d'années. Ils veulent en connaître l'intrigue, les personnages et surtout la logique interne : est-ce un drame ? une tragédie ? une comédie ? ou bien carrément une farce ? Ils n'en savent rien, parce qu'ils n'ont pas encore (mais ça viendra) reçu l'enseignement de Socrate, de Platon, de Kant ou d'Erich Segal. Quand on a cinq ans, on a des gourous qui s'appellent le Père Noël et Ronald McDonald ; les questions qu'on se pose sont du genre : peut-on manger un biscuit la tête en bas ? les balles de golf contiennent-elles vraiment un poison mortel ? Quand on a cinq ans, on cherche à s'informer dans les domaines accessibles.

Permettez-moi donc de vous raconter ma propre histoire de chat mort. Alors que j'avais neuf ans et demeurais à Stratford (Connecticut), deux de mes copains — deux frères — ont découvert le cadavre déjà raide d'un chat dans le caniveau, non loin de Burrets' Building Material, le magasin situé en face du terrain vague où on jouait au base-ball. Ils m'ont appelé en consultation afin que j'éclaire de mon opinion le problème du chat mort. Le très *intéressant* problème du chat mort.

C'était un chat gris, de toute évidence écrasé par une voiture. Ses yeux étaient mi-clos, et nous avons tous remarqué qu'ils semblaient

* Extrait de *Kids : Day In and Day Out*, compilé par Elisabeth Scharlatt (Simon and Schuster, 1979) ; anecdote rapportée par Walter Jerrold.

contenir de la terre et des particules de goudron. Première déduction : quand on est mort, on se fout d'avoir une poussière dans l'œil (nous partions du postulat que ce qui était bon pour les chats l'était aussi pour les gosses).

Nous l'avons examiné en quête d'asticots.

Pas d'asticots.

« Peut-être qu'y en a dedans », a dit Charlie d'une voix pleine d'espoir (Charlie faisait partie des gamins pour lesquels William Castle avait tourné un film intitulé *McBare*, et il me téléphonait souvent les jours de pluie pour m'inviter à venir chez lui et lire des bandes dessinées).

Nous avons poursuivi notre examen, retournant le chat mort dans un sens puis dans l'autre — avec un bâton, bien entendu ; on risque d'attraper un virus ou une bactérie en tripotant un chat mort à mains nues. Toujours pas d'asticots.

« Peut-être qu'y en a dans son *cerveau* », a dit Nicky, le frère de Charlie, une lueur dans les yeux. « Peut-être qu'il a des asticots qui lui dévorent le *cerveau*.

— Impossible, j'ai décrété. Le cerveau, c'est... euh... étanche. Il peut rien y entrer. »

Ils ont médité là-dessus.

On a fait le cercle autour du chat mort.

Puis Nicky a dit soudain : « Et si on lui lâche une brique sur le cul, est-ce qu'il va chier ? »

S'ensuivit un long débat sur ce point de biologie *post mortem*. Il fut finalement décidé de procéder à l'expérience. On trouva une brique. On débattit sur le fait de savoir qui allait la lâcher sur le chat mort. Ce problème fut résolu de la façon traditionnelle. Le rite d'am-stram-gram fut célébré. Ce fut Nicky qui gagna.

La brique fut lâchée.

Le chat mort ne chia pas.

Déduction numéro deux : quand on est mort, on ne chie pas si quelqu'un vous lâche une brique sur le cul.

Ensuite, on a abandonné le chat pour aller jouer au base-ball.

L'expérience s'est poursuivie au fil des jours, et je pense encore à ce chat mort lorsque je relis l'excellent poème de Richard Wilbur[175] intitulé *The Groundhog*. Les asticots ont fait leur apparition au bout de deux jours, et nous avons observé leurs grouillements avec un intérêt mêlé de répugnance. « Ils lui bouffent les yeux », a fait remarquer Tommy Erbter, un autre gamin de ma rue. « Regardez ça, les mecs, ils lui bouffent même les *yeux*. »

Puis les asticots se sont fait la malle, laissant le chat mort avec quelques kilos et pas mal de poils en moins. Nous avons espacé nos visites. La décomposition du chat était entrée dans une phase moins colorée. Mais j'ai pris l'habitude d'y jeter un coup d'œil chaque matin en allant à l'école ; ce n'était qu'une halte sur ma route habituelle, un élément de mon rituel matinal — similaire à ceux consistant à laisser traîner la pointe d'un bâton sur la clôture de la maison abandonnée ou à faire quelques ricochets sur l'étang du parc.

À la fin du mois de septembre, Stratford fut frappé par un ouragan. Il y eut une petite inondation, et lorsque les eaux se retirèrent deux ou trois jours plus tard, le chat mort avait disparu — emporté par les flots. Je ne l'ai pas oublié, et je suppose que je ne l'oublierai jamais : ce fut ma première expérience de la mort. Ce chat n'est plus que poussière aujourd'hui, mais il est resté dans mon cœur.

Un film sophistiqué exige de son public des réactions sophistiquées — en d'autres termes, des réactions d'adulte. Les films d'horreur ne sont pas sophistiqués, et c'est pour cette raison qu'ils nous permettent de considérer à nouveau la mort avec des yeux d'enfant — ce qui n'est peut-être pas une si mauvaise chose. Je n'irai pas jusqu'à faire mienne cette idée aussi romantique que simpliste selon laquelle les choses apparaissent plus clairement aux enfants qu'aux adultes, mais je suggérerai néanmoins que les enfants voient les choses avec plus d'intensité. Pour les yeux d'un enfant, le vert d'une pelouse est de la couleur des émeraudes que l'on trouve dans les mines du roi Salomon chères à H. Rider Haggard, le bleu d'un ciel hivernal est aussi violent qu'un pic à glace, le blanc d'une neige fraîchement tombée est une décharge d'énergie onirique. Et le noir... est plus noir. Beaucoup plus noir.

Voici la vérité sur les films d'horreur : ils ne célèbrent pas la mort, contrairement à ce qu'ont pu affirmer certains ; ils célèbrent la vie.

Ils ne chantent pas les louanges de la difformité, mais en nous montrant des êtres difformes, ils chantent les louanges de la santé et de l'énergie. En nous montrant les souffrances des damnés, ils nous aident à redécouvrir les joies modestes (mais jamais négligeables) de notre propre existence. Ce sont les sangsues de la psyché, et ils soulagent celle-ci de ses angoisses... du moins pour un temps.

Le film d'horreur vous demande si vous avez envie de regarder de près le chat mort (ou la forme sous le drap, pour reprendre une métaphore que j'ai employée dans l'introduction de *Danse macabre*)... mais pas avec les yeux d'un adulte. Peu importent les implications philosophiques de la mort ou les possibilités religieuses inhérentes au concept de vie après la vie ; le film d'horreur nous propose de jeter un coup d'œil à la mort en tant qu'artefact physique. Devenons donc des enfants déguisés en médecins légistes. Et comme des enfants faisant une ronde, tenons-nous par la main et entonnons ce chant que nous connaissons tous par cœur : le temps presse, tout le monde est malade, la vie est brève et la mort est là.

Oméga, tel est le chant du film d'horreur. Voici la fin. Mais le symbole qui sous-tend tous les bons films d'horreur est le suivant : *Pas encore. Pas cette fois-ci*. En dernière analyse, le film d'horreur célèbre les êtres humains qui ont la force de regarder la mort en face parce qu'elle ne demeure pas encore en leur cœur.

CHAPITRE 7
Du film d'horreur considéré comme malbouffe

1

Arrivés à ce point de notre exposé, les amateurs d'horreur les plus sérieux se demanderont peut-être si je n'ai pas perdu l'esprit — à supposer que j'en aie jamais eu un à ma disposition. Je me suis fendu de quelques compliments (rares, certes, mais néanmoins sincères) à l'égard d'*Amityville*, et j'ai même mentionné de façon relativement favorable un film comme *Prophecy*, que tout le monde s'accorde à trouver nullissime. Si vous faites partie de ces lecteurs déjà un peu inquiets, sans doute ne serez-vous pas rassuré d'apprendre que je compte dans un chapitre ultérieur tresser des louanges à l'écrivain anglais James Herbert[1], auteur des *Rats*, de *Fog* et du *Survivant* — mais son cas est tout différent : Herbert n'est pas un mauvais romancier, il est simplement considéré comme tel par les amateurs de fantastique qui n'ont jamais lu ses œuvres.

Je ne suis pas un inconditionnel du film nul, mais quand on a passé vingt ans à voir des films d'horreur, cherchant des diamants (ou des éclats de diamant) dans la fange des séries B, on se rend compte qu'on est foutu si on ne cultive pas son sens de l'humour. Et on apprend aussi à reconnaître les motifs du genre et à les rechercher activement.

233

Et tant qu'on y est, j'ai un aveu à vous faire, et je le ferai sans tourner autour du pot : quand on a vu un bon paquet de films d'horreur, on finit par trouver du goût aux authentiques navets. On peut se permettre d'éliminer sans regret les films qui sont simplement mauvais (comme par exemple *Hallucinations*[2], cette tentative mal inspirée de Jack Jones). Mais les authentiques fans d'horreur éprouvent pour des films comme *The Brain from Planet Arous*[3] (Un Monstre venu d'un Autre Monde ANIMÉ D'UN DÉSIR INSATIABLE POUR LES FEMMES DE LA TERRE !) quelque chose qui ressemble bien à de l'amour. C'est là le genre d'amour que peut inspirer un enfant un peu crétin, d'accord, mais c'est quand même de l'amour, exact ? Exact.

À cet égard, permettez-moi de citer — *in extenso*, elle le mérite — une critique parue dans le « TV Movieguide » de *Castle of Frankenstein*. Cette rubrique, consacrée aux films visibles à la télévision, est parue à intervalles irréguliers jusqu'à l'ultime numéro de l'excellent magazine de Calvin Beck. Le papier reproduit ci-dessous fut en fait publié dans sa vingt-quatrième et dernière livraison. Voici ce qu'un critique anonyme (sans doute Beck lui-même) pensait d'un film de 1953 intitulé *Robot Monster*[4] :

C'est grâce à des films comme celui-ci que cette corvée {la rédaction du « TV Movieguide »} déchaîne parfois notre enthousiasme. Ce film grotesque, sans doute un des plus savoureux navets jamais tournés, nous présente l'invasion extraterrestre la plus économique jamais imaginée : un envahisseur du nom de Ro-Man consistant en a) un costume de gorille et b) un casque de scaphandrier muni d'antennes. Dissimulé dans une des grottes hollywoodiennes les plus familières avec sa machine à faire des bulles (non, on ne plaisante pas : il s'agit d'un poste de radio-télé « extraterrestre » consistant en une vieille TSF des surplus de l'armée posée sur une table de cuisine et émettant des bulles de savon), Ro-Man tente d'éliminer les six derniers survivants de l'espèce humaine afin de favoriser la colonisation de la Terre par les Ro-Men (de la planète Ro-Man, bien sûr). Ce film, un des premiers à être réalisés en relief, a acquis un statut légendaire (et complètement mérité) faisant de lui le plus risible des nanars de série Z, bien que son intrigue apparaisse comme cohérente si on la considère comme un fantasme infantile (tout ceci n'est que le rêve d'un gamin cinglé de SF). La musique, signée Elmer Bernstein, est fort roborative et explique en grande partie le succès de l'ensemble. Réalisé en trois journées frénétiques par Phil Tucker, qui a également commis *Dance Hall Racket*[5], un film interprété par Lenny Bruce[6], aussi obscur et hilarant que celui-ci.
Avec George Nader, Claudia Barrett, John Mylong, Selena Royle.

Ah, Selena, qu'es-tu devenue ?

J'ai vu le film dont il est question et je puis vous assurer que cette critique est parfaitement fondée. Nous verrons un peu plus loin ce que *Castle of Frankenstein* pensait de deux autres navets également légendaires, *Danger planétaire*[7] et *Invasion of the Saucer Men*[8], mais je ne crois pas que mon cœur supporterait le choc pour l'instant. Je me permets d'ajouter que j'ai jadis commis une grave erreur eu égard à *Robot Monster* (Ro-Man, au fait, peut être considéré comme l'ancêtre un peu branque des maléfiques Cylons de *Galactica*[9]). Il y a une dizaine d'années, ce film est passé le samedi soir à la télé et j'ai décidé de fumer un joint avant de le visionner. Il est rare que je fume de l'herbe, parce que *tout* me paraît drôle quand je suis défoncé. Ce soir-là, j'ai failli attraper une hernie. J'avais les larmes aux yeux et je me roulais par terre. Heureusement que ce film ne dure que soixante-trois minutes ; vingt minutes de plus à regarder Ro-Man régler sa TSF à faire des bulles dans « une des grottes hollywoodiennes les plus familières », et je crois que je serais tout bonnement mort de rire.

Comme toute discussion affectueuse des films authentiquement horribles (par opposition aux films d'horreur) relève peu ou prou de la confession, je me dois d'avouer que non seulement j'ai bien aimé le *Prophecy* de John Frankenheimer, mais qu'en outre je l'ai vu trois fois. Le seul nanar à égaler ce score dans mon panthéon personnel est un film de William Friedkin intitulé *Le Convoi de la peur*[10]. Celui-là m'a plu parce qu'il regorgeait de gros plans sur des hommes en sueur et sur des machines en train de tourner ; moteurs de camion, roues énormes, courroies de transmission, le tout en Panavision et en 70 mm. Génial. J'ai pris un pied d'enfer avec *Le Convoi de la peur*.*

Mais au diable Friedkin ; enfonçons-nous dans les forêts du Maine avec Frankenheimer. Sauf que les extérieurs de ce film ont été tournés dans l'État de Washington... et ça se voit. Un inspecteur de

---

* Mais j'ai nettement moins apprécié *Cruising*[11], le film que Friedkin a tourné ensuite. Une œuvre néanmoins fascinante dans la mesure où elle annonce l'évolution du navet à gros budget ; son image léchée ne l'empêche pas de se vautrer dans le sordide — on pense à un cadavre de rat enchâssé dans une pierre précieuse.

l'hygiène (Robert Foxworth) et sa femme (Talia Shire) se rendent dans le Maine pour enquêter sur une pollution des eaux causée par une usine de fabrication de pâte à papier. Le film est censé se dérouler dans le nord du Maine — peut-être dans les Allagash —, mais le scénario de David Seltzer a réussi à déplacer de deux cents kilomètres tout un comté du sud de cet État. Un nouvel exemple de la magie de Hollywood, sans doute. Dans *Les Vampires de Salem*[12], le scénariste Paul Monash avait situé Salem's Lot dans les environs de Portland... mais quand les deux amoureux, Ben et Susan, décident d'aller au cinéma, ils se rendent à Bangor — soit trois heures de route. Ha-ha.

Foxworth interprète un personnage que le fan d'horreur a déjà rencontré au moins cent fois : le Jeune Savant passionné par son apostolat et aux tempes grisonnantes. Sa femme a des envies de bébé, mais il refuse d'avoir un enfant dans ce monde où les bébés sont dévorés par les rats et où la société technologique persiste à engloutir des déchets nucléaires dans les océans. Ce séjour dans le Maine lui permet d'oublier les morsures de rat qu'il soigne à longueur de journée. Quant à sa femme, elle espère profiter de cette pause pour lui annoncer la nouvelle en douceur : elle est enceinte. Tout dévoué qu'il soit au planning familial, Foxworth a apparemment abandonné les démarches contraceptives à sa moitié, laquelle, telle que l'interprète Miss Shire, a l'air épuisée durant la totalité du film. On n'a aucune peine à croire qu'elle vomit tous les matins en se levant.

Mais une fois arrivé dans le Maine, ce drôle de couple se retrouve confronté à d'autres problèmes. Les Indiens et les fabricants de pâte à papier sont à couteaux tirés à cause de cette histoire de pollution ; une des premières scènes du film nous montre un employé de la compagnie attaquant un manifestant indien avec une tronçonneuse. C'est pas beau à voir. Les traces de pollution le sont encore moins. Foxworth remarque que le vieux ponte indien (on n'ose pas l'appeler Chef) se brûle les doigts avec ses clopes sans ressentir la moindre douleur — symptôme classique de l'empoisonnement au mercure, déclare-t-il à sa femme d'un ton empreint de gravité. Un têtard gros comme un saumon s'échoue sur la berge du lac, et alors qu'il est à la pêche, Foxworth observe un saumon aussi gros que Flipper le dauphin.

Malheureusement pour sa femme, Foxworth réussit à attraper quelques poissons et à les partager avec elle. On commence à craindre pour le bébé... bien que la scène de l'accouchement soit entièrement laissée à notre imagination. Et quand le film touche à sa fin, le spectateur a plus ou moins son idée sur la question.

On découvre des bébés mutants pris au filet dans un courant — des créatures horribles et rugueuses aux yeux noirs et au corps difforme, qui émettent des miaulements quasi humains. Ces « enfants » représentent d'ailleurs le seul effet spécial réussi du film.

Leur maman rôde dans les environs... et elle ne tarde pas à se manifester, apparaissant comme un mélange de truie écorchée et d'ourse retournée sens dessus dessous. Elle poursuit Foxworth, Shire et leur petit groupe de sympathisants. Un pilote d'hélicoptère se fait broyer la tête d'un coup de dents (mais discrètement ; le film n'est pas interdit aux mineurs), et le Méchant Cadre supérieur qui n'a pas cessé de mentir passe lui aussi à la casserole. À un moment donné, le monstre traverse à la nage un lac qui ressemble de façon frappante à une piscine gonflable pour enfants (on évoque à cette image certains triomphes des effets spéciaux tels que *Invasion planète X*[13] ou *Godzilla vs. the Smog Monster*[14]) et démolit une cabane où nos héros se sont réfugiés. Bien qu'il nous soit présenté comme un citadin pure laine, Foxworth réussit à se débarrasser du monstre avec un arc et une flèche. Et lorsque Foxworth et Shire s'enfuient à bord d'un avion de tourisme, un autre monstre émerge des buissons pour les suivre du regard.

Le *Zombie* de Romero est sorti à peu près en même temps que *Prophecy* (juin-juillet 1979), et il est à mon avis remarquable (et amusant) de constater que le film de Romero semble avoir bénéficié d'un budget de six millions de dollars alors qu'il en a coûté deux, tandis que celui de Frankenheimer, dont le budget était de douze millions de dollars, a l'air de n'en avoir nécessité que deux.

Prophecy regorge de bourdes. La plupart des personnages indiens sont interprétés par des acteurs de race blanche ; le vieux ponte indien demeure dans un tipi, alors que les Indiens de cette partie de la Nouvelle-Angleterre habitaient dans des hottes en bois ; l'alibi scientifique, quoique pas entièrement erroné, est utilisé d'une façon opportuniste qui va à l'encontre des intentions affichées par les producteurs ; les personnages sont stéréotypés ; les effets spéciaux (les bébés mutants mis à part) sont exécrables.

Tout ceci est exact, je vous l'accorde sans problème. Ce qui ne m'empêche pas d'affirmer que j'ai bien aimé *Prophecy*, et après avoir rédigé les lignes qui précèdent, j'ai bien envie d'aller le revoir une quatrième (voire une cinquième) fois. J'ai dit plus haut que l'amateur d'horreur apprenait à reconnaître et à apprécier les motifs du genre. Ces motifs sont parfois aussi stylisés que les mouvements du théâtre nô ou les passages des westerns de John Ford. Et *Prophecy* nous renvoie au cinéma d'horreur des années 50 tout comme les Sex Pistols et les Ramones nous renvoient aux chanteurs blancs peu recommandables de l'explosion du rockabilly des années 1956-59.

Visionner *Prophecy* me donne l'impression de rendre visite à de vieux amis et de m'installer dans un fauteuil confortable. Tous les ingrédients sont là ; Robert Foxworth s'est tout simplement substitué à Hugh Marlowe (*Les soucoupes volantes attaquent*[15]), à Richard Carlson (*Le Météore de la nuit*[16]), ou encore à Richard Denning (*Le Scorpion noir*[17]). Talia Shire, quant à elle, a repris le flambeau des mains de Barbara Rush, de Mara Corday et de toutes les héroïnes des films de Grosses Bêtes (mais, je dois l'avouer, Miss Shire, qui était excellente dans le rôle de la fiancée timide de ce cher Rocky, m'a quand même déçu sur deux points ; elle est moins mignonne que Mara Corday et on ne la voit jamais dans un maillot une-pièce blanc, alors que tout le monde sait pertinemment que, dans ce type de film d'horreur, l'héroïne doit à un moment donné apparaître — et être menacée — dans un maillot une-pièce blanc).

Le monstre a l'air un peu ringard, lui aussi. Mais je l'ai adoré, ce monstre : c'est le fils spirituel de Godzilla[18], de Monsieur Joe[19], de Gorgo et de tous les dinosaures que l'on a libérés de leur prison de glace pour leur faire arpenter la 5e Avenue en piétinant les magasins et en bouffant les policiers ; le monstre de *Prophecy* m'a rappelé une partie de ma folle jeunesse, une partie peuplée de créatures telles qu'Ymir le Vénusien (*À des millions de kilomètres de la Terre*[20]) et la mante religieuse de *La Chose surgie des ténèbres*[21] (laquelle renverse un autobus sous lequel, l'espace d'un instant d'émerveillement, on

238

distingue nettement le mot TONKA). Bref, j'ai trouvé ce monstre assez sympa.

L'idée de la pollution au mercure n'est pas mal, elle non plus — une remise au goût du jour de la menace des radiations atomiques. Et puis, n'oublions pas que ce monstre ne s'attaque qu'aux méchants. D'accord, il massacre aussi un petit garçon, mais celui-ci, qui accompagnait ses parents pour une randonnée en forêt, mérite ce qui lui arrive. Il avait emporté son transistor, voyez-vous, et il polluait la nature avec du rock and roll. La seule chose qui manque à *Prophecy* (et peut-être s'agit-il d'un oubli pur et simple), c'est la scène où le monstre piétine joyeusement cette saleté d'usine de pâte à papier.

Le scénario de *L'Invasion des araignées géantes*[22] vient lui aussi tout droit des années 50, et on y aperçoit même quantité d'acteurs associés à cette époque, parmi lesquels Barbara Hale et Bill Williams... arrivé à la moitié du film, j'avais l'impression d'assister à un épisode un peu déjanté du feuilleton télé *Perry Mason*[23].

Contrairement à ce que laisse supposer le titre de ce film, on n'y voit qu'une seule araignée géante, mais on n'est pas déçu pour autant. Il s'agit apparemment d'une Volkswagen recouverte d'une douzaine de peaux d'ours. On peut supposer que ses quatre pattes sont manipulées par quatre techniciens entassés dans l'habitacle. Quant aux yeux du monstre, leur rôle est tenu par les feux de frein. Une telle économie de moyens dans la conception des effets spéciaux ne peut que susciter l'admiration.

Je pourrais citer quantité d'autres navets de ce type ; chaque fan d'horreur a son préféré. Qui pourrait oublier le gros sac de jute censé être *Caltiki, monstre immortel*[24] dans le film italien portant ce titre ? Ou *The Manster*[25], la version japonaise de *Dr Jekyll et M. Hyde* ? Parmi les souvenirs qui m'ont le plus marqué figurent le filtre de cigarette enflammé qui était censé être un astronef extraterrestre dans *Teenage Monster*[26] et Alison Hayes interprétant une pro du basket dans *Attack of the Fifty-Foot Woman*[27]. (Si seulement elle avait pu se pointer sur le plateau du *Fantastique Homme colosse*[28] de Bert I. Gordon... Imaginez leur progéniture !) Et il y a cette scène fabuleuse dans *Ruby*[29], une histoire de *drive-in* hanté par ailleurs assez terne, où l'un des personnages va se servir un Coca au distributeur et reçoit pour sa peine un gobelet plein de sang. Tous les tuyaux de la machine, voyez-vous, ont été reliés à une tête coupée.

Dans *Children of Cain*[30], un western d'horreur (pas tout à fait du niveau de *Billy the Kid vs. Dracula*[31]), John Carradine conduit un chariot sur les flancs duquel sont fixés des tonneaux emplis d'eau salée. Tout ça pour mieux conserver sa collection de têtes coupées (la présence d'un distributeur de Coca aurait sans doute paru anachronique). Dans un film du genre continent perdu — interprété par Cesar Romero —, tous les dinosaures sont des personnages de dessin animé. Et gardons-nous d'oublier *L'Inévitable Catastrophe*[32] d'Irwin Allen, où les transparences sont aussi peu crédibles que les acteurs sont familiers. Voilà un film qui réussit à enfoncer même *Prophecy* : il a été tourné avec un budget de douze millions de dollars mais semble avoir coûté un dollar et quatre-vingt-dix-huit cents.

2

Extrait de *Castle of Frankenstein* :

Danger planétaire[33]
Ce mélange de SF et d'horreur apparaît comme une imitation plutôt terne de *La Fureur de vivre*[34] et du *Monstre*. Un tas de gelée venu de l'espace dissout les personnages jusqu'à sa destruction dans la grotesque scène finale.

Cette critique étrangement sèche passe sous silence certaines des qualités de ce film qui fut le premier à mettre en vedette un acteur qui se faisait alors appeler « Steven McQueen ». Le générique, par exemple, dont la musique est interprétée par un groupe évoquant furieusement les Chords chantant leur célèbre *Sh-Boom*, nous montre des *blobs* de dessin animé en expansion continue. Le vrai blob[35], qui débarque sur Terre à bord d'une météorite évidée, ressemble tout d'abord à un Eskimau fondu pour acquérir ensuite l'aspect d'un jujube géant. On trouve dans ce film des scènes authentiquement horribles ou angoissantes : le blob engloutit le bras d'un fermier qui a eu la mauvaise idée de le toucher, virant à l'écarlate pour accompagner ses cris de souffrance ; un peu plus tard, lorsque McQueen et sa petite amie découvrent le fermier et l'emmènent voir un médecin, le spectateur frémit quand McQueen perd le blob de vue dans la salle d'examen. Lorsqu'il finit par le repérer, il lui jette un flacon plein d'acide, et la créature émet un bref éclair jaune avant de retrouver son rouge initial.

En outre, le critique de *Castle of Frankenstein* se trompe à propos de la conclusion du film : le blob est immortel. On l'a congelé et exilé dans l'Arctique, où il a patiemment attendu le tournage d'*Attention au blob !*[36] Le meilleur moment du film, pour ceux d'entre nous qui se considèrent comme des connaisseurs en matière d'effets spéciaux fauchés, est peut-être celui où le blob avale un petit restaurant. Nous contemplons le blob qui rampe lentement sur une photo de l'intérieur du restau en question. Admirable. Bert I. Gordon a dû en être malade de jalousie.

Castle of Frankenstein retrouve son *savoir-faire*[37] habituel pour critiquer *Invasion of the Saucer-Men*[38], une production AIP de 1957 :

> Film de SF parfaitement grotesque, d'un niveau intellectuel à peine adolescent. Les envahisseurs de l'espace sont de petits monstres adorables qui injectent de l'alcool dans les veines de leurs victimes. La fin est très drôle (hic !).

Invasion of the Saucer Men provient de l'Âge de bronze d'AIP (on ne peut pas encore parler d'Âge d'or ; cette période viendra avec les films librement adaptés de l'œuvre d'Edgar Allan Poe[39] — la plupart d'entre eux étaient stupides et infidèles à leur source, mais au moins étaient-ils agréables à regarder). Ce film a été tourné en sept jours et se termine par une scène où les Héroïques Adolescents détruisent les monstres en faisant converger sur eux les phares de leurs bolides. Remarquons également la présence d'Elisha Cook Jr., qui se fait tuer pendant la première bobine, comme à son habitude, et celle de Nick Adams, que l'on aperçoit dans le fond avec sa casquette à l'envers — il est barjo, hein ? Ça y est, on a détruit les monstres de l'espace, je t'offre un lait-fraise !

Parmi les autres nanars à petit budget produits par AIP, citons *Invasion of the Star Creatures*[40] (1962), dans lequel un groupe de militaires perdus dans le désert rencontrent des envahisseuses venues de l'espace. Elles ont toutes une coiffure en forme de ruche et ressemblent toutes à Jackie Kennedy. On insiste lourdement sur le fait que nos pauvres troufions sont complètement isolés du monde extérieur et doivent se débrouiller par leurs propres moyens, mais il y a des traces de pneus de Jeep un peu partout dans le désert (plus tout un tas de rochers en papier mâché et, dans plusieurs scènes, l'ombre du micro du preneur de son). Cette pauvreté de moyens s'explique peut-être par les sommes folles dépensées lors du casting ; on trouve dans ce film des vedettes américaines connues du monde entier telles que Bob Ball, Frankie Ray et Gloria Victor.

Voici ce que *Castle of Frankenstein* pensait de *I Married a Monster from Outer Space*[41], une production Paramount datant de 1958 qui était souvent présentée en double programme avec *Danger planétaire* ou avec *Voyage au centre de la Terre*[42] interprété entre autres par l'hilarant Pat Boone[43] :

> Film de SF pour enfants. Gloria Talbot épouse un monstre venu de l'espace qui s'est déguisé pour ressembler à Tom Tryon[44]. Bon plaidoyer contre les mariage hâtifs, mais pas terrible dans l'ensemble.

Mais ce film était quand même marrant, ne serait-ce que parce qu'il nous permettait de voir Tom Tryon affublé d'un groin. Et avant d'évoquer un film qui est peut-être (malheureusement) le pire film de série Z jamais tourné, j'aimerais revenir un peu plus sérieusement sur l'étrange attirance qu'ont les vrais fans d'horreur pour les films nuls (lesquels sont douze fois plus nombreux que les bons, comme ce chapitre le démontre).

Cette attirance ne relève pas entièrement du masochisme, contrairement à ce que pourraient faire croire les paragraphes précédents. Aux yeux d'un authentique fan ou d'un simple spectateur s'intéressant parfois au macabre, un film comme *Alien* ou *Les Dents de la mer* est pareil à un riche filon qui ne nécessite même pas l'ouverture d'une galerie ; il suffit de se baisser pour ramasser de l'or. On n'a même pas besoin de creuser. Le véritable aficionado d'horreur ressemble davantage à un prospecteur muni de sa pioche ou de son tamis, passant d'interminables heures à remuer la terre en quête d'une pépite ou même d'un peu de poussière. Il ne cherche pas le filon qui fera de lui un millionnaire, ce filon que l'on se promet toujours de trouver un jour ou l'autre ; il a renoncé à de telles illusions. Il cherche seulement à gagner sa vie, à trouver des pierres qui lui permettront de subsister quelques jours encore.

En conséquence, les fans de films d'horreur se communiquent leurs découvertes au moyen d'une sorte de téléphone arabe qui se manifeste sous la forme du bouche à oreille, des critiques publiées par les fanzines et des conversations tenues lors des conventions comme la *World Fantasy Convention, Kubla Khan Ate* ou *IguanaCon*. C'est ainsi que se répand la bonne parole. Longtemps avant que David Cronenberg se fasse remarquer grâce à *Frissons*, les fans avaient déjà repéré un de ses précédents films, une production à budget modeste intitulée *Rage*[45] et interprétée par Marylin Chambers, la reine du film X (*Behind the Green Door*[46]) — et Cronenberg a d'ailleurs révélé chez elle des talents d'actrice insoupçonnés. Mon agent Kirby McCauley ne tarit pas d'éloges sur *Rituals*[47], un petit film canadien interprété par Hal Holbrook. Ces films n'ont qu'une sortie limitée aux États-Unis, mais il suffit de lire les journaux avec attention pour repérer leur passage dans les *drive-in,* souvent en complément de programme d'un film plus connu et nettement moins bon. De même, c'est grâce à Peter Straub[48], l'auteur de *Ghost Story* et de *Tu as beaucoup changé, Alison,* que j'ai appris l'existence d'un des premiers films de John Carpenter, *Assaut*[49]. Ce film a été réalisé avec des bouts de ficelle (et le tout premier film de Carpenter, *Dark Star*[50], a paraît-il coûté la somme fabuleuse de soixante mille dollars, un budget à côté duquel Romero ressemble à Dino De Laurentiis), mais le talent de metteur en scène de Carpenter y est évident, et n'oublions pas qu'il a ensuite réalisé *La Nuit des masques* et *Fog*.

C'est grâce à des pépites comme celles-ci que le fan d'horreur peut supporter la vision de films tels que *La Planète des vampires*[51] et *The Monster from Green Hell*[52]. Ma propre « découverte » (si vous me passez l'expression) est un petit film intitulé *Le Piège*[53], avec Chuck

Connors dans le rôle principal. Connors n'est pas très bon — il fait des efforts, mais ce rôle n'était pas pour lui. Et cependant, *Le Piège* est imprégné d'une authentique angoisse. Des mannequins de cire s'animent et prennent vie dans un hôtel ruiné perdu dans la campagne ; la caméra filme de façon efficace leurs yeux vides et leurs mains tendues, et les effets spéciaux sont plutôt réussis. Dans le registre des films s'intéressant à l'étrange pouvoir qu'exercent sur nous les mannequins et autres répliques de la personne humaine, celui-ci est nettement supérieur à *Magic*[54], l'adaptation aussi coûteuse que mal inspirée du best-seller de William Goldman.*

Mais revenons à *I Married a Monster from Outer Space* : si médiocre qu'il soit, ce film contient une scène merveilleusement glaçante. Je n'irais pas jusqu'à dire qu'elle vaut à elle seule le prix du ticket, mais elle est efficace... bon sang, qu'elle est efficace ! Tryon vient d'épouser sa petite amie (Gloria Talbot) et ils sont en pleine lune de miel. Pendant qu'elle s'étire sur le lit, vêtue du négligé transparent de rigueur et attendant la consommation de toutes ces étreintes brûlantes sur la plage, Tryon, qui est encore bel homme et qui était encore plus séduisant il y a vingt ans, va fumer une cigarette sur le balcon de leur chambre d'hôtel. Une tempête approche, et soudain, un éclair rend sa peau transparente l'espace d'un instant. Nous découvrons l'horrible visage extraterrestre dissimulé sous son masque de chair — un visage noueux, grumeleux, sillonné de rides. Le spectateur ne peut manquer de sauter sur son siège, et lors du fondu qui suit, il a le temps de penser à la consommation du mariage... et d'étouffer un hoquet.

---

* La chaîne payante Home Box Office, toujours en quête de matériel pour son *prime-time,* permet désormais à ces « petits » films de trouver un public hors de portée des distributeurs modestes comme New World Pictures. Certes, HBO diffuse aussi son content de navets, comme le savent tous ses abonnés ; mais on y trouve parfois des joyaux à côté des stupidités du genre *Guyana, la secte de l'enfer* et *Le Temps d'une romance.* Durant l'année écoulée, HBO nous a offert le *Chromosome 3* de Cronenberg ainsi qu'une intéressante production AIP intitulée *The Evictors* (avec Vic Morrow et Michael Parks), qui n'était jamais sortie en salle aux États-Unis... sans oublier *Le Piège.*

Si des films comme *Le Piège* et *Rituals* sont les pépites que découvre le fan à force de fouiller dans les séries B (et nul n'est plus optimiste que le fan pure laine), une scène comme celle-ci est l'équivalent de la poussière d'or qu'il trouve dans son tamis à force de patience. Ou, pour faire une autre comparaison, rappelez-vous cette merveilleuse aventure de Sherlock Holmes, *L'Escarboucle bleue*[55], où la dinde de Noël, une fois découpée, se révèle contenir le joyau inestimable qui avait été enfoui dans son gosier. Il faut se forcer à regarder navet sur navet, et peut-être — peut-être — qu'on finira par tomber sur le *frisson*[56] en guise de récompense.

Un tel frisson est hélas totalement absent de *Plan Nine from Outer Space*[57], auquel je décernerai à contrecœur la palme du pire film d'horreur jamais tourné. Et ce navet-là n'a rien de drôle, bien que des amateurs pervers le visionnent souvent pour se payer une pinte de bon sang[58]. On n'a aucune envie de rire en voyant Bela Lugosi (remplacé par une doublure dans certaines scènes) le visage déformé par la douleur, sous l'emprise de la morphine, rôder autour d'un lotissement californien, dissimulant son visage derrière sa cape de Dracula.

Lugosi est décédé peu après la sortie de cette merde abyssale et cynique[59], et je me suis toujours demandé si ce pauvre Bela n'avait pas succombé à la honte tout autant qu'aux nombreuses maladies qui le tourmentaient alors. Ce fut un triste et sordide coda à sa grande carrière. Lugosi fut enterré (à sa demande) dans sa cape de Dracula, et on aimerait croire — ou espérer — qu'elle lui a été plus utile dans la mort que dans ce misérable gâchis de pellicule qui vit sa dernière apparition à l'écran.

3

Avant de passer à l'horreur télévisuelle, où les échecs sont aussi courants qu'au cinéma (quoique moins spectaculaires), le moment semble venu de poser la question suivante : pourquoi y a-t-il autant de mauvais films d'horreur ?

Avant de tenter d'y répondre, ayons l'honnêteté d'admettre que bon nombre de films sont carrément mauvais — il n'y a pas que dans le champ de l'horreur que l'on cultive les navets, si vous voyez ce que je veux dire. Considérez *Myra Breckinridge*[60], *La Vallée des poupées*[61], *Les Derniers Aventuriers*[62] et *Liés par le sang*[63]... pour n'en citer que quelques-uns. Même Alfred Hitchcock a commis un navet de ce genre, et c'était malheureusement son dernier film, *Complot de famille*[64], avec Bruce Dern et Karen Black. Et les films que je viens de mentionner font partie d'une liste qui pourrait facilement couvrir au moins une centaine de pages. Probablement plus.

Nous sommes tentés de dire qu'il y a quelque chose qui cloche. Et peut-être est-ce vrai. Si une autre entreprise — United Airlines, par exemple, ou encore IBM — gérait ses affaires comme la Twentieth Century Fox a géré la production de *Cléopâtre*[65], les membres de son conseil d'administration se retrouveraient aussitôt à l'épicerie du coin pour y échanger des bons d'alimentation contre des conserves — si les actionnaires ne se sont pas d'abord pointés en pleine réunion pour les passer à la guillotine. On a peine à croire qu'une *major company* ait pu se retrouver au bord de la faillite dans un pays où le cinéma est aussi populaire ; autant imaginer, si vous voulez, qu'un casino comme The Dunes ou le Caesar's Palace puisse fermer après le passage d'un seul gagnant à la roulette. Mais en fait, *toutes* les grandes maisons de production américaines se sont retrouvées au moins une fois menacées de ruine durant la période qui nous intéresse. Le cas le plus célèbre est peut-être celui de la MGM, dont le lion a presque entièrement cessé de rugir pendant une durée de sept ans. Pendant que la MGM tentait de sauver les meubles en délaissant l'univers irréel du cinéma pour l'univers tout aussi irréel des jeux de hasard (le résultat de cette tentative de reconversion, le MGM Grand de Las Vegas, est sûrement un des palais de plaisir les plus vulgaires de la planète), son seul succès notable, et ce détail est peut-être significatif, fut un film d'horreur — *Mondwest*[66], de Michael Crichton, où un Yul Brynner en voie de désintégration avancée, entièrement vêtu de noir et évoquant un revenant des *Sept Mercenaires*[67], ne cesse d'entonner : « Dégainez. Dégainez. Dégainez. » Ils dégainent... et se font descendre. Yul reste rapide à la détente, en dépit de ses circuits intégrés visibles à l'œil nu.

Est-ce là une façon de diriger une entreprise ?

Je réponds non, bien entendu... mais l'échec de la plupart des films produits par les *major companies* me semble plus aisément explicable que l'échec de tant de films d'horreur produits par les indépendants, autrement dit les « indies ». À l'heure où j'écris ces lignes, trois de mes romans ont été adaptés à l'écran : *Carrie* (United Artists/cinéma/1976), *Salem* (Warner/télévision/1979) et *Shining* (Warner/cinéma/1980), et je considère que j'ai été bien traité dans les trois cas... mais l'émotion que j'ai ressentie à cette constatation ressemblait moins à de la joie qu'à l'équivalent mental d'un soupir de soulagement. Quand on a affaire au cinéma américain, on a l'impression d'avoir gagné dès qu'on rentre dans ses frais.

Quand on a pu observer de l'intérieur le fonctionnement de l'industrie cinématographique américaine, on se rend compte qu'il s'agit d'un cauchemar créatif. Il est difficile de comprendre comment des films de qualité — *Alien, Une place au soleil*[68], *La Bande des quatre*[69] — peuvent parvenir sur les écrans. Dans les studios, tout comme à l'armée, la règle numéro un est la suivante : protégez votre cul. Quand on doit prendre une décision cruciale, il convient de consulter une bonne douzaine de personnes afin que ce soit un autre qui passe à la trappe si le film s'avère un échec et fait perdre vingt millions de dollars à l'entreprise. Et dans le pire des cas, on n'est pas le seul à en souffrir.

Il existe bien entendu des cinéastes qui ignorent superbement ce genre de crainte ou dont la vision personnelle est si claire et si farouche que la peur de l'échec n'entre jamais pour eux en ligne de compte. Je pense notamment à Brian De Palma, à Francis Ford Coppola (qui était constamment menacé de renvoi pendant le tournage du *Parrain*[70] mais a réussi à imposer la vision qu'il avait de ce film), à Sam Peckinpah, à Don Siegel et à Steven Spielberg.* Ce

---

* À titre d'exemple, comparez l'unité de vision qui propulse *Les Dents de la mer* à la suite de ce film[71], laquelle a été produite par un comité et réalisée par ce malheureux Jeannot Szwarc, que l'on a appelé en dernière minute pour ramasser les morceaux et qui méritait mieux.

phénomène est si indéniable que lorsqu'un cinéaste comme Stanley Kubrick réalise un film aussi frustrant, aussi pervers et aussi décevant que *Shining*, ledit film conserve néanmoins un éclat irréfutable. La vision du créateur est *là*.

Le véritable danger qui guette les studios, c'est la médiocrité. Un navet comme *Myra Breckinridge* n'est pas sans exercer une certaine fascination sur le spectateur — celui-ci a l'impression d'assister à une collision frontale entre une Cadillac et une Lincoln Continental filmée au ralenti. Mais que dire de films comme *Morsures*[72], *Capricorn One*[73], *Smash*[74] *Le Pont de Cassandra*[75] ? Ce ne sont pas de mauvais films — pas au sens où le sont *Robot Monster*[76] et *Teenage Monster*[77] —, mais ils sont médiocres. Ternes. Quand on sort du cinéma après avoir vu l'un d'entre eux, c'est à peine si on se souvient du pop-corn qu'on a grignoté en les regardant. Avant même d'en avoir vu deux bobines, on a envie de sortir pour aller fumer une cigarette.

À mesure que les coûts de production atteignent des sommets astronomiques, les risques de dérapage deviennent de plus en plus importants, et même un génie du base-ball comme Roger Maris avait l'air stupide quand il ratait son coup et se retrouvait sur le cul. La même règle s'applique au cinéma, et je serais presque prêt à parier — presque, parce que l'industrie du cinéma est un univers irrationnel — que plus personne ne prendra des risques comparables à ceux que Coppola a pris avec *Apocalypse Now* ou à ceux qu'on a permis à Michael Cimino de prendre avec *Les Portes du paradis*[78]. Si un autre cinéaste tente le coup, on entendra un claquement sec montant de la Côte Ouest, celui produit par les comptables des *major companies* s'empressant de refermer leurs chéquiers.

Mais il y a les « indies ». Ceux-ci n'ont pas grand-chose à perdre ; en fait, Chris Steinbrunner, cinéphile astucieux et plein d'esprit, qualifie la plupart de leurs production de « films de garage ». Selon la définition qu'il donne de ce terme, *The Horror of Party Beach*[79] était un film de garage, tout comme *The Flesh Eaters*[80] et *Massacre à la tronçonneuse*. (*La Nuit des morts-vivants*, produit par une firme de Pittsburgh ayant eu accès à des studios de télévision, ne rentre pas dans cette catégorie.) C'est là un terme parfait pour qualifier ces films dus à des amateurs, doués ou non, au budget ridicule et à la distribution incertaine — l'équivalent un peu plus onéreux des manuscrits non sollicités que produisent les écrivains débutants. Ces types-là n'ont rien à perdre et tout à gagner. Et pourtant, la plupart de leurs productions sont tout bonnement lamentables.

Pourquoi ?

La réponse tient en un mot : exploitation.

C'est à cause de l'exploitation que Bela Lugosi a achevé sa carrière en rôdant autour d'un lotissement de banlieue dans sa cape de Dracula ; c'est à cause de l'exploitation que l'on a tourné *Invasion of the Star Creatures*[81] et *Don't Look in the Basement*[82] (et croyez-moi, je n'avais pas besoin de me dire que ce n'était qu'un film quand j'ai vu celui-là ; plus nul, tu meurs). Après le porno, c'est l'horreur qui attire le plus les cinéastes à petit budget, car ce genre leur semble des plus faciles à exploiter — un peu à l'image de la fille facile du lycée avec laquelle on avait tous envie de sortir (au moins une fois) durant notre adolescence. Même les meilleurs films d'horreur évoquent parfois l'ambiance de la baraque foraine où sont exhibés les phénomènes... et cette impression en a trompé plus d'un.

Et si c'est grâce aux « indies » que nous avons pu voir les échecs les plus spectaculaires du genre (voir la TSF à faire des bulles de Ro-Man), c'est aussi grâce à eux que nous avons pu assister à ses triomphes les plus improbables. *The Horror of Party Beach* et *La Nuit des morts-vivants* ont bénéficié d'un budget identique ; la différence entre les deux s'explique par la vision que Romero a du cinéma d'horreur et de son potentiel. Dans celui-là, nous voyons des monstres jouer les pique-assiette dans une pyjama-party, ce qui nous vaut une scène hilarante ; dans celui-ci, nous voyons une vieille dame scruter avec attention un insecte posé sur un arbre avant de le mâcher soigneusement. On a à la fois envie de rire et de hurler, et c'est là que réside la réussite de Romero.

Le Monstre aux filles[83] et *Dementia-13* ont bénéficié d'un budget également modeste ; ici, la différence s'explique par la personnalité de Coppola, qui a investi d'une atmosphère de menace quasiment insoutenable ce film de suspense en noir et blanc tourné vite fait en Irlande pour des raisons fiscales.

Il est peut-être trop facile de s'enticher des mauvais films en revendiquant le droit au kitsch ; le succès de *The Rocky Horror Picture Show*[84] ne s'explique peut-être que par la dégénérescence de l'esprit critique du spectateur moyen. Il est grand temps de revenir aux valeurs fondamentales et de nous rappeler que la différence entre un mauvais film et un bon film (ou entre le mauvais art — le non-art — et le bon, le grand art), c'est le talent et l'utilisation originale de ce talent. Le pire des films délivre quand même un message, celui d'éviter les autres œuvres de son auteur ; quand on a vu un film de Wes Craven, par exemple, on peut se dispenser des autres sans courir de gros risques. L'horreur souffre déjà de la réprobation des critiques et du mépris d'une partie du public ; il est inutile d'aggraver cette situation en applaudissant les films de porno-violence et ceux qui ne sont motivés que par le désir de faire du fric. C'est d'autant plus inutile que la qualité n'a pas de prix, même dans le domaine du cinéma — après tout, Brian De Palma a réussi à produire un excellent film de suspense intitulé *Sœurs de sang*[85] pour la modique somme de huit cent mille dollars.

Si l'on va voir des mauvais films, je suppose, c'est uniquement parce qu'on doit les voir soi-même pour s'assurer qu'ils sont vraiment mauvais. Comme je l'ai fait remarquer plus haut, la plupart des critiques ne sont pas dignes de confiance. Pauline Kael a du style, et Gene Shalit fait preuve d'un esprit superficiel et à la longue lassant, mais quand ces deux-là — ainsi que nombre de leurs confrères — assistent à la projection d'un film d'horreur, ils n'ont aucune idée de ce qu'ils voient sur l'écran.* L'authentique fan, lui, sait ce qu'il voit ; il ou elle a eu de longues et douloureuses années pour se forger des critères de comparaison. Le véritable amateur de cinéma a un jugement aussi développé que l'amateur d'art, et ses critères de

* L'exception qui confirme la règle s'appelle Judith Crist, une critique qui semble apprécier les films d'horreur et qui fait souvent abstraction de leur budget misérable pour louer leurs qualités — je me suis toujours demandé ce qu'elle avait pensé de *La Nuit des morts-vivants*.

comparaison forment la pierre de touche qui détermine son point de vue. Pour le fan d'horreur, des films comme *L'Hérétique*[86] ne sont que l'écrin où il pourra découvrir des joyaux à force de fréquenter les salles obscures : le *Rituals* cher à Kirby McCauley ou ma propre sélection, *Le Piège*.

On n'apprend à aimer la crème que lorsqu'on a bu beaucoup de lait, et peut-être qu'on n'apprend à aimer le lait que lorsqu'on a bu du lait tourné. Les mauvais films sont parfois amusants, voire intéressants, mais leur seule et unique utilité est de nous fournir des éléments de comparaison : de définir des valeurs positives grâce à leur charme négatif. Ils nous montrent la voie à suivre précisément parce qu'ils ne la suivent pas. Une fois que cette leçon a été bien assimilée, il devient à mon sens dangereux de s'accrocher à ces mauvais films... et on doit y renoncer sans tarder.*

* Si vous voulez savoir quels sont selon moi les meilleurs films d'horreur de ces trente dernières années, reportez-vous à l'Appendice de ce volume.

NOTES

Avant-propos

1. Ce recueil, dont le titre original est *Night Shift*, a été publié en France en 1980, avant le présent ouvrage que Stephen King a également intitulé *Danse Macabre*.

2. Personnage de *La Geste de Beowulf*, poème anonyme composé en langue anglo-saxonne entre le VIe et le VIIIe siècles. Cette épopée raconte la plus ancienne légende des peuples germaniques. Beowulf, preux guerrier du roi des Goths, Higelac, y terrasse Grendel, ogre « mi-homme, mi-monstre ». Après avoir combattu Grendel, Beowulf doit affronter la mère de l'ogre qui périt à son tour sous les coups du héros. Borges, l'un des six dédicataires d'*Anatomie de l'horreur*, a consacré quelques pages à cette épopée dans son *Essai sur les anciennes littératures germaniques* (Éditions Christian Bourgois).

3. Publié pour la première fois en français sous le titre *Graines d'épouvante* dans la collection Azimut aux Éditions Glancier-Guénaud en 1977, ce roman, *Invasion of the Body Snatchers* (1955) de Jack Finney (USA, 1911), a été réédité dans une version remaniée par son auteur sous le titre *L'Invasion des profanateurs* chez Denoël dans la collection « Présence du Futur » (n° 546). Trois fois adaptée au cinéma (Don Siegel, 1956 ; Philip Kaufman, 1978 ; Abel Ferrera, 1993), cette histoire d'envahisseurs venus de l'espace faisant irruption dans l'Amérique profonde est contemporaine de la guerre froide et reflète, sur un mode métaphorique, les hantises d'une époque traversée par le maccarthysme.

Chapitre 1

1. *The Rats* (1974). À ce roman publié en français sous le titre *Les Rats* (Pocket n° 9007), James Herbert (Grande-Bretagne, 1943) donna deux suites : *Le Repaire des rats* (*Lair*, 1979, Pocket n° 9021) et *L'Empire des rats* (*Domain*, 1984, Pocket n° 9050).

2. Créé en 1949 avec Richard Coogan, puis Al Hodge dans le rôle titre, *Captain Video* fut le premier feuilleton télévisé de *space-opera*. Écrit par N. C. Brown pour le réseau Dumont, il poursuivit sa carrière jusqu'en 1956. Le héros de la série, Captain Video, est « un sorcier de l'électronique, maître du temps et de l'espace et gardien de la sécurité du globe ». Inventeur génial, il crée des armes comme le *cosmic vibrator* ou l'*opticon oscillometer* qui lui permet de voir à travers les murs et les objets solides. Il pilote un navire spatial, le X-9, puis le Galaxy, possède un refuge secret dans les montagnes et combat sans relâche son principal ennemi, le savant diabolique Pauli.

3. Bande dessinée de Milton Caniff (USA, 1909-1979). *Terry et les pirates*, dont la publication des premiers strips débuta en 1934 pour se poursuivre jusqu'en 1973, est la plus célèbre et sans doute aussi la meilleure série d'avant-guerre publiée aux États-Unis. Terry et son compagnon Pat Ryan y affrontent au fil de leurs aventures les pirates qui infestent la mer de Chine. Devenu pilote de l'armée américaine, Terry prend part, dès 1942, à la lutte contre les Japonais. L'œuvre de Milton Caniff, qui eut une influence considérable sur des dessinateurs européens comme Victor Hubinon (*Buck Danny*), a été en partie republiée par les éditions Slatkine et Futuropolis dans les années 80.

4. *Serial* de 1942, de James W. Horne (1880-1942), réalisé dans la mouvance du succès de *Flash Gordon*, d'après la bande dessinée de Tom Kendrick.

5. Né aux États-Unis en 1912, Richard Carlson fut, comme acteur et réalisateur, un spécialiste de la science-fiction.

6. Ancien officier de l'US Navy, cet auteur productif de l'« Âge d'or » de la science-fiction (1907-1988), à qui l'on doit le cycle de *L'Histoire du Futur* rédigé entre 1939 et 1950, est un auteur pour le moins insaisissable. Jugé réactionnaire — non sans raison — pour des œuvres militaristes comme *Étoiles, garde-à-vous !* (*Starship Troopers*, 1959 ; J'ai Lu n° 562), Robert Heinlein vit son roman *En terre étrangère* (*Stranger in a Strange Land*, 1961 ; Pocket n° 5207) promu livre-culte par la génération contestataire des années 60.

7. Rédacteur de plusieurs magazines de science-fiction, Lester del Rey (USA, 1915-1993) est l'auteur d'un roman, *Crise* (*Nerves*, Laffont, collection « Ailleurs et Demain ») publié en 1942 où il imagine — sans doute est-il le premier écrivain à le concevoir — une catastrophe dans une centrale nucléaire. On lui doit également un roman mêlant pouvoirs paranormaux et mutants, *Psi* (*Pstalemate*, 1971 ; Livre de Poche n° 7043).

8. Alfred Bester (1913-1987) doit une partie de sa célébrité à un roman policier de science-fiction, *L'Homme démoli* (*The Demolished Man*, 1953 ; Denoël, « Présence du Futur » n° 9), mettant en scène des détectives télépathes et des sondeurs psychiques censés rendre les crimes impossibles.

9. Auteur météorique — sa carrière s'étale sur seulement deux ans —, Stanley Weinbaum (1900-1935) fut un écrivain de la grande époque des magazines de science-fiction tels *Wonder Stories* et *Astounding Stories*.

10. Les années 50 marquent le déclin de grand nombre de revues de science-fiction qui connurent leur pleine prospérité autour des années 30. Disparaissent alors *Marvel Science Fiction* (1938-1952), *Planet Stories* (1939-1955), *Startling Stories* (1939-1955), *Super Science Stories* (1940-1951), *Wonder Stories* (1929-1955), *Weird Tales* (1923-1954).

11. « Pour un temps », en effet, car Anne Sexton, née aux États-Unis en 1928, a fini par se suicider en 1974. Elle est l'auteur de plusieurs recueils de poèmes dont *Live and Die* (1966), *The Book of Folly* (1972), *The Death Notes Book* (1974). Ses œuvres illustrent son combat contre la dépression et la maladie mentale.

Chapitre 2

1. Revue consacrée au cinéma fantastique.

2. Écrivain américain (1910-1971). Rédacteur en chef de la revue *Astounding* (rebaptisée *Analog* en 1960), on lui est redevable de la découverte d'auteurs de première importance comme Asimov, Heinlein, Sturgeon ou van Vogt. Une anthologie de ses meilleures nouvelles a été publiée en France sous le titre *Le Ciel est mort* (Laffont, collection « Ailleurs et Demain »).

3. Écrivain de l'âge d'or de la science-fiction américaine, aujourd'hui bien oublié, Murray Leinster (1896-1975) est l'auteur d'une soixantaine de romans dont *L'Assassinat des États-Unis* (*The Murder of the U.S.A.*, 1946), premier titre de la mythique collection « Le Rayon Fantastique ».

4. L'obtention en 1919 d'un doctorat de chimie lui valut auprès de ses admirateurs le surnom de « Doc ». Généralement considéré aux États-Unis comme l'inventeur du *space-opera* (terme qui désigne les romans d'aventures interstellaires privilégiant l'action et l'exploration), E. E. Doc Smith (1890-1965) rédigea, entre autres, de 1948 à 1960 un cycle de sept romans, *La Saga du Fulgur* (Albin Michel).

5. À l'inverse de l'Utopie, qui imagine une société idéale, la Dystopie dépeint des lendemains catastrophiques. *1984* de George Orwel ou *Le Meilleur des mondes* d'Aldous Huxley constituent les prototypes du genre.

6. On regroupe sous ce terme les œuvres comme le cycle de *Fondation* d'Isaac Asimov ou *L'Histoire du Futur* de Robert Heinlein qui, sous forme de saga, tentent de brosser une vision de l'avenir.

7. *Heroic-Fantasy* et *Sword and Sorcery* sont des termes à peu près interchangeables. Dans son *Science-Fictionnaire 2* (« Présence du Futur » n° 549, Denoël, 1994), Stan Barrets donne de l'Heroic-Fantasy la définition suivante : «... succursale bizarre du fantastique et de la science-fiction qui se souvient à la fois des légendes, de la mythologie et des *Mille et Une Nuits*. Il n'y a qu'une règle du jeu : tout est permis... » Parmi les œuvres les plus célèbres se rattachant à ce courant de la littérature de l'imaginaire figurent *Le Cycle de Pellucidar* d'E. R. Burroughs, *Le Cycle de Conan* de R. E. Howard, *Le Seigneur des anneaux* de J. R. R. Tolkien et *Le Cycle d'Elric le Nécromancien* de M. Moorcock.

8. D'origine allemande, auteur et réalisateur d'une cinquantaine de films de série B, voire Z, Curt Siodmak (né en 1902 et émigré aux États-Unis en 1937) doit une grande part de sa notoriété à son roman *Le Cerveau du nabab* (*Donovan's Brain*, 1942 ; Livre de Poche n° 2710).

9. En fait, *Le Cerveau du nabab* a connu trois adaptations : *The Lady and the Monster* de George Sherman (USA, 1944), *Donovan's Brain* de Felix Feist

(USA, 1953) et *Vengeance* de Freddie Francis (GB et RFA, 1962), toutes trois inédites en France.

10. « Il se bat contre les poteaux et prétend avec insistance voir les spectres. » La traduction française conserve le sens mais perd l'allitération.

11. Influencé par *La Guerre des mondes* de H. G. Wells, John Wyndham (Grande-Bretagne, 1903-1969) est l'un des maîtres du récit de cataclysme et de fin du monde. Des œuvres comme *Les Triffides* (*The Day of the Triffids*, 1951 ; Opta, collection « Anti-mondes ») et *Le péril vient de la mer* (*The Kraken Wakes*, 1953 ; Denoël, « Présence du Futur » n° 165) sont aujourd'hui considérées comme des classiques de la science-fiction.

12. La nouvelle de M. R. James, *Casting the Runes,* date de 1911. Elle a été remarquablement adaptée au cinéma par Jacques Tourneur en 1957 sous le double titre *Night of the Demon/Curse of the Demon* (titre français : *Rendez-vous avec la peur*).

En marge d'une brillante carrière universitaire consacrée aux études médiévales, M. R. James (1862-1936), nommé principal d'Eton en 1918, écrivit une trentaine de *ghost stories*. Sacré maître du fantastique insinuatif par Lovecraft, il édicta à l'occasion d'une préface les trois règles d'or de l'histoire de fantômes : « Celle-ci doit avoir un cadre familier et moderne, pour être plus proche de l'univers du lecteur. Le phénomène macabre doit être maléfique puisque la peur est l'émotion principale à éveiller. Enfin, il faut éviter prudemment le jargon technique de l'occultisme et de la pseudoscience sous un pédantisme peu convaincant. » L'ensemble de ses contes a été réuni pour la première fois en français en 1990, aux Éditions NéO, sous le titre *Histoires de fantômes complètes*.

13. *La Couleur tombée du ciel* (*The Colour Out of Space*, 1927) est publiée en français avec trois autres nouvelles dans le recueil homonyme aux Éditions Denoël, collection « Présence du Futur » n° 4 ; elle figure également dans le tome I des *Œuvres complètes* de Lovecraft aux Éditions Robert Laffont, collection « Bouquins ».

14. Stephen King a admirablement retranscrit cette ambiance dans *Le Corps,* troisième texte du recueil *Différentes Saisons* (*Different Seasons*, 1982) ; *Le Corps* a été adapté à l'écran par Rob Reiner en 1986 sous le titre *Stand by Me*.

15. Romancière et nouvelliste américaine (1925-1964). Malgré une carrière extrêmement brève, elle sut marquer de son empreinte la scène littéraire américaine et exerça une influence considérable dans le développement de la nouvelle aux États-Unis. Originaire du Sud, de confession catholique, Flannery O'Connor met en scène des marginaux aux prises avec l'absurdité d'un monde privé de spiritualité ; son style se caractérise par un sens du grotesque et une ironie froide. Plusieurs de ses œuvres ont été publiées en français aux Éditions

Gallimard dans la collection « Du Monde entier » : *La Sagesse dans le sang* (*Wise Blood*, 1955), *Les braves gens ne courent pas les rues* (*A Good Man is Hard to Find*, 1955).

16. Auteur de science-fiction (USA, 1904-1988). Volontiers empreinte de fantaisie, son œuvre, riche d'une trentaine de romans, compte de remarquables réussites telles *Dans le torrent des siècles* (*Time and Again*, 1951 ; J'ai Lu n° 500) ou le cycle de nouvelles réunies sous le titre *Demain les chiens* (*City*, 1952 ; J'ai Lu n° 373), véritables classiques du genre.

17. Publiée en 1902, la nouvelle de William Wymark Jacobs (Grande-Bretagne, 1863-1943) est une variation terrifiante sur le thème des « trois souhaits ». Classique de l'*horror story*, elle a été recueillie à maintes reprises dans des anthologies (*L'Anthologie du fantastique* de R. Caillois, Gallimard, 1966 ; *Histoires d'occultisme*, « La Grande Anthologie du fantastique », de J. Goimard et R. Stragliati, Pocket, 1977). *La Patte de singe* est une des sources avouées de *Simetierre* de Stephen King.

18. Apparues entre 1950 et 1951, les bandes dessinées d'horreur (*horror comics*) se multiplièrent aux États-Unis. La firme EC (*Educational Comics*) qui, jusqu'à la mort en 1947 de son fondateur Max C. Gaines, s'était cantonnée à des titres édifiants et familiaux (*Pictures Stories from the Bible*, *Animal Fables*, etc.), se tourna vers la bande dessinée d'horreur (*Tales from the Crypt*, *The Vault of Horror*, *The Crypt of Terror*) et de science-fiction (*Weird Science*) ; et ce sous l'impulsion de l'héritier du groupe, William M. Gaines, et de son collaborateur, Al Feldstein. Les deux rédacteurs en chef surent s'entourer de dessinateurs d'exception comme Jack Davis ou Johnny Craig. Ces artistes donnèrent à la bande dessinée quelques-unes des planches les plus terrifiantes de son histoire, dont certaines illustraient des nouvelles d'écrivains aussi prestigieux que Ray Bradbury.

Toutefois, l'aspect grand-guignolesque et morbide des couvertures des EC Magazines finit par attirer les foudres de la censure, et le Comics Code, instauré en 1955, mit fin à la parution de la plupart des titres de la firme. Bien que n'ayant connu qu'une existence somme toute fort brève, ces magazines n'en constituent pas moins un des jalons de l'histoire de la bande dessinée. Constamment réédités depuis une vingtaine d'années, sous forme d'anthologies ou de fac-similés, leur lecture a marqué au fer rouge nombre d'écrivains et metteurs en scène œuvrant dans le fantastique ou l'épouvante, tous « bébés de la guerre » selon l'expression de Stephen King. Celui-ci rendit d'ailleurs hommage aux EC Magazines et plus particulièrement à l'humour macabre qui imprégnait *Tales from the Crypt* ou *The Vault of Horror* en participant, comme auteur, scénariste ou acteur, à deux films à sketches produits par George Romero : *Creepshow* (mise en scène de Romero, 1982) et *Creepshow 2* (mise en scène de Michael Gornick, 1987).

En France, Les Humanoïdes Associés, ont publié à partir de 1983 dans la collection « Xanadu » une série d'anthologies des principaux titres des EC Magazines : *Les Meilleures Histoires de terreur*, *Les Meilleures Histoires d'horreur*, *Les Meilleures Histoires de science-fiction*, *Les Meilleures Histoires de suspense*.

19. Auteur de romans noirs (1892-1977). Ses œuvres sont pour la plupart de vénéneuses histoires d'amour dans lesquelles la fatalité joue un rôle important ; parmi ses romans les plus célèbres, citons *Le facteur sonne toujours deux fois* (*The Postman Always Rings Twice*, 1934 ; Folio n° 1088), *Mildred Pierce* (1941, Folio n° 922) et *Assurance sur la mort* (*Double Indemnity*, 1943 ; Folio n° 1432).

20. Revue populaire bon marché imprimée sur un papier de si mauvaise qualité qu'on le dénommait *pulpe*. Parmi les pulps consacrés à la littérature fantastique et d'horreur, le plus célèbre est sans conteste le légendaire *Weird Tales*. Fondé en 1923, *The Unique Magazine* — comme il se présentait lui-même à ses lecteurs — publia nombre d'auteurs de premier plan parmi lesquels H. P. Lovecraft et Robert Bloch, qui y effectua ses débuts. Sous la poussée de la science-fiction à laquelle allait désormais la faveur du public au détriment de l'histoire macabre ou surnaturelle, *Weird Tales* disparut de la scène éditoriale en 1954.

21. *The Tell-Tale Heart* d'Edgar Allan Poe développe l'histoire d'un criminel qui continue d'entendre le battement du cœur de sa victime après en avoir caché le cadavre sous le plancher.

22. Poète et nouvelliste américain (1918-1990) ; il fit son entrée à *Weird Tales* en 1952 avec la publication d'une courte histoire de fantôme, *Le Perroquet vert* (*The Green Parrot*, recueillie en France dans l'anthologie de Jacques Papy, *Nouvelles Histoires d'outre-monde*, Casterman 1967), suivie l'année suivante de *La Créature de l'abîme* (*Slime* ; publiée en français dans la revue *Fiction* n° 237, septembre 1973). Outre plusieurs milliers de poèmes et une dizaine de recueils de nouvelles dont certaines consacrées à Lucius Leffing, un détective psychique, il est l'auteur de deux ouvrages sur H. P. Lovecraft.

    La Créature de l'abîme met en scène une abominable entité visqueuse qu'un tremblement de terre sous-marin suivi d'un raz de marée a fait remonter à la surface. Aveugle, elle hante la nuit les marais proches d'une petite ville et engloutit quiconque passe à sa portée. Après maintes tentatives infructueuses, un tir de bazooka aura finalement raison de la monstrueuse créature.

23. Comédie musicale (*The Sound of Music*, 1965) de Robert Wise, inspirée de la vie d'une chorale familiale, celle de la famille Trapp, avec Julie Andrews et Christopher Plummer.

24. Les bandes dessinées horrifiques des EC Magazines comportaient des personnages récurrents qui présentaient les récits et donnaient le mot de la fin. À côté de la Vieille Sorcière, on trouvait également le Gardien du Caveau et le Gardien de la Crypte.

25. *Ghost Story* (1979, Pocket n° 9033) a été adapté au cinéma par John Irvin en 1981, sous le titre français *Le Fantôme de Milburn*. Peter Straub (États-Unis, 1943) est l'auteur de plusieurs romans fantastiques dont *Julia* (1976, Pocket n° 9020) et *Le Talisman des territoires* (*The Talisman*, 1984 ; Livre de Poche n° 7075), écrit en collaboration avec Stephen King.

26. Écrivain américain (1843-1916), auteur de romans et de nouvelles psychologiques et de quelques-unes des meilleures histoires de fantômes de la littérature fantastique, dont le célèbre *Tour d'écrou* (*The Turn of the Screw* ; Livre de Poche n° 3086), adapté par Jack Clayton en 1962 sous le titre *Les Innocents* (*The Innocents*). Dans ce court roman, Henry James associe des enfants, symboles convenus de la pureté et de l'innocence, à une *ghost story* ; il entendait ainsi, comme le titre l'indique, donner un tour d'écrou supplémentaire à l'horreur de son récit.

27. Voir note 12.

28. Écrivain américain (1804-1864). Petit-fils d'un des juges les plus sanglants de Salem, il fut marqué par cette lourde hérédité autant que par son éducation puritaine comme en témoigne son roman le plus célèbre, *La Lettre écarlate* (*The Scarlet Letter*, 1850). L'omniprésence du mal ainsi que le thème de la malédiction infusent la majeure partie de son œuvre. Certains de ses contes fantastiques ont été publiés en français, en 1973, aux Éditions Marabout sous le titre *La Vieille Fille blanche* ainsi que dans de nombreuses anthologies.

29. *Dracula* de Bram Stoker (Irlande, 1847-1912) a été publié en 1897.

30. Nouvelle recueillie dans *Danse macabre* (*Night Shift*, 1978).

31. Acteur anglo-américain (1887-1969), de son vrai nom William Henry Pratt. Il mène d'abord une carrière théâtrale avant de débuter en 1916 une carrière cinématographique à Hollywood. Il prend alors le pseudonyme de Boris Karloff dans des *serials* ou des films d'aventures. En lui confiant le rôle de la créature de Frankenstein dans le premier de la série Universal (1931), James Whale (1896-1957) donne un coup de pouce décisif à sa carrière. Infatigable porteur de masques, il tournera jusqu'à sa mort nombre de films d'épouvante, incarnant tour à tour, outre la créature de Frankenstein, la momie et Fu Manchu. Il apparaîtra également dans quelques films policiers, prêtant alors ses traits à Charlie Chan ou au Colonel March, personnage de limier spécialiste des crimes impossibles, imaginé par John Dickson Carr.

32. De son vrai nom Béla Blasko (Hongrie, 1882-1956). Grâce à son apparition dans le *Dracula* de Tod Browning (1882-1962), il devient à partir de 1931 le plus célèbre vampire de l'âge d'or du cinéma fantastique américain. Autour de sa personne gravitent quantité de légendes savamment entretenues par la publicité. Ainsi raconte-t-on qu'il était tenu par contrat d'assister aux premières de ses films couché dans un cercueil amené par un corbillard.

33. Voir note 20.

34. Célèbre revue de littérature policière fondée en 1920 et disparue en 1951. On y trouvait tous les maîtres du roman noir de la première génération : Dashiell Hammett, Raymond Chandler, Horace McCoy, etc. Considéré aujourd'hui comme un magazine de légende, *Black Mask* fut le creuset de l'école *Hard Boiled* qui, par son réalisme et sa violence, s'opposait à la littérature à énigme de facture classique dont Agatha Christie et Dorothy Sayers en Angleterre, Ellery Queen et S. S. Van Dine aux États-Unis, étaient alors les plus fameux représentants.

35. *Pulp* de science-fiction. Lancé sur le marché en 1939, *Unknown* cessa de paraître en 1943 après son 39ᵉ numéro. On y découvre toutes les grandes signatures du genre : Robert Bloch, Fredric Brown, Robert Heinlein, Theodore Sturgeon, etc. Jacques Sadoul a consacré en 1976 une anthologie à cette revue sous le titre *Les Meilleurs Récits de Unknown* (J'ai Lu nº 713).

36. Presque aussi célèbres aux États-Unis que Laurel et Hardy, Bud Abbott (1895-1974) et Lou Costello (1906-1959) figurèrent dans les années 40 dans nombre de comédies d'épouvante parodiant les grands personnages de la décennie précédente comme *Deux Nigauds dans le manoir hanté* (1946), *Deux Nigauds contre Frankenstein* (1948) ou *Deux Nigauds et la momie* (1954).

37. *Young Frankenstein* (1974) est une parodie des films d'épouvante d'avant-guerre et plus particulièrement de *La Fiancée de Frankenstein* de James Whale et du *Fils de Frankenstein* de Rowland V. Lee.

38. Écrivain américain né en 1926. Il s'imposa à vingt-trois ans dès la publication de sa première nouvelle, *Journal d'un monstre* (*Born of Man and Woman*, 1950 ; Pocket nº 5110). En quelques années, il produisit une remarquable série de nouvelles aux frontières de la terreur, du fantastique et de la science-fiction ainsi que deux romans qui font aujourd'hui figure de classiques, *Je suis une légende* (*I am Legend*, 1954 ; Denoël, « Présence du Futur » nº 10) et *L'Homme qui rétrécit* (*The Shrinking Man*, 1956 ; Denoël, « Présence du Futur », nº 18). Parallèlement, il écrivit quelques romans noirs, donnant au genre un de ses chefs-d'oeuvre, *Les Seins de glace* (*Someone is Bleeding*, 1953 ; Gallimard, Folio nº 2163). Cependant, attiré par le cinéma (on lui doit, entre autres, le scénario de *Duel* de Spielberg en 1974) et la télévision (il collobora à *La Quatrième Dimension* et à *Star Trek*), il délaissa progressivement l'écriture littéraire.

Malgré une œuvre relativement peu abondante, il apparaît néanmoins comme un des maîtres du fantastique contemporain. Selon ses propres termes, plus que l'épouvante « qui lève le cœur », son domaine est celui de la terreur « qui glace l'esprit ». Comme l'écrit Stan Barets, « l'œuvre de Matheson [...] constitue le lien parfait entre les anciens comme Bloch et de jeunes auteurs tels que King, Koontz ou Masterton, même si ceux-ci sont beaucoup plus friands que lui de surnaturel et de sanguinolent ».

39. *The Edge of Running Water,* 1938 (Marabout n° 579, 1974). Le roman de William Sloane (États-Unis, 1906-1974) met en scène un savant qui, rendu à demi fou par la mort de sa femme, se retire dans une maison isolée où, avec l'aide d'une mystérieuse femme médium, il se livre à de curieuses recherches. Ses investigations doivent le conduire à retrouver son épouse au-delà de la mort... William Sloane, écrivain rare (on ne connaît de lui que quelques nouvelles et deux romans, mais quels romans !) est également l'auteur de *Lutte avec la nuit* (*To Walk the Night,* 1937 ; Marabout n° 501, 1974), variation sur le mythe de la femme supérieure venue de partout et de nulle part.

40. Nouvelliste et poète américain (1893-1961). Habituellement présenté comme un des trois mousquetaires de *Weird Tales*—les deux autres étant Robert E. Howard et H. P. Lovecraft —, il écrivit cent dix nouvelles dont une quarantaine tourne autour du monde imaginaire de Zothique. La majeure partie de son oeuvre a été traduite en français et publiée aux Éditions NéO dans les années 80 : *La Gorgone, Le Dieu carnivore,* etc.

41. Un des six dédicataires d'*Anatomie de l'horreur* (États-Unis, 1917-1994). Sous la houlette de H. P. Lovecraft — à qui il rendra hommage en rédigeant *Retour à Arkham* (*Strange Eons,* 1979 ; Pocket n° 5396) —, il commença à écrire à l'âge de dix-sept ans des nouvelles fantastiques et de science-fiction pour *Weird Tales* avant d'aborder, après-guerre, le roman policier. Faisant de la folie meurtrière un de ses thèmes de prédilection, mêlant l'horreur au récit criminel, il s'appropria le genre de façon très personnelle. C'est ainsi que, dès *L'Écharpe* (*The Scarf,* 1947, Pocket n° 9043), il introduisit un personnage d'assassin psychopathe, personnage auquel, sous des formes diverses, il ne cessera de revenir tout au long de sa carrière.

Auteur prolifique, aussi à l'aise dans le fantastique que dans l'histoire policière, ne dédaignant pas à l'occasion la science-fiction, son nom reste cependant attaché, dans l'esprit du grand public, à son roman *Psychose* (*Psycho,* 1959 ; Pocket n° 9014), porté à l'écran par Hitchcock en 1960. Sa bibliographie française comporte une quarantaine de romans et de recueils de nouvelles.

42. Écrivain américain (1880-1966). Médecin militaire, puis psychiatre, il ne débuta que tardivement sa carrière littéraire : c'est à l'âge de cinquante ans qu'il écrivit sa première nouvelle de science-fiction pour la revue *Amazing Stories.* Par la suite, son expérience des maladies mentales le conduisit davantage vers la littérature fantastique ; il rédigea ainsi pour *Weird Tales* une vingtaines de textes dont trois ont été traduits en français dans les anthologies de Jacques Sadoul (*Les Meilleures Histoires de Weird Tales* 1, 2, 3, J'ai Lu, 551, 579, 580) ; un de ses romans, *Désert des spectres* (*The Solitary Hunters*, 1934), figure également dans la défunte collection « Angoisse ».

43. La traduction des titres des recueils publiés par la maison d'édition américaine Arkham House, *Je suis d'ailleurs* (*The Outsider*) et *Par-delà le mur du sommeil* (*Beyond the Wall of Sleep*) pourrait laisser penser qu'il s'agit des recueils homonymes publiés par les Éditions Denoël dans la collection « Présence du Futur ». En fait, les recueils publiés par Arkham House ne correspondent pas aux recueils publiés en français : leur contenu est différent et le nombre de textes réunis plus important.

44. Écrivain américain (1892-1932). Pasteur de l'Église épiscopale, il exerça son ministère aux îles Vierges (Petites Antilles), puis en Nouvelle-Angleterre et en Floride. Parallèlement à ses activités pastorales, il écrivit des contes fantastiques à caractère exotique dont vingt-cinq parurent dans *Weird Tales*. La majorité de ses nouvelles est nourrie des superstitions et des croyances antillaises. Zombies, sortilèges, rites étranges, magie obi et vaudou forment la trame de son recueil posthume *Jumbee* (*Jumbee and Other Uncanny Tales*, 1944) dont une partie a été publiée en français aux Éditions Sombre Crapule en 1988.

45. Son premier roman policier, *L'Écharpe* (*The Scarf* ; Pocket n° 9043) date de 1947.

46. Cette compagnie vit le jour en 1954. Pour plus de détails sur AIP, on consultera avec profit le livre de Pascal Mérigeau et Stéphane Bourgoin, *Série B* (Edilig, 1983).

47. Cette nouvelle écrite en 1948 donne son titre au recueil publié en 1949 (*The Lottery* ; Pocket n° 9108). Malgré une existence très courte, Shirley Jackson (États-Unis, 1919-1965) a laissé une œuvre qui compte parmi les plus importantes de la littérature fantastique. Si ses premiers livres dénoncent les travers de la bourgeoisie du Vermont où elle s'installa après son mariage, c'est grâce à ses romans fantastiques qu'elle connut la notoriété, tels que *Maison Hantée* (*The Haunting of Hill House*, 1959 ; Pocket n° 9092) que Robert Wise adaptera au cinéma en 1963 (*The Haunting, La Maison du diable*) ou *Nous avons toujours habité le château* (*We Have Always Lived in the Castle*, 1962 ; Éditions 10/18).

48. Film de 1974 réalisé par Bryan Forbes d'après le roman *Les Femmes de Stepford* (*The Stepford Wives*, 1972 ; J'ai Lu n° 649) d'Ira Levin (États-Unis, 1929), l'auteur d'*Un bébé pour Rosemary* (1967 ; J'ai Lu n° 342).

49. Bande dessinée créée en 1931 par Chester Gould (1900-1985).

50. Personnage créé par le scénariste Stan Lee et le dessinateur Steve Ditko en 1962. Irradié par des rayons au cours d'une expérience de laboratoire, Peter Parker, un jeune étudiant timide, se transforme en un être tout-puissant capable de se déplacer à la manière d'une araignée.

51. Personnage créé par le scénariste Joe Simon et le dessinateur Jack Kirby en 1941. Vêtu d'un collant bleu, protégé par un bouclier rouge et blanc symbolisant le drapeau des États-Unis, ce super-héros né avec la guerre, après avoir combattu nazis et Japonais, affronte désormais des génies du mal tels que Le Baron Strucker, Dragon Man ou Death Lock.

52. Personnage créé par Jack Cole, surnommé « le long bras de la Justice ». Les Humanoïdes Associés ont publié en 1984 une anthologie de ses aventures dans la collection « Xanadu ».

53. *The Twilight Zone*, la plus populaire des séries télévisées consacrées au fantastique et à la science-fiction. Créée par le scénariste Rod Serling, elle connut, de 1959 à 1964, cent cinquante-six épisodes. Bénéficiant du concours d'écrivains d'exception comme Richard Matheson et de metteurs en scène de grand talent comme John Brahm, Don Siegel ou Jacques Tourneur, elle fait figure aujourd'hui de série-culte.

54. *The Eye of the Beholder*, épisode écrit par Rod Serling et réalisé par Douglas Heyes, avec Maxime Stuart et Donna Douglas.

55. *Rebel Without a Cause*, réalisé par Nicholas Ray en 1955, avec dans les principaux rôles James Dean et Natalie Wood.

56. *The Search for Bridey Murphy*, de Morey Bernstein (1955), relate l'étrange cas d'une jeune femme qui, placée sous hypnose, se souvient de sa vie antérieure en Irlande et également du « temps » qui sépara sa mort physique de sa réincarnation.

Chapitre 3

1. Ces deux contes, dans la traduction de Baudelaire, sont réunis dans deux recueils différents : *La Vérité sur le cas de M. Valdemar* figure dans *Histoires extraordinaires*; *Le Coeur révélateur* dans *Nouvelles Histoires extraordinaires*.

2. La nouvelle *Cool Air* a été publiée en français dans le recueil *Je suis d'ailleurs* (Denoël, « Présence du Futur » n° 45) ainsi que dans le tome I des *Œuvres complètes* de H. P. Lovecraft dans la collection « Bouquins » chez Robert Laffont.

3. Écrivain américain, né en 1928, auteur du célèbre best-seller *L'Exorciste* (*The Exorcist*, 1971 ; J'ai Lu n° 630). Avant de s'orienter vers l'horreur, il s'illustra dans le domaine du scénario humoristique, collaborant notamment avec Blake Edwards.

4. Écrivain américain, né en 1942, auteur de nombreux romans fantastiques. Parfois inégal — d'où l'ironie de Stephen King —, on lui doit cependant quelques belles réussites dont le très curieux *Que souffrent les enfants* (*Suffer the*

Children, Nouvelles Éditions Baudinière, 1978) et *Cassie* (*The Unwanted*, 1987, Pocket n° 9058).

5. René Reouven imagine dans l'excellent *Élémentaire, mon cher Holmes* (*Histoires secrètes de Sherlock Holmes*, volume réunissant les pastiches holmésiens de l'auteur ; Denoël, « Sueurs froides », 1993) que, contrairement à ce que la chronique raconte, Stevenson n'a pas détruit la première version de son roman. Celle-ci passant de main en main transforme chaque lecteur en autant de Jack l'Éventreur. À l'appui de cette thèse, ajoutons que l'adaptation théâtrale du *Cas étrange du Dr Jekyll et de M. Hyde* est historiquement contemporaine des crimes de Jack l'Éventreur...

6. Écrivain anglais (1824-1889). Un des pères fondateurs du roman policier. On lui doit entre autres *La Femme en blanc* (*The Woman in White*, 1860 ; Editions NéO, « NéO/Plus ») et *La Pierre de lune* (*The Moonstone*, 1868 ; Editions NéO, « NéO/Plus »). Il est par ailleurs l'auteur de nombreux contes fantastiques éparpillés, en France, dans des anthologies (*L'Angleterre fantastique* de Jacques Van Herp, Marabout, 1974) ou dans des recueils introuvables depuis longtemps en librairie (*Le Cottage noir*, Éditions La Boétie, 1946).

7. *Frankenstein or : A Modern Prometheus* de Mary Shelley (Grande-Bretagne, 1797-1851) a été publié en 1818.

8. *Ambrosio or : The Monk* de Matthew Gregory Lewis (Angleterre, 1775-1818) publié en 1796. Ce roman constitue l'un des chefs-d'oeuvre du « roman gothique », genre terrifiant qu'inaugura en 1764 Horace Walpole avec *Le Château d'Otrante* (Éditions José Corti). *Le Moine* a connu de nombreuses traductions françaises (aux Éditions Marabout entre autres) et une adaptation fort célèbre, puisque due à Antonin Artaud (Gallimard, Folio n° 690).

9. Roman à intérêt criminel écrit en 1866.

10. Voir Chapitre 2, note 26.

11. Traduction de Joe Ceurvost, Éditions Marabout.

12. Idem.

13. *The Munsters*, série de 70 épisodes de 25 minutes, créée en 1964 par Joe Connelly et Bob Mosher et diffusée en France sur Canal + en 1986. Dans un manoir d'allure gothique vit la famille Monstre. Seule Marilyn, la nièce, est d'une grande beauté...

14. *Dirty Harry* (1971).

15. *Straw Dogs* (1971).

16. *Birth of a Nation* de D. W. Gritffith (1915).

17. *Annie Hall* de Woody Allen (1977).

18. Film français (1974) de Jean-Charles Tacchella, Prix Louis-Delluc 1974 ; *Cousin, cousine* est un des rares films français à avoir connu un succès public aux États-Unis.

19. *Smokey and the Bandit* de Hal Needham (1977).

20. *Jeremiah Johnson* de Sydney Pollack (1972).

21. *Bonnie and Clyde* d'Arthur Penn (1967).

22. Acteur américain (1924-1971). Pour avoir été le soldat le plus décoré de l'armée américaine pendant la Seconde Guerre mondiale, il se vit proposer une carrière hollywoodienne. Spécialisé dans le western et le film de guerre, il incarna même son propre rôle dans *L'Enfer des hommes* (*To Hell and Back*) de Jesse Hibbs en 1955.

23. *The Incredible Hulk.* Personnage de bande dessinée créé en 1962 par Stan Lee et Jack Kirby, Hulk devint en 1978 le héros d'une série de 82 fois 50 et 90 minutes. Le principe de la série est le suivant : à la suite d'une exposition à des doses massives de rayons gamma, le docteur David Banner (incarné par Bill Bixby) devient la victime d'effrayantes transformations. Métamorphosé en un gigantesque homme vert (qui prend les traits de Lou Ferrigno, ex-Monsieur Univers 1974), il sème la panique partout où il se trouve.

24. Maquilleur américain (1888-1968). Chef de service à l'Universal Pictures, il fut, à partir de 1931, le maquilleur attitré de tous les grands films d'épouvante de la firme. Outre la créature de Frankenstein, il créa les prototypes, si souvent repris, d'Ygor, de la Momie et du Loup-Garou. À la suite de sa collaboration à la série des Frankenstein, il fut proclamé « le plus grand maquilleur du monde ».

25. Société de production spécialisée dans les films fantastiques et d'épouvante. Créée en 1950 par James Carreras et Anthony Hines, elle se lança à partir de 1956, avec *Frankenstein s'est échappé* (*Curse of Frankenstein*) de Terence Fisher, dans une série de films reprenant les personnages (Dracula, la Momie, le Loup-garou, Jekyll et Hyde, Fu Manchu) qui, jusque-là, étaient l'apanage de l'Universal. Aux films des années 30, la Hammer ajouta, entre autres innovations, la couleur, l'ambiance victorienne, la violence et l'érotisme. S'entourant d'acteurs capables d'assurer la relève des Lugosi et Karloff, comme Christopher Lee et Peter Cushing, elle sut s'assurer le concours de metteurs en scène de talent tels John Gilling, Freddie Francis et surtout Terence Fisher, qui aborda à cinq reprises le personnage de Frankenstein.

Faute sans doute d'un « porteur de masque » idéal (comme l'avait été Karloff en son temps), Terence Fisher s'intéressa davantage au créateur qu'à sa créature. Se démarquant, de film en film, de ses modèles d'avant-guerre, le personnage de

Victor Frankenstein, interprété par Peter Cushing, se complexifia ; ambigu dans les trois premiers films de la série, il bascule définitivement dans le mal avec *Le Retour de Frankenstein* (*Frankenstein Must be Destroyed*, 1969).

26. Acteur anglais, né à Londres en 1922. Il incarna les principaux « monstres » de la Hammer : la créature de Frankenstein, la Momie, Raspoutine, Fu Manchu et surtout Dracula. Vampire numéro un du cinéma, il revêt pour la première fois la cape du « prince des ténèbres » en 1958 sous la direction de Terence Fisher (*Le Cauchemar de Dracula*, *Horror of Dracula*). Aristocratique et inquiétant, il sut redonner au mythe du vampire une nouvelle jeunesse, surclassant, au fil d'une dizaine de films, l'interprétation de Bela Lugosi qui apparaît, par comparaison, caricatural et grimacier.

27. Technicien américain, spécialiste d'effets spéciaux (1886-1962). À l'origine dessinateur et sculpteur, il devint expert en reconstitutions pour les muséum d'histoire naturelle. Il réalisa, entre autres, les trucages du *Monde perdu* (*The Lost World*) de Harry D. Hoydt en 1925, avant de concevoir ceux de *King Kong* en 1933. On pourra consulter pour plus de précisions *Comment nous avons fait King Kong*, d'Orville Goldner et George E. Turner, publié en 1976 aux Éditions de La Courtille.

28. Poète romantique anglais (1792-1822), auteur de *Prométhée délivré* (*Prometheus Unbound*, 1820). Marié à Harriet Westbrook, Percy Shelley s'éprit de Mary Wollstonecraft (1797-1851), alors âgée de seize ans, fille de l'écrivain politique William Godwin (1756-1836), à qui l'on doit par ailleurs *Les Aventures de Caleb Williams* (1794), véritable ancêtre du roman de suspense (Éditions Henry Veyrier, 1979). Ayant enlevé Mary en 1814, il l'épousa en 1816, après le suicide de sa première femme.

On pourra consulter sur Mary Shelley l'ouvrage de Cathy Bernheim, *Mary Shelley, qui êtes-vous ?* (La Manufacture, 1988), et sur la genèse de Frankenstein l'étude de Francis Lacassin intitulée *Frankenstein ou L'Hygiène du macabre* in *Les Rivages de la nuit* (Éditions du Rocher, 1991).

29. Écrivain anglais (1795-1821). Médecin personnel et compagnon de voyage de Lord Byron, il est l'auteur d'une thèse sur les cauchemars publiée en 1815. Il fut l'un des quatre résidents de la villa Diodati située sur les bords du lac Léman où Mary Shelley conçut son Frankenstein. Sa présence en Suisse durant l'élaboration de *Frankenstein*, constitue, avec sa nouvelle, *Le Vampire* (*The Vampyre, A Tale*), son seul titre de gloire littéraire. Encore fut-il soupçonné de plagiat. *Le Vampire*, qu'il étendit ensuite à la dimension d'un roman, semblerait, en effet, n'être qu'un démarquage de la nouvelle inachevée de Byron, *The Burial* (que cite Stephen King quelques lignes avant) ; à moins qu'il ne s'agisse de la transcription d'une histoire inventée, lors d'une conversation, par le même Byron. On a également émis l'hypothèse, comme le rapporte Edmond Jaloux, que *Le Vampire* « serait au contraire un cruel portrait de Byron lui-même, dessiné par son ami » (*Nouvelles Histoires de fantômes anglais*, Gallimard, 1939). Il n'en reste pas moins que c'est sous sous le nom de John William Polidori (Byron en ayant décliné la paternité) que parut, en 1819, la première histoire de vampires de la littérature anglaise.

Personnage complexe et fascinant, Polidori a inspiré à Paul West un roman intitulé *Le Médecin de Lord Byron* (*Lord's Byron Doctor*, 1989) publié en 1990 aux Éditions Rivages.

30. Poète anglais, précurseur de Byron et du romantisme (1772-1834). On lui doit un des chefs-d'oeuvre de la poésie fantastique, *Le Dit du vieux marin (The Rime of the Ancient Mariner)* qu'illustra magnifiquement Gustave Doré (Collection « Voiles », Gallimard, 1978). Quant à *Cristabel,* long poème narratif à l'atmosphère magique et onirique (publié en 1816, mais laissé inachevé), il évoque par son cadre médiéval et l'utilisation particulière du mètre les vieilles ballades populaires que les poètes romantiques remirent à l'honneur.

31. La nouvelle de Polidori a été publiée en français, outre l'anthologie d'Edmond Jaloux citée dans la note 29, dans l'anthologie d'Ornella Volta et Valerio Bava, *Roger Vadim présente : Histoires de vampires* (Robert Laffont, 1961).

32. Clerc de *sollicitor,* il se rend en Transylvanie afin de conclure une transaction immobilière avec Dracula dont il sera la victime. Il apparaît dans les premiers chapitres, précisément intitulés *Journal de Jonathan Harker.*

33. *Beginning of the End,* film de Bert I. Gordon (1957).

34. *The Dunwich Horror,* in *La Couleur tombée du ciel* (Denoël, « Présence du Futur » n° 4 ; *Œuvres complètes,* Tome I, Robert Laffont, collection « Bouquins »).

35. *The Rats in the Walls,* in *Par-delà le mur du sommeil* (Denoël, « Présence du Futur » n° 16 ; *Œuvres complètes,* Tome II, Robert Laffont, collection « Bouquins »).

36. *The Colour Out of Space,* in *La Couleur tombée du ciel* (Denoël, « Présence du Futur » n° 4 ; *Œuvres complètes,* Tome I, Robert Laffont, collection « Bouquins »).

37. Créatures de la mythologie lovecraftienne que l'auteur qualifie de hideuses, puantes, répugnantes, impies, blasphématoires, etc. Nyarlathotep, « le Chaos rampant », Yog-Sothoth, « le Tout-en-Un et le Un-en-Tout », et Shub-Niggurath, « le Bouc noir au Mille Chevreaux », font partie des Grands Anciens qui essaient de reconquérir la Terre sur laquelle ils étendirent leur puissance aux temps immémoriaux.

38. *Varney the Vampire or : The Feast of Blood*, roman anglais anonyme attribué à Thomas Prest ou James Malcolm Rymer. Il connut, lors de sa parution en 1847, un énorme succès populaire. Inédit en français.

39. Écrivain américain (1875-1950). Créateur de Tarzan (1912) auquel il consacra vingt-cinq volumes, il est aussi l'auteur d'autres cycles comme *Le Cycle de Mars* (11 volumes) et *Le Cycle de Pellucidar* (7 volumes). Dans son ouvrage intitulé *Les Maîtres de la science-fiction* (Collection « Les Compacts », Bordas, 1993), Lorris Murail qualifie l'œuvre d'Edgar Rice Burroughs de « platement écrite, souvent répétitive, sexiste et réactionnaire », jugement qui fait écho à celui émis par Stephen King.

40. En français dans le texte.

41. Traduction de Jacques Finné, Librairie des Champs-Élysées.

42. Médecin allemand (1734-1815). Il fut le fondateur de la théorie du magnétisme animal, connue sous le nom de mesmérisme.

43. Écrivain anglais (1874-1936). Créateur du Père Brown, surnommé « le détective du Bon Dieu » (1910), il fut l'un des pères fondateurs du roman policier moderne. A côté d'inclassables œuvres romanesques, d'ouvrages philosophiques, historiques ou apologétiques où transparaît, quel que soit le genre abordé, son goût du non-sens et du paradoxe, il écrivit plusieurs études sur ses écrivains d'élection. Au nombre de ces essais figure celui consacré à Stevenson qu'il publia en 1903, étude à laquelle se réfère ici Stephen King (*Robert Louis Stevenson*, L'Âge d'homme, 1994).

44. Traduction de Théo Varlet, Éditions 10/18.

45. Idem.

46. Voir Chapitre 2, note 36.

47. Acteur américain (1906-1973), fils de Lon Chaney, célèbre acteur de l'époque du muet dont l'interprétation du Fantôme de l'Opéra et de Quasimodo marqua l'histoire du cinéma. Comme son père mais avec infiniment moins de succès, il se spécialisa dans le genre fantastique. Malgré sa remarquable interprétation du Loup-Garou (*The Wolf Man* de George Waggner, 1941), il se contenta le plus souvent, au cours de ses trente-cinq ans de carrière, de figurer dans de ternes *remakes* des succès de Bela Lugosi et de Boris Karloff.

48. Traduction de Théo Varlet, Éditions 10/18.

49. *The Dog Soldiers*, 1977 (Gallimard, « Série Noire » n° 2350).

50. *Psycho*, 1959 (Pocket n° 9014).

51. *The Scarf*, 1947 (Pocket n° 9043).

52. *The Dead Beat*, 1960 (10/18, série « Nuits blêmes », n° 2238).

53. *Strange Eons*, 1979 (Pocket n° 5396).

54. Voir Chapitre 2, note 19.

55. Shakespeare, *Jules César*, Acte II, Scène II.

56. *The Outer Limits*, série télévisée américaine de 49 fois 50 minutes. Cette série anthologique de science-fiction, qui débuta en 1963 sur ABC, fut la principale rivale de *La Quatrième Dimension*, diffusée par CBS dès 1959. Son générique est resté célèbre : l'image se brouillait tandis qu'une voix expliquait aux téléspectateurs qu'il ne fallait surtout pas essayer de régler son poste de télévision, car « ils » maîtrisaient la situation. Suivait l'annonce de l'aventure mystérieuse du jour, laquelle atteindrait d'étranges limites. D'où le titre original de la série.

57. *Supernatural Horror in Literature*. Prépublié dans des revues entre 1925 et 1935, l'essai de Lovecraft fut publié en dernière partie de *The Outsider and Others* en 1939, avant de paraître séparément en 1945. Cet essai, bien que plus bref et ne s'attachant qu'au seul domaine littéraire, est le pendant pour la période de l'avant-guerre de celui de Stephen King. Disponible en format de poche aux Éditions 10/18, il est également inclus dans le Tome II des *Œuvres complètes* de Lovecraft, Éditions Robert Laffont, collection « Bouquins ».

58. Personnages du *Dracula* de Bram Stoker.

59. *Jude the Obscure* (1895) de Thomas Hardy (Grande-Bretagne, 1840-1928) décrit l'existence misérable d'un ouvrier, assoiffé de culture, sur lequel le Destin s'acharne. Ce roman d'un pessimisme absolu est considéré à juste titre comme un des chefs-d'oeuvre de la littérature anglaise du XIXe siècle.

60. *The Jewel of the Seven Stars*, 1903 (Editions NéO n° 50) et *The Lair of the White Worm*, 1911 (Editions NéO n° 168). Quant aux nouvelles auxquelles Stephen King fait allusion dans une note, elles ont été publiées en français de la manière suivante : *La Squaw* dans *Histoires de monstres* (Pocket n° 1462) et *La Maison du juge* dans *Histoires de fantômes* (Pocket n° 1463). Par ailleurs, il existe un recueil de nouvelles (inédites jusque-là en français) de Bram Stoker publié aux Éditions Librairie Séguier en 1989 sous le titre *Au-delà du crépuscule*.

61. *The Red Badge of Courage* (1895). Stephen Crane (États-Unis, 1871-1900) est considéré comme un des écrivains les plus importants de la littérature américaine : la critique voit en lui un des créateurs de la nouvelle moderne et un précurseur d'Hemingway. Son court roman, *La Conquête du courage*, dont l'action se déroule pendant la guerre de Sécession, décrit les impressions d'un jeune homme confronté au baptême du feu. Ce roman a été adapté pour le cinéma par John Huston en 1951.

Chapitre 4

1. Arthur Hailey et Harold Robbins sont deux auteurs de best-sellers. Arthur Hailey est né en 1920 en Grande-Bretagne ; ayant opté pour la nationalité canadienne, il vit actuellement aux États-Unis. Plusieurs de ses romans tels *Airport*, *Detroit*, *Black Out* et *News*, ont été traduits en français. Quant à Harold Robbins, moins connu en France, il est né aux États-Unis en 1916. Parmi les traductions de ses romans figurent *79, Park Avenue* et *Le Beau Pasteur.*

2. Écrivain américain né en 1927, auteur de romans fantastiques et de suspense. *Notre vénérée chérie*, son roman le plus célèbre (*Burnt Offerings*, 1974 ; Pocket n° 9094), met en scène une vieille femme monstrueuse. On lui doit également une remarquable pièce policière psychologique, *Jeux d'enfants* (*Child's Play*), dont l'action se déroule dans l'ambiance étouffante d'un collège de garçons. La traduction française de la pièce (créée en 1971 au Théâtre Hébertot) a été publiée dans le n° 484 de la revue *L'Avant-Scène Théâtre*. En 1972, Sidney Lumet a tiré de *Child's Play* un film au titre homonyme, avec James Mason dans le rôle principal.

3. Poète britannique (1759-1796), auteur de poèmes en dialecte écossais, dont le célèbre *Auld Lang Syne* (*Ce n'est qu'un au revoir, mes frères* dans son adaptation française). Par ailleurs, il a, longtemps après sa mort, donné son nom à une marque de cigarillos. Compte tenu de l'âge qu'avait Stephen King à l'époque, il est difficile de dire si l'écriteau du rêve faisait allusion au chantre de l'Écosse éternelle ou à un nom entrevu sur une boîte de cigares...

4. Écrivain américain (1914-1948) auteur d'un unique roman, *L'Arbre de vie* (*Raintree County* ; Stock, 1958), lequel évoque en une seule journée de juillet 1892 l'État d'Indiana au XIXe siècle. Ce roman a été adapté pour le cinéma sous un titre homonyme par Edward Dmytryk en 1957 avec Mongomery Clift et Elizabeth Taylor dans les rôles principaux.

5. Comme Ross Lockbridge, la vie de Robert E. Howard fut extrêmement courte, puisque né au Texas en 1906, il se suicida après le décès de sa mère en 1936. Là s'arrête la comparaison entre les deux auteurs dont « la lame s'est brisée ». En effet, Robert E. Howard, créateur de Conan le barbare et ami de Lovecraft, laissa une œuvre prolifique axée sur l'heroic-fantasy dont il fut l'un des créateurs. La majeure partie de son œuvre a été publiée en français par J'ai Lu (exclusivement le cycle de Conan) et par les Éditions NéO (*Solomon Kane, King Kull*, etc.).

6. Séries télévisées à l'eau de rose mâtinée d'une pointe de merveilleux.

7. Stephen King a développé dans les premières pages de *Cujo* (1981 ; J'ai Lu, n° 1590) le thème de la peur enfantine au travers du personnage de Tad Trenton âgé de quatre ans : « Dans le placard de Tad Trenton, une créature aux yeux d'ambre était aux aguets. »

272

8. Joyce Carol Oates est née aux États-Unis en 1938. Auteur très prolifique (à son œuvre abondante s'ajoutent depuis quelques années des romans policiers écrits sous le pseudonyme de Rosamond Smith) nourrissant l'ambition balzacienne de « mettre le monde entier dans un livre », elle fait aujourd'hui figure de grande romancière classique. Son roman le plus célèbre *Le Pays des merveilles* (*Wonderland*, 1971 ; Livre de Poche, n° 3070) met en scène un personnage du nom de Jesse, qui après avoir échappé par miracle aux coups de feu tirés par son père (lequel a déjà massacré toute sa famille) erre de ville en ville à la recherche de son identité. (Pour Harold Robbins se reporter à la note 1 du présent chapitre.) Au travers de Joyce Carol Oates et Harold Robbins, Stephen King oppose la littérature de création à la littérature de consommation.

9. Auteur dramatique et romancier américain né en 1915, il est surtout connu pour son récit *Ouragan sur le D.M.S. Caine* (1952 ; Rouge et Or, 1985) dont il tira une pièce à succès, *The Caine-Mutiny Court-Martial* (*Ouragan sur le Caine*, 1953 ; *L'Avant-Scène Théâtre*, 1959). La pièce a été adaptée à l'écran par Edward Dmytryk en 1954 avec Humphrey Bogart dans le rôle principal.

10. Ecrivain américain (1903-1994), un des six dédicataires de l'*Anatomie de l'horreur*. Disciple et ami de Lovecraft, à qui il consacra une étude (*Howard Phillips Lovecraft : Dreamer on the Nightside*, 1975 ; *H. P. Lovecraft, le conteur des ténèbres*, Éditions Encrage, collection « Portraits », 1987), il fut un auteur prolifique, abordant tous les grands genres de la littérature populaire. Cependant, c'est à ses contes d'épouvante qu'il doit de jouir en France d'une petite réputation. Deux recueils de nouvelles fantastiques ont été publiés en français : *Le Druide noir* (*The Black Druid*, 1975, Marabout n° 634) et *Le Gnome rouge* (*The Flame Midget*, Éditions NéO, collection « Fantastique/Science-fiction/Aventure » n° 86). La nouvelle citée par Stephen King, *Les Chiens de Tindalos* (*The Hounds of Tindalos*, 1929) a été publiée originalement dans *Weird Tales* dont Frank Belknap Long fut un des piliers. Elle a été traduite en français pour l'anthologie de Jacques Sadoul, *Les Meilleurs Récits de Weirds Tales 1*, J'ai Lu, n° 579). Ce texte, sans doute le plus célèbre de l'auteur, raconte l'histoire d'un chercheur qui sous l'effet d'une drogue inventée par des alchimistes chinois fait un saut dans le temps. Il contemple pêle-mêle les grands événements de l'Histoire avant de mourir sous les crocs de chiens gigantesques venus d'une autre dimension.

11. Née en 1895 aux Etats-Unis, Zelia Bishop est un de ces auteurs météores qui bénéficièrent des « révisions » de Lovecraft et dont les textes furent publiés dans *Weird Tales*. Le héros de *La Malédiction de Yig* (*The Curse of Yig*, 1929 ; texte recueilli en français dans *L'Horreur dans le cimetière*, Pocket n° 5311) souffre d'une peur maladive des serpents. Au cours d'un voyage en Amazonie, il se sent menacé par Yig, le dieu-serpent des Indiens. Sa terreur contamine sa femme enceinte, qui finira par le tuer, ayant cru voir en son mari l'incarnation du dieu-serpent. Gagnée par la folie, elle mourra en donnant naissance à un enfant-serpent.

12. Voir Chapitre 2, note 20.

13. Écrivain américain (1884-1943) considéré comme un des pionniers de la science-fiction. Une grande partie de ses romans s'articule autour de la découverte de civilisations inconnues. C'est le cas, par exemple, du *Gouffre de la lune* (*The Moon Pool*, 1918 ; J'ai Lu n° 618), où il est question du continent Mu, ou du *Monstre de métal* (*The Metal Monster*, 1920 ; Éditions NéO, collection « Fantastique/Science-fiction/Aventure » n° 72), qui entraîne le lecteur dans un univers souterrain peuplé de créatures métalliques. Délaissant les « mondes perdus », Merrit se tourna, dans ses œuvres les plus tardives, vers des histoires qu'on a pu qualifier de « sorcellerie-fiction ». C'est ainsi qu'il développa avec *Brûle, sorcière, brûle !* (*Burn, Witch, Burn*, 1932 ; Éditions NéO, collection « Fantastique/Science-fiction/Aventure » n° 111) une histoire de poupées meurtrières dont s'inspira Tod Browning dans son film, *Les Poupées du diable* (*The Devil-Doll*, 1936).

14. Ville de la Nouvelle-Angleterre où naquit et mourut Lovecraft.

15. Voir Chapitre 3, note 35.

16. *Pickman's Model*, 1927. Nouvelle recueillie dans *Je suis d'ailleurs*, Denoël, collection « Présence du Futur » n° 45, ainsi que dans le Tome II des *Œuvres complètes* de Lovecraft, Robert Laffont, collection « Bouquins ».

17. « L'horrible Leng » est un des reliefs de la géographie du Monde-du-Rêve imaginé par Lovecraft dans *À la Recherche de Kadath* (*The Dream-Quest of Unknown Kadath*, 1927 ; *Démons et Merveilles*, Robert Laffont, collection « Bouquins », *Œuvres complètes* de Lovecraft, Tome III). Sur ce gigantesque plateau battu par les vents s'élève la forme grossière d'un monastère préhistorique, séjour de l'indescriptible grand prêtre du Monde-du-Rêve.

18. Grimoire qui apparaît pour la première fois dans *Le Molosse* (*The Hound*, 1924 ; in *Je suis d'ailleurs*, Denoël, collection « Présence du Futur » n° 45 ; nouvelle également recueillie dans le Tome I des *Œuvres complètes* de Lovecraft, Éditions Robert Laffont, collection « Bouquins »). Recueil de prières impies et d'évocations abominables, il est le « livre maudit » le plus célèbre de l'œuvre de Lovecraft. Mais il n'est pas le seul : *Le Livre d'Eibon*, l'*Unaussprechlichen Kulten* de von Junzt, les *Manuscrits pnakotiques*, le *Culte des goules* du comte d'Erlette et quelques autres peuvent se montrer aussi dangereux... Sur le *Nécronomicon* et le mythe de Cthulu en général, on consultera avec profit l'essai de Francis Lacassin, *Howard Phillips Lovecraft ou Les Fantômes du cosmos à la reconquête de la Terre* in *Les Rivages de la nuit* (Éditions du Rocher, 1991). Ajoutons qu'il existe une version apocryphe du *Nécronomicon* publiée aux États-Unis en 1978, et traduite en français en 1979, avec une introduction de Colin Wilson (Éditions Pierre Belfond ; J'ai Lu, « L'Aventure Mystérieuse », n° 400).

19. Cette université sise à Arkham (voir note 21) est un des centres culturels de la Nouvelle-Angleterre. Spécialisée dans l'occultisme, sa bibliothèque recèle un des cinq exemplaires du *Nécronomicon*.

20. Village du Massachusetts imaginé par Lovecraft. Dunwich est le théâtre d'une naissance monstrueuse, fruit de l'accouplement de Yog-Sothoth et d'une simple d'esprit albinos (*The Dunwich Horror*, 1928). Voir Chapitre 3, note 34.

21. Vieille ville du Massachusetts imaginée par Lovecraft ; elle serait aux dires de ses exégètes un mélange de Salem et de Providence. Traversée par le Miskatonic aux eaux fangeuses, et bordée de collines sombres, elle est le théâtre nocturne d'effroyables cérémonies.

22. Voir Chapitre 3, note 36.

23. Voir Chapitre 2, note 41.

24. Voir Chapitre 2, note 40.

25. Voir Chapitre 4, note 10.

26. Écrivain américain (1910-1992). Difficilement classable, il arpenta avec un bonheur égal les divers champs de la science-fiction : de l'anticipation classique — mais servie par un réalisme exceptionnel (*Le Vagabond, The Wanderer*, 1964 ; Livre de Poche n° 7072) — à l'heroic-fantasy (*Le Cycle des épées*, œuvre écrite sur presque cinquante ans de carrière ; sept volumes parus chez Pocket), en passant par le fantastique (*Notre-Dame des ténèbres, Our Lady of Darkness*, 1977 ; Denoël, collection « Présence du Fantastique » n° 23).

27. Lovecraft mourut en 1937.

28. Voir Chapitre 3, note 30.

29. *The Andromeda Strain* (1971) de Robert Wise d'après le roman de Michael Crichton, *La Variété Andromède* (*The Andromeda Strain*, 1969 ; Pocket n° 4193).

30. Aux États-Unis, les films sont classés dans les catégories suivantes : G (*General audiences* — tout public), PG (*Parental guidance suggested* — interdit aux mineurs non accompagnés de leurs parents), R *(Restricted* — interdit aux mineurs), X (interdit aux mineurs et interdit d'affichage et de publicité). Depuis la publication de cet ouvrage, la classification a quelque peu évolué.

31. David Cronenberg, metteur en scène canadien né en 1943, est un des maîtres modernes du cinéma d'horreur américain. Bousculant les limites et les conventions du genre, de tous les cinéastes spécialisés, il est sans doute le plus original et le plus personnel. On lui doit entre autres *Scanners* (1980), *Videodrome* (1982), *La Mouche* (*The Fly*, 1986) et *Faux-semblants* (*Dead Ringers*, 1988). Il a par ailleurs réalisé une remarquable adaptation du roman de Stephen King *Dead Zone* (*The Dead Zone*, 1983).

32. *The Changeling* (1980) de Peter Medak, avec George C. Scott et Trish Van Devere.

33. À ne pas confondre avec *Les Survivants* (*Alive*), film de Frank Marshall (1992) inspiré du même fait divers.

34. Motion Picture Association of America : organisme chargé, entre autres activités, de la classification des films.

Chapitre 5

1. Dans ce chapitre, Stephen King, « enfant des mass-médias » comme il se définit lui-même, évoque nombre d'émissions qui firent les grandes heures du théâtre radiophonique américain, aujourd'hui disparu.

Comme McLuhan, qui voit dans la radio un « médium chaud » et dans la télévision un « médium froid », il oppose le pouvoir de suggestion de la radio « qui rendait réel tout ce qu'elle touchait » avec « la dictature des images » qui obscurcit « cette partie de notre esprit où l'imagination peut s'épanouir le plus librement ».

Si les noms des émissions citées dans ce chapitre sont étrangers au public français, les lecteurs de la génération de Stephen King se souviennent sans doute avec nostalgie des *Maîtres du mystère* et du *Théâtre de l'étrange* diffusés sur Paris-Inter, de *Ça va bouillir* diffusé sur Radio-Luxembourg ou de *Signé Furax* sur Europe n° 1. Seule aujourd'hui, France-Culture perpétue la tradition du théâtre radiophonique en proposant notamment des adaptations de romans noirs et des feuilletons comme *Docteur Radar* de Noël Simsolo.

2. Créée en 1974 par Hiran Brown, vétéran de la radio (voir note 3), cette émission a constitué pendant plusieurs saisons une tentative ambitieuse (une pièce différente chaque jour à une heure de grande écoute) pour redonner un regain de vitalité au théâtre radiophonique. Axée sur le fantastique et le macabre, elle faisait alterner des adaptations de classiques du genre (*Dracula, Le Horla, Le Chat noir,* etc.) et des œuvres originales.

3. *Inner Sanctum Mysteries* a commencé sa carrière en 1941 sur Blue Network, puis sur ABC en 1950 pour s'arrêter en 1952. Cette émission dramatique dévolue au fantastique et au suspense vit défiler devant ses micros des acteurs aussi prestigieux que Boris Karloff ou Peter Lorre. Le générique d'*Inner Sanctum* est resté célèbre : un grincement de porte sinistre annonçait l'émission.

4. *Dimension X* connut une carrière relativement brève : diffusée sur NBC, elle débuta en avril 1950 et disparut en septembre 1951. Elle n'en demeure pas moins la première série radiophonique de science-fiction. À côté de créations originales dues à Ernest Kinoy, auteur et adaptateur maison, on pouvait y entendre des mises en onde de nouvelles écrites par les plus grands auteurs du genre : Ray Bradbury, Robert Bloch, Robert Heinlein, Isaac Asimov ou Kurt Vonnegut.

5. *I Love a Mystery* commença sa carrière en janvier 1939 sur NBC. Série d'aventures policières, initiée par Carlton Morse, elle s'articulait autour de trois personnages récurrents venus d'horizons divers : Jack Packard, maître de la détection criminelle ; Doc Long, joueur de poker et grand amateur de jupons ; Reggie York, pittoresque sujet de la couronne d'Angleterre.

Ainsi composé, le trio parcourait le monde et débrouillait, pour le compte d'une agence de détectives, des affaires mystérieuses dont certaines flirtaient avec le fantastique.

Diffusée au rythme de quinze minutes par jour, cinq fois par semaine, la série se réduisit, en 1940, à un épisode hebdomadaire de 30 minutes. Après un an d'interruption (à cause de la guerre), la série se prolongea jusqu'en 1944. Une nouvelle version du concept initial fut diffusée de 1949 à 1952 sur le réseau Mutual.

6. Comédien américain né en 1910. Il exerça ses talents non seulement à la radio en tant que narrateur du *CBS Radio Mystery Theater*, comme le rappelle Stephen King, mais également à la télévision dont il fut un des acteurs importants à l'époque des anthologies dramatiques (*Kraft Television Theater, Philo TV Playhouse, Playhouse 90, Studio One*, etc.). Il fit également des apparitions dans de nombreuses séries comme *Ironside* (*L'Homme de fer*).

7. Personnage du feuilleton radio *Fibber McGee and Molly*. Créé en avril 1935 sur NBC Blue avant de passer sur Red Network et diffusé jusqu'en 1957, *Fibber McGee and Molly* naquit de la rencontre de deux acteurs, Jim et Marian Jordan, et du *cartooniste* Don Quinn. Cette série comique obtint un formidable succès : il n'y avait pas à vrai dire de trame établie ; les situations naissaient d'elle-mêmes : chaque nouveau personnage entrant au 79 Wistful Vista ajoutait son grain de sel à la confusion ambiante. Fibber McGee, muni des meilleures intentions du monde, provoquait immanquablement quiproquos et catastrophes.

8. Sous la houlette de Charles Vanda, puis de William Spier, *Suspense* fit ses débuts sur CBS en juin 1942 avec une adaptation du célèbre roman de John Dickson Carr, *The Burning Court* (*La Chambre ardente*). Tour à tour baptisé « Théâtre du frisson », « Hitchcock des ondes », *Suspense* fidélisa pendant vingt ans un nombre important d'auditeurs grâce à un répertoire puisé aux meilleures sources, faisant alterner des adaptations d'œuvres célèbres de la littérature policière ou d'épouvante avec des œuvres originales. Parmi celles-ci, nombre furent écrites par John Dickson Carr, pourvoyeur attitré de l'émission. Quelques-unes de ses pièces destinées à *Suspense* ont été publiées en français, dont *Les morts ont le sommeil léger* (*The Dead Sleep Lightly*, 1943) in *Feu sur le juge* (Librairie des Champs-Élysées, « Le Masque », nº 2129).

277

Ajoutons que défilèrent devant les micros de *Suspense* quantités d'acteurs prestigieux tels Humphrey Bogart, Henry Fonda, Cary Grant, Charles Laughton, Peter Lorre, Fredric March ou Orson Welles.

9. Personnage titre de la série *Yours Truly, Johnny Dollar*. Comme *Suspense*, cette série était diffusée sur CBS ; elle débuta en février 1949 pour s'achever en septembre 1962.

D'abord programmée à raison d'un épisode hebdomadaire d'une demi-heure, elle devint un feuilleton d'un quart d'heure, diffusé cinq jours par semaine, en même temps qu'une des meilleures émissions policières de la radio. Johnny Dollar (incarné dans les premiers temps par Charles Russell, puis repris ensuite par d'autres comédiens) est un enquêteur d'assurances travaillant en *free-lance* et qui, selon les termes de la série, « a du nez pour le crime ». Il récupère bijoux et œuvres d'art volés, traque les mauvais clients et joue les gardes du corps. Il signe ses notes de frais « Votre dévoué, Johnny Dollar », d'où le titre de la série.

10. *Gunsmoke* qui apparut sur CBS en avril 1952 et s'interrompit en juin 1961 pour réapparaître ensuite sur le petit écran, était une série de westerns radiophoniques destinée à un public adulte.

De l'avis général, *Gunsmoke* (produit par Norman MacDonnel) laissa le souvenir d'une série d'une qualité exceptionnelle, tant sur le plan des scripts, de l'interprétation, de la musique que des effets sonores. Elle mettait en scène le marshall de Dodge City (Kansas), Matt Dillon, interprété par William Conrad, lequel s'efforçait de faire respecter la loi et de maintenir l'ordre sur la Frontière.

11. Voir Chapitre 4, note 32.

12. Il s'agit de l'écrivain de science-fiction William F. Nolan, né en 1928, coauteur avec George Clayton Johnson du roman *L'Âge de cristal* (Denoël, collection « Présence du Futur » n° 115) porté à l'écran par Michael Anderson (*Logan's Run*, 1976) et point de départ d'une célèbre série télévisée. Outre son activité dans le domaine de la science-fiction et du fantastique, William F. Nolan est l'auteur de plusieurs ouvrages sur la compétition automobile et d'une biographie de Steve McQueen.

13. Voir Chapitre 2, note 47.

14. Traduction de Jacques Papy et Simone Lamblin, extraite du recueil *Par-delà le mur du sommeil*, Éditions Denoël, collection « Présence du Futur » n° 16 ; voir Chapitre 3, note 37.

15. *Dead of Night* (1945), réalisé en collaboration par quatre cinéastes : B. Dearden, R. Hamer, C. Chrichton et A. Cavalcanti qui en assura la supervision. Ce film à sketches est une des œuvres les plus célèbres du cinéma fantastique britannique.

16. Dramaturge et romancier américain (1897-1975). Il reçut à deux reprises le prix Pulitzer : la première fois en 1927, pour son roman *The Bridge of San Luis Rey*, et la seconde fois en 1938, pour la pièce à laquelle Stephen King fait ici allusion. *Our Town* est un drame dont l'action se déroule à Grover's Corner, petite ville du New Hampshire, et pour lequel l'auteur avait souhaité une mise en scène d'un extrême dépouillement. Plusieurs romans de Thornton Wilder ont été traduits en français, parmi lesquels : *Cabale* (*The Cabala*, 1926 ; Gallimard, 1955) et *En voiture pour le ciel* (*Heaven's My Destination*, 1934 ; Gallimard, 1937). *Our Town* a fait en 1940 l'objet d'une adaptation cinématographique de Sam Wood sortie en France sous le titre *Une petite ville sans histoire*.

17. *The Twilight Zone* : en France, *La Quatrième Dimension* ; voir Chapitre 2, note 53.

18. Producteur pour le compte de la RKO de *La Féline* (*Cat People*, 1942) de Jacques Tourneur. La conception des décors était de Darrell Silvera et Al Fields.

19. Diffusé sur CBS de 1938 à 1940, *The Mercury Theater on the Air* dirigé par Orson Welles est sans doute la plus mythique des émissions dramatiques de l'histoire de la radio. Et ce, bien entendu, à cause de la diffusion de *La Guerre des mondes* le lundi 31 octobre 1938, soir de Halloween, de 20 h à 21 h, et de la panique qui s'ensuivit. Pour cette série, Orson Welles adapta des classiques de la littérature universelle : *Le Comte de Monte Cristo, Jane Eyre, Jules César, Oliver Twist, Sherlock Holmes, Le Tour du monde en quatre-vingts jours*, etc.
Ajoutons que les Éditions Phonogia Nova (collection « Les Grandes Heures de la Radio ») ont lancé sur le marché français de 1989 à 1990 une série de trois CD — *La Guerre des mondes, Dracula, L'Île au trésor* — accompagnés chacun d'un livret contenant, outre le texte de l'émission intégralement traduit, des informations et des documents inédits.

20. Pourtant, en novembre 1994, une chaîne de télévision américaine a diffusé un faux reportage sur une invasion extraterrestre dont l'impact sur les spectateurs a été similaire.

21. Nouvelle recueillie dans les *Chroniques martiennes* (*The Martian Chronicles*, 1951 ; Denoël, collection « Présence du Futur » n° 1).

22. Créé par le romancier Walter B. Gibson, The Shadow — en réalité l'explorateur millionnaire Lamont Cranston — est un justicier doué de pouvoirs hypnotiques. Avant la parution, en 1931, d'un *pulp* dévolu à ses exploits, il fut d'abord le personnage d'une série radiophonique extraordinairement populaire, comme en témoigne sa longévité puisqu'aussi bien elle fut diffusée sur CBS de 1930 à 1954. Ajoutons qu'Orson Welles prêta sa voix au ténébreux pourfendeur du crime de 1937 à 1938.

23. Nom du personnage incarné par Lon Chaney Jr. (voir Chapitre 3, note 47) dans *Le Loup-Garou* (*The Wolf Man*, 1941) de George Waggner.

24. Dans le texte original, « green ripper » (éventreur vert) pour « grim reaper » (sinistre faucheuse), un des surnoms de la Mort.

25. Héros de l'écrivain américain John Dann MacDonald (1916-1986). Travis McGee est un ancien joueur de football professionnel devenu détective privé. Il apparaît pour la première fois en 1963 dans *The Deep Blue Goodbye*. La vingtaine de romans mettant en scène Travis McGee présente la particularité de comporter le nom d'une couleur dans le titre original.

26. Nom du tueur psychopathe de *Psychose* de Robert Bloch ; voir Chapitre 2, note 41.

27. Écrivain américain né en 1934. Dans les années 70, il fit figure de rénovateur de la science-fiction en publiant une anthologie à valeur de manifeste : *Dangereuses Visions* (*Dangerous Visions*, 1967 ; J'ai Lu, n° 626 et n° 627). Nouvelliste avant tout (son œuvre comptabilise un millier de nouvelles), il fut couronné par sept prix Hugo et trois prix Nebula ; il a par ailleurs participé à l'écriture de nombreux scénarios de séries télévisées : *Star Trek*, *La Quatrième Dimension*, *Des agents très spéciaux*, etc.

28. Écrivain américain d'expression yiddish, né en Pologne en 1904, décédé en 1991 ; prix Nobel 1978. Si la plupart de ses livres retracent la saga des Juifs de Pologne, on lui doit également des récits fantastiques inspirés du légendaire yiddish comme ceux réunis dans *Le Dernier Démon* (*Short Friday*, 1964 ; Éditions Marabout n° 406, 1972).

29. En français dans le texte.

30. Né en 1909, il est un des plus célèbres auteurs radiophoniques des États-Unis. À côté de *Lights Out* (voir note suivante), il conçut un grand nombre d'émissions antifascistes comme *This Precious Freedom* avec Raymond Massey, la série *To the President* et *Free World Theater*. Il écrivit pour le théâtre des pièces également engagées et connut quelques belles réussites avec des œuvres comme *Night of the Auk*, pièce de science-fiction en vers blancs que Sidney Lumet mit en scène à Broadway. Scénariste de cinéma, il rédigea le script d'un des premiers films contre les nazis, *Escape* (1940) de Mervyn Leroy. Il dirigea par ailleurs plusieurs films dont certains tirés de ses pièces radiophoniques : *Bewitched* (1945), *Cinq Survivants* (*Five*, 1951 ; voir note 33 du présent chapitre) ou *The Bubble/Fantastic Invasion of Planet Earth* (1966), film de science-fiction tourné en relief « qui raconte l'histoire d'une petite ville capturée par une entité atmosphérique en forme de cloche » (Jean-Pierre Coursodon et Bertrand Tavernier, *50 Ans de cinéma américain*, Nathan 1991).

31. Première série radiophonique d'épouvante créée au printemps 1935.

Ses effets sonores étaient si réalistes et l'atmosphère créée si effrayante qu'un des épisodes provoqua une avalanche de cinquante mille lettres de protestation.

L'histoire de *Lights Out* débute en 1934 à Chicago quand Wyllis Cooper, un des auteurs travaillant pour le compte de NBC, eut l'idée de créer une série radiophonique axée sur l'horreur et dont le ressort essentiel serait la qualité des bruitages. Après maintes discussions, Cooper réussit à faire accepter aux dirigeants de NBC l'idée de la série que l'on décida de programmer (à raison d'un épisode de quinze minutes hebdomadaire) à une heure tardive afin de ne pas effrayer les enfants.

Le générique résumait parfaitement les intentions de *Lights Out* : tandis que s'égrenaient les douze coups de minuit, une voix s'élevait demandant aux auditeurs d'éteindre les lumières. Puis au tintement de la cloche venaient se superposer le fracas du tonnerre et le hurlement d'un chien. Le présentateur ajoutait alors : « C'est l'heure des sorcières, l'heure où les chiens se mettent à hurler, l'heure où le mal se déchaîne sur le monde endormi. Cela vous plairait-il d'en apprendre un peu plus ? Alors, éteignez les lumières ! »

Dès les premières diffusions, le succès fut foudroyant et l'on assista à la création de clubs de fans dans tout le pays. Au bout d'un an, Cooper, que l'impact considérable de *Lights Out* avait élevé au rang de spécialiste de l'horreur, fut engagé à Hollywood pour y exercer ses talents. C'est ainsi qu'il se vit confier la rédaction du scénario de *Son of Frankenstein* (*Le Fils de Frankenstein*, 1939) de Rowland V. Lee.

NBC remplaça alors Cooper par un jeune écrivain, Arch Oboler, dont le nom reste aujourd'hui indissociablement lié à *Lights Out*, tout comme la formule du générique définitif qu'il imposa : « Il est plus tard que vous ne pensez... Éteignez les lumières. »

Comme beaucoup de séries radiophoniques à succès, *Lights Out* passa à la télévision en juillet 1949, où elle poursuivit sa carrière jusqu'en 1952.

32. Comédien et homme de radio. Après avoir participé en tant qu'acteur à la série comique de CBS, *That's Rich*, créée en 1953, il lança en 1957 l'émission *Stan Freberg Show* où sa veine satirique donna sa pleine mesure.

33. *Five* (1951) est un film d'anticipation mis en scène comme un reportage de telle sorte que « le spectateur a l'impression d'assister à des actualités post-atomiques » (Jean-Pierre Coursodon et Bertrand Tavernier, *50 Ans de cinéma américain*, Nathan 1991).

34. Célèbre speaker américain (1905-1974). Les pages publicitaires du *Commercials* le décrivaient comme « la voix la plus distinguée de la radio ». Il présenta de nombreuses séries radiophoniques comme *Suspense* ou *The Red Skelton Show* et remplit par la suite les mêmes fonctions à la télévision, en introduisant les épisodes de la série *The Science Fiction Theater* (voir note suivante).

35. Série anthologique de science-fiction produite par Ivan Tors et diffusée de 1955 à 1957 par tranches hebdomadaires d'une demi-heure. S'inspirant de la manière dont Welles avait réalisé sa célèbre adaptation de *La Guerre des mondes*, les scripts y étaient traités sur le ton du reportage.

36. *The Untouchables*, série policière américaine de 118 fois 50 minutes, diffusée pour la première fois sur CBS en avril 1959. Dans le Chicago de la prohibition, Eliot Ness (Robert Stack) et son équipe mènent une lutte acharnée contre Al Capone et la mafia.

37. Série policière américaine de 114 fois 25 minutes, diffusée pour la première fois en septembre 1958 sur NBC. Aidé de son ami le lieutenant Jacoby (Herschel Bernardy), le privé Peter Gunn (Graig Stevens) enquête dans les quartiers chauds de Los Angeles.

38. Série anthologique américaine de 67 épisodes faisant alterner des histoires policières et des histoires fantastiques. Diffusée sur NBC de 1960 à 1962 et présentée par Boris Karloff, elle bénéficia de scénarios écrits par les meilleurs spécialistes du genres tels Robert Bloch, Richard Matheson ou Cornell Woolrich (William Irish). Malgré ces atouts, *Thriller* ne rencontra qu'un succès mitigé auprès d'un public que déconcertait le mélange des genres.

39. Dessinateur de la revue *Mad*.

40. En juin 1935, usant d'effets sonores saisissants, une pièce radiophonique intitulée *G-Men* retraçait sur NBC la mort du célèbre gangster Dillinger. C'est de cette expérience que naquit l'idée de la série *Gangbusters*, dont le principe était d'évoquer dans chaque émission une authentique affaire criminelle.

41. Il s'agit très certainement de *Our Gal Sunday*, une des plus célèbres séries de CBS diffusée l'après-midi de 1937 à 1959. *Our Gal Sunday* mettait en scène une jeune orpheline, Sunday, originaire de Silver Creek et mariée à un riche Anglais, Lord Henry Brenthorpe. D'où la question que posait le feuilleton : Est-ce qu'une fille issue d'une petite ville minière de l'Ouest peut trouver le bonheur auprès d'un Anglais fortuné ? C'est à ce casse-tête sentimental que *Our Gal Sunday*, prototype du *soap-opera*, tenta inlassablement de répondre pendant vingt-deux ans !

42. Compilation des meilleurs épisodes de *Lights Out*.

Chapitre 6

1. Afin de ne pas alourdir inutilement le nombre des notes, nous avons appliqué dans ce chapitre la même règle que pour l'ensemble de l'ouvrage : seuls comportent un renvoi en fin de volume les films ne figurant pas dans l'appendice. Nous demandons donc au lecteur de s'y reporter.

D'autre part, malgré nos efforts, nous n'avons pas réussi à identifier la totalité des films cités par Stephen King. Retrouver la trace d'un film d'horreur de série B, voire Z, n'est pas toujours chose aisée. Non seulement, dans la plupart des cas, le film n'a pas été distribué en France, mais souvent il est sorti aux États-Unis sous plusieurs titres. Ainsi, par exemple, *Le Crocodile de la mort* de Tobe Hooper comporte, à lui seul, cinq titres américains différents : *Death Trap, Eaten Alive, Horror Hotel, Legend of the Bayou, Starlight Slaugther.*

2. *The Navy vs. the Night Monsters* (1966). Réalisateur : Michael Hoey. Inédit en français.

3. Film non identifié.

4. Sans doute s'agit-il d'un film espagnol de Jorge Grau (1972) dont le titre original serait *Ceremonia sangriente* et le titre français *Cérémonie sanglante*.

5. Sans doute s'agit-il d'un film d'Andy Milligan, datant de 1969 et non de 1972 comme l'écrit Stephen King, et qui serait sorti en Belgique sous le titre *Le Croque-Mort et ses copains*.

6. Films clandestins montrant des atrocités et des morts non simulées.

7. *The Day of the Dolphin* de Mike Nichols (1973), d'après *Un animal doué de raison* de Robert Merle.

8. *Eaten Alive* (1976). Réalisateur : Tobe Hooper.

9. Voir Chapitre 4, note 31.

10. *The Body Snatchers* (1945). Réalisateur : Robert Wise. La nouvelle de Robert Louis Stevenson qui a inspiré le film a été écrite en 1884 ; elle figure dans le recueil *Les Nouvelles Mille et Une Nuits* (10/18 n° 1141 et Éditions Phébus, collection « Verso »).

11. Voir Chapitre 2, note 31.

12. Voir Chapitre 2, note 32.

13. Ces interrogations trouvent leur écho dans l'avant-propos de *Simetierre*.

14. On aura reconnu *Simetierre*, publié deux ans après le présent ouvrage.

15. *Mondo Cane* (1963), Documentaire italien produit par Gualtiero Jacopetti. Titre français identique.

16. Voir Chapitre 3, note 25.

17. *Dracula* (1979). Réalisateur : John Badham.

18. Écrivain américain (1914-1958). Avant son mariage, en 1940, avec la romancière Catherine L. Moore (1911-1987), avec laquelle il écrivit nombre de

283

nouvelles et de romans sous le pseudonyme de Lewis Padgett, Henry Kutner avait publié plusieurs récits dans *Weird Tales* dont *Les Rats du cimetière (The Graveyard Rats,* 1936 ; *Fiction* n° 303, juillet-août 1979). Son œuvre personnelle, oscillant entre le fantastique, l'heroic-fantasy et le space-opera n'a été que très partiellement traduite en français. On trouvera cependant quelques-unes de ses nouvelles dans *Ne vous retournez pas* (Pocket n° 5061), recueil regroupant également des récits de C. L. Moore.

19. Poète américain d'origine britannique (1907-1973), condisciple de Christopher Isherwood à Oxford, Wystan Hugh Auden publia en 1928 un premier recueil de poèmes où il affichait, par le biais d'un retour à la prosodie traditionnelle, une rupture complète avec ceux de T. S. Eliot, alors grand maître de la poésie anglaise. En 1941, à la suite de sa conversion religieuse, il renia un grand nombre de ses poèmes notamment les plus politiques. Une sélection de ses œuvres a été traduite en français sous le titre *Poèmes choisis* (Gallimard, 1976).

20. Réalisateur et producteur américain né en 1926. On lui connaît plus de cinquante films auxquels s'ajoute la centaine qu'il a produits. Parmi ses réalisations les plus célèbres figurent des adaptations de contes d'Edgar Poe sur des scénarios de Richard Matheson comme *La Chute de la maison Usher* (*The Fall of the House of Usher,* 1960) ou *La Chambre des tortures* (*The Pit and the Pendulum,* 1961) que cite Stephen King dans ce chapitre. On pourra consulter avec profit l'essai de Stéphane Bourgoin, *Roger Corman* (Éditions Edilig, collection « Filmo »).

21. *The Day Mars Invaded the Earth* (1962). Réalisateur : Maury Dexter. Inédit en France.

22. *McTeague* (1899) de l'écrivain naturaliste Frank Norris (États-Unis, 1870-1902), a été adapté au cinéma par Eric von Stroheim en 1925 sous le titre *Greed* (*Les Rapaces*).

23. *The Amityville Horror* (1979). Réalisateur : Stuart Rosenberg.

24. *The Onions Field* (1979) d'après le roman homonyme de Joseph Wambaugh publié en 1973. Réalisateur : Harold Becker.

25. Écrivain américain né en 1937. Ancien policier, Joseph Wambaugh décrit, au travers de romans violents et réalistes, les conditions de travail de ses ex-collègues. La dénonciation de l'incompétence de la hiérarchie sous-tend la plupart de ses œuvres ; c'est le cas, par exemple des *Nouveaux Centurions* (1972) et de *Soleil noir* (1983).

26. Auteur du livre présenté sous forme de document d'où est tiré le film *Amityville, la maison du diable.*

27. Voir Chapitre 2, note 56.

28. *Life after Life* (1975), publié en français chez Robert Laffont dans la collection « Univers secret ». Dans cet ouvrage, qui fut un best-seller mondial et dont le succès ne s'est jamais démenti, le Dr Raymond Moody prétend apporter la preuve de la survie de la conscience après la mort du corps. *La Vie après la vie* et les ouvrages suivants ont introduit auprès d'un large public la notion de « N.D.E. » (*Near Death Experience*).

29. À la fin des années 60, Carlos Castaneda, ethnologue de l'Université de Californie, consacra sa thèse aux plantes hallucinogènes du Mexique. C'est dans ce pays qu'il rencontra l'Indien Don Juan qui allait l'initier aux voies du chamanisme. Carlos Castaneda a rapporté les différentes étapes de son initiation dans plusieurs ouvrages qui connurent un énorme succès dans les années 70 et en particulier auprès de la génération hippie. Plusieurs de ses ouvrages ont été traduits en français dont *L'Herbe du diable et la petite fumée, une voie Yaqui de la connaissance* (*The Teaching of Don Juan, a Yaki Way of Knowledge*, 1968 ; 10/18, n° 1113).

30. *Phase IV* (1974). Réalisateur : Saul Bass.

31. Dans ce roman de science-fiction (*Brain Wave*, 1954 ; « Le Masque Science-Fiction » n° 14), Poul Anderson (États-Unis, 1926) imagine ce qui se passerait si toute la population du globe, humains et animaux, acquérait soudain une intelligence supérieure...

32. *Fahrenheit 451* (1967). Réalisateur : François Truffaut.

33. *Earth vs. the Flying Saucers* (1956). Réalisateur : Fred F. Sears.

34. Voir Chapitre 4, note 32.

35. *Fail Safe* (1964). Réalisateur : Sidney Lumet.

36. *Panic in Year Zero* (1962). Réalisateur : Ray Milland.

37. *The Blob* (1958). Réalisateur : Irvin S. Yeaworth Jr.

38. *Cat People* (1942). Réalisateur : Jacques Tourneur.

39. *Close Encounters of the Third Kind* (1977). Réalisteur : Steven Spielberg.

40. Homme politique américain (1888-1959), ministre de la Défense de l'administration Eisenhower, il lutta activement contre ce qu'il percevait comme « l'expansionnisme soviétique ».

41. Voir Chapitre 2, note 2.

42. Écrivain britannique né en 1917. Présenté généralement comme le rival de l'Américain Isaac Asimov — tant sur le plan romanesque que sur celui de la vulgarisation scientifique —, il est, malgré un style assez plat, un des écrivains les plus populaires de la littérature de science-fiction. Souvent didactiques, ses romans des années 50, axés sur la conquête de l'espace ou l'exploration de la Lune, ont fait place, dans les années 60, à une autre veine, métaphysique cette fois. C'est à cette seconde manière qu'appartiennent des œuvres comme *2001, L'Odyssée de l'espace* (*2001 : A Space Odyssey*, 1968), version romanesque du célèbre film de Stanley Kubrick tiré d'une nouvelle d'Arthur. C. Clarke intitulée *La Sentinelle*.

43. *The War of the Worlds* (1953). Réalisateur : Byron Haskin. George Pal, à qui Stephen King attribue la paternité du film, n'était en fait que le réalisateur de la deuxième équipe.

44. *1984* (1956). Réalisateur : Michael Anderson. Inédit en français. À ne pas confondre avec la dernière adaptation du roman de George Orwell due à Michael Radford qui date, elle, de... 1984 !

45. *The Omega Man* (1971). Réalisateur : Boris Sagal.

46. Voir Chapitre 2, note 38.

47. *The Last Man on Earth* (1964). Réalisateur : Sidney Salkow. Inédit en France.

48. Kent State : université de l'Ohio où les soldats de la Garde nationale tuèrent plusieurs étudiants lors d'une manifestation pacifiste.
My Lai : village vietnamien dont la population fut massacrée par les soldats américains.

49. Célèbre dessinateur américain (1913-1973), auteur de la bande dessinée *Pogo*.

50. *Dr. Strangelove or : How I Learned to Stop Worrying and Love the Bomb* (1964). Réalisateur : Stanley Kubrick.

51. *A Clockwork Orange* (1971). Réalisateur : Stanley Kubrick.

52. *2001 : A Space Odyssey* (1968). Réalisateur : Stanley Kubrick.

53. *Au clair de la lune* dans la version française.

54. *Colossus*, 1966 (Éditions Albin Michel). D. F. Jones (Grande-Bretagne, 1917-1981) donna à ce livre deux suites inédites en français, et publia plusieurs autres romans de science-fiction également pessimistes.

55. *The Forbin Project* (1970). Réalisateur : Joseph Sargent.

56. Voir Chapitre I, note 6.

57. Écrivain britannique né en 1930. C'est par des romans-cataclysmes que Jim Ballard a effectué une entrée remarquée dans l'univers de la science-fiction.

Depuis, son univers s'est considérablement diversifié. Abordant les mythologies quotidiennes de notre civilisation et à l'occasion l'autobiographie (*L'Empire du soleil, Empire of the Sun*, 1984), il poursuit, à travers romans et nouvelles, une réflexion pessimiste sur notre époque comme en témoignent *L'Île de béton* (*Concrete Island*, 1974 ; Livre de Poche n° 5326) et *I.G.H.* (*High Rise*, 1975 ; Livre de Poche n° 5164).

58. Écrivain américain né en 1922. Bien que considéré comme un auteur de science-fiction par ses lecteurs, Kurt Vonnegut se veut avant tout écrivain de littérature générale. Un peu comme Fredric Brown et Robert Sheckley (à qui on le compare souvent), il est principalement un humoriste et un satiriste qui se sert de la science-fiction pour exprimer ses idées sur la société. Les romans que cite Stephen King, *Le Berceau du chat* (*Cat's Cradle*, 1963 ; J'ai Lu n° 556) et *Le Pianiste déchaîné* (*Player Piano*, 1952 ; Presses-Pocket n° 5224), sont parmi ses œuvres les plus célèbres.

59. *Gog* (1954). Réalisateur : Herbert L. Strock. Inédit en France.

60. *Prophecy* (1979). Réalisateur : John Frankenheimer. *Prophétie*, le roman que David Seltzer a tiré de son scénario, a été publié aux Éditions NéO dans la collection « NéO/Plus », n° 9 (1987).

61. *The Horror of Party Beach* (1964). Réalisateur : Del Tenney. Inédit en France.

62. Voir Chapitre 2, note 46.

63. *The China Syndrome* (1979). Réalisateur : James Bridges.

64. *Beginning of the End* (1957). Réalisateur : Bert I. Gordon.

65. *Easy Rider* (1969) Réalisateur : Dennis Hopper.

66. Voir Chapitre 5, note 23.

67. Acteur britannique (1898-1937) qui incarna le rôle de Victor Frankenstein dans deux films de James Whale : *Frankenstein* (1931) et *La Fiancée de Frankenstein* (*The Bride of Frankenstein*, 1935).

68. *Tarantula* (1955). Réalisateur : Jack Arnold.

69. *The Incredible Shrinking Man* (1957). Réalisateur : Jack Arnold.

70. *The H-Man* (1958). Réalisateur : Iroshiro Honda. Titre japonais : *Bijo to Ekitai Ningen*.

71. *Four-D Man* (1959). Réalisateur : Irvin S. Yeaworth Jr. Inédit en France.

72. *Night of the Lepus* (1972). Réalisateur : William F. Claxton. Inédit en France.

73. *Godzilla* (1956). Réalisateur : Inoshiro Honda. La version japonaise est de 98 minutes ; la version américaine a été réduite à 80 minutes et comprend de nouvelles scènes réalisées par Terry Morse et interprétées par Raymond Burr. Autre titre : *Godzilla, King of Monsters*. Titre japonais : *Gojira*.

74. *Rodan* (1957). Réalisateur : Inoshiro Honda. Titre japonais : *Radon*.

75. *Mothra* (1962). Réalisateur : Inoshiro Honda, Lee Kresel. Inédit en France, sorti en Belgique sous le titre *Mothra, le monstre des mers*. Titre japonais : *Mosura*.

76. *Ghidrah, the Three-Headed Monster* (1965). Réalisateur : Inoshiro Honda. Titre japonais : *Ghidora Sandai Kaiju Chikyu Saidai No Kessan*.

77. *The Atomic Kid* (1952). Réalisateur : Leslie Martinson.

78. *Demon Seed* (1977). Réalisateur : Donald Cammell.

79. *Saturn 3* (1980). Réalisateur : Stanley Donen.

80. *The Andromeda Strain* (1971). Réalisateur : Robert Wise.

81. Luddites : ouvriers du textile britanniques qui se révoltèrent contre la mécanisation au début du XIXᵉ siècle.

82. *The Mysterians* (1959). Réalisateur : Inoshiro Honda. Titre japonais : *Chikyu Boeigun*.

83. Personnage de films de science-fiction britanniques, créé par l'écrivain et scénariste Nigel Kneale. Cet homme de science intrépide, descendant direct du professeur Challenger de Conan Doyle, apparaît dans deux films de Val Guest : *Le Monstre* (*The Quatermass Experiment* / *The Creeping Unknown*, 1951) et *La Marque* (*Quatermass Two* / *Enemy from Space*, 1957) ainsi que dans *Les Monstres de l'espace* de Roy Ward Baker (*Quatermass and the Pit*, 1967), le plus réussi, à mon sens, de la série grâce à un scénario qui combine habilement science-fiction et démonologie.

84. Personnage du film d'Ernest Schoedsack (1893-1979), *Docteur Cyclops* (*Dr. Cyclops*, 1940) interprété par Albert Dekker. Avec son crâne rasé, sa blouse blanche et ses lunettes aux verres épais comme des loupes, Dr Cyclops est le prototype du savant fou. Ses recherches sur la miniaturisation des êtres humains apparentent le film de Schoedsack aux *Poupées du diable* (*The Devil-Doll*, 1936) de Tod Browning.

85. En français dans le texte.

86. Voir Chapitre 2, note 38.

87. *Mad Max* (1979). Réalisateur : George Miller.

88. *Death Race 2000* (1975). Réalisateur : Paul Bartel.

89. *Foul Play* (1978). Réalisateur : Colin Higgins.

90. *Grand Theft Auto* (1977). Réalisateur : Ron Howard.

91. *The Driver* (1978). Réalisateur : Arhur Hill.

92. Auteur de romans policiers, anthologiste et essayiste américain né en 1943. Son personnage de privé, le Nameless (textuellement « sans nom »), est un des plus originaux de la littérature policière. Démissionnaire de la police, grand collectionneur de *pulps* (plusieurs milliers amoureusement classés et relus régulièrement) et solitaire, le Nameless évolue dans une Californie qui ne doit rien aux stéréotypes habituels. Parmi ses nombreux romans, citons *Hidden Valley* (Rivages/Noir), *L'Arnaque est mon métier* (Le Masque) qui obtint en 1982 le Shamus du Private-Eye Writers of America et *Le Carcan* (Série Noire n° 2181).

93. Le lecteur français trouvera ce texte dans *Histoires de demain* (Livre de Poche, « Grande Anthologie de la science-fiction »), dans *Les Autos sauvages* (Folio Junior, anthologie composée par Christian Grenier) et, sous le titre *Safari piéton*, dans *Alfred Hitchcock présente : Histoires terrifiantes* (Pocket).

94. Acteur qui interprète le rôle du lycéen qui se transforme en loup-garou dans *I Was a Teenage Werewolf* qu'analyse Stephen King dans le chapitre 2.

95. *Rollerball* (1975). Réalisateur : Norman Jewison.

96. *Wild in the Streets* (1968). Réalisateur : Barry Shears.

97. Personnage principal de *La Vie secrète de Walter Mitty* de l'humoriste américain James Thurber (1894-1961). Dans cette nouvelle, Walter Mitty, timide et dominé par une épouse acariâtre, s'évade dans le rêve ; incarnant tour à tour un capitaine de navire, un grand chirurgien, un caïd de la pègre, etc., il substitue à la morne réalité du quotidien l'univers fantasmatique de la littérature populaire.

Le texte de Thurber a été publié dans l'anthologie intitulée *Thurber* (*The Thurber Carnival*, 1945) aux Éditions Julliard dans la collection « Humour secret », en 1964 ; réédition 10/18 n° 1427 sous le titre *La Vie secrète de Walter Mitty*. Par ailleurs, la nouvelle a servi de trame à un film de Norman Z. McLeod, avec Danny Kaye dans le rôle-titre (*The Secret Life of Walter Mitty*, *La Vie secrète de Walter Mitty*, 1947).

98. Lors du festival de Woodstock, le leader du groupe Country Joe and the Fish demanda au public d'épeler avec lui le mot « fuck » pour manifester son opposition à la guerre du Viêt-nam.

99. *Julia* (1977). Réalisateur : Fred Zinneman.

100. *The Turning Point* (1977). Réalisateur : Herbert Ross.

101. *Roller Boogie* (1979). Réalisateur : Mark L. Lester. Inédit en France.

102. Film non identifié.

103. *American Graffiti* (1973). Réalisateur : George Lucas.

104. *High School Confidential* (1958). Réalisateur : Jack Arnold.

105. Formule allemande peu traduisible que l'on pourrait rendre par « tempête et élan » ou « tempête et assaut ». Le *Sturm und Drang* désigne un mouvement littéraire, annonciateur du romantisme, qui exerça une grande influence sur la littérature allemande entre 1770 et 1790. Cette école, qui emprunta son nom au titre d'une tragédie de Klinger, constitua une réaction contre le rationalisme (*Aufklärung*) ; elle proclamait la supériorité du sentiment sur la raison. Ses principaux représentants furent Lenz, Schiller et Goethe dans leur jeunesse.

106. Traduction de Henri Robillot, Éditions Albin Michel.

107. *Die, Monster, Die !* (1965). Réalisateur : Daniel Halter. Inédit en France.

108. *When a Stranger Calls* (1979). Réalisateur : Fred Walton.

109. « De 1934 à 1939, une série de crimes semèrent l'épouvante parmi la population de Kingsbury, l'un des quartiers les plus sordides de Cleveland (Ohio). [...] La police chiffra à une trentaine le nombres des victimes, mais treize corps seulement furent identifiés. [...] L'enquête aboutit finalement à l'arrestation d'un immigrant slave nommé Franck Dolezal. Après avoir avoué un des meurtres, il se pendit dans sa cellule. Il est aujourd'hui à peu près évident que Franck Dolezal n'était pas le Boucher de Cleveland. » (René Reouven, *Le Dictionnaire des assassins*, Denoël, 1974). L'identité du Boucher de Cleveland, tout comme celle de Jack l'Éventreur, reste, à ce jour, inconnue.

110. *Bad* (1977). Réalisateur : Jed Johnson. Titre français : *Andy Warhol's Bad*.

111. Poète et romancier américain (1911-1972). Kenneth Patchen est l'auteur d'une quinzaine de recueils de poèmes très populaires en leur temps où se mêlent surréalisme, humour, pacifisme et tendance mystique. Plusieurs de ses romans ont été traduits en français dont *Mémoires d'un pornographe* (*The Memoirs of a Shy Pornographer*, 1945 ; Flammarion, 1979).

112. *Friday the 13th* (1980). Réalisateur : Sean Cunningham.

113. *Last House on the Left* (1972). Réalisateur : Wes Craven.

114. *Manhattan* (1979). Réalisateur : Woody Allen.

115. *Breaking Away* (1979). Réalisateur : Peter Yates.

116. *Coma* (1978). Réalisateur : Michael Crichton.

117. *Looking for Mr. Goodbar* (1977). Réalisateur : Richard Brooks.

118. *Night Watch* (1973). Réalisateur : Brian G. Hutton.

119. Écrivain britannique né en 1946. John Ramsey Campbell, sur lequel reviendra Stephen King dans la seconde partie d'*Anatomie de l'horreur*, est, avec James Herbert et Clive Barker, un des rénovateurs du fantastique anglais. Une dizaine de ses romans ont été traduits en français, parmi lesquels *La Poupée qui dévora sa mère* (*The Doll who Ate His Mother*, 1976 ; J'ai Lu n° 1998), *Le Parasite* (*The Parasite*, 1980 ; J'ai Lu n° 2058) et *Soleil de Minuit* (*Midnight Sun*, 1991 ; Pocket n° 9116).

120. *M* (1931). Réalisateur : Fritz Lang.

121. Dramaturge américain d'origine anglaise né en 1918. Spécialisé dans la pièce de suspense, il est également l'auteur du *Crime était presque parfait* (*Dial M for Murder*, 1952) que Hitchcock porta à l'écran en 1954, avec Grace Kelly et Ray Milland dans les principaux rôles.

122. En français dans le texte.

123. *The Tingler* (1959). Réalisateur : William Castle.

124. Réalisateur américain (1914-1977). Surnommé en son temps « le Hitchcock du pauvre », William Castle, s'il ne fut pas un grand cinéaste, fut pour le moins un extraordinaire bateleur. Homme de spectacle avant tout, doué d'un sens aigu de la publicité, il mit au point quelques *gimmicks* dont certains (outre ceux qu'évoque plus loin Stephen King) sont restés célèbres, comme ce chronomètre apparaissant à l'écran pendant une minute pour permettre aux spectateurs sensibles de quitter la salle (*Homicide, Homicidal*, 1961). De même, il eut l'idée de faire tressauter les fauteuils du cinéma au moment le plus crucial (*House on Haunted Hill/ La Nuit de tous les mystères*, 1958, durant l'exclusivité américaine) ou de faire distribuer, avant la projection de *Treize Fantômes* (*Thirteen Ghosts*, 1960), des lunettes permettant de discerner les apparitions spectrales.

125. *House on Haunted Hill* (1958). Réalisateur : William Castle.

126. Le personnage de William Castle a inspiré à Joe Dante son film *Panic sur Florida Beach* (*Matinee*, 1993).

127. Littéralement « la nuit où Evelyn est sortie du tombeau » (1971). Réalisateur : Emilio Miraglia. Titre français : *L'Appel de la chair*. Titre original : *Dolce da baccaria, dura a morire*.

128. *Jack the Ripper* (1959). Réalisateurs : Robert Baker et Monty Berman.

129. Scénariste, producteur et réalisateur britannique né en 1935. Auteur pour le moins précoce (il écrivit ses premiers scripts à vingt ans), il fut le plus prolifique et le plus talentueux des scénaristes de la Hammer où il travailla avec Terence Fisher (pour lequel il signa six scénarios dont *Le Cauchemar de Dracula*, 1958), Freddie Francis, Robert S. Baker et Don Sharp. Toutefois, son passage derrière la caméra s'avéra décevant (*Les Horreurs de Frankenstein*, *Horrors of Frankenstein*, 1970).

130. *Apocalypse Now* (1979). Réalisateur : Francis Ford Coppola.

131. Afin de laisser tout son poids à la démonstration de Stephen King, nous avons choisi, dans la liste qui suit, de laisser les titres américains de certains films sortis en France, mais sous des titres où n'apparaissent ni les mots « nuit » (night), « noir » (black) ou « ténèbres » (darkness).

132. *Night Must Fall*. Deux films ont été tirés de la pièce d'Emlyn Williams représentée pour la première fois en 1935 :
1. 1937. Réalisateur : Richard Thorpe.
2. 1964. Réalisateur : Karel Reisz.
Titre français (dans les deux cas) : *La Force des ténèbres*.

133. *Night of the Lepus* : voir note 72 du présent chapitre.

134. *Dracula, Prince of Darkness* (1966). Réalisateur : Terence Fisher.

135. *The Black Pit of Dr. M.* : aucun renseignement sur ce film.

136. *The Black Sleep* (1956). Réalisateur : Reginald LeBorg. Inédit en France.

137. Titre original italien : *La maschera del demonio* (1961). Titre américain : *Black Sunday*. Titre français : *Le Masque du démon*. Réalisateur : Mario Bava.

138. *The Black Room* (1935). Titre français : *Baron Grégor*. Réalisateur : Roy William Neill.

139. *I tre volti della paura* (1964). Titre français : *Les Trois Visages de la peur*. Réalisateur : Mario Bava. Titre américain : *Black Sabbath*.

140. *Dark Eyes of London* (1939). Réalisateur : Walter Summers. Autre titre : *The Human Monster*. Inédit en France.

141. *The Dark* : aucun renseignement sur ce film.

142. Voir Chapitre 5, note 15.

143. *Night of Terror* (1933). Réalisateur : Ben Stoloff. Inédit en France.

144. *Night of the Demon*. Voir Chapitre 2, note 12.

145. *Nightwing* (1979). Titre français : *Morsures*. Réalisateur : Arthur Hiller.

146. *Night of the Eagle* (1962). Réalisateur : Sidney Hayers. Autre titre : *Burn, Witch, Burn !* Inédit en France.

147. Écrivain américain né en 1943. Considéré comme le nouvelliste américain le plus brillant de sa génération dans le registre du fantastique et de l'horreur modernes. Outre quelques récits publiés dans la série *Territoires de l'inquiétude* d'Alain Dorémieux (Éditions Denoël, collection « Présence du Fantastique »), deux recueils de nouvelles ont été traduits en français : *Les Domaines de la nuit* (Nouvelles Éditions Opta, collection « Galaxie/bis ») et *Rêves de Sang* (Éditions Gréco).

148. *The Giant Spider Invasion* (1975). Réalisateur : Bill Rebane.

149. *Squirm* (1976). Réalisateur : Jeff Lieberman.

150. *Suspiria* (1977). Réalisateur : Dario Argento. Titre original et titre français identiques.

151. *Maniac* (1980). Réalisateur : William Lustig. Titre français identique.

152. Voir Chapitre 3, note 21.

153. *The Wild Bunch* (1969). Réalisateur : Sam Peckinpah.

154. *Bring Me the Head of Alfredo Garcia* (1974). Réalisateur : Sam Peckinpah.

155. *Cross of Iron* (1977). Réalisateur : Sam Peckinpah.
Le point de vue négatif de Stephen King à l'encontre des deux derniers films cités de Peckinpah ne correspond nullement — si tant est qu'il reflète l'opinion des spectateurs américains — à celui des cinéphiles français dont certains tiennent *Apportez-moi la tête d'Alfredo Garcia* pour le chef-d'œuvre du réalisateur.

156. En français dans le texte.

157. *Massacre at Central High* (1976). Réalisateur : Renee Daadler.

158. *Attack of the Crab Monsters* (1957). Réalisateur : Roger Corman. Inédit en France.

159. *The Little Shop of Horrors* (1960). Réalisateur : Roger Corman.

160. Il s'agit en fait du quatrième film interprété par Nicholson, qui a débuté dans *The Cry Baby Killer*, une production Corman datant de 1958.

161. *The Terror* (1963). Réalisateur : Roger Corman. Inédit en France.

162. *The Masque of the Red Death* (1964). Réalisateur : Roger Corman.

163. Écrivain américain né en 1924. Quasiment inconnu du public français, Ray Russell est considéré outre-Atlantique comme une figure clé de la littérature fantastique, non seulement de par ses romans qui renouvellent la veine gothique mais aussi parce que, responsable du choix des textes de fiction lors du lancement de *Playboy*, il fit connaître à un large public des écrivains comme Richard Matheson et Charles Beaumont.

164. *The Crawling Ear* : textuellement, « l'oreille rampante ».

165. *The Crawling Eye* — textuellement, « l'œil rampant » — (1958). Réalisateur : Quentin Lawrence.

166. *The Trip* (1967). Réalisateur : Roger Corman. Inédit en France.

167. *The Wild Angels* (1966). Réalisateur : Roger Corman.

168. *Vertigo* (1958). Réalisateur : Alfred Hitchcock.

169. *Sssnake* (1973). Réalisateur : Bernard L. Kowalski.

170. *Eye of the Cat* (1969). Réalisateur : David Lowell Rich.

171. *Willard* (1971). Réalisateur : Daniel Mann.

172. *Ben* (1972). Réalisateur : Phil Karlson.

173. *The Conqueror Worm* (1968). Réalisateur : Michael Reeves. Autre titre : *The Witchfinder General.*

174. *The Fury* (1978). Réalisateur : Brian De Palma.

175. Poète américain né en 1921, lauréat du Prix Pulitzer.

Chapitre 7

1. Écrivain britannique né en 1943. James Herbert est, avec Clive Barker et Ramsey Campbell, un des des rénovateurs du fantastique anglais. Outre sa trilogie des Rats mutants (voir Chapitre 1, note 1), on lui doit quelques jolies variations sur le thème du fantôme — *Le Survivant* (*The Survivor*, 1976 ; Pocket n° 9036) — et sur celui de la maison hantée — *Dis-moi qui tu hantes* (*Haunted*, 1988 ; Pocket n° 9083), un des rares romans du genre capable de rivaliser avec *Maison hantée* de Shirley Jackson, *La Maison des damnés* de Richard Matheson et *Shining* de Stephen King.

2. *The Comeback* (1978). Réalisateur : Peter Walker. La présence au générique de Jack Jones, chanteur de charme anglais, paraît quelque peu incongrue, comme le souligne Stephen King.

3. *The Brain from Planet Arous* (1958). Réalisateur : Nathan Juran. Inédit en France.

4. *Robot Monster* (1953). Réalisateur : Phil Tucker. Inédit en France.

5. *Dance Hall Racket* (1953). Réalisateur : Phil Tucker. Inédit en France.

6. Chansonnier et polémiste américain dont Bob Fosse retraça la biographie dans son film *Lenny* (1974), avec Dustin Hoffman et Valerie Perrine dans les rôles principaux.

7. Voir Chapitre 6, note 37.

8. *Invasion of the Saucer Men* (1957). Réalisateur : Edward L. Cahn. Inédit en France.

9. *Battlestar Galactica.* Série télévisée américaine de science-fiction de 34 fois 50 minutes dont la diffusion débuta en septembre 1978 sur ABC. En partie inspirée par *La Guerre des étoiles*, cette série, dont l'action se déroule à une époque indéterminée, relate les efforts d'une confédération humaine pour faire régner l'ordre et la paix dans une galaxie située à des années de lumière de la Terre.

10. *Sorcerer* (1980). Réalisateur : William Friedkin. Remake américain du *Salaire de la peur* d'Henri-Georges Clouzot (1953).

11. *Cruising* (1980). Réalisateur : William Friedkin. Titre français identique.

12. *'Salem's Lot* (1979), adaptation de *Salem* de Stephen King (*'Salem's Lot*, 1975 ; Pocket n° 9016). Réalisateur : Tobe Hooper. Il existe deux versions : la première initialement diffusée à la télévision (200 mn, ramenée ultérieurement à 150 mn), la seconde, sortie dans les salles européennes (112 mn, plus violente).

13. Voir Chapitre 6, note 76.

14. *Godzilla vs. the Smog Monster* (1972). Réalisateur : Yoshimitu Banno. Titre original : *Gojira Tai Hedora*. Inédit en France.

15. Voir Chapitre 6, note 33.

16. *It Came from Outer Space* (1953). Réalisateur : Jack Arnold.

17. *The Black Scorpion* (1957). Réalisateur : Edward Ludwig.

18. Voir Chapitre 6, note 73.

19. *Mighty Joe Young* (1949). Réalisateur : Ernest Schoedsack. Titre français : *Monsieur Joe.* Après le phénoménal succès de *King Kong* (1933), Ernest Schoedsack tourna deux autres films mettant en scène des gorilles : *Le Fils de King Kong* (*Son of Kong*, 1933) et *Monsieur Joe.*

20. *20 Million Miles to Earth* (1957). Réalisateur : Nathan Juran.

21. *The Deadly Mantis* (1957). Réalisateur : Nathan Juran.

22. Voir Chapitre 6, note 148.

23. Avocat général créé par l'auteur de romans policiers Erle Stanley Gardner, Perry Mason est le héros d'une série télévisée qui débuta en 1957 sur CBS ; cette série comporte 150 épisodes de 50 minutes (noir et blanc) et 26 épisodes de 90 minutes (couleurs). À la tête de son bureau de Los Angeles, Perry Mason (incarné pendant les dix premières années de la série par Raymond Burr) vient à bout des cas les plus compliqués.

24. *Caltiki, the Immortal Monster* (1959). Réalisateur : Riccardo Freda. Titre original : *Caltiki, il monstro immortale*.

25. *The Manster*. Aucun renseignement sur ce film.

26. *Teenange Monster*. Aucun renseignement sur ce film.

27. *Attack of the Fifty-Foot Woman* (1959). Réalisateur : Nathan Juran. Inédit en France (contrairement au *remake* sorti en 1994).

28. *The Amazing Colossal Man* (1957). Réalisateur : Bert I. Gordon.

29. *Ruby* (1977). Réalisateur : Curtis Harrington.

30. *Children of Cain*. Aucun renseignement sur ce film.

31. *Billy the Kid vs. Dracula.* (1966). Réalisateur : William Beaudine. Inédit en France.

32. *The Swarm* (1978). Réalisateur : Irwin Allen.

33. Voir Chapitre 6, note 37.

34. *Rebel Without a Cause* (1955). Réalisateur : Nicholas Ray.

35. Sorte de gelée proliférante qui avale tout sur son passage.

36. *Beware ! The Blob* (1972). Réalisateur : Larry Hagman. À noter le *remake* de *The Blob* de Chuck Russell en 1988 (titre français : *Le Blob*).

37. En français dans le texte.

38. Voir note 8 du présent chapitre.

39. Allusion aux adaptations réalisées par Roger Corman (voir Chapitre 6, note 20).

40. *Invasion of the Star Creatures*. Aucun renseignement sur ce film.

41. *I Married a Monster From Outer Space* (1958). Réalisateur : Gene Fowler Jr. Inédit en France.

42. *Journey to the Center of the Earth* (1959). Réalisateur : Henry Lewin.

43. Outre James Mason qui en était la vedette, *Voyage au centre de la Terre* d'Henry Lewin (une des adaptations les plus convaincantes — bien qu'infidèle

— de l'univers de Jules Verne), comptait également Pat Boone dans sa distribution. Ce chanteur de rock, peu connu en France, fut cependant entre 1957 et 1962, le rival rassurant du sulfureux Elvis Presley — ou du moins jugé comme tel à l'époque. D'où l'ironie de Stephen King à l'encontre de « l'hilarant » Pat Boone.

44. Acteur et écrivain américain (1926-1991). Avant de s'adonner à la littérature fantastique et de suspense, Thomas Tryon mena une carrière de comédien tant à la télévision qu'au cinéma où sa prestation dans *Le Cardinal* d'Otto Preminger lui valut plusieurs récompenses. Parmi ses romans les plus connus, citons *L'Autre* (*The Other*, 1971 ; Pocket n° 9065), porté à l'écran par Robert Mulligan en 1972, et *La Fête du maïs* (*Harvest Home*, 1973 ; Pocket n° 9062).

45. *Rabid* (1977). Réalisateur : David Cronenberg.

46. *Behind the Green Door*. Aucun renseignement sur ce film.

47. *Rituals* (1978). Réalisateur : Peter Carter. Inédit en France.

48. Voir Chapitre 2, note 25. *Tu as beaucoup changé, Alison* (*If You Could See Me Now*, 1977) est publié aux éditions J'ai Lu.

49. *Assault on Precinct 13*, 1976. Réalisateur : John Carpenter. Ce film est un *remake*, fort réussi d'ailleurs, de *Rio Bravo* de Howard Hawks.

50. *Dark Star* (1974). Réalisateur : John Carpenter. Titre français identique.

51. *Terrorre nello spazio* (1965). Réalisateur Mario Bava. Titre américain : *Planet of the Vampires*.

52. *The Monster from Green Hell* (1957). Réalisateur : Kenneth Crane. Inédit en France.

53. *Tourist Trap* (1979). Réalisateur : David Schmoeller.

54. *Magic* (1958). Réalisateur : Richard Attenborough. Titre français identique. Ce film est tiré du roman de l'écrivain et scénariste américain William Goldman (né en 1931) à qui l'on doit entre autres les scénarios de *Butch Cassidy et le Kid*, des *Hommes du président* et de *Marathon Man*. *Magic* (*Magic*, 1976) a été publié en français chez Albin Michel en 1977.

55. *The Adventure of the Blue Carbuncle*, nouvelle de Conan Doyle, publiée en 1892 et recueillie dans *Les Aventures de Sherlock Holmes* (Livre de Poche n° 1070).

56. En français dans le texte.

57. *Plan Nine from Outer Space* (1959). Réalisateur : Edward D. Wood Jr. Titre français identique.

58. Depuis que son film *Plan Nine from Outer Space* a été sacré « plus mauvais film de tous les temps », Edward D. Wood Jr. (1922-1978) est devenu, après sa mort, un auteur culte aux États-Unis. « Les amateurs pervers » qui ont eu l'occasion de voir ce « contre-chef-d'œuvre » du cinéma décrivent avec délice ses soucoupes volantes en carton qui font le tour des planètes, suspendues par des fils apparents.

En 1994, Tim Burton a consacré un film (*Ed Wood*) à ce maître du grotesque involontaire (?), avec Johnny Depp dans le rôle-titre et Martin Landau dans le rôle de Bela Lugosi.

59. Bela Lugosi est en fait décédé deux jours après le début du tournage de *Plan Nine from Outer Space* (sorti en 1959), ce qui explique qu'il ait été remplacé par une doublure.

60. *Myra Breckinridge* (1970). Réalisateur : Michael Sarn.

61. *Valley of the Dolls* (1967). Réalisateur : Mark Robson.

62. *The Adventurers* (1970). Réalisateur : Lewis Gilbert.

63. *Bloodline* (1979). Réalisateur : Terence Young.

64. *Family Plot* (1976). Réalisateur : Alfred Hitchcock.

65. *Cleopatra* (1963). Réalisateur : Joseph L. Mankiewicz.

66. *Westworld* (1973). Réalisateur : Michael Crichton.

67. *The Magnificent Seven* (1960). Réalisateur : John Sturges.

68. *A Place in the Sun* (1951). Réalisateur : George Stevens.

69. *Breaking Away* (1979). Réalisateur : Peter Yates.

70. *The Godfather* (1972). Réalisateur : Francis Ford Coppola.

71. *Jaws 2* (1978). Réalisateur : Jeannot Szwarc. Titre français : *Les Dents de la mer II*.

72. Voir Chapitre 6, note 145.

73. *Capricorn One* (1978). Réalisateur : Peter Hyams. Titre français identique.

74. *Players* (1979). Réalisateur : Anthony Harvey.

75. *The Cassandra Crossing* (1977). Réalisateur : George Pan Cosmatos.

76. Voir note 4 du présent chapitre.

77. Voir note 26 du présent chapitre.

78. *Heaven's Gate* (1980). Réalisateur : Michael Cimino.

79. Voir Chapitre 6, note 61.

80. *The Flesh Eaters* (1964). Réalisateur : Jack Curtis.

81. Voir note 40 du présent chapitre.

82. *Don't Look in the Basement* (1973). Réalisateur : S. F. Brownrigg. Inédit en France.

83. *Lycanthropus* (1961). Réalisateur : Paolo Heusch. Titre américain : *Werewolf in a Girl's Dormitory*.

84. *The Rocky Horror Picture Show* (1975). Réalisateur : Jim Sharman. Titre français identique.

85. *Sisters* (1973). Réalisateur : Brian De Palma.

86. *Exorcist II : The Heretic*. Réalisateur : John Boorman.

APPENDICE
LES FILMS

Voici une liste de films de fantastique ou d'horreur ayant en commun leur époque et leur excellence. Ils sont tous sortis entre 1950 et 1980, et ils me paraissent tous intéressants d'une façon ou d'une autre ; au risque de m'exprimer comme un maître de cérémonie lors de la remise des Oscars, je dirais qu'ils ont tous contribué à l'enrichissement du genre. Ceux d'entre eux qui ont ma préférence sont signalés par un astérisque (*). Mes plus vifs remerciements à Kirby McCauley, qui m'a grandement aidé lors de l'élaboration de ce palmarès.

[Les films inédits en France sont signalés par une croix (†). N.d.E.]

TITRE	RÉALISATEUR	DATE
L'Abominable Docteur Phibes (The Abominable Dr. Phibes)	Robert Fuest	1971
* Alien (idem)	Ridley Scott	1979
L'Ange exterminateur (El Angel exterminador)	Luis Buñuel	1962
Asylum (idem)	Roy Ward Baker	1972
Burnt Offerings †	Dan Curtis	1976
Burn, Witch, Burn †	Sidney Hayers	1962
* The Cage †	Walter Graumann	1961 ?
* Carrie au bal du diable (Carrie)	Brian De Palma	1976
La Chambre des tortures (The Pit and the Pendulum)	Roger Corman	1961
* La Chose d'un autre monde (The Thing)	Christian Nyby	1951
* Chromosome 3 (The Brood)	David Cronenberg	1979
Chut... chut, chère Charlotte (Hush... Hush, Sweet Charlotte)	Robert Aldrich	1965
Course contre l'enfer (Race With the Devil)	Jack Starrett	1975
Le Cri du sorcier (The Shout)	Jerzy Skolimowki	1978
Crime au musée des horreurs (Horrors of the Black Museum)	Arthur Crabtree	1959
The Day of the Triffids †	Steve Sekely	1963
The Deadly Bees †	Freddie Francis	1967
* Délivrance (Deliverance)	John Boorman	1972
* Dementia-13 (idem)	Francis Coppola	1963
* Les Dents de la mer (Jaws)	Steven Spielberg	1975
Dernier Été (Last Summer)	Frank Perry	1969

* *Des monstres attaquent la ville* (*Them!*)	Gordon Douglas	1954
Les Diaboliques	Henri-Georges Clouzot	1954
* *Duel* (idem)	Steven Spielberg	1971
Eraserhead (idem)	David Lynch	1978
* *L'Étrange Créature du lac noir*	Jack Arnold	1954
(*Creature from the Black Lagoon*)		
* *L'Exorciste* (*The Exorcist*)	William Friedkin	1973
La Force des ténèbres (*Night Must Fall*)	Karel Reisz	1964
* *Frenzy* (idem)	Alfred Hitchcock	1972
Frissons (*They Came from Within* ou	David Cronenberg	1975
The Parasite Murders)		
Les Frissons de l'angoisse	Dario Argento	1975
(*Profondo rosso*)		
Furie (*The Fury*)	Brian De Palma	1978
Gorgo (idem)	Eugène Lourié	1961
Le Grand Inquisiteur (*The Conqueror*	Michael Reeves	1968
Worm ou *The Witchfinder General*)		
Les Griffes de la peur (*Eye of the Cat*)	David Lowell Rich	1969
* *Halloween — La Nuit des masques*	John Carpenter	1978
(*Halloween*)		
L'Heure du loup (*Vargtimmen*)	Ingmar Bergman	1967
L'Homme H (*Bijo to Ekitai Ningen*)	Inoshiro Honda	1958
L'Homme qui rétrécit	Jack Arnold	1957
(*The Incredible Shrinking Man*)		
* *L'Horrible Cas du Docteur X*	Roger Corman	1963
(*X — the Man with the X-Ray Eyes*)		
* *I Bury the Living* †	Albert Band	1958
L'Invasion des profanateurs	Philip Kaufman	1978
(*Invasion of the Body Snatchers*)		
* *L'Invasion des profanateurs de sépul-*	Don Siegel	1956
tures (*Invasion of the Body Snatchers*)		
It ! The Terror from Beyond Space †	Edward L. Cahn	1958
The Killer Shrews †	Ken Curtis	1959
	(ou Ray Kellogg)	
* *Let's Scare Jessica to Death* †	John Hancock	1971
Macabre †	William Castle	1958
* *La Maison du diable* (*The Haunting*)	Robert Wise	1963
La Maison qui tue	Peter Duffell	1971
(*The House that Dripped Blood*)		
* *La Marque* (*Enemy From Space*	Val Guest	1957
ou *Quatermass II*)		
* *Martin* (idem)	George A. Romero	1978

302

Le Masque de la mort rouge *(The Masque of the Red Death)*	Roger Corman	1964
* Le Masque du démon *(La Maschera del demonio)*	Mario Bava	1961
* Massacre à la tronçonneuse *(The Texas Chainsaw Massacre)*	Tobe Hooper	1974
La Mauvaise Graine *(The Bad Seed)*	Mervyn LeRoy	1956
* Le Météore de la nuit *(It Came from Outer Space)*	Jack Arnold	1953
La Meurtrière diabolique *(Strait-Jacket)*	William Castle	1964
* Le Monstre *(The Creeping Unknown* ou *The Quatermass Experiment)*	Val Guest	1956
La Mouche noire *(The Fly)*	Kurt Neumann	1958
Ne vous retournez pas *(Don't Look Now)*	Nicholas Roeg	1973
Not of This Earth †	Roger Corman	1957
* La Nuit des morts-vivants *(Night of the Living Dead)*	George A. Romero	1968
* La Nuit du chasseur *(The Night of the Hunter)*	Charles Laughton	1955
L'Oiseau au plumage de cristal *(L'Uccello dalle piume di cristallo)*	Dario Argento	1969
Les Oiseaux *(The Birds)*	Alfred Hitchcock	1963
Panique année zéro *(Panic in Year Zero)*	Ray Milland	1962
* Pique-nique à Hanging Rock *(Picnic at Hanging Rock)*	Peter Weir	1975
* Psychose *(Psycho)*	Alfred Hitchcock	1960
* Qu'est-il arrivé à Baby Jane ? *(Whatever Happened to Baby Jane ?)*	Robert Aldrich	1962
* Rage *(Rabid)*	David Cronenberg	1977
Le Refroidisseur de dames *(No Way to Treat a Lady)*	Jack Smight	1968
* Rendez-vous avec la peur *(Curse of the Demon* ou *Night of the Demon)*	Jacques Tourneur	1958
* Répulsion *(Repulsion)*	Roman Polanski	1965
Le Rideau de brume *(Séance on a Wet Afternoon)*	Bryan Forbes	1964
* Rituals †	Peter Carter	1978
* Rosemary's Baby *(idem)*	Roman Polanski	1968
Seizure †	Oliver Stone	1974

INDEX

A

B

Braves gens ne courent pas les rues, Les (nouvelle), 29
Brennan, Joseph Payne, 31
Brontë, Branwell, 50
Brooks, Mel, 39
Browning, Ricou, 45, 119, 126, 208
Browning, Tod, 44, 82
Burial, The (nouvelle) 75
Byron, Lord, 74, 75, 76

C

Cain, James M., 30, 92, 97
Campbell, John W., 23, 40, 179
Campbell, Ramsey, 40, 179, 214
Cantalupo, Michael, 215, 216
Carlson, Richard, 14, 15, 117, 127, 238
Carpenter, John, 243
Carrie (film), 1, 200, 201, 202
Carrie (livre), 1, 200, 201, 202, 247
Car Sinister (livre), 193
Cas étrange du Dr Jekyll et de M. Hyde, Le (livre), 61, 84, 85, 87, 91, 95, 97, 186
Castle, William, 212, 216
Castle of Frankenstein (magazine), 168, 169, 234, 235, 240, 241, 242
Cent Un Dalmatiens, Les (film), 122
Cerveau d'acier, Le (film), 182, 189
Cerveau du nabab, Le (livre), 25, 26, 27
Chambre des tortures, La (film), 162
Chicken Heart that Ate the World, The (radio), 147, 149
Chiens de guerre, Les (livre), 90
Children of Cain (film), 240
Chose d'un autre monde, La (film), 23, 173, 174, 175, 176, 177, 179, 180, 190
Chromosome 3 (film), 122, 157, 244
Chroniques martiennes (livre), 18
Chrysalides, Les (livre) 51
Cinq Survivants (film), 148
Clarke, Arthur C., 26, 121, 180
Clone, The (livre), 31
Cœur révélateur, Le (nouvelle), 31, 61, 77
Coleridge, Samuel Taylor, 74, 120, 145
Collins, Wilkie, 62
Colossus (livre), 182
Complot de famille (film), 246
Convoi de la peur, Le (film), 235

307

H

I

J

P

Q

R

S

TABLE

Cet ouvrage a été réalisé par la
SOCIÉTÉ NOUVELLE FIRMIN-DIDOT
Mesnil-sur-l'Estrée
pour le compte des Éditions du Rocher
en mars 1995

Éditions du Rocher
28, rue Comte-Félix-Gastaldi
Monaco

Imprimé en France
Dépôt légal : mars 1995
CNE section commerce et industrie Monaco : 19023
N° d'impression : 30138